FREE FALL

LEAH RAEDER

FREE FALL

Traduit de l'anglais
par Camille S.

EDITIONS PRISMA

Titre de l'édition originale :
Unteachable

This edition published by arrangement with the original publisher
Atria Books, a Division of Simon & Schuster, Inc., New York.

Coordination éditoriale : Ambre Rouvière
Édition et correction : Nord Compo Multimédia
Mise en page et adaptation de la couverture : Nord Compo Multimédia
Couverture : © Simon & Schuster ; © Getty / Merrymoonmary ;
© Getty / Klubovy ; © Shutterstock / DwaFotography

ISBN : 978-2-8104-1404-8

Dépôt légal : juin 2015 – Achevé d'imprimer en France par : Corlet Imprimeur

PEFC
10-31-1510

Depuis 2009, Prisma Media met en place une politique d'achat éco-responsable. Ainsi, près de 100% du papier de nos magazines est certifié PEFC ou FSC® (gestion durable des forêts). La fabrication des livres des Éditions Prisma s'inscrit également dans cette démarche.

Chapitre 1

À dix-huit ans, il n'y a rien d'autre à faire en plein été dans le Sud de l'Illinois qu'avaler des cornichons frits, boire une cannette de bière qu'on a piquée à sa mère et faire des tours de grand huit jusqu'à en avoir envie de vomir. Et c'est exactement ce que j'étais en train de faire le soir où je l'ai rencontré. Lui.

Il régnait une chaleur moite et étouffante en ce mois d'août, qui semblait carrément remonter au Jurassique. On avait l'impression que tout se dissolvait, comme fondu : le ciel noir dégoulinait, les étoiles argentées dégelaient, la couleur des néons partout déteignait. Pas très loin de la maison, la fête foraine s'installait chaque été sur un terrain vague envahi par les mauvaises herbes, sorte d'immense désert aride. Ça donnait l'impression d'être le bout du monde, cet endroit. Je décapsulai ma cannette et le son claqua comme un coup de feu. J'avalai une gorgée de ce liquide pisseux, savourant sa fraîcheur. Assise sur un banc, je regardais le grand huit monter, descendre et remonter. Des cris de joie fusaient par intermittence, comme une radio mal réglée. J'ai une peur panique du grand huit, un traumatisme qui vient de l'année de mes cinq ans, lorsque j'ai perdu George, mon lapin en peluche. George est tombé dans le vide d'une bonne cinquantaine de mètres lorsque j'ai applaudi des deux mains, en un geste cruel et irresponsable. Maman a eu beau lui coudre des yeux tout neufs, j'ai pleuré et pleuré encore, en disant que George était mort, jusqu'à ce qu'elle me laisse l'enterrer dans le jardin. Dans une boîte de céréales en guise de cercueil. Avec Maman ivre morte, en pleurs elle aussi, pour prononcer l'éloge funèbre.

Alors si j'étais là ce soir, peut-être était-ce en partie parce que j'en avais marre précisément d'être une enfant, engluée dans mes peurs d'enfant et mes souvenirs d'enfance. Dans deux semaines, j'entrerais en terminale. Et je voulais m'y pointer en adulte.

Je bus la dernière gorgée de bière et écrasai ma cannette sur le banc.

Au fait, je m'appelle Maise. Maise O'Malley. Oui, j'ai du sang irlandais dans les veines. Mais ça, vu mon penchant pour la boisson, vous l'aviez compris, non ?

J'entrai dans le parc d'attractions. Apparemment, tous les pervers du coin avaient eu le scoop. Instantanément, trois paires d'yeux de prédateurs se braquèrent sur mes jambes, puis descendirent, remontèrent et redescendirent, le bon vieux regard façon ascenseur détraqué. Le plus souvent, ce sont des mecs d'un certain âge. Bon, il faut reconnaître que grandir sans père m'a un peu perturbée et je ne déteste pas quand ils essaient de jouer au papa avec moi.

« Essayer » est le mot qui convient, comme dit M. Wilke. Mais nous parlerons de lui le moment venu.

Imperturbable, je me baladais entre les stands de popcorn, de bretzels, de hot dogs, de glaces et de barbes à papa. L'air était saturé de sucre et de sel. Au point d'en avoir la nausée. Une cloche retentit tout près et quelqu'un poussa un cri triomphant. Je passai devant le stand de tir, jeu de massacre et fléchettes, où des gens agglutinés étaient en train de se ruiner pour tenter de gagner un ours en peluche géant criblé de puces tout droit sorti d'un atelier esclavagiste taïwanais.

M. Wilke a coutume de dire que je suis tout à la fois cynique et humaniste pour mon âge. Je prends les deux comme un compliment.

N'étant pas encore prête à affronter le grand huit, je décidai d'aller faire un tour de manège, jouant à fond la carte de la Lolita en levant lentement une jambe bien haut, pour la passer sans me presser sur la croupe peinte d'un cheval de bois, appréciant au passage le regard gêné des parents. Un homme en particulier ne me quittait pas des yeux, jusqu'à ce qu'un gamin vienne le tirer par la manche en hurlant « Papa ! ». Je lui fis alors mon regard le plus ingénu. Dommage, si j'avais eu un chewing-gum, je l'aurais achevé en faisant une bulle.

La bière finit par faire son effet. Je marchai bravement en direction de la pancarte *INTERDIT AUX MOINS DE blablabla*. Il n'y avait pas foule dans la file d'attente. On était en semaine, et il se faisait tard.

Puis je vis le nom du grand huit.

« Le Serpent de la Mort ».

À ce moment, c'est tout juste si je ne fis pas demi-tour. Stupide, oui, mais on ne fait pas toujours ce qu'on veut avec un S.S.P.T.M.L.P.

Pour ceux qui rament, je parle du Syndrome de Stress Post-Traumatique de Mort de Lapin en Peluche. Moi, je trouvais la formule plutôt marrante, Maman et la psy beaucoup moins. La psychologue a dit que j'avais fait un transfert en remplaçant Papa par George et que je souffrais en fait d'un syndrome post-paternel. Je me suis permis de lui faire remarquer que George n'était qu'un satané lapin...

Bref. Le Serpent de la Mort.

— Vous voulez monter ? m'interpella le forain.

Il avait tellement d'acné sur le visage qu'on aurait dit un personnage de bande dessinée, vous savez, comme quand on regarde de très près un journal et que ce que l'on prenait pour une belle unité est en réalité une juxtaposition de petits points.

Je lui ai tendu mon ticket.

Les empaffés pour le prochain voyage avaient décidé de s'emparer de toutes les voitures sauf de la première. Une fois de plus, j'hésitai, prête à tourner les talons. Je me suis même retournée, à vrai dire, mais là je suis tombée nez à nez avec un mec derrière moi, alors je me suis ravisée et j'ai grimpé dans la voiture vide devant le portillon parce que je n'avais pas envie de passer pour une mauviette devant la Terre entière. Deux scénarios s'offrent à moi : dans le meilleur, je ferme les yeux pendant quatre minutes et je gagne en prime un brushing gratos ; dans le pire, je fais une chute de cinquante mètres dans le vide, et il n'y aura personne pour me recoudre des yeux tout neufs.

La porte de ma voiture s'ouvrit.

C'était le mec. Il attendit, m'interrogeant du regard. Je haussai les épaules. Il s'installa.

Au moins, si je devais mourir, ce serait à côté d'un mec sexy.

Pire des scénarios version deux : je me jette sur lui, et nous mourons tous les deux.

— Vous êtes sacrément courageuse, me dit-il en abaissant la barre de sécurité devant nous. Vous devez être une habituée pour vous asseoir au premier rang.

— C'est la première fois, répondis-je.

Enfin, la première fois de mon plein gré.

Il sourit. Un sourire qui illumina son visage comme le flash d'un appareil photo.

— Moi aussi.

À ce moment, le Serpent de la Mort cahota et s'élança, cap sur l'apocalypse.

C'est bizarre la façon dont ça commence. D'abord c'est un cliquetis sourd, comme une énorme horloge qui se met en branle sous vos fesses, la voiture chuinte et glisse. Les gens derrière nous racontaient des idioties. Une fille demanda à son copain de lâcher son téléphone, et je priai pour qu'il refuse parce qu'il lui avait coûté bien trop cher. À mesure que nous prenions de l'altitude, mon voisin se tourna pour admirer le champ de foire, et je me penchai devant lui pour regarder moi aussi, sauf qu'une chose détourna mon attention. Derrière lui, des confettis de lumière et la musique sourde, tout ce bazar de bizarrerie laide devenait magique grâce à la distance. Mais mes yeux restaient attirés par son visage. Son menton était souligné par un trait de néon rouge, et le haut était dessiné par le clair de lune métallique, esquissant un menton décidé un peu boudeur et des lèvres qui semblaient trop douces et trop délicates pour un homme. Ses cils étaient une frange de fourrure d'or. Je ne pouvais voir ses yeux sous cet angle.

Il me regarda soudainement et je rejetai ma tête en arrière.

— Quelle vue ! s'exclama-t-il.

— Ne m'en parlez pas, murmurai-je.

Je sentais qu'il souriait.

— Oh, merde !, cria alors quelqu'un derrière nous.

Et nous avons commencé à tomber.

#

Je ne veux pas en rajouter sur la métaphore grand huit / coup de foudre. Je ne suis pas tombée amoureuse de lui là-haut. Je suis peut-être tombée amoureuse d'une certaine idée de l'amour, mais je suis une ado. Ce matin, je suis bien tombée amoureuse de la confiture à la framboise et aussi d'un chiot habillé d'une petite gabardine. Je ne suis pas vraiment une référence en la matière.

Mais lorsque nous avons atteint le premier sommet, avec le monde à nos pieds comme une guirlande de Noël géante, et que nous avons plongé vers lui à la vitesse de la lumière, l'inconnu et moi nous sommes aussitôt donné la main spontanément, au même moment.

Et j'ai ressenti quelque chose que je n'avais jamais éprouvé avant.

Vous pouvez appeler ça de l'amour, ou une chute libre. C'est à peu près la même chose.

#

Quand le Serpent de la Mort s'arrêta dans un glissement, nous avions l'air tous les deux d'avoir planté les doigts dans une prise électrique. Cheveux à la Einstein, yeux à la Steve Buscemi. Il avait hurlé plus que moi. Moi j'avais surtout ri, à cause de ses cris, et de peur aussi, et en fin de compte parce que c'était fabuleux de se sentir vivant. Pas une fois je n'avais pensé à George ou à ma mère ou à ma triste existence.

Le mec, que mentalement j'élevai au rang de « Le Mec », avec des majuscules, m'offrit sa main pour descendre de voiture. On avait encore un sourire de merdeux plaqué sur le visage.

— Merci, me dit-il.

— Pour quoi ?

— Pour m'avoir aidé à perdre ma virginité de grand huit.

Je ne pense pas qu'il cherchait à me séduire, n'empêche qu'il rougit. Et m'observa d'un peu plus près.

C'est en général à ce moment qu'ils réalisent que vous êtes mineure.

— Quel âge avez-vous ? demanda-t-il juste à ce moment.

— L'âge qu'il faut.

J'adore la tête qu'ils font à cette réponse. L'âge qu'il faut pour… À chacun de compléter la phrase comme il l'entend.

Mais Le Mec se contenta de sourire.

— Je ne veux pas que vos parents me prennent pour un sale type.

Il lui aurait suffi de dire « Je suis prof » et tout aurait été différent.

— Je suis venue seule. C'est à moi de juger si vous êtes un sale type.

— Et vos conclusions ?

— Ça reste une hypothèse, répondis-je en me dirigeant vers la sortie.

Je savais exactement ce qu'il voyait, de derrière. Le minishort en jean, les longues jambes fuselées, le T-shirt moulant, la cascade de cheveux châtain foncé. J'en rajoutai peut-être un peu dans la démarche théâtrale. En temps normal, je suis quelqu'un de plutôt calme et posé. Mais j'étais encore étourdie par l'altitude et cet homme séduisant qui semblait me trouver de l'intérêt. Je ne l'avais pas encore vraiment vu de face, si bien que dans mon esprit je m'en étais fait une image oscillant entre l'homme idéal et la star de ciné.

— Que pensez-vous de la force centrifuge ? lui demandai-je par-dessus mon épaule.

— Je suis totalement contre.

— Super. En avant pour le Gravitron.

La foule des amateurs était nettement plus fournie ici et lorsqu'il arriva à mon niveau et qu'on se tourna l'un vers l'autre, j'en eus le souffle coupé.

Il avait la bouche la plus sensuelle que j'aie jamais vue, des lèvres qui semblaient faites pour dire des poèmes et murmurer des mots doux en français dans une pub pour un parfum. « *Je te veux, mon chéri.* » Voilà pour la bouche. Mais il avait le visage qui allait avec, un visage, oh my God ! Vous savez quand un nageur sort d'une piscine, rayonnant et dégoulinant, les lèvres entrouvertes, les cils brillants et clignant un peu des yeux, comme s'il débarquait d'un autre monde ? Voilà de quoi il avait l'air, tout le temps. Comme s'il n'était pas vraiment d'ici. Quelque chose de beau venu d'un bel endroit, regardant avec bienveillance notre intelligence et nos travers d'humains. Je pourrais vous donner les spécificités techniques, pommettes hautes et saillantes, nez droit et aristocratique, front large, traits délicats, mais c'est dans son expression que résidait sa beauté.

Il dit quelque chose pendant que je le contemplais comme une idiote.

— Quoi ?

Ce sourire de nouveau. Comme un flash qui se déclenche, vous figeant dans l'instant.

— Savez-vous qu'on peut marcher sur la paroi pendant que ça tourne ?

— Vraiment ?

— C'est dingue. On se sent comme un super-héros. En principe, on n'a pas le droit, mais si vous venez juste avant la fermeture, et que vous soudoyez l'opérateur, il fermera les yeux.

Mes yeux à moi durent faire des étincelles à ce moment, car Le Mec soudain approcha son visage du mien en inclinant légèrement la tête.

Crise cardiaque.

Mais il regarda juste mes yeux, comme s'il cherchait un cil tombé dedans. On peut toujours rêver.

— Que faites-vous ? chuchotai-je, espérant que mon haleine n'était pas parfumée à la bière.

— Vert, dit-il en s'écartant. Je voulais voir leur couleur.

— Pourquoi ? Pour que la police puisse identifier mon corps tout à l'heure ?

Heureusement, il rit. Nous présentâmes nos billets au type du portillon.

— Cinq dollars que vous hurlez de peur, dis-je.

— Marché conclu.

On nous aligna contre le mur. Les néons s'éteignirent. Les spots se mirent à flasher. Et l'immense rotor se mit en branle. On se serait cru embarqué à bord d'un ovni.

— Un jour, ils construiront des vaisseaux spatiaux de ce type, dis-je. Comme ça, les astronautes pourront faire leur footing tout autour, le matin.

— Comme dans *2001 : L'Odyssée de l'espace.*

— Dans quoi ?

— Le film. Vous ne l'avez jamais vu ? C'est un classique.

Ce fut la première fois que je pris conscience de notre différence d'âge.

— Quel âge avez-vous ? demandai-je.

— L'âge qu'il faut, répondit-il et nous éclatâmes de rire tous les deux.

Mes os collaient à la paroi comme des magnets. J'essayai de lever le bras, mais il pesait une tonne. L'engin décolla et on se retrouva les pieds dans le vide. Une fille près de moi rit nerveusement. La soucoupe accéléra encore, m'aplatit les entrailles, je me sentis à la fois légère et infiniment lourde. Je tendis les jambes, puis les relevai pour m'asseoir en lévitation. Le Mec me sourit. Son regard s'attarda sur mes jambes, son sourire s'adoucit, et en dépit de mon estomac réduit à l'état de pancake, quelque chose vibra en moi. Comme des petits papillons de papier en deux dimensions.

L'ovni atteignit sa vitesse maximale. Je laissai retomber mes jambes. Je voudrais me sentir comme ça tout le temps, comme si je parcourais l'univers, et quand tout est cent fois plus intense, à fleur de peau. Le Mec poussa un cri sauvage et jubilatoire. On aurait dit que la fille au rire crispé était en train de se noyer. À cet instant, je sus que chaque personne embarquée dans l'aventure ne souhaitait qu'une chose : que ça aille plus vite et plus vite encore, que le sang nous monte à la tête, et qu'on en ait des fourmis partout et des vertiges, avant d'imploser en millions de particules de joie.

J'eus un peu de difficulté à reprendre mes esprits quand la soucoupe se posa. Le Mec sortit quelque chose de sa poche. Puis il prit ma main.

— Que... ?

Il glissa un billet de cinq dollars dans ma paume.

— Vous avez gagné.

Je me sentis bizarrement honteuse. Je ne voulais pas de son argent.

— Je plaisantais.

— Je suis un homme de parole.

Oui. Vous êtes un homme, et un plutôt bel homme qui se montre très gentil avec moi, et moi je me demande à quoi je suis en train de jouer.

— Bon. Allons booster nos économies, dis-je en agitant le billet en direction des stands.

Nous finîmes par nous décider pour le jeu le moins truqué, une partie de pistolet à eau, parce qu'à chaque round, il y avait un vainqueur. Je payai et m'assis à côté d'un petit garçon dont la maman assise derrière lui manœuvrait les bras comme un poupon de chiffon. De l'autre côté, se trouvait un type obèse et complètement saoul qui empestait la saucisse. Il me jeta un regard concupiscent.

Ça serait du gâteau.

J'attrapai mon pistolet à eau, un modèle datant de la Seconde Guerre mondiale, et visai la cible devant moi. Le patron du stand lança le compte à rebours, trois, deux…

Je frottai ma cheville à la jambe nue de Gros Lard.

Un.

Psssshhh.

Le petit garçon perdit avant même que ça ne commence. Il éclata en sanglots, et sa mère lui aboya dessus et s'empara du pistolet. Elle ne réussit qu'à balancer un ridicule jet de flotte flasque, puis l'enfant continuant à pleurnicher, elle l'arracha à son siège.

— Abandon du numéro sept, dit Le Mec, et le forain nous jeta un regard las.

— Triste journée pour l'équipe Sept. La Six mène la partie, mais la Cinq n'a pas dit son dernier mot.

Je touchai ma cible en plein dans le mille. Je prenais de l'avance, lentement mais sûrement.

Gros Lard réussit lui aussi son tir. Nous étions maintenant au coude-à-coude.

Alors je refrottai ma cheville contre son mollet velu.

— Mais attention, l'équipe Cinq vient de rater son coup. Il semble perdre sa concentration. Parviendra-t-il à rattraper son retard ?

J'enroulai sans vergogne mon pied à la jambe de Gros Lard. Chatouillai du bout des orteils son jarret de porc bien gras.

Ding ding ding !

— Victoire écrasante de l'équipe Six !

Tout sourire, je me tournai vers Gros Lard.

— Désolée, monsieur.

Il n'avait pas l'air du tout fâché. Une lueur passa dans ses yeux de phacochère.

— Je connais un autre jeu où tu aurais du mal à me battre…

— Papa ! m'exclamai-je bien fort. Ce monsieur veut jouer à un autre jeu avec moi...

Gros Lard descendit en vitesse de son tabouret, les mains levées en signe de reddition je-l'ai-pas-touchée et se fondit aussitôt dans la foule.

— Vous êtes une fille dangereuse, dit Le Mec avec légèreté.

Je mimai un pistolet avec mes doigts et soufflai sur la fumée imaginaire.

Comme trophée, je jetai mon dévolu sur un poney en peluche avec de grands yeux tristes. Ce fut son regard expressif, grave et plein d'espoir qui me plut. Je le serrai contre moi, l'imprégnai de mon odeur tout en errant parmi les gens. À cette heure, essentiellement des gens plus vieux. Plus saouls. Deux types rougeauds se hurlaient dessus, prêts à en venir aux mains. Un autre pourchassait une femme qui n'arrêtait pas de dire que c'était trop tard, qu'il avait tout gâché.

— J'ai soif, dit Le Mec. Vous voulez boire quelque chose ?

Je haussai les épaules, ce qu'il interpréta apparemment comme un oui. Il acheta deux gobelets de bière.

— Quel âge avez-vous ? demanda-t-il pour la deuxième fois tout en me regardant boire.

— Vingt et un.

— Et c'est quand votre anniversaire ? enchaîna-t-il.

— Je suis née le 17 août 1992, répondis-je du tac au tac.

Depuis la nuit des temps, pour pouvoir rentrer dans les clubs, j'avais appris à dégainer des dates bidon plus vite que mon ombre. L'année précédente, j'étais née en 1991.

Il se détendit, sourit, avala une gorgée de bière.

— Félicitations. Vous voilà donc libre de faire tout ce qui vous chante, sauf d'être présidente.

Je me demandai pourquoi il faisait une telle fixette sur mon âge. Quelles étaient ses intentions ?

— Vous êtes au lycée ?

— J'ai laissé tomber.

— Pourquoi ?

— Pour faire du strip-tease.

Il fronça les sourcils. J'éclatai de rire.

— Je plaisante. Je n'y ai jamais mis les pieds.

Nous n'avions pas encore échangé nos prénoms. Et ça commençait à sembler suspect.

— Vous n'êtes pas du coin, dis-je.

Il me lança un drôle de regard, à moitié flatté, à moitié perplexe.

— Qu'est-ce qui vous fait dire ça ?

— D'abord, le strip-tease est une profession respectable par ici. Et c'est un job lucratif. Et puis, vous n'avez pas l'accent.

— Vous non plus.

— Ah ben ça alors, mon vieux, tu m'en diras tant, dis-je en roulant les « r ».

Il éclata de rire.

— Vous le cachez bien en tout cas. Vous vous êtes réinventée. Une self-made woman en quelque sorte…

Je pense qu'il avait dû commencer à boire bien plus tôt ce soir-là, comme moi. Il avait les yeux brillants, un rien fébriles.

— Possible, dis-je, énigmatique, en réfléchissant au concept.

Une self-made woman.

Je levai mon verre pour le vider. Le Mec fixa ma gorge et je déployai tout exprès mon cou en buvant. Puis je redressai la tête, les yeux mi-clos, les lèvres boudeuses. Le genre de mimiques provocantes qui, habituellement, a de l'effet sur les hommes.

Le Mec détourna le regard. Avala une gorgée de bière. Observa la foule.

Je me sentis idiote. Je serrai mon poney en peluche sous mon bras.

— Pourquoi êtes-vous venu seul ?

— Pardon ?

— J'ai dit...

Il prit mon bras doucement et se rapprocha de moi.

— Vous voulez qu'on aille dans un endroit plus tranquille, où on pourra vraiment parler ?

— Oui.

Il ne lâcha pas mon bras et pour ça, je rendis grâce à un panthéon entier de divinités. La sensation était différente maintenant. Sa peau contre ma peau déclencha une sorte de réaction chimique. Mes cellules s'affolèrent.

Nous sortîmes du parc d'attractions pour plonger dans une nuit noire d'herbes folles et d'étoiles.

J'exerçai une habile rotation de mon bras jusqu'à ce que nos mains se rejoignent. Je l'entraînai à travers les ténèbres, vers le banc, puis je le lâchai et m'assis sur le dossier, serrant le poney entre mes genoux. Il s'arrêta à un mètre de moi.

— Vous êtes incroyable, dit-il dans un souffle.

Une vague de douceur me monta à la tête.

— Vous n'êtes pas mal non plus, dis-je, la voix éthérée.

Il s'avança vers moi. L'éclat platine de la voûte étoilée se reflétait dans ses cheveux et faisait chatoyer le fin duvet sur ses bras. Il n'était pas super grand, peut-être un mètre soixante-quinze, mais sa silhouette était plutôt élégante : une musculature souple s'enroulant autour d'os finement ciselés. Ses abdos affleuraient sous son T-shirt et son jean qui lui collait à la peau. Je m'accrochai au dossier en bois, en dépit des échardes, en imaginant mes mains sur ses cuisses fermes. *Je vais te baiser*, pensai-je. *Quelque part pas loin. Peut-être à l'arrière de ta voiture. La question est : comment ? Quelle voie allons-nous emprunter pour en arriver là ?*

— Vous m'avez emmenée ici pour papoter, dis-je, ou pour autre chose ?

Il parut embarrassé. Il s'assit face à moi, sur la table de pique-nique. Les manèges étaient en train de fermer, les dragons mécaniques géants repliaient leurs ailes et rabattaient leur queue annelée. Je m'allongeai sur le banc, en plaçant le poney en peluche sous ma tête et admirai un ciel comme on n'en voit qu'au planétarium.

— Vous m'avez demandé pourquoi j'étais venu seul ici...

Je me tournai vers lui. Il regardait ailleurs, au loin.

— Tous les soirs, je contemple les lumières de la fête. C'est comme si le monde entier avait trouvé la clef du bonheur, mais que personne ne voulait me mettre dans le secret.

Il y a des moments, quand vous faites connaissance avec quelqu'un, où vous réalisez que ce qu'il y a de plus profond et d'enfoui en vous est tout aussi profondément enfoui chez l'autre. C'est comme rencontrer un étranger que vous auriez toujours connu.

— Pourquoi êtes-vous monté sur le grand huit ? demandai-je.

Une petite virgule se dessina au coin de ses lèvres, une esquisse de sourire.

— Je commence bientôt un nouveau job et... Franchement, je suis terrifié. Alors j'ai pensé que si j'affrontais l'une de mes plus grandes peurs, ça me donnerait du courage.

— Vous n'aviez pas l'air terrorisé.

— Vous avez oublié mes hurlements, là-haut.

Je souris.

— « *Au contraire* ». Je n'oublie jamais rien. Mais bon, vous aviez l'air heureux.

Il aurait dû comprendre que je ne parlais pas de son boulot. Que je parlais d'états d'âme. J'étais trop jeune pour me préoccuper des soucis professionnels des adultes. J'en étais encore moi-même à essayer de comprendre comment ma tête fonctionnait.

Il me souriait à présent. Je l'imaginai glissant un genou entre mes jambes, me plaquant sur ce banc. Le ciel ressemblait à un immense aquarium, avec des étoiles-têtards dedans…

— Et vous ? dit-il. Pourquoi ce soir ?

— En fait, moi aussi je vais commencer un nouveau job.

— Quel genre de job ?

Terminale.

— Une sorte de stage. Bref, je pense que je voulais faire quelque chose que mon ancien moi n'aurait jamais fait.

— Et votre ancien moi… Aurait-il fait ça ?

Je me rassis lentement. Le corps comme alangui, léger. Nous étions très proches maintenant, sans vraiment l'avoir prémédité. Ses joues mal rasées brillaient comme de la poussière d'or. L'ourlet de ses lèvres formait une ombre de laquelle je ne pouvais détacher les yeux.

— Fait quoi exactement ?

Je sentis la chaleur de sa main avant même qu'elle ne me touche, et frissonnai. Il la posa sur mon genou nu. Il ne le caressa pas, ne le serra pas, il plaça juste sa main là, comme une carte qu'il abattrait, attendant ma réaction.

— Ça ? dis-je.

Ma voix était de nouveau désincarnée, un simple filet d'air contenu dans une fine bulle de mots. J'imitai son geste et posai ma main sur son jean. Le denim était élimé et chaud.

Il prit ma joue au creux de son autre main. Il avait réussi je ne sais comment à se rapprocher encore de moi sans pourtant m'embrasser. Les relents de la fête collaient encore à nous, odeurs de bière et de pop-corn et de lubrifiant de moteur, mais tout cela se confondit dans une sorte de bruit de fond et c'est son odeur que je sentis. Quelque chose entre le cuir et la fumée. L'acidité de la sueur mêlée à son parfum donnant un cocktail suave. Du pur délire. Je ne pouvais respirer autre chose. Je ne pourrais m'en lasser.

Mon corps passa en pilotage automatique. Bouche entrouverte, tête légèrement inclinée, complètement abandonnée.

— Qu'est-ce que je suis en train de faire ? répétai-je dans un soupir, sachant qu'il sentait mon souffle sur sa bouche.

— Me séduire, dit-il.

Je rouvris aussitôt les yeux. Mes os retrouvèrent leur fermeté. Je sentis le sang battre furieusement dans ma gorge, dans mes tempes, déserter mes mains et chaque endroit de moi qui voulait être touché par lui. Je m'écartai.

Il fronça les sourcils. Si nous avions connu nos prénoms respectifs, il aurait dit le mien à ce moment, avec un point d'interrogation.

Était-ce vraiment ce que j'étais en train de faire ? De le séduire ? Encore un coup d'un soir ?

N'était-ce que cela ?

— Ai-je dit quelque chose de mal ?

Je secouai la tête, mais je me levai, attrapai l'animal en peluche, l'écrasai à moitié entre mes mains.

De nouveau, cet air peiné passa sur son visage quand il voulut prononcer le nom de cette fille qui était clairement bouleversée. C'est drôle comme son propre prénom a un effet apaisant sur soi. Tout va bien, Maise. Tu es toi. Qui que tu sois.

— Je suis désolé, dit-il.

— Ne le soyez pas. C'est moi qui suis désolée.

— Pourquoi ?

— Je ne cherchais pas à vous séduire.

Toute tension se dissipa en lui. Ce n'était pas sa faute. C'était juste cette fille un peu folle avec ses sentiments de fille un peu folle.

Était-ce injuste ? Peut-être voulais-je être injuste.

— Hé..., dit-il.

Il s'approcha, sa main effleura mon épaule, attendant l'autorisation de s'y poser.

— Je ne disais pas ça méchamment. Et si vous ne l'aviez pas fait, ce serait arrivé de toute façon. Vous êtes si belle.

Sa main s'éloigna.

— Je vous ai blessée.

— Non, pas du tout.

Il se balança sur le bout de ses pieds un moment, d'avant en arrière. Je me rendrais compte plus tard que c'était son tic quand il était nerveux. Cela me toucha. Au lieu de se refermer comme une huître, il chercha en lui les ressources pour faire face.

— Je refuse que la soirée se termine comme ça. Je peux vous raccompagner chez vous ?

J'acquiesçai d'un signe de tête.

Il marcha à côté de moi, jamais devant ni derrière. Nos corps alignés, naturellement. Pas une fois je ne me demandai où il m'emmenait.

Il conduisait une Chevrolet Monte Carlo, un modèle datant d'avant ma naissance. Elle avait l'air tout droit sortie d'un film de Tarantino. Je ne suis pas très douée pour analyser les gens en fonction de leur voiture. Maman conduit un minivan mais elle ne m'a jamais accompagnée à un entraînement de foot ou à un cours de gym. Son van, c'est son bureau. Seuls ses clients ont le droit de monter dedans.

Le siège avant de sa Chevy était recouvert de vieux cuir. Imprégné d'une odeur virile, à donner le vertige. Quand il s'assit au volant, le siège s'inclina, effleurant ma peau.

— Où habitez-vous ?

Je me tournai vers lui. Le souffle court. Ce qui ne lui échappa pas. Il détacha ses mains du volant et se pencha vers moi.

Nous nous rencontrâmes à mi-chemin.

#

Avant d'aller plus loin, je devrais sans doute vous dire que j'ai déjà couché avec des hommes plus âgés. Parfois beaucoup plus âgés que moi. Genre, au moins deux fois plus sur les tables de multiplication. L'un d'entre eux était presque un multiplié par trois.

Merci, Papa, d'avoir laissé un énorme vide dans ma vie dont Freud dit qu'il devrait être comblé par des bites.

Cela dit, je ne mets pas tout sur le dos de mon père. Après tout, je suis maître de mon destin, je suis le capitaine de mon âme et tout le tralala. C'est certain, je cherche à compenser un manque, mais je crois que même si j'avais eu une enfance normale, je me serais prodigieusement ennuyée avec les garçons de mon âge. Ils me font penser à des alarmes de voiture ultra-sensibles. Un coup de vent et ils s'envolent. Je sais de quoi je parle, depuis que j'ai perdu ma virginité en troisième avec l'un d'entre eux. Je ne me suis rendu compte de rien quand il a joui. Je pensais qu'il bataillait encore pour entrer.

OK, ai-je pensé à l'époque. *Mauvaise pioche pour une première fois. Le suivant sera mieux.*

Le suivant a tenu vingt-quatre secondes. J'ai compté. Après, il a dit que si je voulais vraiment ressentir quelque chose, nous devrions essayer la sodomie.

Il y a un moment où vous comprenez qu'ils ne sont encore que des gamins. Et ça prend une tournure bizarre, perverse.

Aussi, quand un garçon proche de la trentaine m'a draguée, à la station-service, je suis montée dans sa voiture. Il m'a baisée sur un matelas nu, dans un studio minable qui empestait le tabac froid et la bière. Il s'est assuré de me faire jouir d'abord et n'a pas chouiné à l'idée de mettre une capote. Il m'a dit que j'étais sublime et m'a offert un hamburger avant de me déposer à la maison.

Je pourrais devenir accro à ça, j'ai pensé alors.

Et c'est ce qui s'est passé.

#

On aurait pu s'attendre à un baiser plein de frénésie, d'impatience, mais la rencontre de nos lèvres fut douce. D'une douceur contenue. Toute l'impatience s'exprima à travers nos mains, plantées sur les épaules et la nuque de l'autre telles des serres. Mon cœur était en extase. Il en avait envie autant que moi, mais pas n'importe comment, pas que ça dégénère en un truc grossier et bâclé entre deux éméchés. Je l'embrassai doucement, gentiment, en appréciant le satin souple de ses lèvres, la rugosité de sa barbe naissante tout autour. Il fallait une sérieuse dose de volonté pour procéder avec lenteur. Nos bouches gardaient un petit goût de bière, ce qui en fait ajouta à l'ivresse du moment. C'est ce que nous voulions tous les deux, et peu importaient les imperfections qui se mettaient en travers de notre chemin.

Sa main se fit plus pesante sur ma nuque, son baiser plus profond. J'inclinai mon visage, ma bouche trouvant le bon angle pour embrasser la sienne et s'ouvrant pour laisser pénétrer sa langue. Merde, c'était quand la dernière fois que quelqu'un m'avait donné un tel baiser ? Et est-ce que j'en avais jamais reçu un de ce genre ? J'avais l'impression qu'il me faisait l'amour, mais de façon plus douce, plus personnelle. Dans mes veines, mon sang scintillait du même rouge néon que les lumières du parc. Il se redressa, mordilla légèrement ma lèvre inférieure. Ouvrit les yeux et me regarda.

— Je n'essaie pas de vous séduire, dis-je dans un soupir absurde.

Il sourit. Pas le sourire Ultra brite pour la galerie comme tout à l'heure, mais un sourire rien que pour moi, petit et espiègle, qui soulevait un coin de sa bouche plus haut que l'autre.

Franchement, qui cherchait à séduire l'autre maintenant ?

Une partie de mon bon vieux moi perdit le contrôle. Agrippa le col de sa chemise et l'attira vers elle. Fit glisser son corps sur le siège et enroula ses jambes autour des siennes, et laissa son corps se déployer au-dessus d'elle. De nouveau, ils s'embrassèrent, elle et lui, et cette fois ce fut urgent et frénétique et toutes ces choses qu'ils avaient retenues. Avec coups de dents et d'ongles maintenant. Elle le sentit bander, son sexe dur presser à travers son jean sur l'intérieur de sa cuisse. Elle sentit notre corps, le mien et le sien à elle, mouiller, la sueur entre ses seins, sur ma nuque, entre nos jambes. Et notre main saisit sa fermeture éclair.

Le Mec se hissa sur ses coudes, haletant.

— Attends.

À ce moment, ce fut moi de nouveau, les cheveux plaqués sur les joues en feu.

— Hein ?

Il ferma les yeux. Je pouvais deviner que respirer lui demandait un véritable effort. Il approcha son visage du mien, effleura ma joue de sa joue râpeuse.

— Je te désire, murmura-t-il dans mes cheveux, et un million d'étincelles crépitèrent sur mon crâne. Mais je veux d'abord apprendre à te connaître. Je n'ai pas envie d'un coup juste comme ça.

Lorsqu'il releva la tête, je ressentis ce même état d'apesanteur que j'avais éprouvé un peu plus tôt, quand nos mains s'étaient rencontrées pour la première fois, des centaines de mètres au-dessus de la Terre.

Il caressa mes cheveux, les remit un peu en ordre.

— Est-ce un peu trop vieux jeu pour toi ?

Sourire gêné et penaud. Quand il souriait comme ça, son front se creusait de sillons.

— Non, répondis-je.

— Tu es si belle. Merde, j'ai très envie de poser les mains sur toi.

Il soupira, son torse lourd contre le mien. À travers le pare-brise une lumière incandescente projetait un halo doré sur une partie de son visage.

— Tu sais pourquoi je suis heureux là ? Parce que j'ai complètement oublié où j'étais. Je ne pensais qu'à toi.

Je ne pouvais plus attendre.

Je pris son visage entre mes mains et le ramenai vers moi. Nous échangeâmes un nouveau baiser, bouches closes, puis de nouveau avec la langue et il s'allongea sur moi, un genou entre mes jambes, exactement comme je l'avais fantasmé. Son baiser me fit frissonner partout. Je le sentis dans mes endroits les plus désolés, me réchauffer avec une chaleur de plein été, me remplir d'étoiles et d'abandon. Puis il s'arracha à ma bouche.

— On peut faire les deux, dis-je, à voix basse mais déterminée. On n'est pas obligé de se restreindre à un coup d'un soir...

Une lueur de tristesse assombrit son regard, mais il ne discuta pas cette fois.

J'enfouis mes doigts dans ses cheveux trempés de sueur. Enroulai mes jambes aux siennes. Suffoquai sous son poids. Je sentis la rotation de la Terre, nos corps collés l'un à l'autre par la gravité.

— J'ai envie de toi, dis-je.

La tristesse dans son regard s'évanouit.

J'avais brûlé tout mon alcool. Et c'est une sensation d'ivresse spontanée qui s'empara de moi. Le fait qu'on soit garé sur un parking, que quelqu'un à tout moment pouvait nous surprendre ne me traversa même pas l'esprit. Je m'en fichais. Il couvrit ma gorge de baisers, mes épaules, et retira mon T-shirt étroit avec plus de grâce que je ne l'aurais fait. Ses joues râpeuses chatouillèrent mes seins. Il dégrafa mon soutien-gorge, pressa ses lèvres brûlantes sur ma peau. Tout en moi se tendit et vibra. S'ensuivirent quelques gesticulations quand je lui retirai son T-shirt et qu'il enleva mon short, puis nos corps se rejoignirent, peau contre peau. Chaque fois que l'un de mes vêtements disparaissait, avec ses mains, sa bouche, il passait un moment à explorer les nouveaux territoires ainsi mis à nu, puis de nouveau il m'embrassait. En moi s'éleva un tourbillon de folie, de plus en plus incontrôlable. Ma pratique froide et mécanique du sexe serait stérile ici. Il ne cessait de me troubler avec ses gestes tendres, ses attentions. « Contente-toi de me baiser », avais-je envie de lui crier. Mais je n'avais pas envie qu'il se contente de me baiser. Je voulais que tout cela dure pour toujours, passer des siècles à nous déshabiller, à nous découvrir, nous toucher.

Enfin ses doigts glissèrent sous l'élastique de ma culotte. Je fis sauter le bouton de son jean, et cette fois il ne m'arrêta pas. Il ne m'arrêta pas non plus quand je fis descendre la fermeture éclair de sa braguette. Ni quand j'enroulai ma main autour de son membre. Il y a quelque chose de presque surréaliste, la première fois où vous touchez un sexe, quand vous réalisez que le type va vous baiser avec. Il était dur et large, tellement plus chaud que le reste de son corps. Pendant que je le caressais, il ferma les yeux, les sourcils pointés vers le haut, en direction du bonheur. J'adore ça. J'adore quand ils deviennent si vulnérables sous les caresses. Je lui arrachai son jean, pressai mes cuisses contre lui. Je portais encore ma culotte.

Il leva la main, chercha à tâtons derrière lui. Ouvrit la boîte à gants et en sortit un sachet alu qu'il mit dans ma main.

J'adore aussi quand ils me laissent faire ça.

Je déchirai le papier, déroulai la capote le long de son sexe. Il y a dans ce geste quelque chose de si définitif que ça me fait fondre à l'intérieur. C'est le point de non-retour. Plus d'excuses. Nous y sommes.

Il passa de nouveau sa main dans mes cheveux, les yeux presque tristes. Glissa ses deux pouces sous l'élastique de ma culotte et la fit descendre sur mes cuisses. Je ne le laissai pas aller plus bas. On était de toute façon trop à l'étroit dans la voiture. Je le désirais désespérément, maintenant, impérieusement.

— Baise-moi, dis-je, la voix tremblante.

Il se plaqua contre moi, mais ne me pénétra pas. Nos visages étaient tendus. Puis de nouveau, il se frotta à moi, de toute sa longueur. Le préservatif fut instantanément lubrifié. Dents serrées, je haletai.

Il posa une main tout près de mon visage et dit :

— Dis-moi comment tu t'appelles.

Et merde. Il allait le faire. Rendre tout ça vrai.

Je me mordis la lèvre et roulai mes hanches contre les siennes.

Son souffle me balaya. Je sentis chacun de ses muscles se contracter, ses abdos s'écraser sur mon ventre, ses cuisses s'immiscer entre les miennes. Il passa une main sous mes reins, m'attirant plus près de lui. Sentir son sexe dur tout contre moi me rendait folle.

— Baise-moi, dis-je une fois encore, sans trembler, dans un grognement.

— Dis-moi ton prénom.

Ce n'était pas facile pour lui. J'aurais probablement pu le faire attendre. Il aurait fini par rendre les armes. Mais agacée, je demandai :

— Pourquoi ?

— Je ne veux pas que ce soit juste du sexe. Je veux savoir qui tu es.

Les hommes sont dotés d'un truc que j'appelle une logique sexuelle. Quand ils sont en rut, à savoir la plupart du temps, les règles logiques se modifient. Au lieu d'être un système cohérent de raisonnement, cette logique devient le plus court chemin pour obtenir ce qu'ils veulent. Dans la situation présente, je succombai moi aussi à cette logique sexuelle. De toute façon, il ne pouvait pas me retrouver rien qu'avec mon prénom. Même dans une ville aussi petite que la nôtre. Même avec un prénom aussi peu courant.

Et peut-être une partie de moi avait-elle envie de le laisser entrer dans ma vie. Pour de vrai.

— Maise, répondis-je, tremblante de nouveau.

Quelque chose dans son expression changea, comme si une pièce du puzzle se mettait en place.

— Salut Maise, dit-il.

— Salut. Et toi ?

— Evan.

— Evan, dis-je. S'il te plaît arrête de parler et baise-moi.

D'abord il m'embrassa, puis retint ma lèvre entre ses dents acérées quand il me pénétra. Je criai, non de douleur mais de soulagement. J'en avais envie à crever et ce n'est que lorsqu'il fut en moi que j'en pris conscience. Il me baisa doucement, les yeux grands ouverts, rivés aux miens. J'en eus des frissons jusqu'au bout des orteils. Le plus étrange, c'est que son baiser avait quelque chose de sexuel et que son sexe en moi fut comme un baiser. Une chaleur intense, presque insupportable, envahit mon corps. Je dus détourner les yeux, les fermer. Condamner certains de mes sens. J'entendais ma propre voix résonner, les gémissements qui s'échappaient de ma gorge, avec des soupirs et des cris de petite fille qui ajoutaient à mon excitation. Je n'étais plus moi-même. Dingue. Evan – oh la la ! il avait un nom maintenant – approcha sa bouche de mes seins, les embrassa, suça un téton tout en plongeant en moi, et je sentis le monde basculer. Tout devint confus et je fus submergée par les sensations. Sans en être consciente, j'avais enfoui mes mains dans les poches arrière de son jean et l'attirais plus profondément en moi. L'espace d'un instant, je notai mon pied nu appuyé contre la vitre froide. Les claques du cuir sur ma peau. Puis le monde extérieur se brouilla et il ne resta plus que des points de pression. Ses mains agrippant mes fesses, me maintenant, m'obligeant à le sentir tout entier en moi, me remplissant de chaleur et de puissance. Quand on est proche du plaisir, on commence à ressentir des choses complètement folles. Toutes les inhibitions se désintègrent. Tout en moi le voulait, ma bouche, mon cul, entre mes seins, tout endroit qui peut être baisé. Je faillis crier quand il se figea en moi. Et lorsqu'il recommença à aller et venir, ce fut avec une telle lenteur, une telle putain de lenteur que je sentis chaque centimètre de lui, je l'absorbai tout entier jusqu'à ce qu'il pèse sur mon clitoris. Entre mes paupières frémissantes, je gémis « Je vais venir, je vais venir » et il continua à me baiser sans interruption, obstinément, et je m'abandonnai. Tout ce qu'il y avait de tension nerveuse en moi soudain claqua pour exploser en un monstrueux orage. Il jouit avec moi, tout le corps comme pétrifié, d'une puissance effarante le temps d'un battement de cœur, ses doigts crispés sur mes fesses et sa bite encore d'une dureté étonnante en moi, alors que déjà je m'adoucissais et me dissolvais. Il plongea en moi, de plus en plus doux, la tête pendante, le corps relâché, jusqu'à ce qu'il fasse peser tout son poids sur ses coudes.

Les planètes retrouvèrent leur orbite. En Angleterre, l'aube pointait. La portière d'une voiture claqua, comme la touche d'une machine à écrire.

Je levai les yeux vers lui. Il était déjà en train de me dévisager.

Quand était-ce, la dernière fois qu'un homme qui venait de me baiser avait eu envie de regarder mon visage après avoir joui ?

Aucun de nous ne cilla ni même ne sembla respirer. Il était encore en moi, tout doux maintenant. Je ne savais pas quoi faire. D'habitude, ils se retirent tout de suite, ou je me dégage et commence à chercher mes vêtements. Mais impossible de bouger, j'étais prise au piège, sous lui.

Il effleura ma joue du revers de la main.

Par pitié ! Ne dis rien de tendre. S'il te plaît, tais-toi !

Il se pencha sur moi et m'embrassa.

Bon, ça encore, je pouvais gérer. Je fermai les yeux et l'embrassai en retour. Un baiser sans arrière-pensée, nonchalant, n'attendant rien de lui maintenant. Tout en m'embrassant, il se retira gentiment. Je laissai échapper un petit soupir. Il rangea son sexe dans sa braguette, avec la capote dessus, puis promena ses yeux sur moi, sauf que maintenant, contrairement à tout à l'heure, il s'attarda sur mon visage.

Panique à bord.

Il me regardait comme s'il me connaissait. Pas dans le sens biblique du terme – on n'en était plus là – mais dans le sens « Tu es plus qu'un simple coup ».

Je m'assis et rassemblai mes fringues de la façon la plus décontractée possible. La culotte. Le soutien-gorge. J'enfilai ensuite mon short, manquant au passage lui donner un coup dans la figure, ce qui le fit rire. Il attrapa ma jambe et frotta sa joue à ma cheville. Je m'efforçai d'éteindre le feu d'artifice que son contact envoyait encore dans mon système nerveux, mais allez donc faire la morale à des endorphines !

Il régnait dans la voiture une odeur de plaisir et de sueur, ce parfum magique du sexe… Beaucoup moins magique, une fois que c'est terminé.

Comment diable allais-je me sortir de là ?

Sur le tableau de bord, le poney nous regardait, lugubre. Merde. Ce petit con nous avait matés.

— Maise.

Un frisson me parcourut l'échine quand il prononça mon prénom. Je fis semblant d'observer quelque chose dans le rétro extérieur.

— Oui ?

— On pourrait juste essayer…

Serait-ce impoli si j'ouvrais la portière là, tout de suite ?

Des doigts effleurèrent mon bras, et le fin duvet de pêche juste à cet endroit.

— Ça va ?

— Oui.

— Maise.

Je me tournai vers lui. Tout ce qu'il voulait, je suppose, c'était dire mon nom et obtenir une réponse. Il inclina un peu la tête, avec cette lueur dans les yeux quasi surnaturelle. Il était décidément beau gosse. Et si gentil avec moi. Il fallait que je quitte cette voiture au plus vite, avant de tomber dans les pommes.

— Hé, dis-je avec un enthousiasme forcé. J'ai une idée !

Il me regarda, plein d'espoir.

— Je vais aller voir si je peux faire un tour de Gravitron gratis, dis-je avec un petit rire niais. Tu devrais te faire un brin de toilette. Tu me rejoins là-bas ?

Je suis une sacrée bonne menteuse. Règles essentielles : privilégier le contact visuel, faire preuve d'aplomb et ne pas se soucier des conséquences.

Sauf que là, il y avait un problème. D'une certaine façon, deux ou trois heures après notre rencontre, Evan semblait me connaître assez pour voir derrière ces artifices. Peut-être entendit-il une imperceptible fêlure dans ma voix, peut-être surprit-il l'éclat furtif du désespoir dans mes yeux. Parce que, au lieu de plaisanter ou de rougir ou toute autre chose normale, il me regarda comme si je venais juste de lui dire que je ne voulais plus le revoir.

Et tant pis si c'était exactement ce que je disais.

— D'accord, répondit-il calmement.

Autre règle essentielle : ne pas faiblir, aller jusqu'au bout.

— Génial, dis-je et je me penchai pour lui coller un bisou sur la joue.

Il saisit mon visage entre ses mains. Quelque chose martelait mon cœur, comme un vampire qui cherche à sortir de son cercueil.

Evan me regarda. Il fit courir son pouce sur ma bouche, sur ma joue, comme pour les graver dans sa mémoire, comme s'il savait qu'il les voyait pour la dernière fois.

Je ne trouvai pas le courage d'en rajouter avec un faux baiser. Je lui échappai et descendis de voiture.

#

Mon vélo était enchaîné à la clôture, derrière le grand huit. C'était plutôt calme dans le parc, excepté quelques forains alcoolisés qui se défiaient au marteau de l'homme le plus fort. Je sautai en selle, grimaçant un peu à cette douce brûlure entre mes jambes. Quel bordel ! Je pédalai en danseuse à travers la poussière et les herbes folles, et bien sûr, à chaque coup de pédale me revenait le souvenir de ce que je venais juste de faire, combien ça avait été bon et combien je me sentais mal maintenant.

Oui, j'ai déjà couché avec des types plus âgés que moi. Et juste après je les quitte, avant qu'eux ne me quittent.

Merci pour cette hantise de l'abandon, Papa. Et va te faire foutre.

Quand j'atteignis la route, mes yeux étaient embués. La faute au vent. Sans mentir.

Chapitre 2

Mission : me réinventer.

Le premier truc qui vient à l'esprit en principe, c'est de se couper les cheveux. Oui, eh bien pas question ! Elles se comptent sur les doigts de la main les Irlandaises qui peuvent se vanter d'avoir de longues tresses sombres.

Pas question non plus de me racheter une garde-robe (je suis fauchée), de prendre un animal de compagnie (je ne supporte pas les êtres dépendants) ou un amoureux (voir parenthèse précédente), ou de me maquiller (le maquillage vulgaire de Maman m'incite à rester *naturelle*).

Ce que je vais faire en revanche :

Effacer de mon téléphone tous les numéros du répertoire. Plus de tarés tordus, plus de pouffiasses du bahut qui croient qu'échanger quelques mots signifie être amies alors qu'on n'a même pas l'air d'appartenir à la même espèce.

Postuler dans une université. Et non, ça n'a strictement rien à voir avec le fait qu'Evan m'a interrogée là-dessus.

Affronter mes peurs, au moins une par mois. Pour août, c'est fait. En septembre, j'expliquerai à Maman qu'elle a un problème d'addiction à la drogue. Si je survis jusqu'à octobre, m'attaquer aux clowns.

Trouver un job. Ne pas espérer que Maman m'encourage à poursuivre des études, ou qu'elle ait la moindre idée de ce qui m'aiderait.

Cesser de me servir des hommes. Stop. Fini. Terminé.

Peut-être retourner consulter ce psy. Ou du moins un psy qui ne sera pas un fétichiste obsédé par les lapins.

Vivre, au lieu de m'abrutir à mort, comme Maman.

Arrêter de penser à Evan.

#

Je suis dans les dernières à m'inscrire pour les cours, parce qu'O'Malley commence par un O, pas par un M. Résultat, lorsque je me suis enfin retrouvée en face de la secrétaire d'administration, il n'y avait plus de place pour les matières que je voulais prendre.

— Je suis désolée, Maisie... soupira-t-elle.

Elle avait l'air à moitié endormie dans l'air moite de la clim.

— C'est complet.

— Maise, rectifiai-je. C'est le diminutif de Maisie qui est pour les petites filles. Et vous ne comprenez pas, l'année dernière j'ai posé une option sur Études cinématographiques.

Je voyais l'écran de son ordinateur portable se refléter dans ses lunettes à double foyer. Elle était en train de jouer à Angry Birds.

— Je veux faire une école de cinéma, expliquai-je. J'ai besoin de suivre ce cours.

— Vous voulez devenir actrice ? demanda-t-elle, moyennement intéressée.

— Non, je veux *réaliser* des films.

— Vous êtes jolie. Vous pourriez être actrice.

J'allais lui répondre que j'avais plus d'ambition que ça, mais après tout, elle n'avait pas tort.

— Vous ne pouvez pas vérifier les réservations de l'année dernière s'il vous plaît ?

— Ce cours est complet.

Un oiseau rouge passa en explosant sur le verre de ses lunettes.

— Pourquoi pas Art dramatique ?

— Mais j'en ai rien à foutre de faire du théâtre, marmonnai-je.

— Pardon ?

— Écoutez, l'une des places de ce cours m'était réservée. Quelqu'un vous a peut-être demandé une faveur, je ne vous juge pas. Je suis sûre qu'ils vous payent une misère pour ce boulot…

Je me penchai vers elle.

— Mais c'est ma passion. Si je ne suis pas ce cours, la seule chance pour moi d'entrer dans une école de cinéma serait de coucher avec le responsable des admissions. Il me demandera sans doute de lui faire une pipe dans sa Porsche. À lui et à tous ses connards de copains. C'est mon avenir que vous avez entre les mains, là. Pensez-y !

Mme Angry Birds me dévisagea de ses yeux ronds et chassieux.

Je haussai les sourcils.

Clic clic. L'imprimante laser se mit à vrombir.

— On dirait que je me suis trompée. Une place vient juste de se libérer…

Mme Angry Birds me tendit le précieux document tout en me dévisageant derrière ses lunettes.

— Vous devriez sérieusement envisager de devenir actrice.

— Merci, madame. J'y penserai.

Radieuse, je retournai à mon vélo tout en serrant ce bout de papier contre mon cœur comme un porte-bonheur.

Études cinématographiques. L-J-V 10 h 15-11 h 45. E. WILKE. Salle 209.

J'étais si absorbée dans la lecture de mon emploi du temps que je ne remarquai pas la Chevrolet Monte Carlo bordeaux avec le poney en peluche aux grands yeux tristes assis sur le tableau de bord, sa fourrure étincelante dans le soleil.

#

Si vous êtes cinéphile, à ce moment précis vous devez être en train de vous dire : « Elle veut faire des études de cinéma et ne connaît même pas Kubrick ? »

Primo : c'est justement pour ça que je veux faire une école de ciné, sans blague. Bon, j'ai plutôt un penchant pour les réalisateurs modernes, je l'admets. Je préfère Lars von Trier, Terrence Malick et les dessins animés de Miyazaki à tous ces trucs qu'on est censé aimer, Kubrick, Hitchcock et toute la clique. Mais je ne suis pas pour autant *hipster*. J'adore Peter Jackson et J. J. Abrams aussi bien que les films d'art et d'essai.

Alors oui, c'est la honte, j'en conviens, de ne pas connaître l'une des œuvres les plus emblématiques de Kubrick, *2001 : L'Odyssée de l'espace*.

En revanche, je suis sûre que mon prof de ciné va se faire un plaisir de m'en parler en long, en large et en travers.

#

« Tous les soirs, je contemple les lumières de la fête », avait-il dit.

Impossible de me sortir ces mots de la tête. Il vivait donc, ou travaillait, quelque part pas loin d'ici.

Dans cette ville sillonnée de ponts autoroutiers et cernée de rocades qui compte à peine cinq types à peu près potables, l'un d'eux est un homme auvisage d'ange, un homme qui m'a demandé mon prénom avant de me baiser dans sa voiture, par une nuit d'août torride.

Impossible de me sortir ce mec de la tête.

Je filai sur mon vélo jusqu'au château d'eau, au sommet de la colline surplombant le terrain vague. J'escaladai la structure métallique mangée par la rouille, jusqu'à une planque que des camés avaient bricolée là, à l'aide de bois flottant du Mississippi. Il faisait moins chaud ce soir, et un vent continu s'engouffrait dans les hautes herbes, parfumant l'atmosphère d'une odeur de terre et d'orge. D'ici, les néons de la fête ressemblaient à des papillons voletant follement en tous sens, comme piégés sous un dôme invisible. Exactement comme moi.

Alors. Comment je me sens après avoir couché avec un mec bien et l'avoir planté juste après ? Ai-je fait ce que je voulais ? Ou est-ce que j'ai l'impression d'être plus seule que jamais ?

Questions rhétoriques.

Peut-être le moment était-il venu d'admettre qu'être intensément désirée pendant quelques heures ne suffisait pas. Ça m'occupait quelques jours, parfois une semaine ou deux, mais lorsque le néant me rattrapait, il était plus noir, plus vorace. Bien sûr, je continuais de penser que c'était la faute du garçon – une fois que j'aurais trouvé un mec bien, tout serait différent. Je serais comblée. Or le mec bien, je l'avais planté comme les autres, et je me sentais vide. Et j'essayais de me voiler la face avec des pirouettes et des bravades, et de me persuader que c'est ça la vie, que les choses sont comme ça. Personne n'est heureux. Personne n'est comblé.

Evan pensait que le secret du bonheur existe. Mais il se trompait. Le secret, c'est de s'endurcir. De ne pas laisser le néant vous dévorer de l'intérieur.

Ce pour quoi je suis terriblement nulle.

Un bruit surgit dans les hautes herbes en contrebas. Un craquement sec.

Je bondis sur mes pieds, zut ! j'aurais dû prendre un couteau. C'est peut-être un violeur psychopathe sous acides...

— Y a quelqu'un ? demanda une voix masculine.

Merde. Il se tenait juste à côté de mon vélo.

— Dégage, dis-je, menaçante.

Un silence, puis un rire étouffé.

— T'inquiète. Je ne vais pas t'attaquer.

— Ne touche pas à mon vélo. Et dégage.

Les cendres rougeoyantes d'une cigarette brillaient dans la pénombre, comme une sorte d'œil orange maléfique.

— C'est pas gentil ça...

Plus je resterais juchée là-haut, plus il penserait que j'ai peur. Je descendis tranquillement, sautai avant d'atteindre le bas en atterrissant comme une ballerine. Le garçon me dépassait d'une bonne tête, sans compter les épaules, en revanche il était maigre comme un clou. Je ne le voyais pas très bien, excepté son énorme pomme d'Adam quand il tira sur sa clope.

Je connaissais la plupart des ados de mon âge et lui, je l'avais déjà vu au lycée. Un mec plutôt solitaire, assez bizarre.

— Salut, dit-il.

Je ramassai mon vélo.

— Tu vas partir comme ça, sans dire bonjour ?

— Salut, dis-je. Et au revoir.

Il rit encore une fois.

J'enjambai le vélo et plantai un pied sur ma pédale.

— Je m'appelle Wesley, dit-il.

— J'ai pas envie de me faire de nouveaux amis.

— C'est un drôle de prénom…

J'éclatai de rire, malgré moi. Bon sang ! le sol était tout défoncé, casse-gueule. J'aurais plus vite fait en poussant ma bécane.

— Je t'ai déjà vue ici, une fois, dit Wesley en me suivant flottant dans des vapeurs de fumée aux herbes aromatiques. Une bidî.

— Super, répondis-je. Donc, si je comprends bien, t'as décidé de me coller.

— Je ne te colle pas, j'étais là le premier.

Je m'arrêtai net, les chaussures noyées dans un nuage de poussière.

— Écoute. Qui que tu sois, c'est sympa de t'avoir rencontré, mais tu vois, ça n'ira pas plus loin. Je cherche pas à me faire un copain ni un petit copain, et je n'ai besoin ni d'un fan ni d'un grand frère. Désolée.

La cendre rougit dans l'obscurité.

— Tu es M. O'Malley, non ?

Mon sang se glaça.

— Quoi ?

Il plissa les yeux et agita sous mon nez quelque chose de blanc et de volatil. Un bout de papier bleuté au clair de lune. Je reconnus une impression laser.

— Ils m'ont jeté du cours d'Études cinématographiques. Quelqu'un m'a piqué ma place. La femme des inscriptions a dit que c'était une fille qui ressemblait à Blanche-Neige. Visiblement, tu l'as subjuguée avec ton « talent ».

— Merde…, soupirai-je.

— Je ne suis pas fâché, dit Wesley. Mais tu pourrais au moins m'expliquer pourquoi tu tenais tellement à t'inscrire à ce cours.

Je ne connaissais même pas le prof, ce E. Wilke. Je ne savais pas ce que c'était de tenir à quelqu'un. Tout ce que je voulais, là, c'était quelque chose à moi. Quelque chose que je ferais, moi. Que personne ne pourrait me prendre.

Je tendis la main.

Wesley la regarda, perplexe, avant de la serrer. Il avait la peau sèche et rugueuse, comme une feuille de maïs.

— Maise, dis-je.

— Hein ?

— C'est mon prénom.

Je le lui donnai facilement, librement. Sans condition.

C'est le genre de chose dont on se souvient après, quand ça se gâte.

— Et la raison pour laquelle je tenais tant à ce cours, dis-je, c'est que comme ça, j'espère pouvoir foutre le camp de cette ville.

Il sourit, un grand sourire espiègle.

— OK. C'est une raison valable pour m'avoir fait virer de ce cours.

#

Wesley me raccompagna à la maison. Pas intentionnellement, nous avons simplement poursuivi la conversation. Il était fou de cinéma lui aussi, mais plutôt du côté technique, caméra, photographie, montage vidéo. J'ai du respect pour les gens qui vivent leur passion à fond. Il passa la majeure partie du trajet à m'expliquer la différence entre vingt-quatre, trente et quarante-huit images par seconde, et m'expliqua le fonctionnement de l'œil humain. Comment notre cerveau comble le vide entre chaque image. Et comment, quand on regarde un film, la moitié de ce que nous « voyons » en fait n'existe pas. C'est nous qui compensons dans notre tête.

Je réfléchis à ce que ça donnerait de voir Maman au rythme d'une image par jour. Flouter sa vie et combler les vides avec autre chose.

Je me demandais si Evan en faisait autant pour moi, dans sa tête.

Quand nous arrivâmes devant chez moi, Wesley sortit son téléphone.

— On échange nos numéros ?

Je n'avais pas envie de répondre oui aussi facilement. Les garçons à cet âge sont tellement présomptueux.

— Tu as l'intention de me faire culpabiliser pour ce cours ?

— Si je rate quelque chose d'essentiel à ma vie, répondit-il avec un haussement d'épaules, tu me le feras savoir.

Nous échangeâmes nos numéros.

— Tu as menti, dit alors Wesley, sourire en coin.

— À propos de quoi ?

— Sur le fait de ne pas vouloir de nouveaux amis.

— On n'est pas amis, dis-je froidement en me dirigeant vers le porche.

Erreur. Je pensais être frivole, pas lâche. On n'était plus à l'école primaire. Nous n'allions pas devenir A.P.V. (amis pour la vie) comme ça, sous prétexte que nous avions le même personnage de dessin animé sur notre sac à dos.

Mais ce que Wesley comprit fut : « Je n'ai pas encore exclu la possibilité de baiser avec toi. »

On ne dit jamais ce qu'on pense dire.

#

Jour de rentrée scolaire.

C'était comme si la vie recommençait. Le soleil de septembre était encore incandescent, mais commençait à décliner, à pencher dangereusement. Sur les trottoirs, les ombres des feuilles tressautaient comme des pixels. Les voix étaient détendues, tout le monde était heureux d'en finir avec cette effrayante liberté de l'été et de retrouver le confort de l'uniforme, de l'emploi du temps et de la routine. Tout était comme enduit d'un vernis doré, la déliquescence de l'automne s'installait doucement, fragmentait le monde en molécules de soleil et de poussière.

7 h 55. Première sonnerie, cristalline, réconfortante. Je me motive, docilement, répétant dans ma tête le rôle que je vais devoir tenir durant les dix prochains mois. Je traverse une marée de corps bronzés, d'embruns de gel et de parfum. Tout le monde tient son téléphone collé à l'oreille, profite de ses précieuses dernières minutes de crédit de communication, avant de couper tout contact avec le monde extérieur. Je jette négligemment le mien dans mon casier. Wesley m'a envoyé un texto : *Dej au 4e service ?* Auquel j'ai répondu : *On se retrouve là-bas.*

Ainsi commence la première journée de mon « nouveau job », selon l'expression que j'avais employée avec Evan. Où était-il ? Avait-il commencé le sien ?

Avec le recul, on a envie de se hurler à soi-même : tu ne la sens pas ? Tu ne sens pas cette nervosité à fleur de peau, ton sang qui bouillonne dans tes veines, comme si une force occulte planait au-dessus de toi ? Tout ce dérèglement, tu ne le vois pas, Luke ?

Je claquai la porte de mon casier.

Une conne passa, la bouche en cul-de-poule. Son regard glissa sur mon corps telle une langue de vipère.

D'accord, je ne m'étais pas *totalement* réinventée. Je ne ressemblais pas non plus à cette whaouh de Mère Teresa. Je portais un short de la largeur d'un cheveu, à la limite de l'outrage aux bonnes mœurs, et une chemise d'homme boutonnée n'importe comment. Le plus drôle c'était que, même avec cette tenue de plouc et zéro maquillage, j'avais dix fois plus de style que cette fille qui avait passé des heures à s'épiler et à se pomponner, pour finalement ressembler à un chihuahua. Je lui souris avec amabilité et elle afficha encore plus de mépris. Tout juste si on ne voyait pas les circuits crépiter dans le blanc de ses yeux alors qu'elle me passait au scanner : « Cible verrouillée. Terminé. »

8 h 00-9 h 05, Maths. Garde le pire pour tout de suite, comme dit Maman. J'étais tout ouïe, assidue. J'avais pris un cahier à l'ancienne et mon stabilo. Certains élèves prenaient des notes sur ordinateur, d'autres sur tablette. « Une éducation à deux vitesses », me fis-je la réflexion.

9 h 10-10 h 10, Histoire mondiale. Là encore, des chiffres, mais pas assez. Mon esprit vagabondait. Une fille rencontre un garçon, elle est là toute l'histoire du monde. La fille baise avec le garçon. La fille prend peur et plaque le garçon. Le garçon invente une civilisation pour la faire revenir.

Après le cours, je filai direct à mon casier pour envoyer un texto à Wesley, avant de me raviser. Comment dire le plus poliment possible : « J'ai besoin de réconfort mais j'ai pas envie de partager certains détails ? » M'en fous. On ne se connaît même pas. Qui donc devient présomptueux, là ?

Je me motive : « Relève la tête, ma vieille. » Le prochain cours était Études cinématographiques. Mon premier contact avec le futur. Et après, j'aurais vraiment une excuse pour expédier un texto à Wesley en le faisant râler sur ce qu'il manque.

Tout en me frayant un passage parmi les corps qui entrent en collision dans l'escalier, je pensai à la remarque d'Evan : « C'est un grand classique. » Eh bien, cher maître, si c'est un si grand classique, je suis sûre que nous allons l'étudier.

Le disséquer même, comme l'agneau innocent.

La salle 209 était située au bout du couloir, juste à côté d'une immense fenêtre, qui ressemblait à un portail directement ouvert sur le soleil. Je pris une seconde pour m'enivrer de lumière, les photons chatouillaient mes paupières. Quand j'entrai dans la salle, un véritable feu d'artifice d'éclats de lumière dansait devant mes yeux, de microscopiques explosions de vaisseaux sanguins dans un éclat rougeoyant. Et la première chose que je vis quand je retrouvai la vue, c'est lui.

Je ne clignai pas les yeux. Tout en moi se figea. Il portait un pantalon à pinces, une chemise sans faux pli. Il était rasé de frais, parfaitement peigné. Une montre en argent brillait à son poignet. Mais indéniablement, c'était lui. Je connaissais ces mains. Je connaissais cette bouche. J'avais rêvé ce visage, du contact de ses joues rugueuses, de ses yeux mi-clos, de ses baisers au creux de mon cou, pendant que je soupirais dans mon lit, en me pâmant.

Je compris en une demi-seconde, sans l'ombre d'un doute. Evan Wilke. Le premier jour de son nouveau job de prof à Riverland High.

Mon prof.

10 h 15-11 h 45, Introduction à la fin du monde.

Il leva la tête et promena un sourire générique, poli, sur la salle, en commençant par l'autre bout de la pièce. Ça lui prit deux secondes pour arriver jusqu'à moi, mais je sentis son regard venir vers moi comme un coup de tonnerre, consciente de l'imminence de l'apocalypse pour moi et dans le même temps pétrifiée, incapable de fuir.

Son regard m'atteint et il se figea. Son visage se décomposa. Il ne fut pas consterné, non. En fait, il se vida de toute expression. Sauf le choc.

Un gamin me bouscula pour entrer. Moi, je restai bêtement sur le pas de la porte. J'eus l'impression d'une succession de micro-éternités, mais ça ne dura en fait qu'une poignée de secondes.

Evan me dévisagea, l'air confus. Je pense qu'il était désemparé. Je crois qu'il n'avait pas imaginé que je pouvais être encore lycéenne. J'entrai dans la salle et pris le siège le plus proche de la porte.

Sa bouche s'entrouvrit.

Qu'avons nous fait de mal, Votre Honneur ?

J'avais dix-huit ans. Il n'était pas encore mon professeur.

J'avais bu. Mais qui ne boit pas ?

Il m'a offert une bière. J'ai menti sur mon âge. Ce n'est pas de sa faute.

Je n'ai rien à ajouter.

J'avais les yeux grands ouverts, mais c'est comme si je ne voyais rien depuis une minute. Un voile gris, comme Maman appelle ça. Vous ne tombez pas dans les pommes, mais vous... Vous n'êtes pas là pendant un moment.

La salle commençait à se remplir.

Evan fouilla dans ses papiers sur le bureau. Puis il se tint là, impassible, seuls ses yeux bougeaient, effectuant de rapides va-et-vient, comme dans un sommeil paradoxal.

Était-ce un rêve ? J'opterais plutôt pour le cauchemar.

Il se redressa, se dirigea vers la porte, et s'arrêta pile devant moi.

— Puis-je vous parler dans le couloir ?

Gentil, discret. Pas la moindre trace d'émotion.

Je me levai sans le regarder, me sentant vulnérable. Je n'avais rien apporté pour ce cours. Je pensais avoir tout ce dont j'avais besoin dans la tête.

Il attendait au soleil. Dans les toilettes à côté, c'était un ballet incessant d'élèves. Tout le bruit qu'ils faisaient me paraissait confus et lointain, comme filtré derrière une vitre.

J'avais imaginé ce que je ferais, si je le revoyais. Je me précipiterais entre ses bras. M'excuserais de m'être enfuie. Caresserais son visage. Et l'embrasserais, l'embrasserais encore...

Au lieu de ça, nous nous tînmes debout, à un bon mètre de distance, un solide rayon de soleil nous séparant.

— Maise, dit-il.

Ma tête tourna, comme si sa voix m'enivrait.

— C'est ton vrai prénom ?

— Oui.

— Je suis tellement désolé.

Je ne m'attendais pas à ça. Je pensais qu'il serait furieux : « Tu m'as menti. Tu t'es enfuie. »

— Pourquoi ? demandai-je.

Il se contenta de secouer la tête.

— J'ai dix-huit ans, m'empressai-je d'ajouter.

Je fusillai du regard la foule des élèves autour de nous. Personne ne semblait s'inquiéter de la scène. C'était juste un prof parlant à une élève.

— Et j'avais dix-huit ans aussi, l'autre soir. Alors, tu sais, ne le sois pas. Désolé.

— Est-ce que tu vas bien ?

A priori, je commençais à aller mieux.

— Oui.

Il fixa le bout de ses pieds. Ça le rajeunissait. Mais bon, il n'était pas si vieux, non ? Sans doute la trentaine, mais en réalité je n'en avais pas la moindre idée. Un mètre de rayon de soleil ne put rien contre son parfum volatil, subtil et à peine perceptible maintenant, mais si caractéristique.

— Je ne sais pas quoi faire, dit-il. Tu n'as qu'à décider, toi. Tu peux demander ton transfert dans un autre cours. Ou je peux... je peux présenter ma démission, là, tout de suite. Je n'hésiterai pas. Tu n'as qu'un mot à dire.

Il s'exprimait avec fébrilité et je sentis mon cœur se gonfler comme un ballon. Tu te sens coupable, pensai-je. Nerveux. Tu sais que ce serait un désastre si on faisait comme si rien n'était arrivé. Parce que tu ressens encore quelque chose. La sonnerie de début de cours retentit. Plus qu'une minute.

Evan n'esquissa pas le moindre geste. Son regard restait braqué sur moi.

— Tu n'as rien fait de mal, chuchotai-je, dans le couloir déserté à présent. Et je ne veux pas changer de classe.

— Maise.

Il dit juste mon prénom.

— Et c'est moi qui suis désolée. Je n'aurais pas dû partir comme ça.

Trente secondes. On entendait des portes de casier claquer. Des pas précipités.

— Je ne sais pas si je vais arriver à faire cours, dit-il.

— Tout ira bien..., dis-je, avec ce nœud à la gorge, M. Wilke.

Nous nous regardions dans les yeux quand le coup de sonnette final retentit. Ensemble, nous retournèrent en classe.

#

Ce fut à la fois ma plus longue et ma plus courte heure et demie de toute mon existence et à la fin du cours, tout ce dont je me souvins, ce furent ses mots « À jeudi prochain » et son regard, qui s'arrêta sur moi une seconde de plus que sur les autres.

#

— Merde alors !, s'exclama Wesley, les yeux ronds.

Je suppose qu'il faisait allusion à mes seins. Je les avais complètement oubliés. J'avais oublié mon corps tout entier. Je flottais juste sur mon petit nuage, enveloppée par moments par une douce chaleur.

— Je comprends mieux ce que cette femme voulait dire, enchaîna Wesley. Tu as effectivement *beaucoup* de « talent ».

— La ferme, répondis-je paresseusement, un sourire béat vissé aux lèvres.

— Qu'est-ce qui te rend si heureuse ?

Je lui décochai mon sourire géant, sachant très bien quelle tête j'avais : euphorique, les joues rose vif, les pupilles dilatées, comme en extase, le genre de truc qui rend fous les garçons. Mais à vrai dire, je me souciais peu de savoir si ça marchait.

— La vie, répondis-je. Le fait d'être vivante.

— Ça fait flipper…

J'éclatai de rire et poussai mon plateau repas sur la glissière du snack. Une galette de pommes de terre atterrit dans mon assiette.

M. canon Wilke.

Au début, vous êtes tout bêtement heureuse d'être près de lui. Pour le regarder. Pour vous en délecter. C'est un cadeau tombé du ciel, éjecté par accident d'une galaxie, encore tout scintillant de poussière d'étoiles.

Je n'avais pas encore d'idées délirantes sur le local à poubelles ou les portes verrouillées.

J'étais juste heureuse.

À table, Wesley brandit son téléphone et commença à filmer. Un modèle de luxe, avec enregistrement en HD. J'étais tellement shootée que je le laissai faire. Je collai mon nez à la vitre de la cafète, en clignant des yeux, cherchant la voiture de M. Wilke. J'en eus un frisson obscène. Dans cette voiture, il y avait un peu de moi. J'avais joui dans cette voiture. Elle était là quelque part, dehors, au milieu de tout ce bordel rempli de gamins.

J'étais à fleur de peau. Je ressentais tout à 200 % : l'air, les voix, les regards. Un vrai rayon X. J'avais envie de tout toucher. D'être touchée, partout. Je voulais que chacun sache combien j'étais vivante.

À travers le viseur de sa caméra, Wesley m'observait.

— Qu'est-ce que tu regardes ?

— Une malade mentale échappée de l'asile.

Je bondis pour l'empêcher de filmer. Il esquiva.

— T'as rien compris, dis-je. Je ne me suis pas échappée. L'asile, c'est *ici*.

— Tu es vraiment dingue, dit-il, admiratif.

— Et tu n'as encore rien vu…

#

Au moment de rentrer chez moi, j'aperçus la voiture de M. Wilke, au loin, sur le parking. Je freinai net sur mon vélo, tout devint trouble et je me rappelai le contact du cuir sur ma peau nue, puis quelqu'un klaxonna. Je ne me souviens pas du reste du trajet. Je ne me souviens de rien en fait. Cette journée avait-elle vraiment existé, ou avais-je été projetée dans une sorte de temps parallèle traversé de soleil, de sonneries et de portes ? Maman faisait les soldes, aussi je trouvai la maison vide, plongée dans une douce pénombre. Pour la première fois depuis une éternité, je pris un bain. Je relevai mes cheveux avec une épingle et dénichai un flacon d'huile essentielle d'orange douce. Des bougies traînaient toujours dans la salle de bains. C'est systématique, vous trouverez toujours des bougies chez un toxico. J'en allumai quelques-unes et m'immergeai dans une eau assez brûlante pour m'écorcher jusqu'à l'os. Je me savonnai, à lents et longs coups d'éponge végétale sur les jambes, les bras. Ma peau avait besoin de stimulation.

Tout mon être avait besoin de stimuli.

Quand je m'envoie en l'air, généralement ça relève d'un besoin fonctionnel. De la logique sexuelle. Le plus court chemin pour arriver à ce que je veux.

Pas ce soir.

J'écartai les jambes, laissai ma main errer sur ma cuisse et venir se poser là où la gravité l'avait décidé. Je fermai les yeux. Les souvenirs affluèrent. Le contact rêche de son visage sur ma poitrine. Sa bouche brûlante et douce jouant avec le bout de mes seins. Je m'enfonçai un peu plus dans la baignoire, laissai le poids de l'eau me recouvrir, peser sur mon corps comme son corps l'avait fait. Sous l'eau, je commençai à me caresser. Ce n'était pas pareil. J'avais faim de son sexe dur, de son odeur tenace, de cette puissance masculine absolue tout autour de moi, se frayant un chemin en moi. Derrière mes paupières, la flamme des bougies scintillait. Je me caressai doucement, au rythme de l'eau chaude qui s'enroulait contre moi. On aurait presque dit la caresse d'une langue. Je me rappelai comment il avait joué avec moi, me titillant avec le bout de sa queue jusqu'à ce que je lui avoue mon prénom. Ma respiration s'accéléra. Je me mordis la lèvre. Glissai mon doigt à l'intérieur. L'eau léchait la porcelaine, dans un baiser mouillé. Si seulement c'était lui qui me caressait en ce moment ! Si c'était son doigt. Pas le mien. Il me plaquerait contre le mur de la salle de classe, sa main glisserait sous ma culotte, son doigt s'insinuerait en moi, me baisant tandis que je le serrerais pour le retenir. Son pouce décrirait des cercles autour de mon clitoris, sans le toucher. Puis il enfoncerait son doigt raide dans un mouvement rapide, et je le prendrais au plus profond de moi, dans un endroit si plus enfoui, que cela semblerait irréel, au cœur de mon être. Son doigt me baiserait et remplirait mon ventre d'une chaleur qui monterait et monterait, jusqu'à ce que ce soit plus fort que moi et que ça déborde en une vague incandescente. Sa main me ferait jouir, les cuisses serrées, et je crierais, et je coulerais sur lui, je m'abandonnerais à cet homme qui occupe toutes mes pensées.

#

Mardi.

Carottes râpées et fromage frais.

Je passe un temps insensé à vérifier entre chaque cours si je suis bien coiffée, au cas où je croiserais Evan.

Ma prof d'éducation physique : « Oui, je suis lesbienne. Non, ce n'est pas impératif pour le job. »

Wesley filme une bagarre dans le couloir. Du sang gicle du nez de l'un des types, une sorte de longue créature rouge serpente sans fin sur le sol.

Une averse soudaine me trempe jusqu'aux os, sur le chemin de la maison. Ma peau ne la sent même pas.

Mercredi.

Odeur familière des bidî.

En histoire, une fille me demande si je veux bien travailler sur un exposé avec elle.

Nuages d'orage persistants, le monde en dessous vire au zinc et à l'aluminium.

Wesley me montre une vidéo d'un S.D.F. en ville qui traverse le même carrefour à longueur de journée, dans un sens et dans l'autre et ainsi de suite.

Jeudi.

#

Il leva la tête quand j'apparus à la porte. J'attendis et laissai quelques élèves passer, pour pouvoir faire mon entrée seule. Il me regarda, nerveux, et me sourit, le même sourire que dans la voiture, un sourire complice, intime. Puis il baissa les yeux sur son bureau, mais ce sourire s'attarda sur ses lèvres.

— Maise.

Mais que venait faire Wesley dans ma classe ?

— Qu'est-ce que tu fous là ?

— Heureux de te voir également, dit-il, boudeur.

Je m'assis près de lui et, anxieuse, les regardai tour à tour, lui et M. Wilke. Serait-il au courant ? Y aurait-il là une sorte d'ingérence ?

— Comment ça se fait que tu sois là ?

— J'étais sur liste d'attente. Quelqu'un a déclaré forfait.

— Oh !

La déception dans ma voix ne passa pas inaperçue. Wesley grommela en balançant un coup de pied dans le bureau de devant. De mon côté, je me mordillai le bout d'un ongle, une mauvaise habitude.

Collision de deux mondes. Ça se termine toujours mal dans les séries TV.

— C'est juste que je ne m'attendais pas à te voir ici, dis-je.

— C'est clair.

Il ne me regarda pas. Je regardai mon bureau. Quelqu'un avait gravé *RIHANNA = SALOPE*. Un moment, je pensai ajouter *CHRIS BROWN = MARI VIOLEUR*, mais M. Wilke me surprendrait probablement avant que je n'aie fini.

J'effaçai vite de mon esprit le fantasme qui surgit instantanément à l'idée d'être punie par lui… Bref.

Toute mon euphorie se dissipa d'un coup. Je n'étais pas une *self-made* débauchée-séductrice de prof, mais une ado comme une autre, avec son lot de problèmes déprimants.

Je lançai un regard à M. Wilke. C'est comme s'il avait un radar « spécial Maise » : immédiatement, ses yeux croisèrent les miens. Ou peut-être n'avais-je pas réalisé qu'il me regardait souvent. Je me rappelai mon bain et rougis, mais sans détourner les yeux. Je peux y arriver, me motivai-je. Je ne peux pas te toucher, mais je peux baiser avec toi rien qu'avec le regard. Il n'avait pas boutonné le col de sa chemise aujourd'hui. Ses cheveux allaient un peu dans tous les sens. Et je me demandai si tout ça m'était destiné. Je promenai mon regard sur lui, des épaules à la taille, et retour. Lui ne détacha pas ses yeux des miens.

Mouvement détecté dans ma vision périphérique. Wesley, en train de me braquer avec une caméra.

— Merde, râlai-je en lui tournant le dos. Tu ne pourrais pas me demander d'abord ?

— Je voulais saisir cet instant.

— Quel instant ? demandai-je, la gorge serrée.

— De rage meurtrière.

Malgré moi, je ris, soulagée. Wesley n'était pas foncièrement mauvais. Un tantinet sociopathe peut-être, probablement puceau et braqué sur moi pour des raisons pas très saines. Mais pile à ce moment-là, cette espèce de mal-être adolescent était réconfortant. Familier. Ce genre de comportement, j'en connaissais tous les rouages. Oui, il était furieux contre M. Wilke et ce qui pouvait se passer entre nous.

La sonnerie fatale retentit.

Mon professeur se leva, sourit. Un sourire bienveillant, quelconque. Il nous parla, nous posa des questions, passa plus de temps à écouter nos réponses qu'à faire cours. Il nous montra des extraits de films sur YouTube, nous fit remarquer des thématiques qui revenaient régulièrement sur les écrans. Il sourit et hocha la tête avec enthousiasme quand nous en reconnûmes quelques-uns.

Il nous interrogea sur nos réalisateurs, nos acteurs, nos compositeurs préférés. Je réussis à m'exprimer comme un être humain normal. Je débattis avec un autre élève pour savoir si oui ou non, on pouvait considérer *Alien* comme un film féministe. Wesley fit remarquer qu'à l'origine, le rôle de Ripley avait été écrit pour un homme, et quelqu'un le surnomma alors Wesleypédia (brillant !). M. Wilke me laissa pousser un coup de gueule pendant cinq bonnes minutes contre Hollywood qui infantilisait les femmes et ne nous avait jamais pondu un *Die Hard* avec une fille dans le premier rôle. Il nous écouta avec attention, le regard plein de curiosité, d'amusement aussi, et de respect. Il était plus cultivé que nous, mais pas méprisant. Il partageait son savoir comme un secret, faisant de nous ses co-conspirateurs. Je sentis que la classe tout entière tombait amoureuse de lui.

Et chaque fois que ses yeux rencontraient les miens, l'air crépitait, électrique.

Avec la chaleur d'un éclair.

#

J'allai sortir de la classe avec Wesley quand M. Wilke m'appela.

Wesley haussa les sourcils. Je haussai les épaules, fis comme si je n'avais aucune idée de ce dont il s'agissait.

— Je te rejoins. Prends-moi un taco.

— Je te donne cinq minutes et après je le bouffe.

— Gros porc.

Je fis traîner, nerveuse. Que me voulait-il ? Ce pouvait être quelque chose d'extraordinaire ou au contraire un discours pour me conseiller de renoncer à ce cours.

Mais c'était surtout la première fois que je serais seule avec lui, depuis le soir de notre rencontre.

Je me retournai vers lui. Il se tenait derrière son bureau, un obstacle solide érigé contre d'éventuels rapprochements intempestifs entre enseignant et élève.

— Ferme la porte.

Mon cœur fit une cabriole.

Je la fermai, hésitai sur le verrou, que je laissai ouvert. Puis je me dirigeai lentement vers son bureau, en me demandant où je devais m'arrêter. Mes genoux cognèrent sur l'acier.

— Salut, dit-il.

Nous ne nous étions pas encore adressé la parole. Tous ces échanges en classe, ce n'était pas vraiment nous.

— Salut.

Il parut sur le point de dire quelque chose de mûrement réfléchi, sourcils froncés, bouche entrouverte, puis il me regarda et cette expression s'évanouit. Il continua à me regarder.

— Ça ne te fait pas bizarre ? demanda-t-il finalement.

— Si. Et toi, ça te fait bizarre ?

— Oui.

— Bien.

Ses lèvres esquissèrent un sourire en coin. Mon estomac aussi. Des ailes poussèrent dans mon ventre et je décollai.

— Quand même, on dirait une mauvaise plaisanterie, mais très élaborée, dit-il.

— La vie tout entière est une mauvaise plaisanterie très élaborée, dis-je, avec une boule en travers de la gorge.

— Comment allons-nous faire ?

J'écarquillai les yeux.

— Merde, dit-il en riant. Ce que je veux dire, c'est comment on va pouvoir passer ce cours ensemble sans que ça devienne trop bizarre ?

— Je ne crois pas que ce soit possible.

— Si jamais ça devenait trop bizarre pour toi, dis-le-moi. Et si tu as besoin de quelque chose, n'hésite pas. Je ferai ce que tu veux, sans poser de questions.

Je détestais ça, il me traitait comme une victime. Quelqu'un à qui il devait un dédommagement.

— Et toi ? demandai-je, appuyant mes hanches sur le bord de son bureau, les bras croisés. Que va-t-il se passer si ça devient trop bizarre pour toi ? Tu feras ta valise et adiós ?

— Pas comme ça.

— Comment alors ?

— De toute façon, ça me fait déjà trop bizarre, dit-il, ignorant ma question. J'ai tout oublié de cette semaine. Il y a ce moment où tu es entrée dans ma classe et maintenant. Et entre, rien.

Ma bouche s'ouvrit et un soupir involontaire s'en échappa.

— Mais je ne veux pas t'imposer ça. Ce n'est pas ton problème.

— Impose quand même, dis-je.

Il fit une grimace. Posa une main sur son bureau, s'y appuya. L'espace entre nous s'était considérablement réduit, en dépit des objets qui se dressaient comme des barrages.

— Je n'ai aucune envie de gâcher ta vie, Maise.

— Tu as cours après le déjeuner ?

— Non.

Je décroisai les bras et avant qu'il n'ait eu le temps de faire un geste, je saisis le col de sa chemise ouverte, me hissai sur la pointe des pieds et l'embrassai à moitié couchée sur le porte-avions qui lui servait de bureau. Il ne protesta pas. Il m'embrassa en retour, oh ! un baiser furtif, les lèvres à peine entrouvertes. Prudent. Il avait un goût de crème de menthe, genre Baileys. Curieusement, ses joues imberbes semblaient plus brutes.

— C'est dangereux, murmura-t-il contre ma bouche.

— Je sais, répondis-je.

Il m'attira sur le bureau et je passai les jambes de son côté. Le tout sans cesser de nous embrasser. Une main sur ma nuque, l'autre glissant entre mes cuisses. Je serrai les jambes, mais ouvris grand ma bouche en réaction, comme s'il y avait un bug dans mes réflexes. J'enfouis mes mains dans ces cheveux que j'avais tant rêvé d'ébouriffer. À bout de souffle, je continuai pourtant à l'embrasser, avide de cette crème de menthe, de ces lèvres à la fois fermes et dociles qui m'ouvraient, m'écartelaient. Prise de vertige, je pensais : « As-tu sucé ces pastilles de menthe en espérant que ça arriverait ? L'attendais-tu comme je l'attendais ? »

On frappa à la porte.

Instantanément, nos mains se démagnétisèrent. Je bondis au bas de son bureau, rajustai mon short. Il se laissa tomber sur son fauteuil et croisa les jambes.

— Oui ? lança-t-il, d'une voix profonde et autoritaire.

Je reculai à une distance respectable, mais à aucun moment nos yeux ne perdirent le contact.

Thank God !, c'était juste un gamin égaré !

— Est-ce que le projecteur est ici ?

— Non, répondit M. Wilke. Il est en salle 208.

— Désolé...

La porte se referma.

Nous prîmes tous deux une grande inspiration.

— On ne peut pas faire ça ici, dit-il.

— Où peut-on le faire ?

— Nulle part, répondit-il en riant, mais ses paroles étaient en désaccord avec son regard.

— Ne joue pas au boy-scout avec moi, dis-je. Tu es assis là en pleine érection, je le sais.

Je le provoquais, mais en réalité c'est tout juste si j'arrivais à respirer. La manière dont il me regardait, sous ses épais sourcils, entre embarras et passion, fit fondre tout ce qu'il y avait de féminin en moi. Je serrai les poings pour ne pas céder à l'appel du diable.

— Que va-t-il se passer maintenant ? demandai-je.

— Je n'en sais rien, Maise.

Dis mon nom, je t'en prie, continue à le dire !

— Tu ne risques pas de me briser, dis-je à voix basse. Je ne suis pas une poupée. Je ne suis pas fragile. Et tu ne peux pas bousiller ma vie plus qu'elle ne l'est déjà.

Ce regard intense, l'ange noir témoin de la tragédie humaine.

— Il ne s'agit pas seulement de limiter les dégâts. C'est plus que ça…

— Alors donne-moi plus !

La sonnerie de la reprise des cours retentit.

Je sortis de la salle, mais mon cœur resta là où je l'avais planté, comme une petite graine en attente de soleil.

#

Vendredi, jour de pluie. Le genre de pluie d'été sournoise qui se tient à l'affût et se précipite d'un coup, aspirant l'oxygène tout autour comme dans *Backdraft*, et liquéfie le ciel. Pour la première fois depuis des lustres, Maman m'accompagna au lycée. Nous étions assises là dans ce van, comme deux inconnues embarquées sur le même vol, sans trop savoir quoi se dire.

— Tu es toujours copine avec Melissa ?

— Qui ?

— Melissa. Tu traînais toujours avec elle. La blonde.

— Je ne lui ai pas adressé la parole depuis la troisième.

— Oh…

Un feu tricolore. Orange. Rouge.

— Tu as de l'argent pour le déjeuner ?

— Oui.
— Où l'as-tu pris ?
— J'ai fait le tapin.
— Ne parle pas comme ça !
Vert.
— Tu peux descendre ici ? Je suis pressée...
Sans un mot, j'ouvris la portière.
— Chérie ?
Je regardai ma mère. Elle me ressemblait sous son maquillage. Et elle avait cet accent de plouc que j'avais eu tant de mal à perdre. Elle était dans l'impasse, sans avenir, tout le contraire de ce que j'espérais pour moi.
— Si on sortait ce week-end ? Toi et moi.
C'est mort !
— Je vais être en retard, soupirai-je.
— Je t'aime.
Je claquai la portière. L'imaginai la recevant en pleine tête. Son expression débile imprimée sur la vitre.
Tu te demandais pourquoi je t'avais menti, M. Wilke ? Parce que jamais, jamais je ne lui ressemblerai.

#

— Nous allons procéder différemment dans le cours d'aujourd'hui, dit-il.
Je m'assis à côté de Wesley et mon attention vagabondait. Un gros chêne centenaire frémissait sous le vent, ses milliers de feuilles claquaient, comme des castagnettes. Une vague odeur de poudre s'insinuait par les fenêtres ouvertes. Le monde était à cran et désaturé, implorant la purification de la pluie. Je savais exactement ce que ça faisait.
Wesley filmait M. Wilke. M. Wilke n'y voyait pas d'inconvénient, dès lors que Wesley avait l'autorisation de la personne filmée. C'est très important, l'autorisation.

Rappelez-vous-en.

— Je ne crois pas aux bienfaits des contrôles ou des quizzs, ou à toutes ces conneries, dit notre prof.

Le mot « conneries » capta mon attention. Je me tournai vers lui. Décontracté aujourd'hui, en jeans et T-shirt blanc. Il portait parfois des lunettes, de simples montures en plastique, des verres minuscules qui accentuaient cette façon qu'il avait de plisser les yeux.

Je n'étais pas la seule fille de la classe à avoir noté ce détail. Hiyam, une fille à la peau couleur caramel à la crème, et aux cheveux lisses noirs comme la nuit, ne cessait de croiser les jambes par-ci, les jambes par-là.

Wesley braquait toujours sa caméra sur M. Wilke, ce qui ne l'empêchait pas de loucher vers Hiyam maintenant.

Je levai les yeux au ciel.

— Je ne vous donne qu'une seule mission pour ce semestre, continua M. Wilke. Vous allez faire un court métrage. Le genre que vous voulez, n'importe quel style, n'importe quel sujet. Ça peut être un documentaire sur votre chat à trois pattes. Ou un film de science-fiction classique…

Je rougis quand ses yeux effleurèrent les miens.

— Peu importe, à vous de décider. Durée : trois minutes minimum, dix maximum. Vous pouvez travailler à plusieurs ou en solo. Je vous encourage néanmoins fortement à former une équipe… C'est comme ça que se tourne la plupart des films.

Il s'appuya contre son bureau. Je pensai à ce corps allongé sur le mien, sur le siège avant de sa voiture. Hiyam s'étira langoureusement et bâilla. Son décolleté aussi.

Wesley en laissa tomber sa caméra.

— Débile, je ne risque pas de travailler avec toi, chuchotai-je.

— Cependant, dit M. Wilke en me lançant un regard direct, et tout mon corps s'embrasa en un éclair, si vous êtes une sorte de génie du cinéma d'auteur, vous pouvez travailler seul. C'est votre affaire.

Hiyam écarquilla ses yeux de chat et les braqua sur moi.

— Vous devrez me remettre votre projet avant les vacances d'hiver. Ensemble, nous visionnerons chaque film et nous les noterons. Je ne répondrai à aucune de vos questions. Je vous ai dit tout ce que vous avez besoin de savoir. Pour ceux qui n'auraient pas bien écouté, je posterai une copie du cours en ligne, sur le site de la classe.

— Tu entends ça, espèce d'empoté ? marmonnai-je à Wesley.

Il sourit.

— Alors, on s'associe ? demanda-t-il.

— Non.

— J'ai déjà une idée de scénario. Ça sera mortel.

Non mais, ce mec...

Je traînai après la sonnerie, espérant que Wesley partirait avant moi, sauf qu'il m'attendit, fidèle comme un chiot. En chemin vers la porte, je jetai un regard par-dessus mon épaule. M. Wilke m'observait, presque de profil, dans l'ombre. Nos regards se croisèrent, contact du silex et de l'acier. Je réalisai que cette odeur de poudre ne venait pas de l'ozone. C'était nous. Nous brûlions.

#

Wesley dévora mes nuggets de poulet pendant que je scrutais le parking, un peu dans la lune. Ici et là, la pluie se déversait à seaux, averses météoriques d'eau. Le ciel était contracté, cherchant désespérément à se contenir. Il y a quelque chose de terrible à désirer une chose que l'on a déjà eue. Vous savez exactement ce que vous ratez.

Votre corps sait précisément comment se lover autour de ce désir douloureux, de ce vide qui veut tant être comblé.

Hallucinant ! et ce n'était que la fin de la première semaine d'école. Comment pourrais-je tenir jusqu'aux vacances d'hiver ? Et encore moins jusqu'au mois de juin ?

— Hé, Maise !

Perdue et me sentant misérable, je me tournai vers Wesley.

Bon, il n'était pas terrible sur le plan physique. Mais il avait du caractère. De grands yeux vifs, bleu foncé. Des cheveux noirs toujours en bataille. Une pomme d'Adam proéminente, une grande bouche qui s'infléchissait souvent en sourires carnassiers. Avec quelques kilos en plus et un peu de poils, j'aurais pu… Non, même comme ça ce serait non. Mais d'autres filles auraient pu dire oui.

— Quoi ? demandai-je.

— Tu as flashé sur le prof.

Je me raidis. *Flashé* ! L'euphémisme de l'année. Mais ce serait utile de savoir quelle impression ça donnait de l'extérieur.

— Pourquoi dis-tu ça ?

— Parce que tu es là à tourner en rond toute la journée avec la tête d'une fille-qui-a-envie-de-baiser.

J'éclatai de rire et m'assis en face de lui, en piquant un nugget sur son plateau. Un nugget qui avait vaguement la forme d'un coq.

— Hiyam l'aime bien, elle aussi.

Wesley émit un rot de dégoût.

Je plongeai mon nugget dans la moutarde au miel.

— Tu ne le trouves pas sexy ?

— Il a au moins mille ans.

— Tu es tellement puéril.

— Sérieux, tu coucherais vraiment avec un type aussi vieux ?

C'était le moment ou jamais. Est-ce que je laissais Wesley voir celle que je suis vraiment, ou est-ce que je me faisais passer pour une autre devant lui, une sorte de carapace que je pourrais mettre et enlever à volonté ? Comme si j'avais le choix. Comme si ça ne me consumait pas de l'intérieur. Chaque fois que j'ouvrais la bouche, des flammes m'incendiaient la gorge. J'aurais pu raser des villages, kidnapper des princesses.

— Oui, répondis-je. Pourquoi pas ?

Il fronça les sourcils. Se pencha vers moi.

— Tu l'as déjà fait ? Avec un type de cet âge ?

Je me contentai d'un sourire énigmatique et mangeai mon nugget.

— Putain de merde.

— Et puis faudrait savoir ce que tu entends par vieux. M. Wilke doit avoir, quoi… trente ans. C'est pas si terrible.

— On n'était pas né qu'il était déjà au bahut.

Mon cœur se serra. Ce sont de petits détails comme ça qui vous révèlent d'un coup toute la réalité des choses.

— Et alors ?

— Alors, il baisait sûrement ses copines du lycée quand on allait encore à la maternelle.

— Tu es vraiment obligé d'être grossier ? demandai-je en repoussant son plateau. Ce sont vraiment des réflexions de mec, ça !

Wesley écarquilla les yeux. Je pense qu'il comprit ce que j'entendais par là. Non pas « Qu'est-ce que tu es viril ! », mais plutôt « Qu'est-ce que tu es gamin ! ». Il n'avait pas encore dix-huit ans, il était de décembre, mais le gouffre entre nous était plus vertigineux que ces quatre petits mois. Des générations nous séparaient.

— T'es une experte en la matière peut-être ? me défia-t-il.

Je secouai la tête et me levai, blindée derrière mon armure. Mais je n'avais pas envie que ça se finisse comme ça.

— Je ferai équipe avec toi, dis-je, si tu veux encore de moi.

Wesley haussa les épaules en fixant son plateau.

— Ouais.

— Bien.

Il fallait un truc. Un *truc* qui dirait qu'on était pas fâché, qu'on n'avait pas voulu se blesser mutuellement. Sur une impulsion, je lui pinçai l'oreille. Il sursauta si fort que la table en trembla. J'éclatai de rire.

— À propos, dis-je. On est officiellement amis maintenant.

#

Je l'attendais à sa voiture quand il sortit. Les profs en général restent tard le vendredi, pour ranger des papiers ou aller boire un truc au bar ensemble. M. Wilke apparut sur le parking quinze minutes exactement après la dernière sonnerie.

Je sus à quel moment il me vit, à cause de ce faux pas, de ce regard furtif et coupable qu'il promena autour de lui pour voir s'il y avait des témoins. Sur le parking réservé aux élèves, des garçons et des filles s'interpellaient et klaxonnaient avant de se séparer pour le week-end, mais le parking des profs était désert. Je m'assis sur le capot de sa voiture, un pied sur le pare-chocs de la caisse à côté. Une version réduite et difforme de moi se reflétait sur le chrome de l'enjoliveur : une Blanche-Neige de l'Illinois, jambes fuselées et laiteuses sous mon short en jean, ongles vernis rouges et sandales. Des nuages menaçants envahissaient le ciel argenté.

Il s'arrêta face au capot. Main crispée sur la courroie de son cartable, les articulations toutes blanches.

— Tu veux me parler ? demanda-t-il avec douceur.

Je secouai la tête lentement.

Je le vis inspirer, puis sa poitrine retomba dans une longue expiration. Il s'approcha, ouvrit la portière côté conducteur. Puis se tint là immobile.

— Nous ne pouvons pas faire ça, dit-il, comme s'il se parlait à lui-même.

Je descendis du capot et il monta dans la voiture. Mais il se contenta de rester assis là, les clés scintillant dans sa main inerte. Puis il se tourna et me regarda à travers la vitre côté passager.

Mon regard dériva vers le tableau de bord. Quelque part, dans ma confusion, je ne l'avais pas remarqué. Ce stupide poney en peluche avec ses yeux trop humains. Je reportai mon attention sur M. Wilke.

Il y avait quelque chose d'enfantin chez lui, à ce moment, en dépit de la barbe qui commençait à tapisser ses joues, de l'entrelacs de ses veines bleutées sur le dos de sa main, de toute cette aura d'adulte qui le nimbait. Il semblait perdu. Peut-être était-ce hypocrite, mais l'immaturité que j'avais tant de mal à supporter chez les garçons de mon âge était exactement ce qui m'attirait chez lui. Il était comme moi : pas tout à fait du côté des adultes, pas tout à fait sorti de l'enfance. Un exilé, regardant avec mélancolie ces deux mondes de l'extérieur.

Quelque chose de pointu et de froid heurta mon épaule.

Une voiture passa, un visage se tourna vers nous.

Nous étions parfaitement immobiles.

Une nouvelle dague à la pointe de glace vint cette fois se planter sur mon crâne.

Puis tout alla très vite, le ciel explosa en cataracte.

Thank God.

M. Wilke restait assis là à me regarder. Il ne détacha pas ses yeux des miens une seule seconde, pas même lorsque mes cheveux se plaquèrent sur mon visage et que mon T-shirt se colla à ma peau, et je restais là, immobile, inexpressive, sachant que j'allais gagner.

Il se pencha et ouvrit la portière.

Je montai.

La pluie martelait le métal, comme des centaines de battements de cœur effrénés nous encerclant. Une brume s'éleva de ma peau, comme si j'étais une sorte de créature éthérée. Nos corps figés droit devant, nos visages tournés l'un vers l'autre.

— Tu l'as gardé, dis-je.

Un long silence, puis :

— Il avait ton odeur.

Tout ce qu'il y avait de solide en moi se désintégra, ne laissant qu'un soupir. Je me sentais légère.

Il démarra. Je sentis le vrombissement du moteur dans mon ventre. Je n'étais plus qu'une fine membrane translucide, tout me traversait. Comme une feuille, sillonnée de terminaisons nerveuses. Je plaquai les mains sur mon siège et j'absorbai chaque odeur : le vieux cuir des sièges, le cuir vivant de sa peau et, étonnamment, mon odeur à moi. Car ma présence imprégnait sa voiture. La pluie et l'huile d'orange douce, le lait hydratant, tous ces effluves concentrés sur ce siège. J'écartai mes cheveux trempés de mon visage et M. Wilke saisit ma main.

J'attendis, les yeux grands ouverts, prête à tout.

Il entremêla ses doigts aux miens, douloureusement. Son bras entier était dur, crispé. La tension lui nouait le cou, les mâchoires.

Aucune parole. Juste cette main accrochée à la mienne.

Puis il abandonna :

— Où habites-tu ?

Il pleuvait des cordes. J'avais perdu toute notion du temps, de l'espace. Seule réalité : ce rideau de zircon mitraillant les vitres et la chaleur de son corps si près du mien. Je compris qu'il était tout aussi désemparé quand il faillit griller un feu. Il freina si fort que les pneus crissèrent sur l'asphalte détrempé et que je me cognai sur le tableau de bord, son bras noué au mien.

— Nous tuer tous les deux est une façon de résoudre le problème, dis-je.

Il conduit plus prudemment, les mains agrippées au volant.

À mesure que nous nous rapprochions de ma rue, quelque chose s'accéléra en moi, comme une urgence absolue. Que faire ? Comment retenir ce moment avant qu'il ne soit trop tard ?

Il se gara quelques maisons avant la mienne. Je ne le lui avais pas demandé, et il y avait de la place devant chez moi. Mon cœur trébucha.

L'intérieur d'une voiture. Un orage, l'après-midi. Deux personnes qui se regardent. La pluie coule sur les vitres et projette des ombres sur leur visage.

Action.

— Evan…

C'était la première fois que je prononçais son nom depuis cette nuit. L'effet sur lui fut immédiat, comme une décharge électrique, qui agrandit ses yeux et raidit ses muscles. J'avais ce pouvoir et ça me donnait envie de jouer avec. Mais pas tout de suite.

— Pardon d'être partie comme ça l'autre soir, dis-je.

Le poney et lui me regardèrent tristement. Je ressentis un besoin enfantin de serrer la peluche entre mes bras.

— Pourquoi es-tu partie ? demanda-t-il.

Inutile de me cacher sous ma carapace avec lui. Cet homme avait déjà perçu mon vrai moi.

— Parce que j'ai eu peur. Parce qu'avec toi, j'ai senti qu'être moi-même n'était pas forcément mal. Que je pourrais même être quelqu'un de bien. Je ne savais pas comment réagir, alors j'ai paniqué.

Je retins mon souffle, tétanisée par l'écho de mes propres paroles.

— Je sais, ça a l'air stupide...

Ma main gauche gisait sur le siège. Il la couvrit de la sienne.

— Non, pas du tout. Tu es honnête, je vais donc l'être aussi...

Ses doigts se crispèrent autour des miens.

— C'est mal, Maise. Je suis ton professeur. Ce n'est pas juste une question de ne pas se faire prendre. Il s'agit de nos vies à tous les deux qui risquent d'être foutues en l'air, même si le secret reste bien gardé. Le mensonge, la clandestinité, la paranoïa...

— Tu sous-estimes carrément mon goût pour l'espionnage. Et puis, il s'agit juste de tenir jusqu'à la fin de l'année scolaire.

— C'est comme ça que tu veux passer ton année ?

— Je refuse en tout cas de la passer dans les regrets.

Son expression vira à la morosité, il se renferma sur lui-même.

— Evan, répétai-je et il se tourna vers moi. Si je n'avais pas fui, l'autre soir, si cette histoire avait continué... Penserais-tu de la même façon qu'il faut arrêter aujourd'hui ?

— Je n'en sais rien.

— Est-ce que tu veux vraiment arrêter ?

— Non, répondit-il avec douceur.

Il n'y eut pas de collision désespérée des corps cette fois. Nous avançâmes par petits paliers, mes doigts se nouant aux siens, mon visage s'inclinant vers le sien. Je fixai sa mâchoire, cet endroit situé juste sous la lèvre inférieure, où la rugosité de la barbe laisse place au velours de la peau. Il approcha la main de mon visage et toucha ma bouche, l'entrouvrit du bout des doigts jusqu'à mes dents. De nouveau je retins mon souffle. Je le regardai à travers mes cils mouillés, son image était brouillée. Insoutenable. Toute cette retenue, cette contrainte, tandis que la pluie faisait rage.

Une voiture passa dans un vrombissement, projetant un tsunami contre sa portière.

Nous sursautâmes tous les deux. Et cela dut rompre cette espèce de transe hypnotique car, en un éclair, ses bras furent autour de moi et je me retrouvai sur ses genoux, à l'embrasser, pressant son dos contre la vitre. J'avais un goût de pluie sur les lèvres et mes cheveux dégoulinaient sur mon visage. Il n'esquissa pas le moindre geste pour me repousser. Il avait envie de moi telle que j'étais, brute, sans tabou. Il fit courir sa main sur ma jambe nue, ses doigts caressant l'intérieur de mes cuisses. Je soupirai contre sa bouche. Perdis l'une de mes sandales. Frottai mon visage au sien, troublée par la fermeté de sa mâchoire, l'âpreté de ses joues. *Marque-moi*, pensai-je. *Donne-moi quelque chose que je puisse emporter en souvenir. Que je pourrai toucher lorsque je serai seule, en me souvenant de ce moment.*

Quand nous fûmes à bout de souffle, il prit mon visage entre ses mains.

— Tu n'imagines pas dans quel état tu me mets. Je suis incapable de te regarder en classe.

— Tu me regardes tout le temps.

— Et je te fais des choses horribles dans ma tête.

Mes veines étaient en feu. Je sentais ma bouche gonflée, mes dents acérées mordaient ma lèvre, mes yeux mi-clos le suppliaient, j'étais consciente de son désir.

— Fais-les-moi, dis-je. Emmène-moi quelque part.

Il laissa échapper un long, très long soupir. Les lèvres rouge sang de mes morsures.

— J'en ai tellement envie. Si tu savais comme j'en ai envie…

Il prit le bout de mon menton entre ses doigts.

— Ça va si vite. Nous devrions prendre le temps de réfléchir. Essayer de trouver le moyen d'être discrets.

Mon visage s'éclaira d'une lueur coquine.

— Je sais être discrète. Je peux jouer Harriet la petite espionne.

Ses mains se posèrent sur ma poitrine. Mes seins dans le creux de ses mains qui froissaient mon T-shirt trempé de pluie, le plaquant sur ma peau. J'éprouvai une sensation de brûlure, mais je ne l'arrêtai pas. Je le voulais. *Marque-moi de ton empreinte*, pensai-je. C'était comme s'il me tenait tout entière, concentrée là tout près de mon cœur, suffisamment petite pour tenir dans ses mains.

— J'aimerais t'emmener loin d'ici, dit-il dans un soupir rauque, presque un râle.

Je tressaillis.

— Comment vais-je survivre à ce week-end ?

— J'étais en train de me demander la même chose.

On s'embrassa, un long et tendre baiser d'adieu. Puis nous échangeâmes nos numéros. Chacun caressant le visage, les mains de l'autre. Les vitres étaient devenues opaques, par endroits des taches de couleur brillaient, confuses, comme quand une caméra floute des lumières en arrière-plan. Nouveau baiser. J'essayai de trouver une autre excuse pour rester dans sa voiture et il sourit, lisant dans mes pensées.

— Je ne sais pas ce que je suis en train de faire avec toi, dit-il.

— Ne te pose pas la question. N'arrête pas, c'est tout…

Je sortis sous la pluie, regardai sa voiture s'éloigner. Tirant sur une corde invisible enroulée autour mon cœur, tirant encore et encore, jusqu'à la casser net.

Chapitre 3

À sept heures, le samedi matin, je m'éveillai au son de la voix de Maman, une sorte de cri de corbeau, à cause des ravages de l'alcool bon marché et des cigarettes.

— Bébé ! J'ai préparé le petit-déjeuner ! On va faire du shopping !

J'enfouis mon visage dans l'oreiller, tout en me demandant si j'aurais le cran de m'étouffer.

— Debout, paresseuse !

Bruissement du rideau. Un soleil exterminateur incendia mon lit, traversant l'oreiller.

— Va-t'en, râlai-je.

J'avais fait un rêve étrange. Un chien enragé me poursuivait dans un champ de maïs. Je ne pouvais le voir quand je me retournais, je distinguais juste l'ondulation des tiges de maïs. Mais quand il grognait, je sentais son souffle sur ma nuque, brûlant et toxique.

Par « préparé le petit-déjeuner », Maman voulait dire qu'elle était allée l'acheter au McDo. Au moins, on échappait à sa nourriture liquide habituelle. Tout en engloutissant un sandwich à l'œuf, j'observai la femme qui m'avait donné la vie. Le soleil ne la flattait pas. Son fard à paupières assombrissait son visage et semblait compléter les cernes sombres de ses yeux au lieu de les cacher. Son rouge à lèvres formait une trace épaisse et faisait vulgaire. Plus personne ne porte encore du rouge à lèvres magenta, sauf pour rigoler.

Jadis, cette créature squelettique à tête de sorcière fut une ado, comme moi. Avec des yeux comme de purs cristaux de péridot et une peau d'albâtre. Elle était très belle. Les hommes de tous âges l'adoraient.

Je frémis. J'avais l'impression dérangeante de voir le reflet de mon avenir dans un miroir.

— Qu'est-ce que tu veux t'acheter ? demandai-je.

— Pour moi rien. C'est pour toi, bêtasse.

Je l'observai, sur mes gardes.

— Tu ne m'achètes jamais rien.

— J'ai eu une bonne semaine. On a un peu de sous à dépenser.

Traduction : j'ai écoulé un max de meth à des gosses de ton âge.

— Et tu veux le dépenser pour moi.

Ce n'était pas une question. Plutôt une façon de tâter le terrain.

— J'en ai assez de te voir dans ces fringues miteuses. Tu as besoin de vêtements neufs.

Mes fringues miteuses ne semblaient pas gêner M. Wilke, pensai-je.

— Tu n'as qu'à me donner l'argent, dis-je, j'irai les acheter moi-même.

Pitié, *Jesus*, qu'elle ne vienne pas avec moi !

Maman sourit. La céramique de ses couronnes étincelait. La plupart de ses dents étaient fausses, les vraies avaient été pourries par la méthamphétamine.

— Si je dois payer pour passer du temps avec toi, je le ferai.

Aïe. Et une flèche en plein cœur, une ! Elle s'enfonça profondément. Cette femme m'aimait, je le savais, à sa manière, pas toujours très nette. C'est juste que je préférais quand n'abordions pas la question, ni l'une ni l'autre.

Elle enchaînait clope sur clope dans le van. Je me penchai à la fenêtre et envoyai un texto à Wesley : *À l'aide ! Journée shopping mère/fille.*

Il répondit : *Qui est la fille, des deux ?*

Ce bon vieux Wesley.

Nous traversâmes Carbondale assoupie, le campus avec ses pelouses tirées au cordeau, jusqu'au centre commercial à côté de l'université. Clim à fond, odeur de soda dans l'air vicié. Maman me traîna directement chez American Eagle. Nous examinâmes tout un rayon de shorts en denim prédéchirés, prédélavés, exactement identiques à celui que je portais, excepté le prix. Je haussai un sourcil. Traduction : je te l'avais bien dit.

— Prends ce qui te fait plaisir, dit Maman. Elle portait un débardeur en maille et ses seins se balançaient, de droite, de gauche.

— Je te retrouve à la caisse, dis-je avant de m'éclipser.

Seule sur le parquet épais éclairé par des lumières couleur champagne, je dois reconnaître que je me sentais légèrement glamour. Je n'arrêtais pas de me regarder dans les miroirs. Je savais que j'étais jolie. Je n'ai jamais été l'une de ces filles anxieuses qui ont toujours besoin d'être rassurées. Quand les « associés » louches de votre mère se mettent à vous mater alors que vous avez à peine douze ans, vous comprenez vite. J'ai toujours été consciente de l'attention que me portent les hommes. Je le savais, j'étais désirable. Et je savais exploiter cet atout, à la fois comme outil et comme arme.

Cela dit, je ne m'étais jamais réellement considérée comme belle. La fille dans le miroir était belle.

L'un des trucs quand vous tombez amoureuse, c'est que vous tombez en même temps amoureuse de vous-même. Vous réalisez que vous êtes superbe, vous devenez intrépide et imprévisible, vous êtes comme une étincelle, un feu follet que les autres regardent avec envie, les yeux pleins d'étoiles.

La fille dans le miroir me dévisagea. Elle me fit un petit clin d'œil complice. Elle semblait regarder quelque chose d'aveuglant, le menton relevé, le regard distant, réservé. Petit nez retroussé et lèvres pulpeuses. Sa bouche était entrouverte, laissait juste entrevoir la blancheur immaculée de ses dents. Elle avait cette minceur naturelle que les femmes plus âgées lui enviaient. En dépit des réflexions de Wesley, sa poitrine était modeste, peut-être même un peu trop petite, mais il y avait quelque chose de voluptueux dans sa façon de l'arborer. Et tout son corps était comme ça. Longiligne, svelte, tout en souplesse. Une ossature discrète. Des cheveux d'un brun intense tombaient sur ses épaules nues, une crinière royale.

Je l'observai un moment et me dis : « Je ne sais pas qui tu es. »

Un groupe de filles passa, avec des rires effrontés. On aurait dit une publicité ambulante pour Bath & Body Works. Elles sentaient la crème hydratante, le fond de teint et le baume après-soleil, mais derrière tout ça on devinait les problèmes de surpoids, d'acné, de boulimie et de mal-être. Chacune était un pur produit de consommation. J'étais naturelle, brut et rebelle.

Mon téléphone vibra.

Britt, la fille du cours d'histoire, qui s'inquiétait pour notre exposé. Je répondis rapidement puis glissai l'appareil dans ma poche arrière. Je le sentais, son numéro était juste là, blotti contre ma fesse. À tout moment, je pouvais le composer, établir le contact. Et dans l'immédiat, le seul fait de le savoir là me réconfortait. Mais je le savais, ce genre de réconfort ne durerait pas. J'avais besoin de plus.

Maman ne cilla pas quand je posai une tonne de fringues sur le comptoir. Je regardai la caisse enregistrer, de plus en plus nerveuse quand elle afficha 100 $, 150 $, 200 $. Ça ne passerait pas. Elle allait demander à la caissière d'arrêter là. Oh la la, elle n'en fit rien. J'allais avoir droit à LA scène.

242,18 $.

Maman sortit une liasse de billets de 20. J'essayai de prendre un air détaché.

Une des filles boulimiques nous regarda partir, le regard consumé par l'envie.

J'étais trop stupéfaite pour dire merci. Je suivis Maman à l'espace restauration, en me sentant un peu comme le Père Noël, prête à donner tout ça à une gamine qui, elle, le mériterait.

Elle commanda une énorme assiette de poulet à l'orange, qu'elle picora tel un oiseau.

Recroquevillée, j'attendais l'explosion. Cette petite virée n'allait pas tarder à tourner au vinaigre.

— Tu veux qu'on aille voir un film ? demanda Maman.

J'en restai bouche bée. La dernière fois que nous étions allées au cinéma ensemble, j'étais toute petite. Je toussotai, clignai des yeux. Quelque chose de bizarre frémit au niveau de mon cœur. Un sentiment réel pour cette femme.

— Je suis un peu fatiguée, répondis-je.

Elle écarquilla les yeux. On aurait dit un raton laveur submergé par la tristesse. Ses cils tartinés de mascara ressemblaient à des pattes d'araignée.

— Peut-être un film pas trop long alors ? proposai-je, conciliante.

Je ne me reconnaissais pas. Je savais qu'elle était en train de me manipuler. Je ne savais pas encore *pourquoi*, mais je n'étais pas dupe de toute cette comédie. *N'oublie pas ce qu'elle t'a fait*, me répétai-je. Souviens-toi de ces nuits où elle te laissait seule sur le canapé avec un type qui n'arrêtait pas de te dire combien tu étais jolie, qui te pelotait, comme ça elle pouvait lui soutirer plus de fric. Souviens-toi quand elle est allée en taule pour détention de stupéfiants et qu'elle t'a placée en foyer pendant trois mois.

Souviens-toi que c'est à cause d'elle, si tu es aussi déglinguée.

Mais je décidai de tout oublier.

Je m'assis à côté d'elle dans la salle de ciné climatisée. Elle empestait le tabac et un parfum bien trop jeune pour elle. Le film était nul, je riais de bon cœur.

#

Cette nuit-là, allongée sur mon lit avec mon vieil ordi portable, officiellement occupée à faire des recherches pour mon exposé d'histoire, je Google-isai en réalité *M. Wilke*. Sa visibilité sur Internet était minime. Son CV sur quelques réseaux professionnels. Quelques JPEG floues. Même ces minuscules images pixellisées me bouleversèrent. Je sauvegardai la meilleure sur mon écran, pour pouvoir le regarder tout en parcourant des yeux un texte sur la guerre froide.

Tsst tsst. Mauvais signe. Ça tournait à l'obsession.

Nouvelle recherche : *Loi sur l'âge de consentement sexuel en Illinois.*

Nous étions dans la légalité.

Cette nuit au parc d'attractions était manifestement non répréhensible, et même si cela se reproduisait maintenant, entre prof et élève, alors qu'il était *en position d'abus de confiance et d'autorité* par rapport à moi, ça resterait légal puisque l'âge limite était dix-sept ans. À dix-huit ans, je pouvais donc légalement baiser avec mon prof.

Bien sûr, si quelqu'un découvrait l'affaire, ils le vireraient aussi sec. Et il n'enseignerait sans doute plus jamais.

Un bruit sourd retentit en bas.

Je mis mes écouteurs et m'allongeai, les yeux clos. The Constellations, *Right Where I Belong*. Velouté et mélancolique, mélange de douceur et d'amertume. Juste comme ce que je ressentais.

Un souffle tiède s'engouffra dans ma chambre, chargé de parfums d'herbe et de fin d'été. Les cigales chantaient si fort que je les entendais, malgré la musique, des cliquetis par milliers. *Que fais-tu en ce moment ?* me demandai-je. Et si je l'appelais ?

Une nouvelle fois, le bruit de quelque chose de lourd qui tombe. Mon lit en trembla.

Je m'assis, arrachai mes écouteurs.

Bam. Bam. Crac.

Je me précipitai en bas en appelant Maman.

Un homme se trouvait dans le salon. Grand et mince, la barbe grisonnante, un jean tellement sale qu'on aurait dit du cuir.

— Ta mère a trop bu, dit-il.

Maman gisait par terre. Il essayait de la faire asseoir sur le canapé.

— Putain de merde, dis-je en m'agenouillant devant elle.

Elle avait la peau glacée.

— Elle n'a pas bu. Elle est toute froide. Qu'est-ce qu'elle a pris ?

Le type me lança un regard indéchiffrable.

— Maman ?

Je la secouai. Elle respirait, mais très faiblement.

— Maman, qu'est-ce que tu as pris ?

Je lui soulevai une paupière. Sa pupille se rétracta à la lumière. Elle gémit, me repoussa.

Merci mon Dieu ! Je me tournai vers le type.

— Qui êtes-vous ?

— Paul.

— Paul, répliquai-je, portez ma mère dans son lit.

Il la souleva, tandis que moi je soutenais sa tête. Je la couvris. Allumai la lampe de chevet. Attrapai son téléphone que je fichai dans la main de Paul.

— Vous allez rester avec elle jusqu'à ce qu'elle atterrisse, dis-je. Vérifiez son pouls toutes les cinq minutes. S'il est trop lent, ou si elle ne se réchauffe pas ou arrête de respirer, appelez une ambulance. Moi, je ne peux pas refaire ça, encore.

Paul avait visiblement du mal à se concentrer sur ce que je disais. Il regardait mes jambes, comme si c'était elles qui parlaient.

— Hé !

Je claquai des doigts sous son nez.

Il releva la tête.

Je pris une photo de lui avec mon téléphone.

— Maintenant, je vous ai en mémoire. Vous n'avez pas intérêt à partir avant qu'elle ne retrouve ses esprits.

La barbe de Paul tressaillit.

Je claquai la porte de la chambre et, dans le couloir plongé dans l'obscurité, j'appuyai mon front contre le mur. Avec un haut-le-cœur. Espèce de salope d'égoïste. Jamais, elle ne m'avait jamais permis d'être une enfant.

Une lame de lueur ambrée tomba sur moi. Paul sortit de la chambre. L'espace d'une seconde, pathétique, j'envisageai de me blottir entre les bras de cet inconnu. J'avais besoin de tendresse, de la part de n'importe qui.

Paul posa une main sur mon dos. Je me raidis. Sa main descendit sur mes reins.

Je lui balançai mon coude en pleine gorge. Il recula, le souffle coupé.

– Touche-moi encore une fois, dis-je, et je te promets que je te bute.

Je marchai vite pour m'éloigner et, à peine sortie du couloir, je me mis à courir vers la porte d'entrée. Je la claquai derrière moi. M'affalai sur la première marche du porche, le souffle saccadé.

Bon Dieu, ma vie était une putain de farce.

Je m'emparai de mon téléphone, avec l'intention d'appeler Wesley, de le supplier de venir me retrouver quelque part, mais pile à ce moment un texto sauta sur l'écran.

De M. Wilke.

Juste une photo, pas de mot. Une guirlande de lucioles zigzaguant dans la nuit. Le grand huit illuminé. Les manèges comme des boîtes à musique géantes. Le Serpent de la Mort, ligne sinueuse de feux scintillant dans le ciel, fonçant vers le néant. C'était comme une petite galaxie, un brouillard de lumières colorées flottant autour, comme une nébuleuse. Il avait pris la photo de chez lui. Les lumières qu'il voyait tous les soirs.

Mon cœur s'apaisa. Je fixai l'écran, oubliai la vie derrière moi. *J'aimerais tant être là*, répondis-je.

Une minute plus tard, sa réponse : *Moi aussi.*

Quelque part dans l'univers, deux cœurs qui se cherchaient s'étaient retrouvés.

Soudain, une silhouette apparut derrière moi, une ombre sortie de la maison.

Je bondis sur mes pieds et courus dans le garage récupérer mon vélo. Pédalai furieusement jusqu'à l'autoroute. Je pris la direction du château d'eau, fonçant à toute vitesse, même quand je me retrouvai seule sous la voûte étoilée, avec le sifflement du vent dans mes oreilles.

Arrivée au château d'eau, je sautai à bas de mon vélo et l'abandonnai dans la poussière. Profitai de mon élan pour gravir à toutes jambes la colline. À bout de souffle, en sueur. Dans mes veines, mon sang rugissait à la vitesse du son. Je continuai à grimper, avec la fureur d'une bête sauvage. J'aurais pu tuer n'importe qui à mains nues, à ce moment.

Wesley était assis là, sur les planches, un point incandescent éclaira son visage.

— Maise ?

Je m'écroulai à côté de lui, m'allongeai sur le dos et regardai le gros ventre du réservoir. Je m'efforçai de retrouver mon souffle, dans le nuage de bidî.

— Qu'est-ce qui t'est arrivé ?

J'attendis de pouvoir respirer de nouveau.

— Ma mère a fait une overdose.

— Elle est vivante ?

— Malheureusement, oui.

Je m'assis.

— Enfin, elle devrait survivre. J'en ai vraiment rien à foutre.

Je sentis son regard sur moi. Je me glissai jusqu'au bord de la plate-forme, les jambes dans le vide. Dix mètres tout au plus jusqu'à la poussière et les herbes folles. Sans doute pas mortels.

— Quelle est ta plus grande peur ? demandai-je en m'agrippant à la barre métallique au-dessus de ma tête.

— Rester seul toute ma vie, soupira Wesley.

— Pas mal, dis-je, mains crispées autour de la barre. La mienne, c'est de ressembler à ma mère.

Et je m'éjectai de la plate-forme.

Wesley hurla quelque chose. Mes bras, encore accrochés, tinrent bon. Je me balançai dans le vide, légère comme l'air. J'avais l'impression que si je lâchais, je flotterais jusqu'au sol, aussi légère que de la cendre.

Je sentis des bras se nouer à ma taille.

Sa tentative de « sauvetage » faillit précipiter notre chute à tous les deux. Je lui criai de me lâcher, lâche-moi, mais il n'en fit rien. Nous basculâmes en arrière, ses bras encore verrouillés autour de moi. Je me dégageai.

— Merde, dis-je. Pour un peu, tu commettais un « assassinat-suicide ».

— T'es complètement cinglée !, cria-t-il.

Je le dévisageai.

Sa cigarette se consumait sur les planches.

— Je ne suis pas comme toi, dit-il. Je ne suis pas dans l'autodestruction, moi.

— Quoi ? demandai-je avec douceur.

— Si tu veux te tuer, évite de le faire devant moi. Ne m'oblige pas à essayer de te sauver.

Muette, je le regardai descendre l'échelle et s'éloigner au milieu des hautes herbes.

Je restai là, seule. La clope continuait à brûler. Je l'écrasai du bout du pied et m'assis. Je me sentais vide, j'avais une faim diffuse en moi, une sensation lancinante dans mon ventre, mes poumons, ma gorge.

Brillant de mille feux, le monde frémissait.

Non. Putain, ne pleure pas.

Je sortis mon téléphone de ma poche. Je me perdis dans la contemplation de ces lumières, ces stupides pixels qui formaient des mots qui signifiaient tant pour moi.

De mon promontoire, moi aussi j'avais vue sur le parc d'attractions. Je pris une photo. À cette distance, les lumières formaient comme un arc-en-ciel brillant. Je l'envoyai sans message. Sa réponse, quasi instantanée, était celle que j'espérais. Je souris.

J'aimerais tant être là, disait-il.

Moi aussi, répondis-je.

Je pressai le téléphone contre mon cœur, ce petit rectangle de lumière irradia jusqu'à mon âme. Je n'étais pas assise là toute seule. Je ne serais plus seule nulle part.

Une intuition me poussa à regarder mon écran une nouvelle fois. J'avais lu trop vite, les yeux embués. Les mots étaient différents quand je les ai lus la seconde fois.

En réalité, il avait écrit : *J'aimerais tant que tu sois là.*

#

Wesley vint me trouver le lundi matin avant le cours de maths, avec un cupcake orange carotte.

— Mon rameau d'olivier, dit-il.

Je le partageai avec lui.

— Tu sais, dit-il tout en léchant le sucre glace sur ses lèvres, si c'est la merde chez toi, tu peux venir chez moi. Ma mère ne te fera pas la morale. Elle te gavera juste de gâteaux.

D'un coup, je me jetai dans ses bras pour lui faire un câlin. Il était incroyablement grand.

— Merci, dis-je quelque part à proximité de son appendice xiphoïde.

Lorsque je le lâchai, il était tout rouge.

J'eus un sursaut de culpabilité. L'aurais-je troublé involontairement, par habitude ? Vite ! étouffer ça tout de suite. Je lui pinçai l'oreille.

— Hiyam fait une fête chez elle. Tu veux venir pour la regarder boire et mater ses nichons ?

— Clairement oui.

Plus tard ce matin-là, je me présentai au cours d'Études cinématographiques, plus en harmonie avec l'univers que je ne l'avais été depuis longtemps. J'aurais dû me douter, bien sûr, que pour rééquilibrer les choses, l'univers allait devoir me balancer en pleine gueule une clé à molette bien rouillée.

Il n'était pas là. Une remplaçante occupait son bureau.

— Où est M. Wilke ? demandai-je.

La fille haussa les épaules.

— Il a simplement demandé à ce que vous passiez cette heure à travailler sur votre projet du semestre.

Dès qu'elle eut fini l'appel, je m'éclipsai avec Wesley.

— C'est drôlement bizarre, marmonnai-je.

— Pourquoi ?

Parce qu'il m'a raccompagnée, vendredi. Parce qu'on s'est embrassé dans sa bagnole, sous la pluie. Parce qu'il m'a dit que dans sa tête, il me faisait des choses terribles.

— Sais pas. Il n'avait pas l'air patraque la semaine dernière.

— D'étranges maladies frappent parfois nos aînés…

Je donnai un coup de pied à Wesley, en plein dans le tibia.

— Tu vas passer la journée à chouiner après lui ?

Oui.

— Retrouve-moi au labo, à dix heures. On pourra commencer notre chef-d'œuvre.

Une fois seule, à mon casier, j'envoyai un texto à M. Wilke : *Où es-tu ?*

J'attendis sa réponse. Cinq minutes. Dix. Puis je soupirai, lançai mon téléphone dans le casier et m'absorbai dans mes cours.

Il répondit finalement dans l'après-midi : *Audience au tribunal. Rien de grave.*

Je ne répondis pas.

Une minute plus tard, il ajouta : *Tu me manques.*

Je restai plantée devant mon casier, au milieu d'un tourbillon de jeunes, avec l'impression d'être sur un plateau de cinéma, entourée de figurants. Leur vie était si étriquée, si simple. Tellement prévisible. Aucun n'avait un secret comme le mien. Aucun n'écrivait des textos au prof avec lequel ils avaient couché. Un prof avec lequel ils comptaient bien recommencer.

J'ai envie de te voir, dis-je.

Je m'attendais à un refus. Je ne m'attendais pas à ce qu'il me réponde : *Peux-tu me rejoindre en dehors de l'école ?*

Oui. Oh yes ! *Où ça ?*

Il me donna une adresse assez proche, pour venir me chercher.

Et après on va où ? demandai-je.

Où tu veux.

#

J'étais assise sur un vieux banc pourri, devant une station-service à l'abandon, à un kilomètre environ du lycée. Le soleil cognait sur le chrome des pare-chocs rongés par la rouille et ricochait dans mes yeux comme des lasers. La chaleur cuisait le bitume fissuré. Un panneau tout grêlé craqua de façon bizarre, en l'absence pourtant du moindre souffle de vent. Je me réfugiai dans un petit coin d'ombre fraîche, détendue, mille milliards de pensées dans la tête.

Il s'arrêta devant moi comme une star de ciné, un bras sur l'appuie-tête du siège passager, des lunettes de soleil d'aviateur sur le nez, renvoyant la lumière comme des miroirs.

Je montai. Le cuir m'ébouillanta les cuisses.

Nous restâmes silencieux. Il retira ses lunettes. Derrière, ses yeux était pleins de tendresse. Il portait un jean, une chemise à rayures aux manches retroussées et une cravate. Les cheveux fouettés par le vent. Le soleil faisait scintiller une barbe naissante sur ses joues.

Pas de baiser.

Nos mains se rencontrèrent sur le siège en feu entre nous.

Je respirais fort. Je n'avais pas ressenti une telle peur depuis que j'étais montée sur le grand huit toute seule. Sincèrement, c'était exactement pareil, comme embarquer pour un voyage qui risquait de nous détruire.

Le pire des scénarios : il perd son job et je suis virée du lycée.

Le meilleur des scénarios…

Je n'en sais rien. Quel est le meilleur des scénarios ? Rôder en douce, planqués derrière le rideau ? Mentir à tous ceux que nous connaissons ?

Je pensai à ce poème de Robert Frost, qu'ils aiment tant décortiquer pour vous au lycée. « Deux routes divergeaient dans un bois jaune. » J'étais à la croisée des chemins. Je ne pouvais en prendre qu'un ; et l'autre, comme pour Gwyneth Paltrow qui interprète mon rôle dans *Pile et Face*, pouvait aussi bien me mener au désespoir qu'au bonheur. Là était la question. Lequel prendre ? Quelle Gwyneth étais-je ?

Je connaissais la réponse.

J'étais celle qui avait peur.

Je serrai fort sa main.

Le silence entre nous vibra. Et tout devint si clair. Je vis mes pensées se refléter sur son visage, l'appréhension le disputant à un besoin si simple, tellement naturel. Il me regarda, m'engloba tout entière de son regard, la fraîcheur de ma peau adolescente, mes certitudes d'adulte, ma vieille âme. Personne ne m'avait jamais regardée ainsi, dans mon intégralité. Personne ne m'avait jamais vue comme une personne à part entière.

Oui, pensai-je alors. *Le voici, mon chemin.*

Il serra ma main en retour, puis il prit le volant.

#

C'est fascinant tout ce qu'on peut communiquer sans mots.

Nous prîmes l'autoroute, tracée au milieu de champs de soja verts, à perte de vue jusqu'à l'horizon bleuté. La vitre baissée, mes cheveux me fouettaient le visage. L'air sentait les produits chimiques, avec une forte odeur de fermentation, à donner la nausée. Un rayon de soleil se posa en travers de mes cuisses, faisant briller ma peau.

Je lançai un regard à M. Wilke. Son expression éveilla en moi un trouble profond. Je m'accrochai à cette sensation, la laissai se répandre en moi, fleurir, m'envahir des orteils jusqu'au bout de mes doigts, avec une tension hésitant entre le désir et la douleur. Par habitude, je mordillai l'ongle de mon pouce. Un geste innocent, mais M. Wilke posa les yeux sur moi, un sourire effleurant le coin de ses lèvres.

Bien joué, Lolita. Maintenant il ne te manque plus que les lunettes de soleil en forme de cœurs.

Je sentis son regard sur moi, aussi brûlant que le soleil. Je savais qu'il épiait le moindre de mes gestes.

Je penchai légèrement la tête en arrière, les yeux mi-clos, le vent jouant sur mon visage. Mon cœur battait à un rythme lent, mélancolique. J'avais l'impression de jouer une scène, sur un plateau, les caméras braquées sur moi, subjuguées.

La voiture ralentit.

Nous vîmes tous les deux l'enseigne du motel, puis nous échangeâmes un regard.

Il tourna dans l'allée.

Le gravier crissa sous les pneus. Le parking. Moteur coupé, tic-tac, tic-tac. Une chaleur étouffante envahit le silence, devenant presque un son, le bourdonnement strident d'une sauterelle sur ma peau.

Je pouvais l'entendre respirer. Il ne me regardait pas, les yeux posés quelque part sur le tableau de bord.

Nous savions ce que nous faisions, Votre Honneur.

Il remit ses lunettes de soleil, ouvrit la boîte à gants et me tendit une deuxième paire. Je ris doucement. Comme si cela pouvait cacher quoi que ce soit.

Peut-être n'était-ce pas pour les gens. Peut-être n'était-ce que pour nous.

Ce fut nettement plus facile de lui faire face sans voir ses yeux. Mon reflet dans le verre de ses Aviator : une fille intrépide, lèvres entrouvertes, effrontée.

Il descendit de voiture et se rendit au bureau d'accueil.

Crise de panique.

J'abaissai le pare-soleil, tentai de discipliner mes cheveux hirsutes. Qu'avais-je mangé depuis que je m'étais brossé les dents ce matin ? Sur quelle planète avais-je été téléportée ? Je n'avais plus aucun souvenir de rien entre le moment où je m'étais réveillée et celui où j'étais montée dans sa voiture. Je me sentais comme à l'étroit dans ma propre peau. Chacun de mes tendons était comme une corde de violon tendue au maximum, prête à chanter au moindre contact. Et si c'était différent aujourd'hui ? Si j'avais tout gâché avec mes mensonges, en m'enfuyant ? Mais qu'est-ce qu'il pouvait bien trouver à cette fille perturbée de dix-huit ans ? Et comme il devait l'être, lui, perturbé, pour s'inviter dans ma vie !

Des bruits de pas sur le gravier.

Je remontai d'un coup sec le pare-soleil.

Fini de penser.

J'ouvris ma portière, la refermai bien fort, dans une attitude de défi. Tous mes sens se concentrèrent sur d'infimes détails : le frottement de ses chaussures, un éclat de soleil sur un pare-chocs. Il ouvrit la 112 et entra le premier. Je le suivis, refermai la porte derrière moi.

À l'intérieur, la lumière de l'après-midi était tamisée par les rideaux. Nous ne touchâmes pas aux lourds drapés de chaque côté de la fenêtre. Dans la pénombre se dessinaient de vagues silhouettes massives, mais tout ce que je vis réellement, ce fut lui. Il retira ses lunettes, les posa sur le bureau. Vint vers moi. Ôta mes lunettes. Je clignai des yeux devant les petites particules en suspension dans un rayon de soleil.

Je réalisai que j'étais restée en retrait, je n'avais pas fait un pas dans la chambre depuis un moment.

M. Wilke glissa sa main sous le bout de mon menton, m'obligeant à relever la tête. Mon corps s'appuya contre le métal froid de la porte. J'étais courbatue, comme après avoir dormi, ou après avoir regardé un long film, et j'avais besoin de m'étirer, de bouger. Je pris un air boudeur, il plissa les yeux. On se regarda l'un l'autre avec cette espèce de ressentiment qui vous envahit lorsque vous voulez quelque chose si fort que ça fait mal, si fort que vous lui en voulez un peu, à cette chose. Il sentait légèrement l'essence et la ville, ainsi que cette odeur de cuir vieilli à laquelle j'étais devenue accro. Je posai la main sur le nœud de sa cravate. Aussitôt, il ouvrit la bouche, comme si j'avais touché une partie de son corps.

Nos lèvres se rejoignirent.

Ce qui arriva alors relevait plus de la chimie que du baiser. Une chaleur intense se posa sur mes lèvres, se répandit en moi comme une traînée de feu qui descendit le long de ma poitrine et alla se loger au creux de mon ventre. Mes pieds se détachèrent du sol. Je décollai, maintenue en lévitation contre la porte par la seule pression de son corps contre le mien. Nous nous embrassâmes comme nous ne l'avions pas encore fait : comme des amants. Il inclina mon visage, sa langue s'immisça entre mes lèvres, pas de façon urgente ni précipitée, mais avec une détermination qui me fit sentir le caractère inévitable de tout cela. Sa main descendit de mon cou sur mes seins, mon ventre, s'arrêta sur le bouton de mon short.

J'avais une certaine pratique des cravates à dénouer.

Lorsque je la libérai, il s'en débarrassa, un demi-sourire se dessinant sur ses lèvres pulpeuses. Cela me parut alors plus facile de déboutonner sa chemise. Il m'observa, me laissant faire comme je l'entendais. Leva les bras, docile, lorsque je lui enlevai son T-shirt en dessous. J'éprouvai alors l'envie d'enfouir mon visage dedans, de m'étourdir avec son odeur comme avec de l'éther. Mais il saisit mes poignets qu'il retint prisonniers au-dessus de ma tête et quelque chose trembla en moi, quelque part entre cellules sanguines et neurones, un espace transitoire dans lequel je n'étais plus tout à fait ni esprit ni corps. Oh ! il allait me baiser là, contre cette porte.

Ses mains lâchèrent les miennes que, soumise, je laissai levées. Il déboutonna mon short, s'agenouilla pour le retirer. À son souffle chaud entre mes cuisses, je sentis mon propre désir. Ses doigts forts et attentionnés se glissèrent sous l'élastique de ma culotte et tirèrent délicatement, la faisant descendre du bout des doigts le long de mes jambes. Je me mordis les lèvres si fort que je sentis un petit goût de cuivre sur ma langue. Il déposa un baiser sur ma hanche, fit courir ses lèvres le long du pli délicat formé par ma cuisse, descendit plus bas tandis que ses mains écartaient mes jambes. C'était trop. Je ne pouvais en supporter plus. J'enfouis mes doigts dans ses cheveux et tirai sa tête en arrière, l'obligeant à me regarder. Sur mon visage, il lut tout cela.

Il se releva, ouvrit sa braguette, prit la capote dans sa poche arrière, puis je lui arrachai son jean. Son sexe paraissait grand et brûlant au creux de ma main. Quand je fis glisser mes doigts jusqu'à la base, il se figea, les muscles de son torse saillants sous sa peau, immobiles. J'effleurai la soie fine qui recouvrait cette érection, par petites pressions légères autour de lui. Le simple fait de le toucher me donna envie de m'enrouler autour de lui, tout en moi se tendit à l'extrême. Il mit le préservatif lui-même. Me souleva soudain en m'attrapant sous les genoux, m'obligeant à me retenir à lui pour ne pas tomber. Puis il n'y eut plus rien que mon dos contre la porte et son sexe plongeant en moi, et je perdis mon souffle, la tête, tout. L'espace d'une éternité, tout ce que je ressentis fut cette pénétration. Lente et dure. Lente et profonde. Il fit en sorte que je ressente pleinement chaque va-et-vient. J'étais dure moi aussi à l'intérieur, tout mon corps était ramassé et contracté, et les premiers moments furent si intenses que ça en devint presque douloureux. Puis nous prîmes le rythme et le monde s'évanouit peu à peu. Mes cuisses nues frottaient contre son jean. La souplesse de ses abdominaux, ses muscles qui roulaient, le petit sillon de poils couleur bronze contre mon nombril. Le mouvement reptilien de son corps pendant qu'il me baisait. Il me maintenait quelques centimètres au-dessus de lui et il me regardait, sans m'embrasser. Le regard que nous échangions était plus intime que n'importe quel baiser. Je vis ses pupilles se dilater tel un cœur noir qui palpite. Je vis chaque frémissement de tension et de plaisir en lui. Je regardai ce que je lui faisais, toute sa vulnérabilité tandis qu'il se donnait à moi, me baisant mais baisé lui aussi, cette lueur presque enfantine, perdue dans ses yeux, tandis qu'il s'approchait de plus en plus près du plaisir. Le feu grandit en moi, bondit de cellule en cellule, embrasant peu à peu tout mon être, mais je me forçai à garder les yeux ouverts et le regardai. Les yeux clos, les sourcils haussés, à la dérive. Ses doigts plantés derrière mes jambes. Son sexe était si dur, si épais en moi que tout ce que je sentais était une douce plénitude. Chaque fois qu'il s'enfonçait entièrement et pressait sur mon clitoris, une décharge électrique me traversait le ventre. J'avais encore les yeux grands ouverts quand la tension en moi bascula de la résistance à la reddition et je commençai à suffoquer de façon incontrôlable. Et je ne lui dis pas que j'étais en train de venir, mais il le comprit. Ses doigts m'enserraient les jambes comme des serres. Je jouis si vite et si fort que ce fut comme un éclair, une félicité d'un blanc aveuglant, puis un autre éclair et je haletai dans la pénombre de cette chambre, hébétée. Il continua son mouvement quelques secondes, laissa échapper un râle, me pénétra fort une dernière fois, avant de basculer à son tour et de s'effondrer sur moi, nos corps reposant tels des poids mort contre la porte.

Il laissa un moment reposer sa tête au creux de mon épaule. Je fis courir ma main sur son dos, légère, encore tremblante, incertaine de moi, de lui. C'était comme si les aiguilles menaçantes d'une affreuse horloge s'étaient finalement arrêtées de tourner. Le silence dans la chambre était paisible, mélancolique. Je respirai son odeur. Notre odeur. Ma sueur sur son corps, la substance de mon plaisir sur son jean. Je voulais arrêter le temps, prolonger ce moment, et je regardai tout autour, mémorisant chaque détail.

Il se retira avec précaution, mais ne me lâcha pas. Il resserra ses bras autour de moi. Et m'emporta sur le lit.

C'est à peine si je parvenais à respirer.

Il me posa et s'allongea à côté de moi, les yeux au plafond. Nos mains se joignirent au même instant, comblant ce gouffre infime entre nous.

Oh, pensai-je. Rien que ça. Une douce ivresse. Mon corps était empli de soleil. Pas de sang, juste du ciel bleu dans les veines.

Impossible de savoir combien de temps s'était écoulé quand il tourna la tête vers moi. Je le regardai, avec un vague sentiment de gratitude. Le monde était beau, tout était doré.

J'avais cru ses yeux bleus, mais à la lumière de septembre, ils avaient un éclat argenté, métallique, comme de l'aluminium brossé.

— Salut, me dit-il avec douceur.

Quelque chose en moi s'alluma comme une bougie. Je me redressai sur le coude, lançai une jambe par dessus sa taille et me pelotonnai contre son corps.

— Salut, répondis-je.

C'étaient nos premiers mots depuis vendredi.

#

Il me garda longtemps sur lui, à me regarder. Je voulus lui donner un baiser, mais très vite il me repoussa. Quand je fis mine de me lever, il m'en empêcha.

— Laisse-moi te regarder, dit-il. Avant que tu ne prennes peur de nouveau.

Je le laissai donc regarder. Au début j'étais nerveuse, le regard fuyant, prenant subitement conscience de ma nudité en dessous de la ceinture. Je repoussai une mèche derrière mon oreille, qui retomba aussitôt sur mes yeux.

Puis je le regardai d'un air interrogateur. Son visage n'exprimait que de la curiosité, une curiosité si innocente qu'elle semblait presque enfantine. Mon angoisse se dissipa. Et lentement je lui souris. Un sourire coquin, pas timide. Le même sourire que celui du parc d'attractions. Je me montrai tout entière à lui, ma nudité, les cheveux à la je-viens-juste-de-baiser, mes erreurs, et je me dévoilai.

Evan effleura ma joue et m'attira contre lui. Mes cheveux se répandirent autour de nous, nous entourant de leur voile noir. Je passai la main sur son torse, ses muscles enrobés de douceur, le bandeau dru de poils blonds entre ses pectoraux, la densité, la fermeté de son ossature. Je laissai ma main s'égarer plus bas sur son ventre soyeux. Et je pensai : « Tu es un si bel *homme* ». Il promena ses mains sur moi, suivant la ligne fine de mes bras, de mes hanches, s'attarda sur mes fesses nues, les griffant de ses ongles. Et en un clin d'œil, toute l'innocence de son regard s'évanouit.

— Est-ce que tu l'as vue ? demandai-je.

Il fronça les sourcils.

— La vraie moi.

— Elle est juste là devant moi, dit-il, et il m'embrassa.

L'après-midi s'écoula dans un nuage de tout ça, de baisers, d'étreintes, sans quitter ce lit. Il disparut dans la salle de bains pour prendre une douche, et revint avec ma culotte. Je l'enfilai mais ôtai mon T-shirt, et on se fit des câlins, ses mains se promenant partout sur moi. Nous discutâmes, tout en nous embrassant.

— Je veux tout savoir sur toi, dit-il. Quel est ton film préféré ?

— Oh non ! Ne me demande pas *ça*.

— Pourquoi ?

Je m'assis, lui lançant un regard horrifié.

— Tout d'abord parce que j'ai envie de t'impressionner. Et puis, parce que ça change tous les jours.

— Tu dois en avoir un, c'est juste que tu ne veux pas me le dire. Je te dirai le mien.

Je fis une moue hostile. Il rit.

— Alors on le dit ensemble, à trois, d'accord ? Prête ?

— Non, hurlai-je.

— Un, deux, trois... *Casablanca.*

— *Jurassic Park.*

Il m'adressa un large sourire.

Je me cachai le visage dans l'oreiller.

— Je vais mourir...

— Un classique moderne, dit-il en me chatouillant le talon. Le jour où je l'ai vu, je me rappelle avoir pensé : « Un jour, les images de synthèse seront plus vraies que la vraie vie. » Ma scène préférée, c'est quand la fille...

— Si tu commences à citer des répliques, l'interrompis-je du fond du matelas, je me suicide pour de bon.

De nouveau, il rit. Un rire bienveillant. Pas moqueur comme celui de Wesley, mais à donner le tournis, complice. Je le regardai par dessus mon épaule.

— Je veux tout savoir sur toi.

Son rire s'éteignit, mais il continua à sourire. Allongé près de moi, ses doigts caressant mon dos, il chuchota :

— Que veux-tu savoir ?

— Quel âge as-tu ?

— Trente-deux.

Ainsi je ne m'étais pas trompée de beaucoup. À ma naissance, il avait quatorze ans. Peut-être que Wesley n'avait pas tort lui non plus, avec sa théorie. Et alors ? J'avais couché avec des types qui avaient plus que trente-deux ans.

— À quelle fac es-tu allé ?

— L'université du Nord-Ouest.

Je tendis le cou.

— Tu es du Nord ?

— Pas loin de Chicago.

— Snob. Tout le monde dit ça : « Pas loin de Chicago. » Comme si les villes n'avaient pas de nom là-haut.

— C'est la vérité. Elles n'en ont pas. Et c'est extrêmement déroutant pour les facteurs.

Il glissa un doigt sous la bretelle de mon soutien-gorge, remonta sur mon omoplate, fit du funambulisme sur l'arête de mon épaule.

— Pourquoi…, commençai-je.

— C'est mon tour.

Son doigt descendit lentement vers mes seins.

— Pourquoi avoir insisté pour t'inscrire à mon cours ?

Le destin, faillis-je répondre. *Le karma. C'était dans le script.*

— En fait, j'avais réservé ma place l'année dernière. Mais ils ont merdé aux inscriptions.

J'inspirai profondément.

— Je veux faire une école de cinéma.

Sa main se figea dans le creux de mes reins. Il se redressa un peu.

— Vraiment ? Laquelle ?

— Je ne sais pas encore. Enfin, j'ai mes préférences, évidemment, mais je m'efforce de rester réaliste. J'espère à l'université de Californie du Sud, ou à celle de Los Angeles. J'hésite un peu entre une spécialité film indépendant et film commercial. Le commercial est plus sûr, je pense, pour avoir une vision complète du processus. Mais en même temps, je n'ai pas envie de devenir une sorte de philistin en produisant à tour de bras des navets, alors je vais peut-être me décider pour le cinéma indé. Sur le storytelling et l'art. Mais en même temps, je risque d'être néophyte quand il s'agira de se lancer dans un vrai film. Je ne sais pas…

Tout ça était confus. Je le regardai. Il avait l'air songeur.

— Tu ne rigoles pas sur le sujet, remarqua-t-il.

— Non, c'est vrai, répondis-je avec un haussement d'épaules.

— Et qu'est-ce que tu aimerais faire ? Comme métier ?

— Je prendrai ce que je trouverai. J'adorerais être assistante de production, pour avoir une vision globale du fonctionnement d'un plateau. Parce qu'un jour, je compte bien passer à la réalisation.

Ce fut comme si j'avais dit quelque chose d'extraordinaire. De romantique. Ses yeux se mirent à briller.

— Tu es une artiste.

Je réfléchis à sa réflexion. Ça me semblait un peu excessif pour moi. Tout ce que je faisais, c'était regarder beaucoup de films et rêvasser. Mais il m'avait donné une opportunité, dont je n'avais même pas encore pris conscience tant j'étais obsédée par lui : notre projet semestriel. J'avais en fait la possibilité de *réaliser* quelque chose. Et si ce n'était pas trop mal, je pourrais peut-être m'en servir pour appuyer ma demande d'inscription à l'université.

— Je ne sais pas encore ce que je suis, dis-je.

Une sorte de silence électrique s'ensuivit, hésitant entre franchise et peur. Parce que j'étais jeune. Peut-être avais-je un peu plus d'expérience que la plupart des enfants de mon âge, mais j'étais encore une « enfant de mon âge ». *Et tu sais quoi, M. Wilke ?* me dis-je. *C'est en partie ce qui explique ce truc entre nous. Le frisson du tabou. Prof et élève.*

— Si tu dois faire une école de cinéma, dit-il, il y a quelque chose que je dois te donner.

— Quoi ? demandai-je, le cœur battant.

— Une éducation.

#

Ce qu'il m'apprit avant tout le reste, c'était comment faire l'amour.

Avant que vous ne ricaniez, sachez que j'ai toujours eu horreur de cette formule. Elle sonne tellement mièvre, tellement *ringarde*. Les hippies faisaient l'amour. Les gens de l'âge de ma mère, même si je me plaisais à croire que j'étais le fruit d'une immaculée conception.

Les gens de mon âge couchent ensemble, baisent, ont des relations sexuelles. On n'associe aucun concept superflu d'harmonie ou d'éternité à un acte biologique de base. La plupart d'entre nous vient d'une famille monoparentale. Et les autres auraient préféré ça plutôt que d'entendre leurs parents se hurler dessus et se balancer des horreurs. On a grandi en étant sexualisé, des concours du plus beau bébé au rappel constant que des adultes nous attendaient pour nous attirer avec des bonbons à l'arrière d'un van. L'invention du MMS nous a fourni une plateforme propice au développement du porno amateur.

C'est un sacré conditionnement dont on ne se défait pas comme ça.

#

La lumière de l'après-midi s'allongea, sombrant peu à peu dans le crépuscule. Je n'avais rien mangé depuis une demi-journée et pourtant je sentais à peine la faim. Je n'avais pas envie de mettre un terme à ceci : rester allongée sur le lit d'une chambre de motel avec cet homme beau comme un dieu, sa peau contre la mienne, brûlantes, collées l'une à l'autre. Il s'assit et je m'installai entre ses genoux, face à lui, les jambes nouées autour des longs muscles de son dos. Je caressai sa joue râpeuse. Il avait un regard lascif, ensommeillé, la lèvre inférieure boudeuse, et ça me rendait folle. Il aurait pu me demander n'importe quoi à ce moment, je l'aurais fait. J'embrassai cette lèvre soyeuse. Impossible de distinguer la saveur de sa bouche de la mienne. Ce n'étaient que chaleur, douceur, pression.

— Je veux te regarder, dit-il calmement. Tout entière.

Mon souffle s'accéléra. Je m'arrachai à lui, les yeux rivés aux siens, et me levai. Dans un état second. Je m'étais déshabillée devant d'autres hommes et je n'étais guère habillée à ce moment-là, mais ça n'avait rien à voir. Il ne voulait pas uniquement regarder mon corps. Il voulait me regarder *moi.* La façon dont je me déshabillais, ma façon de me tenir là devant lui, la façon dont je portais ma nudité.

Il rampa au bord du lit.

Je dégrafai mon soutien-gorge, le fit glisser sur mon épaule. Le laissai choir à mes pieds avec un froid dédain.

C'était la partie la plus facile.

Je respirais avec difficulté maintenant.

Il promena ses yeux sur moi, mais surtout sur mon visage. Et c'était presque pire. *Qui suis-je sans ça ?*, pensai-je. Sans ce pouvoir de séduction que je porte comme une carapace, sans mes provocations et cet aplomb méprisant ? Ne suis-je vraiment qu'une petite fille derrière tout ça ?

Je glissai mes pouces sous l'élastique de ma culotte.

Et je me revis à ce moment monter toute seule à l'avant du grand huit. Me jeter du haut du château d'eau. Grimper dans la voiture de mon professeur.

Je fis descendre ma culotte jusqu'à ce qu'elle tombe d'elle-même. Puis je fis un pas et du bout du pied l'envoyai rejoindre le reste. Sans jamais interrompre le contact visuel.

Evan entrouvrit la bouche, émerveillé.

Bientôt les Oscars.

— À toi maintenant, dis-je.

Il se leva sans hâte. Sa silhouette cacha les derniers filaments de soleil filtrant à travers le rideau. Et cette lumière souligna ses contours, dessina un halo de bronze sur ses épaules, la pointe de ses cheveux vira au blond platine. Son jean était serré et il dut tirer pour le retirer. Mes yeux ne savaient où se poser. Apparemment, mes mains n'en savaient guère plus, puisqu'elles l'explorèrent partout, jouant avec la cascade de ses côtes, de ses abdos, le doux chevron de muscle qui menait à son sexe dur, que je pris et enserrai entre mes doigts. Ses mains se posèrent sur mes épaules, lourdes. Son souffle aussi était lourd. Il se pencha sur moi, les yeux clos.

— Je te veux comme ça, dis-je.

Il avait l'air défoncé. Je le poussai sur le lit et passai un genou de chaque côté de sa taille. De nouveau assis face à face, mais sans plus aucun vêtement entre nous. J'étais surélevée par rapport à lui et il embrassa mes seins, son sexe grandissant contre ma cuisse. Et la chaleur de son membre m'excita terriblement, une perversité se propagea en moi comme un cobra prêt à frapper. S'il ne me baisait pas, j'allais l'y contraindre.

— Tu es sûre ?

— Oui, répondis-je, en plantant mes ongles dans son dos.

J'aurais pu le forcer. J'en avais les moyens. Mais je voulais que ça vienne de lui, aussi je lui laissais prendre son temps, tout son temps, et me soumis à ses tortures, ses dents jouant avec le bout de mes seins, son sexe frottant l'intérieur de mes cuisses, pressant doucement jusqu'à ce que j'agonise, se frayant un passage jusqu'au cœur de cible de ce désir immense en moi. Au début, ce fut dément comme épreuve de volonté. J'atteignis mes limites, encore et encore, et trouvai à chaque fois les réserves de patience pour résister. Puis je compris qu'il allait tester ma patience, jusqu'à ce que ce ne soit plus de la patience. Jusqu'à ce que j'arrête d'attendre qu'il ne me baise et me contente de vivre l'expérience. Je m'obligeai à lâcher prise, à détendre tous mes muscles. Enroulai avec langueur mes bras autour de son cou. Le dévisageai sans penser à rien d'autre qu'à la légèreté de mon cœur, comme si on le remplissait d'hélium. Et lorsque je pris mon envol et qu'il me pénétra, je m'appliquai à rester détendue. Je le laissai me pénétrer si lentement qu'à aucun moment je n'eus l'impression que finalement il me baisait. Tout se confondit, fluide, comme dans un rêve. Ses bras m'enlaçaient, me maintenaient contre son corps qui balançait doucement. Ça n'avait rien à voir avec de la baise. C'était différent. Quelque chose arrivait à l'ensemble de mon être, pas seulement à ses parties utiles. J'étais si peu tendue que je ne croyais pas pouvoir jouir, jusqu'à ce qu'une chaleur partie de mes hanches, de mon ventre, devienne de plus en plus brûlante, alors je levai les yeux au plafond et suffoquai comme si je remontais à la surface pour aspirer un peu d'air, et je dis :

— Viens en moi, je t'en prie, viens en moi…

C'est tout. Sans retenue. La chaleur en moi explosa en une douce déflagration nucléaire, annihilant toute sensation avec une lumière brillante. Ça me submergea puis s'estompa lentement, me laissant frissonnante, ivre. Evan continua à aller et venir un peu, puis il ralentit le rythme et s'arrêta, tout en me retenant contre lui. Il se retira de moi avec une grimace. Encore dur.

— Tu n'as pas joui, dis-je, groggy.

Il m'embrassa.

Je laissai passer pendant un moment, puis l'esprit un peu plus clair, je chuchotai :

— Pourquoi ?

— Je voulais que ce soit juste pour toi.

Ce fut comme s'il venait de me parler chinois. Je le dévisageai.

À cet instant, quelque chose de très étrange survint dans mon cerveau.

Je roulai sur les draps, m'assis au bord du lit, enroulant les bras autour de moi et, instinctivement, plaquai ma main sur ma bouche. C'était l'obscurité maintenant dans la chambre, les lampadaires du parking y projetaient des ombres fugitives jaune et rouille.

— Maise ?

Les ombres se mirent à danser devant mes yeux. Je les fermai très fort.

— Pourquoi pleures-tu ? murmura Evan en posant une main sur mon dos.

— Je pleure pas, dis-je en reniflant.

Super.

Sa main se fit hésitante sur mes reins.

— Est-ce que je t'ai fait mal ?

— Mais non !, m'exclamai-je, riant de moi avec amertume. Je ne suis qu'une conne paumée.

— Pourquoi pleures-tu ? répéta-t-il.

— Parce que personne n'avait jamais fait ça pour moi, avant...

Il écarta mes cheveux de mon visage, les glissa derrière mon oreille.

— Fait quoi ?

Je ne pleurais pas à cause de ça, je ne pense pas. Je crois que c'était une sorte d'effet cumulé. Toute la tension et l'angoisse des dernières semaines atteignant un point de paroxysme à travers cette journée parfaite, ce bonheur parfait. C'était du soulagement, pas de la tristesse. Il en avait été le détonateur, et je lui devais bien une réponse.

— Fait pour moi, dis-je. Rien que pour moi.

Les bras autour de ma taille, il m'attira contre lui. Murmura des mots de réconfort, qui furent une simple succession de sons. Tout ce que j'entendis, c'est le bruit sous-marin de son cœur battant profondément contre moi.

#

Lorsque finalement je sortis et retrouvai l'extérieur, ce fut comme si marchais dans un monde différent. Un million de chemins possibles, que je n'avais encore jamais vus, s'ouvraient devant moi. Nous remirent nos lunettes de soleil à l'intérieur de la voiture, en se souriant. Il dut cependant enlever les siennes quand il faillit emboutir un lampadaire. J'éclatai de rire, lui suggérai de me laisser conduire et, étonnamment, c'est ce qu'il fit. Il y avait quelque chose de transgressif et de jouissif à conduire la voiture de mon prof. Je m'arrêtai au McDo et commandai des frites et deux milk-shakes vanille, avant de me garer sur un parking désert à la belle étoile. Evan annonça qu'il m'avait préparé un programme personnalisé pour me préparer à entrer dans une école de cinéma.

— Des cours particuliers ? dis-je en trempant une frite dans mon milk-shake. Quel scandale…

Il sourit, mais peu après son regard se fit distant.

— Comment allons-nous faire, jeudi ? demandai-je.

— Je ne sais pas. J'espère encore trouver le moyen d'arrêter le temps…

— Je serai discrète en tout cas, dis-je en agitant ma frite. Personne ne saura. Je ne veux pas te faire perdre ton boulot.

— Il ne s'agit pas que de moi. En réalité, il s'agit moins de moi que de toi.

— Que veux-tu dire ?

— Je ne veux pas mettre en péril ton avenir, ou ton bonheur, ou ton équilibre.

— Heureusement que je n'ai qu'une chose sur les trois...

— Je parle sérieusement, se renfrogna-t-il. Laquelle ?

— Le bonheur, répondis-je.

Et je me penchai pour l'embrasser. Saveur vanille au sel.

Lorsque je m'écartai, il me dévisagea longuement. Ce n'est que bien plus tard que je compris qu'il avait espéré que je dise « avenir ». C'est à ça que vous voyez que quelqu'un vous aime. Quand la personne veut votre bonheur, même à un moment de votre existence qu'elle ne connaîtra jamais. Mais à ce moment-là j'étais trop empêtrée dans l'instant présent, dans le plaisir viscéral du moment.

— Réfléchissons à notre plan de bataille, camarade !, dis-je.

Il était minuit quand je rentrai à la maison, et sortir de cette voiture fut plus difficile que ça ne l'avait jamais été. Il me demanda de serrer le poney en peluche contre moi, jussqu'à ce qu'il prenne mon odeur. Je restai assise là jusqu'à la dernière frite. Vorace, insatiable. Je n'avais rien fait d'autre que baiser avec lui toute la journée et je ne voulais rien faire d'autre jusqu'à la fin de la semaine. Du mois. De la vie. Lorsque sa voiture s'éloigna, je pris une photo de ses feux arrière en train de disparaître, et une fois seule, je restai plantée là, au milieu de la rue, en regardant la photo. *Quel genre de sentiment était-ce ?* me demandai-je. *Quelle était cette faim qui grandissait à mesure que je l'alimentais ?*

Depuis longtemps ils avaient inventé un mot pour ça. Mais vous le connaissez déjà, non ?

Chapitre 4

Wesley avait dû m'envoyer huit milliards de textos.

— Où tu étais hier ? me demanda-t-il au déjeuner. J'ai dû t'envoyer huit milliards de textos.

Je le regardai, prête à mordre dans une rondelle de mozzarella et répondis, fataliste :

— Où est chacun de nous en réalité ? D'une certaine façon, dans le sens quantique du terme, j'étais partout et nulle part...

— T'es défoncée ?

Je souris.

— On est ami, je te rappelle, t'es obligée de tout me dire, tu le sais ça ?

— Je suis défoncée à la vie. Prends ce que tu veux là-dedans. C'est cadeau.

Il me dévisagea, suspicieux.

— Je sais : t'as baisé.

Je mordis dans mon morceau de fromage de façon très suggestive.

— Avec un vieux ?

— Qu'est-ce que l'âge, en réalité ? dis-je.

Et Wesley bougonna.

Au moment d'aller en cours, je le pris par le bras.

— J'aimerais commencer à travailler sérieusement à notre projet de film.

— OK.

— Je pourrais venir chez toi, en sortant de cours.

— OK.

— Alors planque tes chaussettes et tes posters porno...

— C'est un stéréotype sexiste !

Je levai les sourcils.

— OK, soupira-t-il.

Je tombai sur M. Wilke tout à fait par hasard. J'ignorais qu'il était là aujourd'hui – peut-être l'avait-on appelé pour un remplacement – et je passais dans le couloir du premier étage entre deux cours quand nous nous aperçûmes. Aussitôt, nous nous figeâmes tous les deux. Une ombre absorba le flot des corps autour de nous, et ce fut comme si nous restions les deux seules personnes en couleur. Une couleur ardente, rayonnante, irradiant l'écran. Chaque bruit, chaque mouvement s'évanouit au loin. J'eus l'impression qu'une caméra tournait autour de nous, capturant ce moment cinématographiquement parfait. Je me remis en marche, lui aussi. On se croisa lentement. Sans s'arrêter ni échanger un mot. Mais son bras frôla le mien et l'espace d'une fraction de seconde, ses doigts se nouèrent aux miens, avant de s'en détacher, comme dans une poignée de main secrète.

#

Les feuilles tombées des arbres virevoltaient autour de moi, derniers signes d'été en or et vert. Je roulais au pas sur mon vélo, poussant avec les pieds comme s'il était une trottinette, pour rester au niveau de Wesley. Le doux cliquetis des rayons des roues, le bourdonnement des abeilles et des sauterelles, le soleil épais comme du miel grésillant au-dessus de nous – aujourd'hui, j'étais amoureuse du monde. Un grand sourire béat se suspendait à mes lèvres chaque fois que mes pensées partaient à la dérive. L'air avait un goût de xérès, sucré, léger, une subtile acidité sur ma langue.

Wesley m'observait avec un drôle d'air, mais ne gâcha pas ma bonne humeur.

Une fois chez lui, j'abandonnai mon vélo dans les rosiers et gravis d'un bond les marches du porche. Quelque chose claqua dans mes jambes, comme la corde pincée d'une guitare, comme lorsque j'ai bu. Leur maison était immense, toute en bois peint, blanc et rouge tomate, avec une véranda tout autour. À peine eus-je posé le pied à l'intérieur que je sus quel genre de mère il avait : le genre attentionné. Tapis tressés sur parquets en chêne lustré. Canapés plus confortables que chics. Photos de famille sur la cheminée, les tables basses, la bibliothèque. J'imaginai ouvrir une armoire et être emportée par une avalanche d'objets cucul : des coquillages pour les pique-niques à la plage, de petits cubes pour bébés avec des lettres formant *WESLEY* et *NATALIE*.

— Qui est Natalie ? demandai-je.

Mêmes cheveux noirs et raides que les siens, mêmes yeux profonds. Un sourire hautain, froid.

— Ma sœur. Elle est en fac.

J'ignorais qu'il avait une sœur aînée.

— Arrête de regarder ces photos !

— Attends, j'ai presque fini de voir toute ta vie, année après année.

Il m'entraîna à la cuisine. Une carafe de limonade attendait sur le comptoir, les flancs recouverts de petites gouttes d'eau.

— Comment ? Pas de cookies faits maison ? ironisai-je.

Une femme apparut dans le jardin et nous fit un signe avec sa pelle.

— Ce n'est pas ta mère ? demandai-je.

Elle essuya ses chaussures et entra. Elle était incroyablement grande, un mètre quatre-vingt-cinq au moins, et svelte, la peau claire presque diaphane, un beau visage aux traits fins, avec des yeux d'un bleu magnétique. Son nez était fort et un peu crochu, mais ça lui allait bien. Elle me sourit comme si elle savait tout de moi et était fière du résultat. Elle était belle.

— Vous devez être Maise, dit-elle d'une voix douce et mélodieuse. Merci de me prêter un peu mon fils...

— Maman..., marmonna Wesley.

— Heureuse de vous rencontrer, Mme Brown, dis-je.

— Appelez-moi Siobhan.

— Vous êtes irlandaise ? demandai-je, intriguée.

Elle soupira, bienveillante.

— Avant que le père de ce garçon ne ruine ma vie, je m'appelais Mlle Callahan.

— Sérieux, Maman, arrête !, dit Wesley.

— Ma seule consolation, c'est de faire honte à mes enfants devant leurs copains. C'est pour cette raison que l'aînée est partie à la fac à l'autre bout du pays.

— Nat est à l'université de Berkeley, expliqua Wesley. Elle apprend à fabriquer des cyborgs.

— Biotechnologie, précisa Siobhan.

— Genre Terminator, poursuivit Wesley.

— Ce qui implique probablement l'étude d'un certain nombre d'hommes à poil, concéda Siobhan.

J'éclatai de rire et m'assis au comptoir tout en les observant, fascinée.

Wesley nous servit un verre de limonade.

— Maman, on doit travailler sur ce projet de film.

— De quoi va-t-il parler, votre film ?

— Oui, au fait, dis-je. De quoi va-t-il parler notre film, monsieur le Réalisateur ?

Wesley leva les mains en signe de reddition.

— J'ai juste pris quelques clichés. On n'a pas encore choisi le sujet.

Siobhan s'appuya au comptoir à côté de moi. Elle embaumait la terre fraîche et les fleurs coupées.

— De quelle sorte de film s'agit-il ?

Il y avait quelque chose de follement étrange à voir un parent s'intéresser à mon travail scolaire. Même le parent de quelqu'un d'autre.

Wesley et moi répondîmes en chœur :

— Docufiction !

— C'est comme du « cinéma vérité », dis-je. Mais entrecoupé de scènes fictionnelles dans la narration.

— Un récit basé sur des événements réels, ajouta-t-il.

— Inspiré par, rectifiai-je. En fait, il s'agit de brouiller la limite entre réel et fiction. Je pense que le sujet portera sur les épreuves et les tribulations d'un élève de terminale.

— Ou d'un prof.

On n'avait pas du tout évoqué ça. Je le regardai furtivement.

— Je vois, dit Siobhan. Mais l'histoire, c'est quoi ?

— Une tranche de vie, répondit Wesley.

— Une mosaïque de courts récits qui s'entremêlent, expliquai-je. Des vignettes. On a opté pour une approche dispersée. Il n'y a pas de grande ligne directrice, il faut que ce soit comme dans la vraie vie.

— Mais il doit bien y avoir un thème, dit Siobhan.

Wesley et moi hésitâmes, avant d'échanger un regard.

— Oui, bien sûr, dit-il.

— C'est juste que nous n'avons pas encore décidé lequel, ajoutai-je.

— Peut-être qu'il émergera au fil de votre travail, suggéra sa mère.

Un souvenir me revint à ce moment à l'esprit : Evan et moi, dans la chambre du motel, enlacés, bougeant ensemble, lentement, de façon hypnotique. Oh non ! Une pensée totalement déplacée dans cette chaste cuisine familiale. Je sentis mes joues s'embraser, tout en remarquant :

— Quand on ne force pas les choses, il vous arrive parfois des trucs fantastiques.

Siobhan me dévisagea.

— Voilà une réflexion pleine de sagesse, jeune fille, dit-elle.

Et elle m'effleura la joue du bout des doigts.

— Et tu es ravissante aussi…

S'il vous plaît, adoptez-moi, pensai-je.

— Maman !, dit Wesley.

C'est amusant comme il avait une drôle de façon de prononcer ce mot, entre reproche et affection.

— Je suppose que vous allez travailler en hauttous les deux ? Je vous fais confiance, pas de scènes susceptibles de heurter les enfants de moins de treize ans.

Wesley piqua un fard. Je ris. Siobhan sourit.

— J'adore ta mère, dis-je en le suivant à l'étage.

— C'est parce que tu ne la connais pas bien encore.

J'attrapai le mot au vol et le gardai contre mon cœur. *Encore.*

Sa chambre était gigantesque, mais le plafond était mansardé, aussi devait-il se tenir courbé la moitié du temps. Sinon, elle était assez conforme à l'idée que je m'en faisais. Télé grand écran, Xbox, affiches de films. Mais au lieu de l'odeur de fennec habituelle des mecs de son âge, il régnait un délicat parfum de plantes, effluves de ses bidî et aussi d'un encens, peut-être du patchouli. Il avait un matériel informatique sur mesure, avec deux moniteurs et des enceintes de qualité studio. Ainsi qu'une bonne dizaine de caméras plus ou moins partiellement démontées.

— Tes parents sont riches ? demandai-je en me dirigeant vers la fenêtre. *Oh my God !*

— Quoi ?

— Tu as une piscine.

Il haussa les épaules, mal à l'aise.

— Dis, Wesley. Tu me détestes ?

— Non, pourquoi ?

— S'il te plaît, reformule-moi ça avec plus de conviction. Et si vraiment tu ne me détestes pas, pourquoi ne m'as-tu pas dit que tu avais une piscine ?

Pas une fois il ne me traversa l'esprit que c'était parce qu'il était paniqué à l'idée de me voir en bikini.

— Il est trop tard pour se baigner de toute façon.

— C'est un discours défaitiste, dis-je.

Mais j'attrapai une chaise et m'assis à côté de lui, devant son PC.

— Voyons ces prises de vue.

Il en avait des tonnes. La moitié sur l'été : des champs de blé ondulant sous le vent, des silhouettes de train sur couchers de soleil sanglants, et même le parc d'attractions désert sous la pluie. Le reste tournait autour de la classe cette année : un essaim de jambes en mouvement, la bagarre à laquelle nous avions assisté. Et moi. J'apparaissais sur la plupart des photos. En train de regarder par la fenêtre, l'air rêveur, ou lui adressant un sourire lunatique. Moi en cours, en train d'écouter M. Wilke. Et sur chaque cliché, le désir que j'éprouvais, clair comme de l'eau de roche. Un désir qui me consumait comme une fièvre, incendiait ma peau pâle, faisait briller mes yeux, une fascinante folie. Je me regardai sur l'écran, le souffle coupé. Je ne dissimulais rien en fait. Tout était là, exposé à la vue de tout le monde.

— C'est ainsi que tu me vois ? demandai-je presque dans un chuchotement. Comme une putain de narcissique ?

— Non, pas du tout.

— Alors pourquoi j'apparais partout comme ça ?

— Parce que tu es la seule personne intéressante dans le coin.

Je lui lançai un regard courroucé.

— Tu ne peux pas faire grand-chose de toutes ces photos, à part un film sur moi.

À son tour, il me regarda de travers.

— Et ce serait une mauvaise idée ?

— Ce n'est pas moi. Je ne suis pas une espèce de starlette. Je veux faire quelque chose de ma vie, Wesley. Je n'ai pas envie d'être réduite à un joli visage comme si j'étais un objet.

Je m'exprimai avec rage, la voix perçante, les mots se déversant tel un torrent furieux. Ce n'était pas mon intention de réagir avec tant de colère.

— Désolé, murmura-t-il.

— C'est bon. C'est pour ça que nous sommes ici. Pour prendre du recul.

Comme il restait à fixer son clavier du regard, je lui pinçai l'oreille. Il me regarda méchamment.

— On efface tout, dis-je. Un lycée au cœur de l'Amérique profonde. Quels lourds secrets se cachent derrière cette petite ville d'aspect paisible ?

— L'inceste ? suggéra-t-il.

— Un peu cliché, mais probable.

Nous réfléchîmes un moment, puis nous prîmes la décision de regarder un truc pour chercher de l'inspiration.

Sans surprise, Wesley était un grand fan de David Lynch. Nous visionnâmes des extraits de *Mulholland Drive*, en avançant en lecture rapide jusqu'à nos passages préférés. Le mien : Betty débarque à L.A. avec des rêves plein la tête, qui seront cruellement anéantis l'un après l'autre. Celui de Wesley : la scène lesbienne torride. Je ris et lui demandai s'il voulait que je le laisse seul quelques minutes. Il me lança un boîtier de Blu-ray à la figure. Siobhan nous prépara des *mostaccioli*, qu'on dévora tous ensemble, Wesley lui montrant ses meilleurs clichés sur son téléphone. J'avais mis le mien à charger sur son ordi.

— Quelqu'un essaie de te joindre, dit-il plus tard, quand nous remontâmes.

— Qui ?

— « E. »

J'attrapai mon téléphone.

— Il faut que je le prenne. Dehors.

— Qui est E ?

— Salut Papa !, dis-je en parlant fort exprès quand je décrochai. Attends une seconde.

C'est tout juste si je n'entendis pas les sourcils d'Evan se soulever avec un petit bruit comme dans une bande dessinée. *Fwip*.

Je dévalai les escaliers et ouvris à la volée la porte du patio. Les spots autour de la piscine étaient éteints, l'eau étincelait dans la pénombre d'éclats couleur sauvignon.

— Salut, dis-je une fois seule, désolée.

— « Papa ? »

— Tu n'as pas apprécié cette référence ironique à notre ami Freud ?

Il rit doucement. Sa voix, légèrement métallique, me transperça jusqu'aux os et s'installa bien au chaud dans ma poitrine, comme du bourbon.

— Je pense à toi tout le temps.

Parfois, vous lisez des trucs dans des romans d'amour comme « Il me fit fondre », ce qui est physiquement impossible. Une fille n'est pas un morceau de beurre. Pourtant, à ce moment mon corps se lança dans une sacrément bonne imitation de « I Can't Believe It's Not Girl », se dissolvant contre le mur de la maison.

— Alors tu appelles pour me torturer ?

— Je sais qu'il est tard, mais j'ai envie de te voir.

J'ouvris grand les yeux.

— On a le temps pour ça ?

De nouveau il rit, un peu mal à l'aise.

— En fait j'ai juste envie de te voir. Même si ce n'est que pour une minute.

— Oui, dis-je.

— Oui quoi ?

— Oui, il est tard. Et oui, moi aussi j'ai envie de te voir.

Je l'imaginai en train de sourire.

— Tu viens me retrouver ?

Wesley surfait en m'attendant quand je remontai.

— Faut que je parte tout de suite. Des histoires de famille.

Je dus batailler pour le dissuader de me raccompagner à la maison. Je lançai un au revoir chantant à Siobhan et, l'espace d'un instant, je regrettai de quitter cette maison chaleureuse et ensoleillée. Mais quelque chose de plus lumineux m'attendait.

#

Je fis une halte à la maison pour me brosser les dents et me changer, parce que je ne suis pas au-dessus d'une certaine vanité. Les lumières étaient éteintes, le van de Maman absent. Je priai pour qu'elle ne revienne jamais.

Que Siobhan apparaisse à la porte en s'exclamant : « Suis-moi dans ta nouvelle vie, belle enfant ! »

Quand j'arrivai à vélo au château d'eau, il était déjà là à m'attendre.

Je bondis de ma selle et laissai mon vélo continuer sa course tout seul, et me précipitai vers lui. Il m'attira sur la couverture qu'il avait étendue sur l'herbe. Je me retrouvai sur lui, mes cheveux balayant nos deux visages. Il me serra fort, ses bras autour de moi m'étreignant, me relâchant, encore et encore, sa main enfouie dans mes cheveux à la naissance de la nuque. Des criquets chantaient à tue-tête autour de nous. Un parfum frais d'aloès s'élevait de l'herbe.

— J'ai pensé à ça toute la journée, murmura-t-il.

Je frottai ma joue à la sienne. La terre sombra sous nous, compressée par le poids de l'univers tout entier. Comment l'univers aurait-il pu tout préméditer comme ça, l'alignement précis de chaque planète, si ce n'était pas dans un seul but : la collision de nos corps. Son cœur percuta le mien, torride et féroce.

Je me redressai en poussant sur mes mains.

— Tu m'as fait quelque chose.

Ma voix était calme, un filet de souffle qui se confondit au vent pour caresser mes cheveux.

— J'ai l'impression de me réveiller d'un long rêve et tout est tellement plus beau que dans mon souvenir.

Ses yeux étaient clairs et brillants à la lumière des étoiles. Sa main sur ma nuque m'attira contre lui.

J'embrassai mon professeur à l'ombre du château d'eau, sous la Grande Ourse.

J'ai été plutôt honnête jusqu'ici, non ? Alors je dois le reconnaître : ce n'était pas un amour innocent, aveugle. C'était son âge, d'abord, qui m'avait attirée. Et aujourd'hui, c'était le fait qu'il soit mon prof qui me donnait un frisson sauvage et terrifiant chaque fois qu'il posait la main sur moi, diffusant de l'adrénaline dans mon corps et me donnant la chair de poule. Le danger était une électrode vissée dans mon cerveau, qui allumait les circuits de mes peurs les plus primales et du plaisir. Il y avait autrement plus, bien sûr. Quelque chose se déployait en moi qui ne s'était jamais ouvert auparavant. Mais je n'étais pas dupe. L'interdit jouait un rôle dans tout cela.

Je roulai sur le dos et contemplai le ciel. Mon genou contre le sien. Un éclat ténu de lumière lacéra la nuit constellée, une étoile filante. Je levai la main et refermai le poing sur elle. Quand j'écartai les doigts, elle avait disparu. Elle était une partie de moi, maintenant. *Tu es une artiste*. Wesley avait vu la personne qu'il pensait que j'étais, une ado narcissique, un peu obsessionnelle. Evan, lui, voyait à la fois la personne que j'étais et celle que je voulais devenir.

— Pourquoi es-tu devenu prof ? demandai-je.

Il se tourna vers moi, appuyé sur un coude.

— Il y a deux sortes de profs. Les premiers ont toujours voulu être profs. Ils ont fait des études pour ça. Ce sont des gens passionnés, attentifs, généreux...

Je pouvais entendre le sourire dans sa voix, un sourire doux-amer.

— Les seconds voulaient faire autre chose, mais n'ont pas réussi. Pléthore de candidats, pas assez bons, pas assez motivés. Il y a plein de raisons. Mais comme ils ont acquis un certain savoir spécialisé, plutôt que de le laisser pourrir, ils choisissent d'enseigner.

— À quelle catégorie appartiens-tu ?

— La troisième.

— Comme dans *Rencontres du troisième type* ?

Il me pinça le bras.

— La catégorie de ceux qui ne savent pas comment ils sont arrivés là ni où ils vont. J'avais choisi une autre voie, mais une déviation a surgi.

— Et où allais-tu à l'origine ?

— Tu me promets de ne pas rire ?

Je m'assis, intriguée.

— Peut-être.

— « Peut-être » n'est pas promettre.

— Croix de bois, croix de fer, blablabla, je vais en Enfer.

— Je voulais être acteur.

J'en restai bouche bée. Évidemment. Cette putain de belle gueule. Cette façon que son visage avait d'attirer la lumière, de paraître soudain plus vivant, plus expressif, plus humain que n'importe quel autre.

— Est-ce que c'est une agréable surprise, ou plutôt un « Ne quitte surtout pas ton job ! » ? dit-il.

Je lui souris.

Evan rit, baissa les yeux, l'air intimidé. Ou peut-être feignant de l'être. Je l'observai, comme si je le voyais pour la première fois. Ces lèvres si délicatement modelées qu'elles étaient la plus jolie caractéristique de son visage, les cils d'un or plus pur que toutes les pépites. J'attrapai mon téléphone.

— Raconte-moi ton histoire, dis-je.

— Pendant que tu me filmes ?

— Je peux ? Comme si tu passais une audition.

— Pour quel rôle ?

Je ne pus résister.

— Le rôle de mon dépravé de prof. Celui de la troisième catégorie.

Il me lança un regard électrique. Et même à travers l'objectif de mon téléphone bon marché, j'en tressaillis. Puis nos yeux se croisèrent au-dessus de l'écran.

— Je pensais avoir déjà été retenu…

— Tu vas d'abord devoir passer à la casserole.

Il plissa les yeux, eut un rire embarrassé.

— Tu es une prédatrice. En fait, c'est toi qui me déprave.

Je me cachai derrière mon téléphone, savourai ce moment. Mon pouvoir sur lui. L'étrange mécanique de moi qui devenais l'observatrice, et lui l'observé.

— Si tu arrêtais avec ça, dit-il.

— Pourquoi ?

— Pour pouvoir me dépraver.

Je posai mon téléphone.

— Tu me dois cette histoire, dis-je.

Il prit mon visage entre ses mains. Déposa un baiser léger sur ma bouche, puis d'autres, tout le long de ma mâchoire jusqu'à mon oreille. Les yeux mi-clos, je regardais les lumières de la fête, au loin. Son souffle chaud dans mon oreille était irrésistible et déclencha une réaction chimique qui jaillit droit à travers mon corps.

Quelque chose gronda sur la route.

Nous nous figeâmes, à l'écoute. Une voiture passa.

— Les jeunes viennent souvent traîner par là, chuchotai-je en pensant à Wesley.

Evan prit mes mains et m'aida à me relever. Ramassa la couverture. Je poussai mon vélo jusqu'à sa voiture, sur le bas-côté.

— Je ne pourrai pas attendre jusqu'à jeudi, dis-je. J'ai besoin de te voir.

Il me fit ce sourire un peu penaud, qui était devenu bien moins penaud ces derniers temps, et nettement plus sensuel.

— Tu n'as qu'à prendre une chambre dans un autre motel, dis-je. Je payerai.

— Tu n'as pas à payer pour ça.

— J'y tiens. Ça me concerne autant que toi.

Nous nous fixions du regard, par-dessus le vélo. Bien plus bas sur la route, deux yeux de serpent rouges clignèrent dans l'obscurité.

— D'accord, dit-il, d'une voix un peu étrange. Je viens te prendre quand ?

— Dès que la sonnerie du dernier cours a sonné.

Il approcha sa main, releva mon visage vers lui et m'embrassa avec une telle intensité que j'en lâchai mon vélo contre lui. C'était un baiser comme autrefois, un baiser de film en noir et blanc, avec les violons qui jouaient dans mon cœur, et des lampes au tungstène brûlantes qui accentuaient les ombres. Je ne sentais plus mes os, rien ne me retenait que la vivacité de mon désir. Oh, j'avais tellement envie de monter dans cette voiture avec lui. D'oublier toute cette vie pourrie et disparaître quelque part avec lui. Au bord de l'asphyxie, je dus le repousser. Complètement défaite. Je lui jetai un regard éperdu. Et quand il parla, sa voix résonna, gutturale.

— Je ne peux pas te retenir. Tu es comme cette étoile filante. Juste une traînée de feu entre mes mains.

Et l'Oscar revient à Evan Wilke, pour avoir tracé cette toute première et infime fissure dans le rubis de mon cœur.

#

Avant sa mort, ma grand-mère avait mis de côté un petit pactole pour moi. 6 000 $, sur un compte épargne, qui attendaient mes dix-huit ans. « Pour ton avenir », m'a-t-elle dit un jour sur un ton coupable, qui était aussi manifestement une façon de s'excuser : « Désolée que tu aies eu ma fille pour mère. » Je me suis toujours fait la promesse de m'en servir pour mes études.

J'abandonnai Wesley pour le déjeuner, récupérai une autorisation de sortie et enfourchai mon vélo pour me rendre à la banque, en ville. Je ne voulais surtout pas me servir du distributeur de billets du campus et encore moins que quelqu'un, surtout Wesley, me voie retirer de l'argent.

Un truc capital quand vous sortez avec votre prof : la discrétion.

La guichetière, toute rose et pimpante, émit des couinements d'écureuils en me regardant.

— Je voudrais faire un retrait.

« Cric cric. »

J'insérai ma carte bancaire dans le lecteur

« Cric. »

Je glissai ma carte d'identité sous l'hygiaphone.

— Oh !, vous êtes Maise, criqueta l'écureuil.

— Exact. Qui d'autre voulez-vous que je sois ?

Sourire bouffi.

— Eh bien, c'est un compte joint.

— Avec qui ?

— Yvette.

Maman.

J'attendis tandis que l'écureuil comptait dix billets de vingt avec ses petites pattes lestes, avant de demander :

— Pouvez-vous supprimer Yvette de ce compte ?

— Malheureusement non. Il a été ouvert quand vous étiez mineure. Mais vous pouvez en ouvrir un nouveau.

Je n'avais que dix minutes devant moi pour retourner à l'école.

— Une autre fois peut-être.

« Cric cric. »

En sortant, tandis que je rangeais les billets dans ma poche, j'eus soudain l'impression que ma grand-mère me regardait retirer l'argent de mes études et le dépenser pour aller coucher avec mon prof. Rarement j'eus aussi honte de moi. Tout en déverrouillant l'antivol de mon vélo, je me fis deux promesses.

Un : je remettrais cet argent sur le compte avant de partir à la fac. Jusqu'au moindre centime.

Deux : je payerais ma part avec Evan, peu importe ce que ça me coûterait. Je ne suis plus une enfant. Je suis une adulte, engagée dans une relation certes inhabituelle, mais néanmoins adulte.

Autre truc important : le déni.

#

Avance rapide.

Wesley me pince l'oreille et me lance une pomme dans le couloir.

Britt et moi virées de la bibliothèque parce qu'on se moque trop fort d'un garçon qui nous reluque.

Evan et ses lunettes Aviator, qui vient me chercher à la station-service fantôme.

Moi à la réception du motel, avec des lunettes de soleil empruntées, en train de louer une chambre.

Et puis nous, rien que nous.

Appuyez sur lecture.

L'urgence et le besoin, ma peau plus brûlante que du papier alu sortant du four. Mes ongles qui griffent son dos. Lui qui sort un préservatif, moi qui lui dis que je prends la pilule et lui qui répond : « Oui, mais je ne veux pas que tu t'inquiètes, jamais. » et j'acquiesce parce que tout ce que je veux, c'est qu'il me baise. Ce qu'il fait. Alors je retrouve ma faculté de pensée, comme une fille affamée à qui l'on donne son premier repas depuis des semaines.

Avance rapide.

Récit de nos vies, en petite tenue, sur un lit de motel.

Hamburgers et frites sur la couverture et *2001 : L'Odyssée de l'espace* sur son ordinateur portable.

Evan qui récite le monologue de fin de *American Beauty* et me fait frissonner.

Photos de nous que je prends dans le miroir de la salle de bains, rires face à l'objectif, puis son visage se tourne vers moi, et le mien vers lui.

Accéléré.

Journées de classe qui se terminent dans des chambres de motel. Clim en panne. À cause de l'humidité ambiante, l'air qui colle à la peau comme une confiture translucide. Un orage vient à notre secours, je cours pieds nus sur le parking, en criant, libre à la folie. Evan m'enlève mes vêtements trempés dans la chambre devenue glaciale et prend une douche bien chaude avec moi. Mes mains qui glissent sur sa peau humide alors qu'il me maintient plaquée contre le mur et me baise avec son doigt, les carreaux de faïence dessinant leur empreinte sur mon dos.

Wesley qui me dit que sa mère m'invite à dîner dimanche, mais je sais que l'invitation vient de lui.

Siobhan qui me serre fort dans ses bras avant que je ne parte, et moi qui m'arrête un peu plus loin dans une rue obscure pour pleurer et sentir son odeur sur mon T-shirt.

Hiyam qui nous invite officiellement à sa grande soirée.

M. Wilke et moi discutant en cours comme n'importe quels prof et élève, même si nos plaisanteries sont un peu trop familières, nos regards un peu trop intenses.

Lui et moi échangeant un baiser dans la classe plongée dans le noir, après le cours, tandis que des élèves défilent devant la porte fermée à clé.

Wesley qui me demande pourquoi je sens l'après-rasage.

Moi écoutant non-stop des chansons d'amour débiles et sirupeuses, de plus en plus accro à *Wedding Song* de Yeah Yeah Yeahs.

Autre retrait à la banque. Wesley et moi postulant ensemble en ligne pour des jobs.

Maman, et je lui en suis reconnaissante, qui me laisse seule.

Et finalement, la fête de Hiyam.

#

Siobhan trouvait dommage de rater une occasion d'aller danser.

— C'est juste un ramassis d'idiots qui vont essayer de concevoir des enfants illégitimes, dis-je.

— On ne va rien manquer du tout, renchérit Wesley. Du sang, du feu, des têtes qui explosent. Autant regarder *Carrie*.

Ce que nous fîmes.

De toute façon, avec qui y serais-je allée ?

Je me pris à rêver. Evan et moi débarquant ensemble, et tout le monde qui tombe à la renverse.

À 21 heures, Siobhan nous déposa devant chez Hiyam.

— Surveillez vos verres l'un l'autre, dit-elle. Ne prenez aucune pilule bizarre. Appelez-moi en cas de besoin.

Elle fit une mimique pleine de dédain à mourir de rire.

— Et dites aux parents de cet enfant qu'ils essayent trop fort…

On aurait dit que la maison de Hiyam avait été téléportée depuis Beverly Hills. Il n'y en avait aucune de ce genre à des centaines de kilomètres à la ronde. Elle trônait au milieu d'un parc d'une dizaine d'hectares entouré d'une clôture en fer forgé. À l'intérieur, c'était une vraie publicité pour les allées pavées, l'art topiaire, les bassins d'agrément illuminés. On dut marcher une bonne vingtaine de secondes avant même d'apercevoir la maison, une sorte d'assemblage de fragments géométriques.

— On dirait un parallélogramme qui baise un triangle isocèle, déclarai-je.

Wesley pouffa.

De la lumière se déversait par chaque fenêtre, couleur de chardonnay ambré. Des silhouettes allaient et venaient derrière. La musique battait, comme des pulsations sous-marines, de plus en plus limpides à mesure que nous approchions. Des jeunes erraient dans le parc, on entendait des rires éméchés, des ombres se croisaient, plus ou moins déshabillées. Malgré moi, je ressentis un frisson d'excitation. On avait l'impression que l'ensemble des deux cents membres de terminale étaient là ce soir.

Je donnai un petit coup de coude dans les côtes de Wesley.

— Ta caméra est prête ?

— Toujours.

Nous entrâmes dans la maison par une porte-fenêtre.

La moitié des participants était encore en tenue de soirée, le reste en habits normaux, comme nous – Wesley avec un T-shirt graphique et un cargo de skate, moi en débardeur et jean skinny. Le DJ faisait défiler des tubes à un volume à vous briser les os. Je n'y voyais pas grand-chose au milieu de toutes ces peaux et ces spots et cette sueur, juste quelques flashes de granit onyx et de cuir sang de bœuf, un bol à punch en cristal taillé, des plats de petits fours. Chaque pièce ouvrait sur une autre et les gens circulaient en suivant le mouvement, se croisaient, se mélangeaient. Partout, ils affichaient des sourires endormis, des yeux brillants, des filles la bouche en cœur se frottaient à des garçons qui avaient moins de poils sur le visage que je ne m'en épile sur les jambes, tout le monde avait l'air saoul, abruti et heureux.

Nous atteignîmes le bar principal. Un mec avait introduit clandestinement de la Grey Goose. Je lui refilai un billet de vingt, puis Wesley et moi nous lançâmes dans un concours, verre sur verre, un deux trois quatre, cul sec, jusqu'à ce qu'il parte à reculons, un peu chancelant.

— Petite nature, dis-je en rigolant.

— Tu essaies de profiter de moi, dit-il, l'air suspicieux.

Avec la sono, la pièce pulsait au rythme des spots ultraviolets. Lorsque je me tournai vers Wesley, il écarquilla des yeux en forme de lune et sourit, la bouche pleine de dents hyper blanches. Je fermai les yeux et lui souris en retour.

— Ça fout les jetons, cette lumière, hurla-t-il dans mon oreille.

La foule nous sépara un moment et des squelettes s'agitèrent en rythme, dansant les bras en l'air. Le DJ avait mis un morceau de Kesha, contagieux. Je me coulai dans le rythme, laissant mon corps suivre la musique, la vodka remplissant mes veines de sucre et de feu. Je vis Wesley tenter de s'esquiver en catimini, mais je le rattrapai.

— Je sais pas danser, dit-il.

— Personne ne sait, dis-je en prenant sa main. Laisse-toi juste aller.

Il était tellement grand, c'était sans espoir. Alors je me plaçai face à lui et ça fonctionna. Nous étions dans notre petite zone, au milieu de parfums et d'haleines alcoolisées et de peaux jeunes et moites. Une fille me bouscula, mais au lieu de la pousser, j'éclatai de rire.

— C'est si bizarre, dit Wesley alors qu'une autre chanson commençait.

— Je sais, dis-je. Je me sens comme une vraie gamine...

De nouveau, je lui pris la main et l'entraînai dans la pièce voisine.

Hiyam était là, entourée par sa cour royale de pestes. Elle sourit et nous fit signe d'approcher. Ses sujets s'éparpillèrent comme des cafards devant nous.

— Tu t'amuses ? me demanda-t-elle.

— Sais pas. On s'amuse, Wesley ?

Wesley regardait quelque chose de l'autre côté de la pièce.

Hiyam posa brièvement ses yeux de chat sur lui, puis sur sa main encore dans la mienne. Je le lâchai, soudain gênée.

— Oh…, dit Hiyam.

Le malaise.

— Je te retrouve plus tard, marmonna Wesley avant de disparaître.

Je restai plantée là comme une idiote. Je faillis dire : « Il n'y a rien entre nous ». Il a un peu craqué sur moi, à la façon d'un grand frère, et moi je couche un peu avec notre prof. Et aussi je suis un peu bourrée.

Hiyam avait dix-sept ans mais en faisait vingt-cinq : rouge à lèvres, talons aiguilles, robe de cocktail couleur crème. Elle avait un visage de sphinx, impassible et énigmatique. Et une peau superbe. Bronze doré. Je n'étais pas sûre de son origine. Turquie ? Iran ? N'empêche, devant elle, j'avais l'impression d'être une petite fille.

— Je voulais te parler de toutes façons, dit-elle. Viens.

Nous fendîmes la foule des invités, nous arrêtant parfois quand l'un d'entre eux voulait dire un mot à Hiyam. Elle écoutait alors avec un demi-sourire, les yeux mi-clos. Avec un ennui souverain. Ce que personne à part moi ne semblait voir.

— T'as déjà eu l'impression que tu ne faisais pas partie de ces gens ? me demanda-t-elle.

— Chaque jour de ma vie.

Elle sourit d'un air entendu.

On se retrouva à l'extérieur, sur une terrasse surplombant la piscine. Une piscine pour se baigner, pas décorative celle-là. D'ailleurs, un garçon et une fille étaient en train d'y barboter tout en faisant des folies entre deux eaux. La maison propulsait de la musique dans la nuit.

Hiyam sortit de je ne sais où un paquet de cigarettes et m'en proposa une. Je secouai la tête. Elle s'appuya à la balustrade en granit.

— M. Wilke..., soupira-t-elle dans un nuage de fumée.

Alerte rouge. À mon tour, je m'appuyai à la balustrade, de façon à libérer une partie de mes neurones occupés à garder mon équilibre.

— Tu as craqué pour lui, dit Hiyam avec un regard désabusé.

— Toi aussi.

— Il est super sexy.

Je n'avais pas la moindre idée de la façon dont j'étais censée réagir. Devais-je acquiescer ? Si je n'en faisais rien, cela semblerait-il suspect ?

— Super sexy, oui.

— Je me damnerais pour baiser avec lui.

Aïe aïe aïe. Comment me sortir de là ?

— Pas intéressée, dis-je. J'ai un copain.

Hiyam haussa un sourcil, puis sourit.

— Au lycée ?

— Plus âgé.

Sa curiosité se mua en un intérêt certain.

— De quoi voulais-tu me parler ? demandai-je.

Elle fit un geste du poignet et souffla une volute de fumée dans les airs.

— Il paraît que tu as des contacts...

J'étais trop ivre pour réaliser ce qu'elle entendait par là.

— Je cherche de la coke, dit-elle alors de but en blanc.

Oh.

J'ouvris la bouche et tout à coup je compris. C'était donc là la raison pour laquelle Hiyam nous avait invités, moi surtout, à cette stupide soirée. À cause de ma mère toxico. Parce que je pouvais l'approvisionner. Pas parce qu'on avait le moindre iota en commun, même pas cette attirance pour notre prof sexy.

Mes ongles crissèrent sur le granit.

— Je ne deale pas, dis-je.

Hiyam était habituée à un certain degré de soumission. Elle n'essaya même pas de m'amadouer. Elle me regarda froidement, prit une taffe et dit :

— Si tu changes d'avis, fais-le-moi savoir. Je pourrais te mettre en relation avec beaucoup de gens intéressés.

Et sur ce, elle s'éloigna, un sillage de fumée derrière elle.

Mes ongles lacéraient le granit telles les serres d'un faucon. Et moi qui croyais m'être réinventée, avoir choisi celle que je rêvais d'être… J'étais si naïve. Je serais toujours la fille de ma mère.

Je retournai à l'intérieur pour chercher Wesley. La foule des danseurs avait perdu de son charme. Ce n'étaient que de stupides gamins bourrés qui ne connaissaient rien à la vraie vie. Qui voulaient s'acheter de la coke avec le fric de leurs parents riches, quand ma mère était obligée de tailler des pipes à l'arrière de son van pour compléter nos revenus.

Je retrouvai finalement Wesley dehors, en train de tirer sur une de ses éternelles bidî, assis sur un banc, à côté d'un bassin. Un spot au fond frissonnait sous l'eau, marbrant son visage de nuances de cyan.

— Ces gens craignent, dis-je.

Il me dévisagea, puis regarda droit devant lui, droit sur les ténèbres. Je m'assis.

— T'as un problème ?

— Et toi ?

— Hiyam croit que je deale de la drogue. C'est pour ça qu'elle nous a invités.

Il se tourna vers moi.

— Sérieux ? Quelle salope !

— Je ne sais pas à quoi je m'attendais. On n'est pas à notre place ici, de toute façon.

Je m'appuyai en arrière sur mes mains, et levai les yeux au ciel pour admirer la Voie lactée, d'une luminosité voilée. Une fontaine d'étoiles scintillait là, entourée par un millier de pépites. Il y avait quelque chose de magique, comme une lueur que je surprendrais dans un recoin obscur où le soleil dispenserait d'invisibles particules, me rappelant qu'un monde secret existait, éclipsé par le monde normal. Et il était là-haut, nuit après nuit, offrant sa beauté muette à nos yeux aveugles et nos têtes baissées, si tragiquement terrestres. Depuis ma rencontre avec Evan, j'avais commencé à ouvrir les yeux et à porter un autre regard sur cet univers, dont j'étais un élément à part entière.

— Crois-tu que si nous tenons tant à réaliser des films, c'est par peur de nous retrouver face à la caméra ? demandai-je.

— Bon sang, mais c'est bien sûr !

Je souris. Les notes d'une guitare acoustique flottèrent dans la nuit, le début de *Wake Me Up When September Ends*. Nous éclatâmes de rire tous les deux.

— Quel merveilleux cliché !, dis-je.

— Et la caméra plonge pour le gros plan, dit-il.

J'étais encore en train de lui adresser un sourire, mais le sien s'était dissipé. J'étais tellement naïve.

— Le gros plan de quoi ?

Wesley m'embrassa.

Votre corps réagit parfois instinctivement à certaines choses, surtout quand la chose en question est dans l'air depuis longtemps, surtout quand vous êtes saoule et qu'il vous semble que la seule personne capable de vous comprendre à ce moment est précisément la personne qui est là, à côté de vous, depuis le début. Je lui rendis donc son baiser. J'étais sonnée, je réagis par réflexe et un peu, un tout petit peu par curiosité. Un doux, un tendre baiser, presque pur. Un garçon et une fille qui s'embrassent. Ses lèvres avaient le goût amer des bidî et la saveur métallique de la vodka.

Puis je rouvris les yeux et la réalité me frappa de plein fouet. Je le repoussai.

La fille : sous le choc, abasourdie. Le garçon : anxieux, plein d'espoir.

— Qu'est-ce que tu fais ? chuchotai-je.

— Je suis désolé, dit-il, le souffle court. Je voulais... Je pensais...

Aucun de nous deux n'osait regarder l'autre.

— Mais, Wesley... Je suis avec quelqu'un.

— Qui ? Ce type que tu vois en cachette ?

À ce moment là, on se regarda dans les yeux.

— Tu ne comprendrais pas, dis-je.

Il rit, pas très gentiment.

— Vraiment, hein ? Tu te comportes comme si tu étais très mature, pourtant tu fais des trucs que tu es obligée de cacher aux autres. Je ne suis peut-être pas aussi mûr que toi, mais je sais que ça, ça craint.

Je sentis mon sang se glacer.

— Ne me juge pas. Tu ne sais pas de quoi tu parles.

Je me levai et fis quelques pas, histoire de respirer un peu. Il me suivit.

— Je suis ton ami, tu le sais, non ? Pourquoi ne me fais-tu pas confiance ?

Je me retournai.

— À cause de ça. Parce que je ne pensais absolument pas que tu allais m'embrasser.

— Tu as répondu à mon baiser.

— Pfff. C'est vraiment trop gamin pour moi...

— Mais qu'est-ce que tu es snob !

— Je t'emmerde, dis-je.

— Non, moi je t'emmerde, Maise. Pourquoi me caches-tu toutes ces conneries et fais-tu ensuite semblant d'être mon amie ?

— Mais je suis ton amie, abruti !

À présent, le ton était monté. Ma voix résonna dans la nuit. Des ombres s'approchèrent, des visages se tournèrent vers nous.

Wesley était tout près de moi, il me dominait de sa hauteur. Il baissa la voix.

— Alors, qui c'est ?

Je secouai la tête.

— Pourquoi as-tu honte de lui à ce point ? Qui est-ce ?

— Cela ne te regarde pas, merde ! rétorquai-je.

Wesley de nouveau ricana.

— Tu sais, j'aurais dû t'écouter la première fois qu'on s'est rencontré. Parce que oui, tu disais vrai. T'en as rien à foutre d'avoir des amis.

Et il s'enfonça dans les ténèbres.

#

Il n'y a qu'une chose à faire quand votre seul ami vous abandonne dans une soirée remplie de gens que vous haïssez : se bourrer la gueule.

Je retrouvai le type de la vodka et lui filai vingt dollars de plus pour emporter ce qui restait dans la bouteille, attrapai, prévoyante, un verre de punch pour faire passer la vodka, puis allai m'asseoir sur la pelouse manucurée près d'un bassin, et entrepris de boire avec une froide détermination.

Bâtard de Wesley. Tout gâcher comme ça.

Cons de garçons, qui ne se contentent jamais de l'amitié.

Salope de camée de Hiyam.

Après cinq ou six gorgées, je réalisai que je n'avais plus de moyen de rentrer chez moi. Je ne pouvais pas appeler Siobhan, même si elle ferait probablement preuve de compassion. Je sortis mon téléphone de ma poche, mais au lieu d'appeler un taxi, je me mis à regarder mes photos. Evan en avait pris une de moi courant sous la pluie. Un encadrement de porte sombre, des éclats argentés de pluie tombant du ciel en paillettes, une fille que je reconnaissais à peine, levant haut les bras vers le ciel.

Il répondit à la seconde sonnerie.

— Salut, dis-je.

— Salut.

Je m'allongeai dans l'herbe, les jambes molles.

— Je suis vraiment bourrée. Désolée d'appeler comme ça…

— Inutile d'être désolée. Où es-tu ?

— À Beverly Hills.

Je l'imaginai fronçant les sourcils.

— Quoi ?

— Mon chauffeur est parti. Je suis coincée au paradis…

J'étais vraiment ivre. Conclusion d'une observation clinique et détachée, comme si j'observais mon propre corps, derrière une vitre.

— Tout le monde me déteste, Evan. Hiyam veut juste de la drogue. Wesley veut baiser avec moi. Ma mère préférerait, elle préférerait que je n'existe pas. Et je ne peux pas leur donner ce qu'ils veulent.

Sa voix à travers le téléphone effleura, telle une douce caresse, mon visage.

— Écoute-moi. Ça va aller. Je vais venir te chercher. Dis-moi où tu es.

Le temps qu'il arrive, j'avais vidé la bouteille et avait temporairement retrouvé une certaine euphorie. Je me levai, avant de me rasseoir immédiatement, pas franchement en état d'affronter la gravité.

— Pourquoi tout est lourd comme ça ? demandai-je, sans les consonnes nécessaires pour être compréhensible.

Evan regarda la bouteille vide avec inquiétude.

— Tu as bu tout ça toute seule ?

— Non, je crois pas…

Il m'attrapa sous les bras quand une ombre se détacha du halo de lumière auréolant la maison pour s'approcher de nous.

— Elle va bien ? demanda une petite voix.

C'était Britt, de mon cours d'histoire. Je ne lui avais pas adressé la parole de toute la soirée. J'étais vraiment une salope de snob.

— Je crois, répondit Evan. Je vais la ramener chez elle.

Une fois debout, je me sentis un million de fois plus mal. Je m'appuyai à lui, accrochée des deux bras autour de sa taille pour garder l'équilibre. Le sol n'arrêtait pas de faire des vagues et d'essayer de me pousser vers le ciel.

— M. Wilke !, dit Britt.

Elle lui tendit mon téléphone.

Il la remercia, dit bonne nuit.

— Merde, soufflai-je tandis qu'il me traînait vers le portail. Elle sait. Ils vont tous savoir maintenant.

— Ça va aller.

— Non, ça va pas aller. Ils vont te prendre ton job et à moi, ils vont me prendre…

Impossible de trouver ce qu'ils allaient me prendre. Si je bénéficiais de certains privilèges, ça se saurait…

— C'est bon, Maise. S'ils savent, ils savent. On avisera. Pour l'instant, je veux juste m'assurer que tu rentres chez toi en un seul morceau.

— Et voilà, dis-je en geignant. J'ai tout foutu en l'air. Quelle putain d'idiote je fais !

— Tu n'es pas une putain d'idiote, dit-il en me serrant brièvement contre lui. Mais tu devrais probablement éviter de parler…

J'arrivai à sa voiture dans une sorte de séquence onirique, faite de moments pas tout à fait reliés entre eux. Une succession d'images à la dérive dans ma tête. Mon front brûlant sur la vitre merveilleusement froide. Moi qui tente en vain de lui donner mon adresse, jusqu'à ce qu'il la trouve dans mon téléphone. Et cet autre moi détaché qui m'observe avec dégoût. Me regarde comme une gamine. Si tu voulais prouver combien tu es incapable d'assumer, félicitations. Tu as gagné !

Dans un grand flou cosmique, je réussis quand même à lui expliquer que la clé de secours était planquée sous la boîte à lettres. Puis je me retrouvai sur le canapé d'un salon sentant le tabac froid et l'homme mal lavé. La lumière du couloir éclairait en partie le visage d'Evan, bande de lumière ambre qui faisait ressortir ses joues mal rasées et sa bouche bien dessinée. Il me caressa les cheveux.

— Tu es vraiment saoule, dit-il, presque avec émerveillement.

— Wesley m'a embrassée.

Sa main ralentit.

— Sérieux ?

— Il est amoureux de moi. Je ne savais pas. C'est horrible.

— Parfaitement, dit Evan en souriant.

Il me restait encore un gramme de cervelle, suffisamment pour comprendre qu'il se moquait.

— Tu…

Je m'interrompis, m'assis. Une comète qui accélérait tant qu'elle pouvait à l'intérieur de mon ventre décida qu'il était temps de se crasher sur Terre. Je plaquai une main sur ma bouche.

Nous atteignîmes la salle de bains juste à temps pour le grand show.

Choses que je ne me serais jamais attendue à faire en cette année de terminale : embrasser mon meilleur ami, baiser avec mon prof, laisser le prof susdit me tenir les cheveux tandis que je vomissais tous mes tripes et mes boyaux.

Heureusement, j'étais tellement ivre à ce moment-là que je ne me rendis compte de rien ou presque. Lino froid, faïence glaciale. Bain de bouche, glouglou et crachat. Evan me fit boire un peu d'eau que je régurgitai aussitôt. Il insista et me fit boire jusqu'à ce que l'eau reste dans mon organisme. J'avais l'impression d'avoir mille ans, d'être un sac d'os reliés entre eux par du vieux chewing-gum. Il me porta sur le canapé.

— Où est ta mère ?

— On s'en fout.

— Je ne voudrais pas lui faire peur.

Mes yeux n'en finissaient pas de lutter pour rester ouverts. Il était comme une ombre floutée devant la chaude lumière du couloir.

— Tu restes ?

— Jusqu'à ce que je sois sûr que tu ne tombes pas dans un coma éthylique.

Mes yeux se fermèrent.

— Ce n'est pas comme ça que…

Je ne finis pas ma phrase. Il caressa mes cheveux.

— Dors.

Pendant un certain temps, je dormis. Avant de me réveiller avec la poitrine en feu dans la maison plongée dans le noir. Evan était assis à l'autre bout du canapé, avec mes jambes sur ses genoux. Je le crus d'abord endormi, mais quand je bougeai, il me regarda. J'étais encore joliment bourrée.

— J'ai répondu au baiser de Wesley, chuchotai-je. Je ne sais pas pourquoi. Pardon.

Je surpris l'esquisse d'un sourire dans l'obscurité.

— C'est pas grave.

— Je me sens mal. Je ne suis pas amoureuse de lui.

Je ne pouvais distinguer le visage d'Evan, mais je l'entendais respirer. Sa main serra la mienne, puis il la porta à sa bouche.

— Je suis…

— Chut, dit-il. Tu es saoule.

— Pas tant que ça, dis-je, mais mes yeux déjà se fermaient et mon cerveau sombra lentement dans l'inconscience.

Plus tard dans la nuit quand je m'éveillai une nouvelle fois, le couloir était allumé. Une silhouette était debout.

— Qui êtes-vous ? demanda le spectre, avec la voix de ma mère.

— Un ami. Je m'appelle Evan.

— Elle va bien ?

— Oui, elle va bien.

L'ombre nous observa encore un moment. Puis la lumière s'éteignit.

#

Je me réveillai seule sur le canapé, nimbée d'un soleil brut de fin septembre. La tête comme une boule de feu, le corps momifié. Il me fallut un bon moment avant d'émerger, je n'avais qu'une envie : mourir.

Puis soudain, la panique.

Qu'avais-je dit la nuit précédente ? Je savais ce que j'avais *essayé* de dire alors qu'Evan veillait sur moi tel un ange gardien, mais l'avais-je vraiment dit ?

Je m'assis et le monde mit au moins cinq secondes avant de se reconfigurer pour s'adapter à notre nouvel angle de vue. Je gémis.

Sur la table basse devant moi, un bout de papier avec mon nom dessus. À l'intérieur, son écriture, fluide et élégante, avec les lettres pas tout à fait fermées.

Je m'en veux d'avoir agi ainsi avec toi, je n'avais pas réalisé le stress que je te faisais subir. Peut-être n'avais-je pas envie de le réaliser ? Tu mérites mieux que ça. Tu mérites mieux que d'être Harriet la petite espionne. Désolé si ces quelques mots te semblent dramatiques. Ce n'est pas une lettre de rupture.

Bordel !, tu aurais peut-être dû commencer par là.

Je veux simplement te dire que je vais faire mieux. Je veux que tu sois heureuse, Maise. Tu représentes plus pour moi que tu ne le crois. Te voir aussi désemparée, dans un tel état, m'a brisé le cœur. Je veux te rendre aussi heureuse que le premier soir, quand nous nous sommes lancés dans ce grand huit de la mort ensemble. Je veux que tu redevienne aussi libre que ce jour-là.

Le papier entre mes mains tremblait.

J'ai un vieil ami qui possède quelques propriétés à Saint-Louis. Peut-être acceptera-t-il de nous louer un loft, certains week-ends. Si tu te sens mieux, dimanche, j'aimerais t'emmener là-bas.

Mon cœur était sur le point de voler en éclats, mais de joie cette fois.

Toi aussi tu m'as jeté un sort, je ne peux pas me passer de toi. « J'ai rêvé que tu m'avais ensorcelé pour me conduire dans ton lit, m'enchanter et m'embrasser jusqu'à la folie. » Et avant que tu ne trouves ces vers gnangnan, sache qu'ils sont de Sylvia Plath. Cherche-la sur Google, jeune Padawan.

J'éclatai de rire et fis la grimace en même temps.

Bon, je devrais y aller maintenant. Mais je ne veux pas arrêter. Je ne peux pas arrêter notre liaison. Viens avec moi à Saint-Louis. Partons en quête de notre bonheur.

Je relus sa lettre trois fois, puis je la pliai et la glissai dans mon soutien-gorge. Pas tout à fait sur mon cœur, mais c'était bien. Chacun de ses mots y était déjà gravé.

Chapitre 5

Pieds nus posés sur le tableau de bord, le soleil se reflétant sur mes lunettes en forme de cœurs (j'en avais acheté une paire juste avant de partir), je chantais à tue-tête *Float On* de Modest Mouse, alors que nous roulions sur l'autoroute 55 : aujourd'hui allait être une journée géniale.

Trucs appris sur mon prof : il avait plutôt bon goût en musique, bien qu'il soit né en 1980. Il savait faire la cuisine et était impatient de me préparer des petits plats. Il avait une trouille bleue des oies. (– Mauvaise expérience dans une miniferme. – À quel âge ? – Vingt-six ans. J'avais éclaté de rire.) Il n'avait jamais été marié, mais s'était fiancé, peu de temps. (– Une erreur de jeunesse, elle me trompait avec son prof de psycho. Sourire gêné. Changement de sujet.) Il pleurait systématiquement devant *Casablanca*. (– On le regardera un jour. Il avait déjà dit ça. Je crois que l'idée le rend nerveux.)

L'asphalte brûlant traçait sa voie au milieu de bois si verts qu'ils semblaient faux. À la fin de l'été, tout suintait de vie, de façon presque grotesque, bouffie, trop mûre.

Le ciel était si plein et lourd que vous auriez pu y creuser un trou d'un coup de poing et arroser le monde de peinture bleue. J'étais déjà allée à Saint-Louis, enfant, pour un match des Cardinals, mais je n'en avais gardé qu'un vague souvenir d'un bretzel géant que je devais tenir à deux mains, de Maman me laissant goûter sa bière, et de ce goût amer. Tel un faucon, je tentai d'apercevoir l'Arche, bondissant sur mon siège au moindre éclat argenté à l'horizon.

— On y est ? demandai-je, fébrile.

Evan se contenta de sourire.

Nous suivîmes la route 55 jusqu'au Mississippi, de banlieues indolentes en quartiers urbains. Enfin, l'Arche apparut, comme par enchantement : un immense ruban d'argent courbe se profila à l'horizon, parcouru d'étincelles blanches de soleil. C'était comme une poignée sur le monde, comme si Dieu allait se pencher pour nous ramasser et nous envoyer dans l'espace infini.

Puis nous arrivâmes dans la ville proprement dite. Saint-Louis était au confluent de fleuves, une sorte de grand nœud en forme de fer à cheval. Le soleil cuisait les rues, tout était inondé de lumière et gorgé de couleurs. Gratte-ciel aux parois de verre reflétant le ciel bleu. Vieilles usines de briques rouges. Un boulevard avec une artère de végétation luxuriante courant au milieu. Des gens partout, avec lunettes de soleil et sourires assoupis. Je ne décollais pas le nez de ma vitre.

— Tu as faim ? demanda Evan.

On s'arrêta devant un restaurant avec patio. En descendant de voiture, il prit ma main et, instinctivement, je me figeai.

— Personne ne nous connaît ici, dit-il.

Je me détendis, mais un minuscule fil sous tension continua à vibrer quelque part en moi.

Nous commandâmes des coquilles Saint-Jacques et une bouteille de vin blanc, le repas le plus adulte de mon existence. Je savourai la chair tendre des coquillages, la saveur acide du vin. Evan me tendit des Saint-Jacques à goûter, ses doigts effleurant mes lèvres, mes dents effleurant sa peau, au point d'en avoir la chair de poule sur les bras et les jambes, puis il approcha son visage du mien et m'embrassa devant tout le monde. Mon cœur affolé bondit, ne sachant où se poser dans ma poitrine. C'était encore comme si nous avions un secret, mais en même temps je commençais à accepter cette ouverture. Je fis courir ma main sur sa cuisse, sous la table en fer forgé et je le sentis se contracter. Ses yeux, habituellement si changeants, brillaient d'un bleu intense.

Après le déjeuner, nous fîmes un tour en ville, à pieds, le bras d'Evan négligemment posé autour de ma taille. Une autre grande première dans ma vie d'adulte : faire du lèche-vitrines avec mon amoureux.

Était-il mon amoureux ? Mon amant secret ? Ou une personne abusant de sa position d'autorité ou de confiance ?

— Tu serais divine là-dedans, dit-il en regardant une petite robe d'été diaphane et vaporeuse.

Quelques boutiques plus loin :

— Tu serais divin là-dedans, dis-je en désignant un employé derrière une vitrine en train de déshabiller un mannequin.

Evan me lança ce petit sourire en coin qui allumait une flamme au plus profond de mon cœur.

En passant devant les vitrines, je regardai notre reflet. *Si seulement tu voyais ça, Wesley*, pensai-je. *Je n'ai pas honte du tout.*

Nous nous arrêtâmes pour écouter un gars qui grattait une guitare acoustique, et chantait d'une voix de velours.

Le soleil faisait scintiller sa peau couleur cuivre. Il chantait sans avoir l'air de se soucier qu'on l'écoute, les yeux mi-clos, un sourire énigmatique aux lèvres, qui ne semblait destiné qu'à lui-même. J'avais l'impression d'être un voyeur, mais impossible de détourner mon regard de lui. Voilà ce que je voulais être. Créer quelque chose de beau sans me soucier de qui le remarquerait. Le faire pour moi, pour le plaisir.

Lorsque le type se mit à chanter *Maps* de Yeah Yeah Yeahs, je faillis entrer en transe. Je sortis un billet de ma poche, sans même regarder de combien, et le jetai dans son étui à guitare. Il me sourit brièvement, avant de replonger dans ses pensées.

Je m'éloignai, la gorge serrée.

— Que s'est-il passé, là ? demanda Evan quand il me rattrapa.

Je secouai la tête. Comment expliquer que tout est trop beau pour le dire avec des mots ?

Si Wesley avait été là, il aurait filmé ce moment, il l'aurait capturé. Brandir sa caméra était un réflexe chez lui ; le mien était de sentir, de laisser le monde se fracasser contre ma peau.

Et si je me trompais à propos de ce que je voulais faire de ma vie ? Et si ce que je voulais, c'était juste vivre, et que je n'étais vraiment devenue vivante qu'en rencontrant Evan ?

Je m'arrêtai sur le trottoir, au beau milieu de Saint-Louis, les yeux rivés sur le bitume rongé par le soleil.

— Maise.

Je levai les yeux.

Il ne dit rien d'autre. Nous restaâmes là face à face, tandis que les gens passaient autour de nous, comme nous l'avions fait dans le couloir du lycée. Dans ma tête fusionnèrent le vin et la chaleur de l'été. Je me sentais perdue.

Evan fit quelque chose qu'il n'aurait pas pu faire chez nous. Il m'enlaça, pressa son visage contre le mien.

De retour à la voiture, je me sentais plus légère, libérée d'un poids. Nous roulâmes jusqu'au Tivoli Theatre, un cinéma historique, avec une énorme enseigne et une marquise. En entrant, nous nous retrouvâmes directement projetés dans l'Âge d'Or du cinéma : cordelettes de velours et tapis rouge, affiches classiques d'Hollywood. L'auditorium ressemblait à une salle de bal, avec des lustres pendus au plafond voûté, ses rangées de sièges douillets et même un rideau devant l'écran. Je regardai tout, partout, médusée. Evan, lui, me regardait.

— C'est très beau, dis-je.

Il sourit.

— Sans blague.

Vous vous rappelez le grand huit ?

Je m'évadai en pensée pendant le film, qui était de toutes façons une espèce de truc bavard. Je réalisai tout le chemin parcouru en cinq semaines et tout le chemin qu'il me restait encore à parcourir avant d'arriver à une sorte d'aboutissement, et je sentais la main d'Evan, chaude et rassurante, autour de la mienne.

J'étais calme dans la voiture, en route pour rencontrer l'Ami.

— Il est un peu con dans son genre, s'excusa Evan. Tu ne rateras rien.

Ils devaient en effet se retrouver dans un club où je ne pourrais pas entrer, parce que je n'avais que dix-huit ans. Parce que je ne faisais que jouer à l'adulte dans ce monde rempli de vrais adultes.

Il me laissa la voiture.

— Deux heures, promis. Pas une minute de plus.

Un baiser furtif. Sa main sur ma joue. Un regard empreint de gravité dans mes yeux.

Puis il ne resta que le poney en peluche et moi, seuls dans la ville.

— Il te faut un nom, dis-je.

Et il y en avait des centaines dans Saint-Louis, à tous les coins de rue.

— Louis, décrétai-je.

Ma créativité était légendaire.

Louis et moi, on roula sans but pendant quelque temps. Le crépuscule tombait plus vite ici au cœur de la forêt de verre et d'acier. Partout les néons clignotaient, les lampadaires grésillaient, telles des cigarettes se consumant dans la nuit. La ville sentait l'asphalte chaud et la vase du Mississippi. Il y avait quelque chose de mélancolique et de fiévreux en moi, attisé par tous ces gens en train de rire ensemble, qui se tenaient la main, libres. Je garai la voiture dans un parking couvert, laissai Louis perché sur le volant. Je n'étais pas loin du fleuve.

Je passai devant l'ancien palais de justice, avec sa coupole illuminée et ses moulures qui ressemblaient à de la chantilly sur une pièce montée, avec l'Arche scintillante en arrière-plan. Plus je m'en approchais, plus elle semblait s'élever haut dans le ciel. La cité vrombissait autour de moi, vibrante de vie, pleine de cœurs et de mains et de désirs qui semblaient se concentrer ici, dans ce défi lancé à la gravité. D'un parc voisin, je pris une photo : une courbe d'argent dans le ciel nocturne, le sillage d'un objet qui aurait cherché à échapper à la Terre, sans tout à fait y parvenir.

OK, mon humeur devenait morose.

Je m'assis sur un banc dans le parc. Un père et sa petite fille passèrent devant moi, la petite cueillit une poignée de marguerites jaune citron. Elle me sourit timidement, comme si j'avais surpris un secret. Son père me sourit lui aussi, mais son sourire s'égara sur mes jambes nues que j'avais croisées, et il détourna rapidement les yeux.

Pour la première fois depuis des siècles, je me sentis mal à l'aise. En pleine confusion. J'avais dix-huit ans, je traînais dans cette grande ville, avec la possibilité de faire tout ce que je voulais avec un homme plus âgé que moi, mais je restais trop jeune pour entrer avec lui dans un club, pour avoir ma vraie place, un vrai job, une vraie vie. Wesleypédia m'avait dit un jour que le cerveau humain ne parvenait à son niveau de développement maximum qu'à l'âge de vingt-cinq ans. Encore sept ans avant d'être une personne à part entière.

Que suis-je réellement ? Trop vieille pour être vraiment une ado, trop jeune pour avoir le droit de boire. Suffisamment âgée pour mourir dans une guerre, baiser avec des hommes, et en même temps être complètement paumée et ne pas savoir ce que je voulais faire de ma vie.

Tu as raison, Evan. Personne ne nous connaît ici. Je ne me connais même pas moi-même.

Je pensai au type à la guitare. Un anonyme à un coin de rue, mais tellement plus doué qu'un million de personnes qui passent à la télé. Il s'en fichait, il faisait ça par amour. L'amour était ce qui rendait son art bon et beau et éphémère. Je pensai alors à l'homme que j'attendais, à la façon dont mes yeux peu à peu s'étaient ouverts, la sincérité supplantant le sarcasme, à l'impression que j'avais d'être en éveil perpétuel, tout en m'enfonçant un peu plus dans un rêve merveilleux.

Et soudain, une illumination. Je sus quel serait le sujet de mon projet semestriel.

#

Lorsqu'Evan appela, il faisait nuit noire. Il me demanda où j'étais pour venir me rejoindre. À l'idée de le revoir, j'étais nerveuse, car quelque chose en moi avait changé. Une appréhension des choses en devenir, s'imbriquant les unes dans les autres de façon précise. J'étais sûre que ça transparaîtrait sur mon visage.

Il descendit du taxi et le sang se mit à battre dans mes tempes.

— Comment ça s'est passé ? demandai-je.

Il était un peu décoiffé. Le col de sa chemise était grand ouvert, sa peau luisait sous une fine couche de transpiration. Il posa ses mains sur mes épaules, les étreignit.

— On a conclu un marché. Deux cents dollars par mois et l'appart est à nous chaque week-end.

Voilà, on allait le faire. On allait transférer notre relation dans l'État voisin. Était-ce légal dans le Missouri ? Quelle importance ? Ici, nous pourrions être nous-mêmes, comme il nous était impossible de l'être dans l'Illinois. Plus d'inquiétudes à l'idée que quelqu'un puisse nous surprendre, nous reconnaître. Je sentis les battements de mon cœur se répercuter à l'intérieur de tout mon corps. Bon sang, je vais vraiment faire ça avec lui !

Je laissai échapper un soupir.

— C'est beaucoup moins cher que « les motels Lolita ».

— Je me moque du coût, répondit-il en riant. Ce qui m'importe, c'est que tu puisses être toi-même. Que nous n'ayons pas à nous cacher.

Il était légèrement éméché. Je ressentis une sorte de pincement, en pensant que lui avait bu et pas moi, mais je laissai couler, emportée par un grand vertige. Cet homme ne voulait pas juste me baiser. Nous étions en train de faire des projets pour avoir une sorte de vraie vie, lunatique, ensemble.

Comme tu te trompais, Wesley.

— Allons visiter ce truc ridicule, dis-je en prenant la main d'Evan. Je t'attendais.

L'Arche était monstrueusement grande. Chaque pilier était aussi vaste qu'une maison, recouvert de plaques d'acier inoxydable de la longueur d'une voiture. Regarder son sommet me donna un instant le vertige. On ne pouvait que s'émerveiller face à une telle audace de l'inutile, ériger un monument aussi spectaculaire, aussi parfait dans sa conception et aussi parfaitement vain au cœur de l'Amérique. L'édifice était censé marquer la porte d'entrée de l'Ouest, l'expansion du pays, l'expédition de Lewis et Clark, la fameuse « Destinée manifeste », mais tout ce que je vis fut un splendide va-te-faire-foutre à l'univers. L'acier était recouvert de graffitis du sol jusqu'au sommet au-dessus de ma tête.

— Ce n'est pas surprenant, dis-je. Quelqu'un a voulu dire « J'étais là » et un million d'autres suivent, et à leur tour y vont de leur « J'étais là ». Nous sommes tellement vaniteux…

— Tu es tellement cynique…, dit Evan avec un coup d'œil ironique.

— C'est faux.

— Prouve-le.

Je pris son visage entre mes mains et l'attirai vers moi pour le regarder comme il m'avait regardée un peu plus tôt, mes mains pleines de feu et ma peau comme un voile de flammes. Puis je l'embrassai. Son haleine sentait l'alcool et la fumée, et ses vêtements l'eau de toilette, et je m'en fichai. Il noua les bras autour de moi, me plaqua contre l'acier. Je fermai les yeux, mais de nouveau je fus prise de vertiges. Mon cœur jaillit vers le ciel, comme cette belle chose absurde derrière nous. Je détournai le visage, riant à en perdre le souffle.

— Est-ce que je l'ai prouvé ?

Il ramena mon visage face au sien et m'embrassa, avec fureur.

Ses mains descendirent dans le creux de mes reins. Il me serra contre lui. Je l'embrassai comme si ses lèvres étaient une source, comme si je ne pouvais m'en rassasier. Nous faisions partie de cet endroit, le sang rugissant dans le cœur d'acier de cette ville, la substance pourpre dans ses veines de pierre. Nous étions des cellules ardentes comme des étoiles. Des gens comme nous. Une passion comme la nôtre.

Je ne réalisai même pas qu'il y avait foule autour de nous, jusqu'à ce que je laisse ma tête reposer contre le métal. Deux types passèrent, la quarantaine, main dans la main, et l'un d'eux nous sourit. Je compris alors que personne ne voyait rien de mal dans notre couple. Ils ne voyaient que deux êtres fous l'un de l'autre.

Je pourrais facilement m'habituer à ça.

Je demandai à une femme de nous prendre en photo sous l'Arche. Je fixai l'objectif, Evan lui me regardait.

— Il nous reste deux heures pour rentrer, dis-je alors que nous sortions du parc, bras dessus bras dessous.

Evan me lança un regard indéchiffrable. Il ne dit rien.

Dans le parking, nous nous embrassâmes encore et lorsqu'il se pencha sur moi, contre la vitre conducteur, et pressa sa cuisse entre mes jambes, je réfléchis sérieusement à une autre grande première : baiser dans un parking. J'étais excitée et il le savait, et il continuait de frotter sa jambe entre les miennes et de me rendre folle et vulnérable et à bout de désir. Mon moi le plus raisonnable l'emporta. Nous étions en train de donner aux choses une certaine légitimité. Inutile de risquer de tout gâcher, à l'aube de… notre impunité.

Et voilà. Le tabou. Ce fond d'immoralité. Cette chose que je ne voulais pas tout à fait perdre, parce que la méchante petite Lolita en moi aimait ça.

— Je vais conduire, soupirai-je à son oreille.

Le retour se passa dans le silence. Un silence tendu, calme au début, qui se transforma presque en détestation l'un de l'autre pour ne pas avoir laissé se consumer ce terrible désir. Puis les kilomètres vinrent à bout du malaise, la lueur des étoiles et le sillage rougeoyant des feux arrière nous apaisèrent. Evan ne me quitta pratiquement pas des yeux tout le long du trajet. Après un moment, il fit courir ses doigts sur mon oreille, ma joue, mon cou. Rien de perturbant. Juste assez pour me procurer un agréable frisson. Pour me garder éveillée.

Il était tard quand j'arrivai en ville. Avant que je ne puisse prendre la direction de ma maison, il m'indiqua comment aller chez lui.

Mon cœur accéléra. Passer là-bas d'abord n'avait aucun sens. Comment ferais-je pour rentrer ?

Réponse : je ne rentrerais pas.

— Il y a classe demain, dis-je, les yeux rivés sur le parebrise. J'ai cours avec toi d'ailleurs.

Il posa sa main sur ma nuque.

— J'ai besoin de toi cette nuit.

Existe-t-il une formule plus efficace dans toute l'histoire de la séduction que ces mots : « J'ai besoin de toi » ?

Mon professeur vivait dans un appartement situé au deuxième étage, au cœur d'une résidence de plusieurs bâtiments encerclant un parking. Des voitures étaient garées là, des gens étaient à leur fenêtre. Nous entrâmes sans nous toucher, mais son regard sur moi était palpable. Je le suivis dans l'escalier. Mon esprit passait en revue toutes les erreurs que j'avais commises depuis le début ; l'avoir embrassé au lycée, Wesley voyant ce *E* sur l'écran de mon téléphone, ou Britt tendant mon téléphone à Evan quand il m'avait ramenée chez moi, et maintenant ça. Étions-nous en train de tout saboter ? Serions-nous en train de pimenter tout ça d'un peu plus de danger pour attiser un pathétique frisson érotique ? Cherchions-nous à être démasqués pour que quelqu'un nous arrête ?

Rétrospectivement, vous connaissez toutes les réponses. Vous connaissez les sombres tourments de votre cœur.

Dans le feu de l'action, vous êtes une adolescente qui entre dans l'appartement de son prof et qui sent son cœur battre comme des ailes de colibri, avec une sorte de lave en fusion dans la poitrine.

Il ouvrit la porte.

À l'instant où j'entrai, j'en eus des picotements sur tout le corps, comme si je venais de franchir un portail magique. Les lumières du parking éclairaient les pièces d'une douce lueur sépia. Odeurs de papier peint tout neuf et de linge propre. Tout était simple, propre, calme. Pas d'épanchement maladroit d'émotions, pas d'expression de désirs contradictoires, comme dans ma chambre qui avait l'air dévastée par une tornade, cette spirale galactique de pages de magazines arrachées et de citations imprimées tirées du Net, et de vestiges de mon enfance, tournoyant autour d'un cœur explosif. Non, cet endroit était pleinement abouti, formé, solide. J'étais une intruse ici. Une petite fille espionne au pays des adultes. Le croissant de lune me fit un clin d'œil par la porte vitrée de la terrasse. Je m'avançai et elles étaient bien là, les lumières de la fête qu'il regardait en pensant au bonheur des autres, à moi.

J'aimerais tant que tu sois là. Et maintenant, j'y étais.

Des mains autour de ma taille. Son corps contre le mien, chaud et puissant. Je tournai la tête et son visage effleura ma joue. Le picotement de sa barbe naissante envoya une décharge électrique à travers tout mon corps, mes nerfs s'allumèrent comme des néons. Nous déposâmes chacun des baisers au coin de nos bouches, ses mains glissèrent sous mon T-shirt, courant sur mon ventre, l'arche de mes côtes. Quand il atteignit mes seins, ses doigts se firent possessifs, exigeants. Son corps était rigide, ferme derrière moi, ses mains pétrissaient ma chair, comme s'il voulait en posséder des morceaux. La méchante petite Lolita que je croyais avoir laissée à Saint-Louis resurgit, vengeresse. Quand je plongeai ma main entre ses jambes, attrapai son sexe à travers son jean, il prit le lobe de mon oreille entre ses dents et mordit. Le choc rebondit à chacune de mes extrémités, mes orteils, le bout de mes seins, de mes doigts. J'enfonçai mes ongles dans sa cuisse.

On se fraya tant bien que mal un chemin jusqu'à sa chambre, nous arrêtant uniquement pour arracher nos vêtements. Même quand je fus nue, il donna l'impression de ne pas vouloir s'arrêter, de vouloir me déshabiller jusqu'aux os. Il m'embrassa si fort que mes lèvres en furent meurtries, l'intérieur de ma bouche aussi, et pourtant je n'étais pas rassasiée. Je voulais plus de brutalité encore, plus de passion. Tout ce qui avait attendu en moi au cours de cette journée remontait à la surface. Il me fit reculer vers le lit, mais je m'emparai de son visage et l'obligeai à me regarder.

— Qui suis-je pour toi ? demandai-je, la voix étranglée. Maise ou ton élève ?

Le désir animal reflua un instant et il détacha son corps du mien. Il respirait fort, mais ses yeux étaient clairs et limpides au clair de lune.

— Les deux, murmura-t-il.

Des frissons me parcoururent.

— Alors baisez-moi, M. Wilke.

Il me retourna face au lit. Mon cœur cognait. Je savais que faire. Je m'agenouillai, les mains écartées sur les draps. Mes cheveux tombèrent autour de mon visage. Le drap se plissa entre mes doigts, la lune se répandant dessus en vaguelettes blanches. Je me sentais totalement vulnérable et terrifiée, et parfaitement calme à la fois. Du bruit derrière moi, un tiroir qui s'ouvre, quelque chose qui crisse, puis son poids et sa chaleur pèsent sur moi. Il agrippa mes hanches. Je sentis son ventre se tendre contre mes reins, ses abdos se contracter, et même si je savais ce qui allait se produire, j'étouffai un cri quand il plongea en moi, abandonnant toute retenue, mes mains mes pieds instantanément engourdis. Il me maintint fermement en place et me baisa et ce fut comme si je m'écartais de l'intérieur. Je serrai les draps entre mes doigts. Sa joue râpeuse frottait contre mon épaule, son souffle me brûlait la peau. À peine cette chaleur s'évaporait-elle que ma peau se refroidissait, jusqu'à son prochain souffle. Nous faisions ça depuis des semaines, mais c'était la première fois que nous reconnaissions l'existence d'une certaine immoralité à tout ça. Et que nous aimions cette immoralité. Je compris finalement ce qu'il entendait par *J'aimerais tant que tu sois là*. Il avait envie de ça, de m'emmener chez lui, moi son élève, et de me baiser par derrière. Pas de simagrées, pas de fausse vertu. Nous voulions juste lui et moi laisser s'épancher cette chose entre nous. Il déplaça ses mains sur mes seins, m'attira plus près contre lui et s'enfonça plus profondément en moi, presque à en faire mal. C'était si intense, trop intense pour une vraie sensation, juste l'impression d'être pleine jusqu'à l'âme, de mon corps se resserrant autour de lui avec la force d'un anaconda, l'attirant aussi loin que je le pouvais, jusqu'à ce que je me croies sur le point de hurler, de pleurer, de cesser d'exister. À un certain moment, je pris conscience que j'étais en train de dire : « Baise-moi, M. Wilke, oh oui, baise-moi, baise-moi ! », d'une voix éminemment plaintive, de vieilles intonations de l'accent de la région refaisant surface, et que cette lame lacérant mon épaule, était ses dents. Je ne pouvais pas jouir et je ne le voulais pas. Je voulais juste être dominée. Aussi je l'appelai par son nom de professeur et laissai mon corps alangui claquer contre le sien et lorsqu'il râla et ralentit, je suppliai : « Non, je t'en prie, ne t'arrête pas. » Et il n'en fit rien, ne se retint pas, chacun de ses muscles bandé, se donnant entier à moi.

Vos pensées deviennent étrangement claires quand vous êtes tout près de jouir mais ne venez pas. Tout votre corps est comme un nerf à vif, tout est douloureux, tout est décuplé et en même temps tout est d'une clarté miraculeuse. Vous n'éprouvez pas ce désarroi, cette tristesse postcoïtale. Le monde acquiert une netteté et un éclat incomparables.

Evan me tenait, un bras autour de mes hanches, l'autre sur mon cou. Son torse s'élevait puis retombait contre mon dos. Pendant un moment, aucun de nous ne bougea. Nous savions à quoi nous serions confrontés, lorsque nous nous ferions face.

Nos corps se séparèrent. Je m'assis sur le lit, croisai sciemment mes longues jambes. Il s'assit à côté de moi. Nous deux, face au mur. Dans la cuisine, le réfrigérateur ronronnait. Dehors, un type cria quelque chose d'inintelligible.

— Je suis désolé, dit Evan.

— De ne pas m'avoir fait jouir ou d'être mon prof ?

Il garda le silence un long moment.

— Les deux.

— Ne le sois pas.

Il me dévisagea. Je continuai à regarder droit devant moi.

— Je ressens ça depuis le début, dis-je.

Sans savoir pourquoi, nous parlions en chuchotant. Peut-être les vérités sont-elles moins dures ainsi.

— J'ai eu envie de toi parce que tu étais plus âgé. Les garçons de mon âge ne me font aucun effet. Et quand j'ai découvert que tu étais mon prof, j'ai ressenti un déclic en moi. Tout ça avait quelque chose de délicieusement immoral. Tu comprends ?

— Oui.

C'était à moi de le regarder maintenant.

— Si je te plais, c'est parce que je suis jeune.

— En partie.

— Une grosse partie.

— Oui, dit-il et je lui souris, un tout petit peu.

— Bien, dis-je. J'aime que tu sois une espèce de détraqué, parce que je le suis aussi…

Je décroisai les jambes, en glissai une sous les siennes. Fis courir le bout de mes orteils sur le duvet tapissant son mollet.

— Je n'ai pas arrêté de penser à toi, depuis cette première nuit. Pas seulement à toi, mais à la façon dont je me sens avec toi.

— Et comment te sens-tu avec moi ?

Vivante. Vraie. Précieuse. Entière.

— Moi-même, répondis-je. Plus que je ne l'ai jamais été.

— Et qui es-tu ? demanda-t-il, en caressant ma joue.

— Ton élève.

Il secoua la tête.

— Non, c'est toi mon professeur.

Mon sourire se fit plus plein, authentique. Je nouai les bras autour de lui et nous nous rallongeâmes enlacés, silencieux et calmes, le clair de lune enveloppant notre nudité d'un drap lumineux.

— Reste ici cette nuit, dit-il après un moment.

La première fausse note de la soirée. Elle résonna en moi, discordante. *Arrête*, me dis-je. De quoi as-tu peur ? T'a-t-il à aucun moment laissé entendre qu'il allait te quitter ? Qu'est-ce qui t'effraie ainsi ? D'être aimée ?

— J'ai été absente toute la journée. Ma mère va paniquer. Il faut que je l'habitue en douceur pour Saint-Louis.

Faux, je n'avais aucun besoin de faire ça. Ma mère se fichait totalement de l'endroit où je passais mes nuits quand j'avais treize ans, ça ne l'intéresserait pas plus aujourd'hui.

Evan déposa un baiser sur mon front, mais je lu la déception dans son regard.

— Le week-end prochain, dis-je, nous ferons ça dans une nouvelle ville.

S'éveiller ensemble, au matin. Je ne m'étais jamais réveillée avec personne, le matin.

— Est-ce que tu te sens nerveuse ? demanda-t-il.

— Non.

Un autre truc à propos des mensonges : si vous arrivez à vous convaincre qu'ils sont vrais, ils le deviennent. Un mensonge est une divergence d'opinions, pas un fait.

#

Wesley ne vint pas au cours d'Études cinématographiques, le lundi. Je le cherchai à la cafétéria, en vain. Peut-être avait-il décidé de sécher toute la journée.

C'était désespérément vide sans lui.

Britt et Hiyam ne firent aucune allusion à la fête.

M. Wilke me sourit, détendu, serein. Béat.

Après les cours, je me rendis au labo informatique.

Mon téléphone prenait des vidéos de toutes pixellisées, mais ce n'était pas grave pour ce projet. Là, il s'agissait d'impressions, de vécus. La sensation d'être là, dans cette espèce de flou artistique qui nimbe la vraie vie, loin de la précision chirurgicale de la HD. Je fouillai parmi mes clips, à la recherche des grandes articulations de l'histoire que je pressentais là, quelque part.

D'une certaine façon, mes vidéos exprimaient ma quête. Des feux arrière qui s'éloignent dans la nuit. La musculature du dos d'Evan, bras en l'air, en train d'enfiler son T-shirt dans un motel. La petite fille aux marguerites jaunes au côté de son père passant sous l'Arche. Une série de départs, de fins.

La fin de mon ancienne vie. Le début d'une nouvelle.

Ça tenait plus du docufiction que du film proprement dit. Je mis mes écouteurs, réglai mon téléphone sur un site de musique en streaming et commençai à gribouiller :

tu ne veux pas avoir d'amis
jeune fille avisée jolie aussi
je cherche de la coke
juste une traînée de feu entre mes mains

J'incrustai le texte sur les photos avec une appli de montage vidéo. Chaque image s'affichait à l'écran deux secondes, avant d'enchaîner sur la suivante. Feux arrière / traînée de feu. Petite fille / cherche de la coke. Disharmonieux. Étrange. D'une beauté dérangeante. Plus proche de ce que j'essayais de dire, mais je n'étais pas encore tout à fait sûre de ce que c'était. Comme le disait Siobhan, peut-être que ça finirait par émerger.

Siobhan. Elle me manquait.

Elle et son idiot de fils amoureux de moi.

#

— Demain soir, je cuisine, annonça Maman le jeudi, quand je rentrai.

Je lançai mon sac à dos sur le canapé. Cette semaine avait été une épreuve. Evan et moi pensions qu'il valait mieux ne pas nous voir en dehors du lycée jusqu'au week-end, au cas où quelqu'un aurait remarqué nos écarts de conduite. Wesley pensait qu'il valait mieux ne pas me voir au lycée ou en dehors jusqu'à ma mort.

Je n'étais pas d'humeur à supporter les crises d'hystérie toxico de ma mère et ses brusques efforts enthousiastes pour se comporter comme une Vraie Maman.

— Je suis prise ce week-end, dis-je.

— J'ai déjà tout acheté. Steak ma-ri-nade, dit-elle sur un ton précieux.

Je la regardai, maussade.

— La seule recette que tu connais, c'est celle de la méthadone.

Elle ne trouva pas la plaisanterie à son goût.

— Et pourquoi cette envie subite de cuisiner ? demandai-je en attrapant le pot de cornichons dans le réfrigérateur.

— Nous aurons de la compagnie.

Je retins mon souffle.

— Qui ?

— M. Gary Rivero.

— Qui est M. Gary Rivero ?

— Un monsieur très important. Très riche.

Perplexe, je pris deux tranches de pain de mie pour mon sandwich.

— Ça sent l'embrouille.

Maman s'assit à la table de la cuisine, alluma son briquet.

— Tu pourrais ne pas fumer à l'intérieur de la maison ? demandais-je.

— Impossible.

Elle jeta ses cendres dans une soucoupe en terre cuite. J'avais renoncé à essayer de la convaincre de ne pas fumer dedans. J'exigeai seulement qu'elle ne le fasse pas quand on respirait le même air. Parfois, j'avais du mal à croire que cette femme et moi partagions le même ADN.

— M. Rivero a très envie de te rencontrer, dit-elle.

— Arrête de l'appeler M. Rivero. On dirait que tu parles d'un prof…

Je n'appréciais pas l'association de cette formule avec ses amis paumés.

— Pourquoi veut-il faire me rencontrer ?

— Parce que je lui ai dit quelle petite fille jolie et intelligente tu étais. Que tu voulais faire des études et tout…

Je cessai d'étaler du beurre de cacahouètes sur mon pain pour la regarder. Ça ressemblait presque à un compliment. Les compliments de ma mère n'étaient jamais gratuits.

— Qu'est-ce qu'il en a à faire que je sois intelligente ?

— Je ne sais pas, trésor. Tu n'auras qu'à en discuter avec lui, si tu veux.

Je n'en avais pas la moindre intention.

— Je te l'ai dit : je suis occupée. Je ne serai pas là ce week-end.

— Où vas-tu ?

— Ça ne te regarde pas.

Maman se leva d'un bond. Elle faisait bien sept à dix centimètres de plus que moi. Sur un plan rationnel, réfléchi, je savais que cette femme ne pouvait pas me faire de mal. N'empêche, mon cerveau se souvient comment activer les circuits de la peur quand elle se met en rogne.

— Aussi longtemps que tu vivras sous mon toit, tout ce qui te concerne me regarde.

J'évitai de la regarder. Recommençai à beurrer mon pain.

— Je quitte la ville pour le week-end avec un ami.

— Un ami ? Ton petit ami ?

— Ouais.

— Le type de l'autre soir ?

— Ouais.

Elle réfléchit, son maquillage bougeant presque en phase avec les traits de son visage.

— Eh bien, je voudrais juste que tu sois là vendredi soir. Et tu pourras y aller samedi.

Merde de merde. Ça ne valait pas la peine de se battre. Les engueulades avec Maman entraînaient toujours une déstabilisation moléculaire des appareils électriques de la maison. Dernièrement, elle avait menacé de s'en prendre à mon ordinateur portable.

– OK, dis-je en disposant rageusement des cornichons sur mon pain beurré.

Maman finit par s'intéresser à ce que je faisais. Elle se renfrogna en regardant le sandwich, puis m'observa et finit par demander avec un rire nerveux :

– Qu'est-ce qu'il se passe ? Tu es enceinte ?

Un coup dans le cœur.

Cela ne dura qu'un instant, puis, à mon tour, je ris en la regardant bien en face. Impossible pour elle de faire la part des choses entre sincérité et sarcasme. La contraception était l'une des toutes premières choses que j'avais appris à maîtriser, dans ma courte existence. Jamais je n'avais oublié de prendre la pilule et Evan était complètement parano sur les rapports protégés, pour une raison que je finirais bien par lui faire avouer. Ce ne serait donc pas ça, la catastrophe qui nous détruirait.

Toujours souriante, je répliquai :

– Qu'est-ce qu'il se passe ? Tu te prends pour une mère ?

#

Le vendredi après-midi, j'étais totalement déprimée. Personne à qui parler, personne avec qui baiser, personne à embêter de toute la semaine. Déprimer sans public, c'est encore pire. J'aurais donné n'importe quoi pour une vanne minable de Wesley. Pour qu'il balance n'importe quoi sur mon mystérieux fiancé du troisième âge. Celui dont les plaisanteries, en cours, m'avaient fait tellement rire. Celui qu'Hiyam imaginait baiser dans ses fantasmes.

Wesley s'était trouvé un endroit pour déjeuner en clandestin, aussi je cessai moi aussi de fréquenter la cafétéria.

C'était une mauvaise idée, dangereuse même, mais je passai le déjeuner dans la salle de classe déserte d'Evan, essentiellement à discuter, mais aussi, toutes les cinq minutes, à voler quelques baisers.

— C'est une piètre gestion du risque, dit-il en me caressant contre le tableau, pendant l'une de ces cinq minutes.

— J'ai envie de toi dans cette salle de cours, dis-je.

Il laissa échapper un soupir entre ses dents.

— Là, sur ce bureau, dis-je. Toi en chemise et cravate, moi nue avec des sockettes.

Il m'embrassa pour me réduire au silence.

Juste avant de partir, il me dit :

— C'est une torture.

— Je pourrais ne plus venir.

Il prit un air horrifié.

— Je plaisante, dis-je. Détends-toi.

Mais je fis courir ma main sur son bras, l'air rêveur, avant d'ajouter :

— J'ai hâte d'être à demain.

Il m'enlaça et me chuchota à l'oreille.

— Je vais te baiser à mort…

Je retins mon souffle.

Le propos était cru, inattendu, et il mit carrément mes sens en feu.

#

Maman insista pour que je porte les nouvelles fringues qu'elle m'avait achetées. Des parfums délicieux et néanmoins suspects me parvenaient depuis la cuisine. Aurait-elle concocté quelque chose de vraiment mangeable, dans ses chaudrons ?

J'étais sûre à 99,98 % que Gary Rivero était un baron de la drogue. Les 0,02 restants étant la possibilité qu'il soit mon père, faisant son grand retour dans ma vie au moment précis où je venais de cautériser la blessure qu'il m'avait faite. Mais bon, comme j'étais quasiment forcée de le faire et comme baiser avec des types d'un certain âge était mon passe-temps préféré, je mis une jupe légère, qui dévoilait généreusement mes jambes, un top moulant et le médaillon en cuivre de grand-mère. Pas de maquillage, juste un voile de fard à paupières pour accentuer le côté félin de mes yeux, genre regard dangereux du chat tapi dans l'ombre. Mes cheveux avaient décidé d'être coopératifs et formaient une cascade de chocolat au lait. Le corps souple et plein de vie et d'envie. Je fis un selfie, que j'envoyai à Evan.

Puis-je venir te kidnapper ? répondit-il par un texto.

Est-ce que c'est un kidnapping si je suis consentante ?

Une pause, puis sa réponse :

Parfois, je n'arrive pas à croire que tu existes.

J'éprouvai une sorte d'allégresse bizarre, douce-amère. *Moi non plus*, pensai-je.

Maman ne réagit pas quand je descendis, elle me tendit juste un saladier plein de patates avec comme instruction :

— Épluche.

Je ne m'étais pas verni les ongles, donc ce n'était pas un problème. Je n'allais pas laisser M. Rivero croire que j'accordais plus d'intérêt que le minimum que m'avait demandé Maman. Le fait que ma mère ait fait un effort sur le ménage m'agaça. Pour une fois, la maison sentait plus l'eau de javel que la clope et le désespoir.

— Alors comment tu l'as connu ce type ? demandai-je en empilant des pelures de pomme de terre.

— Dans les affaires.

— Il dirige un cartel ?

Maman posa bruyamment un couvercle sur la cocotte.

— Règle numéro un : interdiction de parler business, à moins que M. Rivero n'amène ça sur le tapis.

— Il n'est même pas encore là...

Elle ne cilla même pas à ma remarque, pourtant logique.

— Si ça devient louche, je me casse, la mis-je en garde en lui rendant le saladier de patates.

Je la regardai rincer les couverts et les assiettes que personne n'avait touchés depuis des années.

— Maman ?

Elle se tourna vers moi. Son maquillage, ce soir, était discret. Elle n'avait pas l'air d'un macchabée échappé de la morgue.

— Merci pour les vêtements.

Ses sourcils dessinèrent un arc de cercle, une ride de tristesse se creusa entre les deux. Pitié, qu'elle ne dise pas qu'elle m'aime !

— Tu es ravissante, ma chérie, chuchota-t-elle, avant de verser les patates dans la cocotte.

Je quittai la pièce, soulagée et légèrement nauséeuse. Je ne voulais pas entendre ses mensonges. Je voulais qu'elle m'aime vraiment, mais j'imagine que « Tu es ravissante » était le mieux que je pouvais espérer de sa part. Certaines filles n'ont jamais entendu leur mère leur dire qu'elles sont ravissantes, des mères qui leur jurent pourtant ne jurent qu'elles les adorent toute la journée. Tout ça, c'est du pareil au même. Que des conneries.

J'allai ouvrir quand la sonnette retentit.

Deux types se tenaient sous le porche, tous les deux en costard, sans cravate. Le plus âgé m'offrit un sourire sympa. Je l'identifiai aussitôt comme étant M. Rivero. Cheveux poivre et sel, teint mat, à l'italienne, nez aquilin, yeux verts, couleur Méditerranée. Très Robert De Niro-ien. Plutôt pas mal pour son âge. Tout en entrant, il me serra la main. Tout juste s'il ne la baisa pas.

— Vous devez être Maise, dit-il.

— Je dois en effet.

Le sourire de M. Rivero s'élargit.

— Mon nom est Gary. Et voici un ami, Quinn.

Difficile de savoir si Quinn était un prénom ou un nom de famille. En tout cas, il était bâti comme un ours, avec plus de poils sur les mains que de cheveux sur le caillou. Il me salua d'un signe de tête, sans piper mot. Le gros bras de service.

Je les fis asseoir dans le salon et leur servis un verre. Un bourbon on the rocks pour Gary, de l'eau pour Quinn. Maman était toujours en cuisine, aussi je pris moi aussi un bourbon. Quinn regarda autour de lui, en s'attardant sur les fenêtres. Les yeux de Gary, eux, s'attardèrent sur moi.

— Voilà, dis-je.

Que raconter à un type d'un certain âge, sans parler affaires ou sexe ?

— Beau temps, n'est-ce pas ?

Le sourire de Gary n'était pas dupe. On aurait cru qu'il lisait dans mes pensées.

— Votre mère m'a beaucoup parlé de vous.

— Quoi par exemple ?

— Que vous vouliez suivre des études de cinéma.

— C'est vrai. Quoi d'autre ?

— Que vous étiez la fille la plus intelligente du lycée.

Avait-elle réellement dit ça ?

— Ça se discute. Quoi d'autre ?

— Vous êtes une jeune femme très séduisante.

Je sirotai mon bourbon pour cacher la rougeur de mon visage. Je le sentais épier le moindre de mes gestes, le mouvement de ma main sur le verre, le bout de mes doigts allant et venant tout autour.

— C'est vrai ? demandai-je.

— Terriblement séduisante.

On entendait les casseroles s'entrechoquer à la cuisine. Je me penchai vers Gary. Aussitôt, Quinn braqua ses yeux sur moi.

— Je ne trempe pas dans les trafics de ma mère, dis-je tout bas. Aucun. Quelle que soit la raison pour laquelle vous êtes venu, vous perdez votre temps.

Gary ne cilla même pas. Son regard était pénétrant, vif.

— Je ne perds certainement pas mon temps, dit-il, avant d'avaler une gorgée de son bourbon.

Les faux-filets étaient noirs dehors, rose vif à l'intérieur. Parfaits. Trois légumes différents en accompagnement et une tarte au citron pour finir. Quinn mangea plus que nous tous réunis, et sans jamais cesser de scanner la pièce. Je ne quittai pas ma mère des yeux, partagée entre stupéfaction et fureur. Elle avait la possibilité de préparer ça et m'avait élevée aux plats tout prêts réchauffés au micro-ondes.

— Quel genre de films tournez-vous, Maise ? demanda Gary.

Un bon point supplémentaire, M. Rivero. Merci de ne pas estimer que la beauté est mon seul atout.

— Des trucs expérimentaux. Ce qui m'intéresse, c'est la frontière entre réalité et fiction. Les récits mêlés d'imaginaire, de façon à rendre les deux plus vrais et plus faux en même temps.

Je rougis. L'alcool m'était monté à la tête.

Gary se servit un autre verre.

— Ça me rappelle quelque chose que j'ai vu cette année. Ce film sur la mort de Ben Laden.

— *Zero Dark Thirty*, dis-je.

— C'est ça…

Il fit tournoyer le breuvage ambré dans son verre.

— Il y a systématiquement controverse avec ce type de films. Ce sont des gens qui ont leur propre version de la vérité et qui veulent la mettre en scène.

— Chacun de nous interprète ce type de récit à sa façon, dis-je. Et du coup, nous nous trouvons face à des millions de vérités.

Gary sourit.

— Et vous ? Quelle vérité racontez-vous ?

— Je n'ai encore rien d'abouti. J'ai le sentiment d'avoir besoin d'une plus grande expérience de la vie, avant de pouvoir réaliser quelque chose qui vaille la peine.

Une expérience de la vie que j'engrangeais à toute vitesse avec Evan.

— Voilà une attitude sage...

Gary découpa délicatement son steak et m'observa, tout en mâchant. Ce fut comme si Maman et Quinn n'existaient pas. Maman était étrangement calme.

— Vous faites preuve d'une maturité et d'une conscience de soi surprenantes pour votre âge.

Compliment équivoque.

— Merci, dis-je. Vous faites preuve d'une sensibilité culturelle étonnante pour votre âge.

Gary éclata de rire. Maman me pinça le genou sous la table. Je l'ignorai, hautaine. *Tu ne sais même pas de quoi nous parlons*, pensai-je. *Tu réagis juste au ton de la voix. Comme un chien.*

— Quelqu'un veut de la tarte ? demanda-t-elle.

Gary demanda la permission d'aller fumer. Il se leva, effleura mon poignet.

— Accompagnez-moi, dit-il.

Mon cœur fit un bond. Quelle que soit la raison de sa visite, j'allais la connaître maintenant. Je le suivis sous le porche de derrière, Quinn derrière nous comme une ombre en laisse. Octobre venait juste de commencer, un petit froid mordant planait dans l'air, dépeçant à coups de dents l'épiderme terrestre. Les feuilles bruissaient dans le jardin, un bruit que j'avais toujours associé à l'agonie.

Un millier de cellules frémissantes rendant délicatement l'âme.

Gary m'offrit une cigarette. Je secouai la tête.

— Sage décision, dit-il dans un nuage de fumée.

Tu es un gros bonnet de la drogue, me dis-je, *flanqué d'un garde du corps qui pourrait déchirer une Bible en deux à mains nues. Mais qu'est-ce que tu me veux ?*

— Il est capital pour moi de bien appréhender toutes les facettes d'un problème, dit Gary. Je déteste prendre une décision à la légère.

Puis il me dévisagea, et je tressaillis en réalisant : j'étais une facette du problème.

— Quelle décision ? demandai-je.

Son regard s'éloigna, tranquillement. Il n'était pas du genre pressé.

— Élever une enfant seule est très compliqué. Je ne reproche pas les choix de ta mère. Mais j'exige qu'elle me rende des comptes.

Un froid glacial s'immisça sous ma peau, comme la lame d'un couteau. Le mot « exiger » n'avait jamais eu un écho aussi sinistre.

— Mon cœur, dit Gary, ta mère doit beaucoup d'argent à quelqu'un.

— Je n'ai rien à voir avec son business, dis-je immédiatement.

— Non, mais tu fais partie de sa vie. Et lorsqu'une personne doit beaucoup d'argent, ses proches constituent une garantie.

Je sentis mon sang se glacer. Tout à coup cela ressemblait beaucoup trop au *Parrain*. Je regardai le jardin envahi de fantômes, sans rien voir.

— Je travaille avec elle depuis plusieurs années. Elle ne m'a jamais déçu. Je savais qu'elle avait une fille, et je savais aussi qu'elle laissait sa fille dans l'ignorance de certaines choses.

Je fixai Quinn, en me demandant où il planquait son flingue. Sur sa poitrine ? Glissé dans sa chaussette ?

Gary posa sa main sur la mienne, agrippée à la rambarde. Une main chaude, toute parcheminée. Il sentait le tabac.

Et merde, me dis-je. *Ma vie est un film. Un putain de thriller de trafic de drogue qui se joue là, dans mon jardin.*

— S'il vous plaît, dis-je. Je ne veux rien avoir affaire avec tout ça.

— Je comprends. Mais elle t'a impliquée là-dedans sans te demander ton avis.

Des images terrifiantes se bousculèrent dans ma tête. De moi obligée de coucher avec cet homme. Avec Quinn. Jetée en pâture à un tas de dealers sadiques. Sniffant de la coke jusqu'à plus soif pour oublier le cauchemar. Je me mis à trembler.

Je pouvais appeler Evan. *Fuyons dès cette nuit*, aurais-je dit. *Recommençons tout, là-bas, à Saint-Louis. Ou à L.A. Aussi loin que possible de toute cette merde.*

— Que voulez-vous de moi ? demandai-je, la voix comme ces feuilles frémissantes.

Gary écarta sa main.

— Comme je te l'ai dit, ta mère ne m'a jamais déçu. Je suis prêt à l'aider, pour ses dettes, à calmer le jeu avec certaines personnes. Mais je ne peux pas faire ça par bonté de cœur. Ce n'est pas comme ça qu'un homme d'affaires prospère reste prospère.

— OK, dis-je. Maintenant, répondez à ma putain de question !

Quand vous comprenez que vous n'avez rien à perdre, c'est facile de la ramener.

Il se contenta de sourire. Rien de ce que j'avais dit ou fait n'affectait cet homme. Un vrai reptile, tout rebondissait sur sa peau recouverte d'écailles.

— Je ne veux rien de toi. Je voulais juste faire ta connaissance. Rencontrer la fille d'Yvette.

Il soutint mon regard, et je traduisis : « Je ne veux rien… dans l'immédiat. »

— Est-ce que ça vous fait bander, demandai-je calmement, de foutre la trouille aux petites filles ?

— Tu n'es pas une petite fille.

Il se trompait. À ce moment, je l'étais vraiment.

— Combien vous doit-elle ? demandai-je.

Instantanément, son regard se ferma.

— C'est le business, trésor. Ce n'est pas à toi de t'inquiéter de ça…

Il écrasa son mégot, posa son bras autour de mes épaules. J'eus l'impression que c'était une chaîne.

— Allez, rentrons avant que ta mère ne se fasse de mauvaises idées.

Hébétée, je restai éveillée le reste de la nuit. Quand ils furent partis, je me réfugiai dans ma chambre, au bord des larmes, mais sans en verser aucune, tremblant de tous mes membres et soudain, la réflexion de la guichetière écureuil me revint en mémoire.

J'aurais dû me méfier. Le présage était évident.

Je me connectai en ligne à ma banque.

Crédit : 0,00 $.

Chapitre 6

La pluie dégoulinait sur les vitres en ruisselets épais et argentés comme du mercure. Le monde avait l'aspect d'un cendrier plein d'une grisaille détrempée, les phares apparaissant par flashs comme les bouts incandescents de cigarettes. Tout ce que j'entendais, c'était un crépitement, celui de la pluie et des pneus trempés, comme une longue bande velcro qui se détacherait sans fin.

Evan avait perçu mon humeur sombre, et me laissait broyer du noir en paix. Je mis un peu de musique, puis j'éteignis la radio et écoutai la pluie. J'aurais dû lui parler avant notre départ. Je n'aurais pas dû partir avec lui, l'entraîner dans mon orbite fatale, vers ce grand trou noir autour duquel je tournais lentement. Le siège était froid, et je pressai mes cuisses nues dessus. J'avais l'impression d'avoir besoin de frissonner dans l'endroit le plus enfoui en moi, un lieu qui ne soit pas relié à mes nerfs.

La circulation ralentit, les gens préférant éviter de mourir sous la pluie. Evan retira l'une de ses mains du volant pour la poser sur la mienne. Il ne dit rien.

Il était plus de minuit quand nous atteignîmes Saint-Louis. L'Arche formait une ombre improbable sous le déluge, presque effrayante, une structure extraite de tout contexte. Il aurait pu s'agir des pieds d'un vaisseau extra-terrestre en train d'atterrir. La pluie décolorait tout. On devinait à peine la couleur des feux, pilant à chaque feu rouge. Même l'univers m'enjoignait d'arrêter.

Evan se gara dans un parking souterrain. Je descendis de voiture, laissant mon sac à l'intérieur. Il me regardait avec inquiétude, mais restait silencieux, ce dont je lui sus gré.

Nous prîmes un ascenseur fantômatique et inquiétant jusqu'au sixième étage. La cabine grinçait comme si elle était possédée. La porte gémit quand elle s'ouvrit.

— Rien de tel qu'un *poltergeist* pour vous souhaiter la bienvenue, dis-je.

Evan sourit nerveusement. Il semblait soulagé de m'entendre enfin.

Nous remontâmes un couloir en briques lugubre jusqu'à une porte en acier et, lorsqu'il l'ouvrit, il y eut comme une embellie dans mon humeur morose.

Le loft de l'Ami était très grand, une bonne centaine de mètres carrés tout en béton et en briques. Un mur entier de baie vitrée, inondant l'espace d'une lumière gris perle. L'appart était divisé en groupes de meubles : canapés en cuir disposés autour d'une TV, table de salle à manger et bar, lit cerné d'étagères remplies de livres. Un escalier menait à une mezzanine close, au-dessus de la cuisine – la salle de bains, sans doute. Il y avait des tableaux partout, d'énormes peintures abstraites fouillis, tout en mouvements et en couleurs, sans formes reconnaissables.

— C'est vraiment super, dis-je, me sentant infiniment petite. Je ne remarquai même pas cette fissure dans ma voix.

Evan posa les mains sur mes épaules.

— Maise.

Il me tourna vers lui. Je sentis une dangereuse réorganisation des traits de mon visage, en préparation aux larmes.

— Qu'est-ce qui ne va pas ? demanda-t-il. Il avait cette expression, sourcils froncés, regard perçant. Impossible de mentir.

Je me mis à pleurer.

— Pardon de m'être moquée de l'ascenseur…

Il rit doucement, impuissant, et m'attira contre lui.

— Ce n'est pas pour ça que tu es bouleversée, si ?

— Non.

— Tu veux parler, ou tu préfères pleurer d'abord ?

— Je préfère pleurer, répondis-je comme une enfant, et je laissai les larmes couler.

Au début, je m'efforçai de conserver un peu de dignité, mais une fois les larmes parties, ce fut comme un train fou. Le mieux que je pus faire, ce fut de ne pas m'effondrer alors qu'une force irrésistible se déchaînait en moi. J'eus du mal à rester debout, là entre les bras d'Evan, le loft se perdant dans une sorte de brouillard sur fond de pluie diluvienne. Maman. Sorcière. Salope. Monstre. Elle m'avait volé mon argent, l'argent que sa propre mère m'avait légué pour compenser ma naissance dans cette putain de famille. Elle n'avait pas hésité à mettre ma vie en danger. Ruinant l'avenir et le bonheur que je trouvais avec cet homme. Tout ça parce qu'elle refusait de prendre un boulot normal, parce que, à quarante ans, elle croyait encore pouvoir tromper son monde et gagner du fric sans travailler aussi dur que tous les autres cons.

Evan me conduisit à la cuisine. Essuya mon visage avec un gant de toilette tiède, m'écouta me moucher et tenir des propos à moitié incohérents.

— Je n'aurais pas dû venir ici, dis-je. Les larmes ne tarissaient pas, elles ne faisaient que s'espacer. Je dois… Nous devons arrêter.

Je le vis se décomposer sous l'effet de la peur, jusqu'à ce que je lui explique que c'était à cause de Maman.

— Je m'en veux de ne pas te l'avoir dit avant, mais ce n'était jamais le bon moment. « Tiens, au fait, tu sais quoi, ma mère deale de la drogue ! » Ils devraient créer des cartes de vœux pour ce genre de situation.

— Raconte-moi tout, dit-il en s'asseyant avec moi au comptoir.

Une heure après, il avait entendu un condensé de l'histoire de ma famille sordide. Il avait écouté sans faire de commentaire, me tendant des mouchoirs, caressant mes cheveux, regardant avec tristesse mon visage enfantin bouffi et rougi.

Une fois que je fus calmée, il murmura :

— J'ai du mal à croire que tu aies dû affronter ça toute ta vie.

— Maintenant, tu sais…

Je ne pleurais plus. J'avais la voix rauque, grave. Comme celle de Maman.

— Désolée pour tout.

— Tu n'as pas à t'excuser.

— Bien sûr que si, dis-je en me forçant à lever les yeux. Nous ne pouvons pas continuer ainsi, Evan. Ça ne marchera pas.

— Pourquoi ?

— Parce que je suis peut-être sur liste noire maintenant. Parce que ma vie vient juste de devenir un clone des *Soprano*.

— Je suis inquiet, d'accord ? dit-il en prenant mes mains. Non, en fait, je suis terrifié. C'est un sacré merdier, et je n'ai pas la moindre idée de la manière de gérer la situation. Mais ça ne change rien à mes sentiments pour toi.

— *Oh my God*, soupirai-je. Tu es la femme du parrain de la pègre. Tu ne me quitteras pas, même si ma tête est mise à prix.

Il resta interdit pendant une seconde, puis nous éclatâmes de rire. Un éclat de rire sauvage, à la limite de l'hystérie. Il m'attira entre ses bras, pressa mon front contre son menton.

— Tu es fou, dis-je. Tu devrais fuir.

— C'est si je fuyais que je serais fou.

Quelque part tout au fond de ma poitrine, un nouvel éclat de lumière pénétra mon cœur.

— Je ferais peut-être mieux de te fuir encore une fois, dis-je en m'arrachant à ses bras. Pour ton bien.

Quand il me regarda avec cette espèce de moue empreinte de tendresse, je sus que j'en serais incapable. Même s'il n'avait jamais abordé le sujet, la façon dont je l'avais abandonné, la première nuit, avait modelé son regard sur moi. Une étoile filante qu'il n'avait pas le pouvoir de retenir. Il lui arrivait parfois de me toucher les mains, le visage, comme s'il voulait s'assurer que j'étais vraiment là.

Si seulement je pouvais revenir à cette nuit et me dire à moi-même de rester ! Me dire : « Une chose merveilleuse t'attend. Ne la fuis pas, cours vers elle. »

— Que penserait ta mère, si elle savait quel genre de fille tu fréquentes ? demandai-je.

Il fronça les sourcils. Me regarda sans me voir pendant un quart de seconde. Puis il se concentra sur mon visage, et un masque glissa sur le sien, avec un sourire peint en surface.

— Elle penserait : « Ça ne m'étonne pas. » Maintenant, si tu as fini d'essayer de rompre avec moi, j'aimerais te cuisiner quelque chose. Après ça, tu pourras reconsidérer la question et voir si tu tiens encore à rompre.

Un secret de plus dans ton passé, me dis-je. *Ça fait deux.*

#

Choses que je fis pour la première fois de mon existence, ce jour-là : faire les courses avec mon copain (une heure à arpenter le marché aux poissons, lunettes de soleil sur le nez, à nous appeler mutuellement M. et Mme Smith, et à faire semblant d'être des tueurs à gages sous couverture) ; faire des trucs dans un ascenseur (hanté ou pas, une grande première pour tous les deux), prendre une douche et me raser les jambes sous le regard de mon copain, émerveillé (« J'ai toujours fantasmé sur ça. » « Je ne touche pas. Ça brûle ? »).

Lorsque je sortis de la salle de bains, des bougies formaient une traînée de lumière le long de l'escalier. *Oh la vache !* Je suivis ce chemin de lumière, ainsi que les effluves de tomates et de thym. Evan s'affairait en cuisine tel un maestro, soulevant un couvercle, remuant, se précipitant devant le four juste au moment où il sonnait. Je le regardai faire, fascinée, tétanisée, jusqu'à ce qu'il m'embauche pour hacher le basilic frais.

— Que faisons-nous ? demandai-je.

À part vivre une histoire d'amour démente, bien sûr.

— Filets de limande dans leur robe de pignons de pin, ronde de légumes grillés sur un lit d'herbes et velouté de tomate…

Il s'arrêta derrière moi, releva mes cheveux et déposa un baiser sur ma nuque, tout en sortant un plat du placard au-dessus de moi. Je regardai ma main en me demandant ce qui arriverait si je pressai la lame du couteau sur ma peau. Je ne pensais pas que ça me couperait. Je ne pensais pas que j'étais réveillée.

À qui est cette vie ? pensai-je. *Comment me suis-je glissée dedans ?*

— Qui t'a appris à cuisiner ? lançai-je, tandis que nous mettions la table. Ta mère ?

À nouveau, cette lueur dans ses yeux, l'espace d'une nanoseconde.

— En fait, c'est mon père.

— Comment il est, ton père ?

Il me fixa un moment, comme s'il ne se rappelait pas qui j'étais. Parce que j'étais jeune. Parce que je n'avais pas encore été confrontée au concept de parents décédés. En fait, je n'avais que deux concepts en ce qui concernait mes parents : « parti » et « qu'elle crève ! ».

— Il valait mieux que ce que nous pensions, répondit Evan.

Je regardai une fourchette, réfléchissant au moyen de retirer ma question.

— Il était garagiste, poursuivit Evan, sa bonne humeur revenue. Le type le plus costaud de la ville. Un jour, une voiture est tombée sur un de ses collègues, et il l'a soulevée à mains nues, le temps que les autres sortent le type de là-dessous. Malheureusement, mon père s'y est cassé le dos, il a dû arrêter de travailler. Alors, pour tromper l'ennui, il a commencé à suivre des cours de cuisine. Imagine Hulk avec un tablier autour de la taille, en moins vert. Avec à peu près la même capacité de destruction.

Je souris.

— Qui c'est, « nous » ?

— Pardon ?

— Tu as dit, « mieux que ce que nous pensions ».

Evan détourna le regard.

— Ma sœur et moi.

Encore une sœur mystère. D'abord Wesley, et maintenant lui. Tout se passait comme si chaque XY que je connaissais ne voulait pas que je sache qu'il était lié à une XX.

On était là tous les deux, avec nos secrets et nos erreurs, un sublime dîner en perspective.

— Oublions tout ce qui négatif, pour ce soir, dit Evan.

— Marché conclu.

Ce fut un dîner aux chandelles, dans ce loft sépulcral. Des nuages d'orage obstruaient les vraies étoiles, mais la ville s'éveilla, horoscope de constellations terrestres en formation, au-dessous de nous : phares de voitures météoriques, pulsars de néons vibrant et scintillant à perte de vue. Je sentis mon cœur se serrer. Une ville, la nuit, m'emplit toujours de cette mélancolie qui m'étreignait lorsque, enfant, je regardais Maman brancher le sapin de Noël. Quelque chose de beau, plein de promesses, mais que vous savez également inaccessible.

Le repas me fit un bien fou, un drôle d'effet aussi. Légers, les filets de limande fondaient sur ma langue, et le velouté était si crémeux, si savoureux que j'aurais pu le boire directement dans mon assiette. C'était étourdissant. Il avait fait ça pour moi. Tout ça. Tout en le regardant porter les assiettes dans l'évier, je pensai : « Tout ça est parti d'une nuit. Si je n'étais pas allée au parc d'attractions, tu me regarderais comme une élève parmi d'autres quand j'entre dans ta classe. » Et cette idée aussi me serra le cœur, l'idée de tant de bonheur disséminé dans l'univers, inaccompli, en fragments, en attente du coup de pouce du destin qui les réunirait.

— Si nous ne nous étions pas rencontrés, où serais-tu à cet instant ? demandai-je.

La lueur des bougies se reflétait sur son visage. Ses yeux ressemblaient à des braises.

— Je serais en train de regarder les lumières.

Nous nous approchâmes de la baie vitrée, contemplant la ville sous la pluie. Il me plaqua contre la vitre froide et m'embrassa, avec application, détermination. Nos bouches avaient la saveur du pinot gris. Puis nous nous allongeâmes sur le canapé, lui au-dessus de moi, le cuir crissant sous le poids de nos corps, mais après un moment, nous restâmes simplement allongés là, sans bouger.

— Je suis désolée, dis-je. J'ai des tas de choses dans la tête.

Il resserra ses bras autour de moi.

— C'est pas grave.

J'observai la ville, lumineuse dans la nuit.

— Est-ce que ton père t'aimait ? demandai-je.

— À sa manière.

— Mais, te sentais-tu aimé, enfant ?

— Pas vraiment.

— Et ta mère ?

Son corps se figea contre le mien. Je respirai le moins possible, ne voulant pas perturber ce qui se passait à l'intérieur de lui.

— Ma mère est alcoolique. Elle a anéanti notre famille.

Je le dévisageai. De nouveau, il avait cet air perdu, ce regard aux rayons X sur le monde.

— Comment ça ?

Evan s'assit. Il posa une main sur ma jambe pour me rassurer, avant de la laisser retomber.

— Mon père la frappait, et elle buvait. Je n'ai jamais su qui avait commencé, mais chacun alimentait la rancœur de l'autre. Ma mère avait l'alcool mauvais. Elle disait des choses horribles, traitait mon père d'abruti, de raté, nous traitait de tous les noms. Elle était malheureuse, maltraitée, profondément dépressive, et n'a jamais reçu l'aide dont elle avait besoin. Elle se saoulait jusqu'à l'inconscience.

Je pensai à Maman et à ses voiles gris.

— C'est triste…

— Un jour, elle était dans le jardin, avec Elizabeth, ma petite sœur. Moi, j'étais dans le garage, donc je n'ai rien vu, mais j'y ai repensé tant de fois que c'est comme si j'avais été là. Beth était en train de barboter dans la piscine, là où ce n'est pas très profond. Elle portait des bouées aux bras. Dès 10 heures du matin, Maman n'avait pas arrêté de picoler ce foutu gin. Au fait, je déteste le gin. Rien que l'odeur me rend malade. Bref, Maman buvait, elle a fini par tomber dans les pommes. Pendant ce temps, Beth jouait toute seule et à un moment donné, elle a approché un pied un peu trop près d'une évacuation d'eau. Ça l'a tout de suite aspirée, et elle s'est retrouvée coincée sous l'eau, sans rien pouvoir faire, malgré ses bouées. Elle s'est débattue, a tenté de se dégager, a hurlé, puis elle s'est noyée. Dans moins d'un mètre d'eau, par une belle matinée d'été ensoleillée. Et pendant tout ce temps, ma mère était par terre trois mètres plus loin, ivre morte, sans entendre les appels au secours de Beth.

Je le dévisageai, bouche bée, les yeux écarquillés. Sans savoir que dire.

Il gardait les yeux baissés.

— Pendant des années, j'ai haï ma mère. J'aurais donné n'importe quoi pour échanger ma place avec Beth. Pour que n'importe lequel d'entre nous soit mort à sa place, parce que c'est tout ce que nous méritions. Elle était innocente… Il soupira, s'affala sur le canapé, succombant à la gravité. Mais tu sais quoi ? Ça a changé ma mère. Elle a finalement cessé de boire. Elle a commencé à se rendre à l'église, même si c'était pour y chercher l'absolution, pas la foi. Elle pleurait tout le temps. Elle répétait qu'elle ferait n'importe quoi pour mon bonheur, parce que maintenant, j'étais son seul enfant.

— Et elle l'a fait ?

— Je ne sais pas. Je suis parti à seize ans, et je n'y suis jamais retourné.

Nous restâmes assis là dans l'obscurité, remplis de choses indicibles.

— Aujourd'hui, dit-il en m'effleurant à nouveau, je sais pourquoi j'ai été attiré par toi. Nous avons la même noirceur en nous.

— Nos putains de parents ?

— Notre enfance volée.

Je me blottis contre lui, et fis courir mes doigts sur ses bras, son torse, des caresses légères, pleines de respect, comme si je venais juste de découvrir qu'il était fragile. *Comme c'est bizarre*, pensai-je. *M. Wilke a une mère psycho et une famille explosée, lui aussi, et c'est pour cette raison que nous nous comprenons. Pourquoi la beauté germe-t-elle dans la souffrance ?*

— Tu ne fais guère plus vieux que moi, dis-je. Est-ce que tu me trouves jeune ?

Il continua de me caresser les cheveux, toujours la même boucle, l'air absent.

— Au lycée, tu fais plus âgée que tous les autres. Avec moi, tu sembles jeune. Mais je me sens jeune, moi aussi, avec toi.

— Nous sommes sans âge. Nous existons hors du temps. Intemporels.

Evan sourit.

— Comme Jack et Rose.

— Ou la Belle et le Clochard.

Il éclata de rire.

— L'infirmière et le patient anglais.

— Louis et Lestat.

Il prit mon visage entre ses mains.

— Tu es la fille la plus courageuse que j'aie jamais rencontrée. Tout ce que tu as enduré dans cette famille de dingue, et pourtant, jamais un mot.

— Ou peut-être Louis et Claudia, dis-je avec un haussement d'épaules. Je suis la petite fille que tu as figée dans le temps parce que tu m'as cueillie telle une rose et fait de moi un vampire. Nous vivons ensemble depuis une centaine d'années, et je te déteste et pourtant je suis amoureuse de toi…

Et voilà. Je venais de le dire. Sous forme de boutade, mais c'étaient les mots, mot pour mot, dans l'ordre et tout.

— Maise.

— Tu vis avec le souvenir de ta sœur morte, et pourtant, jamais un mot. Est-ce du courage, ou c'est juste que les choses sont comme ça ?

Il caressa ma joue.

— Tu es tellement lucide, dit-il, à la fois comme un compliment et comme un regret.

À nouveau, on s'embrassa, son corps recouvra le mien, et je sombrai dans la mollesse nuageuse du canapé en pensant : « Fais ce que tu veux, je me donne à toi. » Mais je suppose qu'il nota la déconnexion dans mes yeux, car il s'arrêta, son souffle sur ma gorge, entre ses bras. Juste entre ses bras.

— Ça va, chuchotai-je. J'ai envie de toi.

Il plongea ses yeux dans les miens.

— Ce n'est pas de ça que j'ai envie.

— De quoi as-tu envie ?

— De toi, tout entière.

C'était demander beaucoup à une personne.

— Je ne sais pas où est mon moi tout entier, en ce moment, dis-je, en me sentant idiote et puérile.

Il baisa mon visage, mes paupières.

— C'est bon. Je suis heureux. Je pourrais passer ce week-end à parler avec toi et être parfaitement heureux.

— Moi aussi, répondis-je avec lassitude. Mais si nous sommes si heureux, toi et moi, pourquoi sommes-nous tristes ?

Evan rit et, nous nous embrassâmes de nouveau, sans nous poser plus de questions.

#

Aller se coucher me mit mal à l'aise. Je ne connaissais pas le protocole. Devions-nous nous brosser les dents en chœur ? Les enfants se brossent les dents avec un adulte. *Tu n'as qu'à faire comme si tu étais seule à la maison*, me dis-je. Je me déshabillai, mais gardai mes dessous et mon T-shirt. Il se tenait de l'autre côté du lit en pantalon de pyjama. Nous échangeâmes un long regard.

Avant d'éclater de rire.

— C'est tellement bizarre, dis-je, faisant écho aux paroles de Wesley à la soirée d'Hiyam.

Où était-il ? Siobhan allait-elle lui faire un bisou dans son lit le soir ? Faisait-elle ce genre de choses ?

— Bizarre parce que je suis ton professeur, ou parce que tu n'as jamais fait ça avant ?

Bonne question.

— Je ne sais même pas.

On s'assit sur le lit, chacun de son côté.

— Oh ! c'est comme ça que font les gens mariés ? demandai-je.

— Distants et gênés ? Probablement.

Je souris.

— Jouons au couple marié en plein conflit !

— J'ai l'impression que tu cherches surtout à tester mes talents d'acteur.

— Je déteste ce genre de réaction, John. Tu penses toujours que je cherche à te tester. Et je suppose que nos enfants sont juste un test, eux aussi ?

Il me regarda, en essayant de ne pas rire.

— Eh bien, Martha, les choses iraient peut-être mieux si tu ne me faisais pas subir un interrogatoire chaque fois que j'ai envie de faire l'amour.

— Et quand ça, John ? Après minuit, quand j'ai passé toute la journée à torcher ta progéniture ? Ou le week-end quand ta secrétaire n'est pas disponible pour une petite pipe ?

— Viens ici.

— Je pense que nous devrions consulter un conseiller matrimonial.

— Maise, viens ici.

Mon cœur trébucha. Je m'assis à côté de lui, dos contre le mur en briques. Dans la pénombre, le loft retrouva son aspect originel, celui d'une usine, avec de mystérieuses machines dressées tout autour de nous, gisant esseulées dans le silence. La tristesse des usines. Qui, un jour, avaient produit des choses. Aujourd'hui, elles tombaient peu à peu en ruine, comme des mères usées, vidées. Je levai les yeux sur le labyrinthe de canalisations et de poutres au plafond, semblables à des tripes à l'air libre. Evan glissa son bras autour de moi. Je sentis les contours de son muscle et de l'os à travers mon T-shirt, la puissance toute en retenue de ce corps que j'avais pris en moi.

— Tu as peur ? dit-il à voix basse dans mes cheveux.

— Oui.

— De quoi as-tu peur ?

Je continuai de fixer le plafond.

— Que ce soit trop bien. Que ça ne dure pas. Que tu partes.

Ses doigts remontèrent la partie douce de mes cuisses. Frissons et chair de poule, partout.

— Et toi ? demandai-je.

— Exactement pareil, mais pour toi.

Je me tournai vers lui. Ce visage enfantin, ses joues mal rasées, c'était presque comme si deux personnes différentes me regardaient. Il n'était pas parfait. Ses lèvres étaient légèrement trop pulpeuses, trop boudeuses, son front un peu trop haut, et une tristesse permanente imprégnait ses traits, lui donnant parfois l'air désemparé, mais toutes ces imperfections lui allaient parfaitement. *J'adore ce visage*, pensai-je. *Comment peut-il avoir peur de me perdre ?* Jamais de ma vie je n'aurais imaginé pouvoir être quelque chose qu'une personne craindrait de perdre.

— Statistiquement, dis-je, nous sommes condamnés, tu sais.

— Statistiquement, tout le monde est condamné.

— C'est vrai, mais nous plus que les autres. Wesleypédia m'a expliqué qu'au début d'une relation, le cerveau produit des tonnes de dopamine. Tu te sens littéralement pousser des ailes. Mais après quelques mois, ça s'arrête, et tu te retrouves en état de manque, à te demander ce que tu fais là, au lit, avec cette personne, à partager des microbes.

Evan m'adressa un sourire plein de tristesse.

— Qu'est-ce qui te rend si sombre ?

La vie, pensai-je.

Sa main glissa derrière mon genou, remonta à l'intérieur de ma cuisse. Il observa mon visage tout en me caressant, épiant chaque strate d'ironie et de cynisme se lézarder, se creuser, voler en éclats. Je ne bougeai pas. Je laissai chaque corde se tendre en moi, former progressivement un nœud dans mon cœur. J'étais tellement à fleur de peau que je sentais le bout de mes seins contre mon

T-shirt au rythme de ma respiration, le duvet sur son bras contre ma cuisse. Il écarta mes jambes, et je me mordis la lèvre.

— Regarde-moi, dit-il.

Je m'exécutai.

Sa voix était douce et chaude.

— Voilà à quoi je pense, en cours.

Ses doigts s'arrêtèrent sur le pli de ma cuisse. Il fit courir un ongle le long de l'élastique de ma petite culotte, et je me mis à frissonner sans pouvoir m'arrêter, comme si un faible courant électrique me traversait le corps. Il ne me touchait pas directement, mais parcourait chaque frontière invisible jusqu'à ce que je n'en puisse plus. Je respirais fort, bouche ouverte. Toute l'électricité en moi se condensait pour deviner où le bout de ses doigts s'égarerait, comme ces sphères de verre pleines de plasma qui se concentre à la surface quand on approche la main. Le moindre froissement de tissu était une torture. Ma peau était trop chaude, trop gorgée de sang, telle une créature trop pleine de vie et d'envie, en proie à un besoin vital d'exploser.

— Je t'en prie, dis-je.

Sa main se déploya sur ma cuisse, se referma.

— Et je pense aussi à toi me suppliant, comme ça.

Je ne contrôlais plus ma respiration. Pourtant, je chuchotai :

— Et quoi, encore ?

— Je rêve que je te déshabille.

Je me penchai, retirai mon T-shirt. Mon corps me semblait élastique et sinueux, semblable à un serpent. Sa main remonta sur mon ventre, entre mes seins, sans jamais toucher les endroits que je désirais qu'il caresse.

— Je pense à ta peau, dit-il, son pouce montant sur mon épaule. À ta bouche… Il l'entrouvrit, glissa son index entre mes dents. À l'intérieur de toi.

Je refermai mes lèvres autour de son doigt et le regardai. Je me sentais tellement femme, soudainement. Tu crois mener la danse, pensai-je, mais moi aussi, je sais faire. Je battis des paupières. J'avais tous les pouvoirs, maintenant. Je suçai un peu plus son doigt, presque jusqu'à l'articulation, enroulai ma langue tout autour, le mordillai quand il le retira et le repris aussitôt dans ma bouche. Il émit un grognement. Alors je continuai, encore et encore, captivée par la façon dont son corps réagissait, se rapprochait du mien, désarmé, vaincu. Comme c'était bon, d'avoir tous les pouvoirs. Je pourrais facilement m'habituer à ce rôle.

Il finit par écarter sa main et posa son visage sur mon épaule.

— Qu'est-ce que tu es en train de me faire ? murmura-t-il, la voix lointaine. Voilà tout ce à quoi je pense. Je suis envoûté.

Je retins mon souffle, puis je goûtai sa peau, propre, chaude et délicatement salée. Je le pris ensuite dans mes bras, et nous nous allongeâmes pour nous perdre l'un dans l'autre, jusqu'au matin.

#

Le jour était à moitié enfui quand je me réveillai. Evan était déjà levé et travaillait à ses cours. Il me traita de marmotte, m'embrassa et s'assit sur le lit pour me regarder m'habiller. Bizarrement, même le fait de couvrir mon corps de vêtements le fascinait.

Nous traînâmes dans le quartier, en quête de nourriture. La ville ressemblait à une vieille photo sépia, chaque détail émoussé par la brume. Les lumières brillaient, tels des sémaphores. Nous marchions côte à côte, sans hâte, enlacés les bras autour de la taille. Les arbres encore saturés de la pluie de la nuit précédente scintillaient d'un vert ultra-pigmenté. Les rues étaient un mélange étourdissant de bitume mouillé, de briques et d'asphalte. D'un côté de mon corps, la chaleur d'Evan ; de l'autre, la morsure froide de l'air chargé de pluie.

Nous achetâmes du café et des croissants aux amandes, que nous dégustâmes en terrasse, tout en regardant le mouvement du monde devant nous.

— J'ai quelque chose pour toi, dit Evan.

Il sortit de sa poche un truc petit et brillant.

Mon corps passa en *slow motion*. Je le regardai lentement, respirai au ralenti, en sentant les longs, les lents battements de mon cœur tourner en cliquetant, comme une horloge en gros plan dans un film.

— Je voulais te la donner hier, mais ce n'était pas le bon moment… Il fit tourner la bague entre ses doigts. Je fais comme si tout va bien, en jouant au gentil professeur devant tout le monde, alors que tout ce dont j'ai envie, c'est te prendre dans mes bras. Et je veux que tu saches que, même si nous sommes forcés de faire tout ça, nous cacher et faire semblant, il ne se passe pas un moment sans que je pense à toi en rêvant qu'il en soit autrement. Et j'ai pensé que ceci t'aiderait peut-être à te le rappeler. Que ça te permettrait de tenir, quand je ne suis pas là pour te serrer dans mes bras.

Enfin, il leva les yeux. Il avait l'air si jeune, à ce moment-là.

— Tu sais comment ça se porte ? demanda-t-il.

Je ris, entre incrédulité et émerveillement.

— Je suis irlandaise, Evan. Bien sûr que je sais.

Il sourit. Il n'en doutait pas.

C'était un anneau de Claddagh, deux mains tenant un cœur surmonté d'une couronne. Chaque élément était symbolique : le cœur pour l'amour, les mains pour l'amitié, la couronne pour la loyauté. Selon la façon dont vous la portiez, la bague prenait une signification différente. À la main gauche, le cœur pointé vers l'extérieur, cela signifie que vous êtes fiancé ; vers l'intérieur, que vous êtes marié. À la main droite, le cœur vers l'extérieur, vous cherchez l'amour ; le cœur vers l'intérieur, votre cœur est pris.

Il me tendit la bague. Je la pris, la gorge serrée. J'avais chaud et froid en même temps. *Ce moment restera à jamais gravé dans ma mémoire*, me dis-je, *la façon dont je tremble tout en ayant chaud à l'intérieur, la façon dont le ciel frémit au-dessus de nous en menaçant d'éclater en orage, et la façon dont tes yeux brillent, plus bleus que je ne les aie jamais vus.* Je glissai l'anneau à l'annulaire de ma main droite, le cœur pointé vers l'intérieur, vers le mien.

Par-dessus la table, nos yeux se croisèrent. Il y avait un million de choses que j'aurais voulu lui dire, aussi je ne dis rien.

Evan ouvrit la bouche.

Une énorme dague de pluie heurta la table, éclaboussant mon croissant à peine entamé.

— Oh ! zut, m'exclamai-je.

En trois secondes, ce fut le déluge.

J'étais si surprise, heureuse et bouleversée par tout, le week-end, la folie de mon existence, la bague à mon doigt, que je me levai en criant de joie. De son côté, Evan tenta de sauver la nourriture, réduite à néant en quelques instants. On partit en courant, lui riant et moi hurlant joyeusement, comme une enfant. Trempée jusqu'aux os, aux anges, je traversai une rue où une voiture attendait au feu rouge et j'embrassai ma main et la plaquai sur le capot. La conductrice me regarda légèrement de travers. Je lui souris. *Je vous aime, madame. J'aime le monde entier et tous ceux qui y vivent.*

Nous arrivâmes à l'usine reconvertie en lofts à bout de souffle, les cheveux plaqués sur la tête, les vêtements détrempés pesant des tonnes. Evan tenta d'ouvrir la porte de l'immeuble, je lui arrachai les clés et il me poussa contre la porte en m'embrassant. Un baiser brut, torride, au goût de pluie et de rouille. Un baiser élémentaire, d'une force aussi pure que celle qui avait déchiré le ciel au-dessus de nous. Nous finîmes par entrer dans le hall, pour nous arrêter devant l'ascenseur. Il me souleva et me plaqua contre le mur, pour m'embrasser encore, comme un sauvage, sa langue forçant ma bouche. Avec la pluie, ses cheveux avaient viré de l'or au brun. Je glissai mes mains sous son T-shirt humide, sa peau était en feu. J'aurais pu baiser avec lui ici même. Je m'en fichais. Mais nous montâmes dans l'ascenseur, et il nous fallut une éternité avant d'atteindre le loft, car on continuait à s'embrasser, comme des fous, devant la porte ouverte de l'ascenseur. Je lui arrachai son T-shirt et le lançai au loin. Il retira mon short. Dans le couloir, on sema chaussures et chaussettes. Mon soutien-gorge vola vers la porte d'entrée. Son jean et tout le reste dans l'escalier menant à la salle de bains.

La peau moite, les cheveux tout raides, j'ouvris la douche, mais nous n'arrivâmes pas jusque-là. Il me hissa sur le comptoir de la salle de bains, je sentis les carreaux froids sous mes fesses, et je décidai que ça suffisait. Je voulais être baisée là. Je nouai mes bras autour de son cou, l'anneau glacé contre sa peau brûlante. Il ne s'arrêta pas pour prendre une capote et quand il me pénétra, sa chaleur fut un choc. Je me cambrai, glissai les jambes autour de ses reins. À la lueur blafarde des spots halogènes, son corps semblait taillé dans la pierre, sa peau comme polie par la pluie et la sueur, chacun de ses muscles bandé. Nous n'avions pas fait l'amour de toute la semaine, et la tension était démente. Les veines sur ses bras saillaient. Mon propre corps était dur, abrupt, mes seins rebondissaient à chaque fois qu'il plongeait en moi, et quelque part, cela ressemblait moins à du sexe qu'à des coups de marteau rond et sauvage, primitif, sur mes nerfs. Il me tenait par les hanches et me baisait avec brutalité, à un rythme effréné, et je sentis une puissante vague de lave monter entre mes cuisses, et je ne pouvais plus. La retenir. En moi. Et je suppliai :

— Viens, je t'en prie. Je t'en prie, viens, viens maintenant.

Ses mains se refermèrent autour de mes hanches, ses doigts plantés dans ma chair, et il se retira et serra mon corps contre le sien, haletant.

Je regardai le mur derrière lui, perdue, confuse.

— Evan ? chuchotai-je.

Son corps pesait contre le mien, à bout de souffle.

Je me dégageai, cherchai à voir son visage. Tête baissée, il fuyait mon regard. Le fracas de la douche crépitait entre nous.

— Evan, répétai-je, d'une voix plus cinglante que je ne le voulais.

J'avais été si près de jouir et après sept jours sans sexe, ma frustration était à son comble.

— Qu'est-ce qui ne va pas ?

— Je suis tellement désolé, dit-il.

Je le repoussai de façon à pouvoir le regarder. J'avais la peau en feu, tendue comme celle d'un tambour. Il bandait encore, mais la souffrance se lisait sur son visage. *What the fuck ?* Ce malaise entre nous. Ce putain de malaise.

— Tu ne peux pas continuer à faire ça, dis-je. Dis-moi ce qui te fait si peur…

Il grimaça à mes paroles, détourna la tête. *Je t'en prie*, pensai-je. *Ne sois pas comme ça. Ne sois pas comme un de ces garçons du lycée, incapable d'assumer ses sentiments. Tu es censé être adulte.*

Il s'adossa au mur, passa une main dans ses cheveux, se massa le front. On aurait dit deux fous, nus et trempés de pluie et de sueur. Je posai les mains sur le comptoir, si violemment que l'anneau émit un bruit sec qui nous fit sursauter. Et nous regarder.

— Parle-moi, dis-je, plus gentiment maintenant.

— J'ai si peur pour toi, dit-il d'une voix grave et profonde.

— Pourquoi ?

— Parce que je veux pas mettre ton avenir en péril. Même pas un tout petit peu.

Je soupirai, et toute ma tension retomba.

— Je ne laisserai pas une telle chose se produire. Je ne suis pas irresponsable, tu le sais. Je vais aller à la fac, et je trouverai un vrai travail, et je ne compte pas fonder une famille avant, euh, trente ans... Je le regardai bien en face, pour qu'il comprenne bien. Toute ma vie, j'ai dû prendre soin de moi-même, et je ne vais certainement pas tout foutre en l'air en me retrouvant enceinte à dix-huit ans. Tu n'as donc aucune raison de craindre pour mon avenir. Je m'en occupe.

L'anxiété reflua en lui. Il avait l'air abattu, embarrassé.

— Et moi qui me croyais responsable. Tu l'es bien plus que moi.

— Le fait que tu t'inquiètes pour mon avenir signifie beaucoup pour moi... J'éteignis la douche, m'assis au bord du comptoir et tendis la main. Viens contre moi.

Il s'exécuta, m'enlaça en soupirant. Il était devenu tout doux maintenant. Quant à ma frustration, elle s'était apaisée. Ce fut juste un câlin tendre, fatigué. Je caressai l'anneau en argent autour de mon doigt.

— Tu m'as offert une bague, dis-je.

— Oui.

Je m'écartai un peu, un léger sourire aux lèvres, espiègle.

— À qui d'autre as-tu donné une bague ?

— À personne.

— Même pas à ta fiancée ?

Il secoua la tête.

— On a rompu avant la visite chez le bijoutier.

Je le dévisageai, le cœur battant à toute vitesse.

— Je suis la première ?

Il plaqua les mains de chaque côté de mon visage. Ses cils étaient tressés de gouttelettes d'eau. Il ressemblait à un petit garçon qui aurait joué sous la pluie.

— Tu es la première. La première pour tant de choses.

Mes yeux délaissèrent les siens pour se porter sur sa bouche, ses lèvres rouges, pleines, et je l'embrassai avec délicatesse, une fille donnant un baiser à un garçon. Je me sentais légère, toute en tendresse. Ses mains dérivèrent, voletèrent sur mon dos. Je m'appuyai contre lui comme si je ne pesais rien, comme si nous flottions en suspension dans l'eau. Il ne restait plus rien de la sauvagerie de tout à l'heure. Et d'une certaine façon, avec cette tendresse, il redevint dur contre moi. Je le pris à l'intérieur, sans que mon cœur ou ma respiration ne changent, comme si de rien n'était. J'enroulai mes jambes autour de sa taille. Tout en bougeant en moi, il m'embrassa, les yeux clos, avec une expression de bonheur. J'étais encore un peu engourdie, mais quelque chose de doux et de tendre se concentra au creux de mon ventre, une ondée chaude s'amassa. Tous deux sur le point de venir, nous nous regardâmes, sans rien dire, et quand je laissai mes yeux s'envoler et que tout mon être se condensa en cet horizon de pur bonheur pulsant le long de mon épine dorsale, il vint lui aussi, serrant mon corps contre lui, comme quelque chose de précieux, et laissa échapper un long râle de plaisir dans le creux de mon oreille.

Il me tint enlacée comme ça un moment. Puis je sentis à nouveau le contact du comptoir, la froide empreinte de la faïence. Le monde extérieur était là, plein d'horloges qui marquaient les heures, de calendriers qui égrenaient les jours. Je déposai un baiser sur l'épaule d'Evan, son cou, sa gorge parsemée d'un fin duvet, m'enivrai de son odeur. Il se redressa, se retira, et la douce chaleur d'humidité entre mes jambes fit exploser mon cœur. C'était réel, complètement réel.

Il caressa ma joue, me sourit, l'air endormi.

Quelque chose à ce moment-là se contracta dans ma poitrine, compact, acéré. *Voilà*, me dis-je. *C'est arrivé. Tu as pris possession de mon cœur, et je ne peux rien faire contre. Je ne veux rien faire contre.*

— Tu m'expliqueras pourquoi ? dit-il alors.

— Pourquoi quoi ?

— Pourquoi tu as tant insisté.

Je fis courir ma main sur son ventre, et remontai sur son cœur. Je l'écoutai battre, à travers ma peau.

— Parce que je te veux toi tout entier, répondis-je. Chaque partie de toi.

— Tout est à toi, murmura-t-il.

#

Evan décida de commencer mon éducation cinématographique en remontant avant ma naissance, à travers des films majeurs, décennie par décennie.

Première étape, les années 1980.

— Ça me paraît dingue de penser que j'étais tout gamin quand j'ai vu cette merde, dit-il alors qu'on regardait *Génération perdue*.

L'Ami avait une énorme et dispendieuse télé grand écran, et on s'était préparé du pop-corn, et de quoi boire, tout ce qu'il fallait. Une petite soirée romantique dans les règles de l'art.

— Cette décennie était très sombre, continua-t-il. Aujourd'hui, tout est coloré, protégé et aseptisé. Tout le monde a peur de traumatiser son gosse psychologiquement.

— Ce n'est pas vrai, dis-je. J'ai grandi avec Internet qui débite des saloperies dans mon cerveau à longueur de temps...

Il éclata de rire.

— Tu marques un point.

Je comprenais ce qu'il entendait par noirceur. Même dans un film de vampires pour ados avec coupes brushées et dégradées, il y avait une laideur sous-jacente, presque presque une horreur chtonique. Ce n'était pas encore le gore ultra-réaliste, et en même temps d'une certaine façon ultra-clean de la génération *Saw*. C'était une sensation de glauque, lubrique et perverse, aperçu d'une époque où les adultes n'étaient pas si stressés par l'idée de traumatiser les enfants. Il y avait quelque chose de rafraîchissant là-dedans. La vie sans emballage de cellophane.

Assise là, son bras autour de mes épaules, son rire léger à mon oreille, je laissai mes pensées vagabonder. Quelles différences entre nous ? Nous venions d'époques tellement différentes : la sienne obscure et analogique, la mienne brillante et numérique, et pourtant, on riait des mêmes choses, on portait le même regard sur l'absurdité de ce monde. Mais dans quelle proportion tout cela était-il vrai ? Dans quelle proportion l'état de grâce chimique dans lequel je baignais influait-il sur mon cerveau ?

Je fis tourner l'anneau autour de mon doigt.

Le film suivant était *The Breakfast Club*. Tout de suite, je l'adorai. Les fringues ringardes des années 1980, Molly Ringwald et Emilio Estevez, tout jeune et sexy, des dialogues percutants, tout était génial. Avec d'autres vêtements, d'autres coupes de cheveux et quelques téléphones portables, on se serait cru dans n'importe quel lycée moderne.

— Oh la la, dis-je quand le film se termina. Je suis Allison.

— Tu es une menteuse compulsive ?

— Non, je suis complètement tordue. Mais qui sait, peut-être suis-je en train de mentir… ?

— J'étais fou amoureux d'Ally Sheedy.

Je souris.

— Quel ado étais-tu, à l'époque ?

— Devine.

— Le *bad boy*.

— Non.

— Le sportif ?

— Non.

Je me renfrognai.

— Le surdoué ?

— C'est si surprenant ?

Je grimpai sur ses genoux, le renversant sur le canapé, faisant au passage valser les pop-corns dans le saladier posé entre nous.

— Non, dis-je en empoignant le col de son T-shirt. Je trouve ça super sexy.

Il me fit son sourire hollywoodien, eut un regard somnolent, complice, tout empreint de désir. Alors je l'embrassai, et on fit à nouveau l'amour, sur le canapé, en utilisant une capote par égard pour l'Ami, mes genoux enlisés dans les coussins, la tête rejetée en arrière, et Evan les yeux rivés aux miens, en transe. *Tout ceci est à moi*, pensai-je. *Ce corps, cet acte, cet homme, tout est à moi. Appartient à mon cœur et à ma peau, et personne ne peut me l'enlever, parce que c'est gravé là, indélébile.* Je posai les mains sur ses épaules, comme une femme très assurée. Ça semblait… *bien*. Lorsqu'on nous nous levâmes, je vis la silhouette de nos corps en sueur sur le cuir brun, s'évaporant dans le froid.

#

Je pris tout mon temps pour rejoindre la voiture. La réalité s'introduisait dans mes pensées par à-coups, comme des flash-backs de la guerre, des images déprimantes de Maman et de Gary Rivero, et de mon compte en banque à zéro.

— Pourquoi rentrer ? demandai-je. On pourrait tout recommencer, ici.

Evan me regarda à travers la vitre de la voiture, dans le garage souterrain. Il semblait presque considérer l'option.

— Fuir n'a jamais rien résolu, finit-il par répondre.

Sans blague ?

J'ouvris la boîte à gants pour y jeter mes lunettes de soleil, quand une pile de papiers dégringola sur mes pieds. En train de reculer pour sortir du parking, Evan freina brutalement, ce qui fit tomber tout le reste du paquet.

— Pardon, dis-je en riant. Je vais ramasser.

Il se précipita pour tout remettre en place, mais à cet instant-là, quelque chose capta mon attention. La voiture était enregistrée au nom d'ERIC WILKE, WESTCHESTER, ILLINOIS.

— Qui est Eric ?

Evan attrapa le document et le glissa dans un dossier.

— Mon frère.

— Tu… Tu as un frère aussi ? m'exclamai-je. Evan, Eric et Elizabeth. Et est-ce qu'il me manquerait encore quelqu'un d'autre ?

Ses yeux s'assombrirent. Il se détourna. Mon Dieu ! Encore un proche décédé ? Ou juste une autre histoire triste qu'il rechignait à raconter ?

– Pardon, dis-je, en me sentant un peu bête.

– Ce n'est rien. Je te parlerai de lui, un jour...

Mais pas ce soir, apparemment.

L'autoroute de nuit se déroulait comme un film remontant le temps à toute vitesse, les lumières de la ville se dissipant derrière nous, inaccessibles. L'automne déployait une sorte de contagion dorée sur les bois, Midas effleurait la cime des arbres qui se changeait en or. L'agonie du monde se parait d'une extraordinaire beauté. Je posai la main contre ma vitre, la bague scintillait. Où se trouvait l'objectif de la caméra, entre le monde et moi ? Étaient-ce mes yeux, ma peau, mon esprit ? Où la réalité s'arrêtait-elle ? Où en commençait ma perception ? Brusquement, douloureusement, Wesley me manqua. En même temps, je me sentais trop gênée pour parler à Evan de broutilles comme ça. Wesley n'était qu'un gamin. Il pouvait penser ce qu'il voulait de moi, je m'en fichais.

– Maise... dit Evan.

Je me tournai vers lui.

– Si la situation ne s'arrange pas avec ta mère et si tu as besoin de te réfugier quelque part, tu peux venir chez moi.

Arrêt cardiaque.

– C'est à toi de voir, tu as d'autres options que ta mère. Peut-être n'est-ce pas une bonne idée. Peut-être cela ressemblerait-il aux bases d'une sorte de relation périscolaire spéciale ? Mais c'est une possibilité.

Je le fixai, chaque muscle en moi paresseux.

– À quoi penses-tu ? demanda-t-il.

– Qu'est-ce que c'est, une relation périscolaire spéciale ?

Il rit, conscient de mes tentatives pour le faire paraître vieux.

— Je pensais aussi à la nuit où je t'ai rencontré. C'est comme si quelqu'un m'avait donné un ticket de loto gagnant en me disant : « Tu toucheras le gros lot, à condition de ne rien dire à personne. »

Il me sourit avec tristesse.

— J'ai le même sentiment.

— Il t'arrive de te demander si c'est réel, tout ça ?

— Sans arrêt. Parfois, j'ai l'impression que je t'ai inventée sur ce grand huit.

Je pensai à ce poème de Sylvia Plath, dans sa lettre, *Mad Girl's Love Song*. « Je fermai les yeux, et le monde entier sombra dans l'oubli. Et je crois vous avoir imaginé. »

— Tu aurais pu m'inventer avec moins de problèmes, dis-je.

— Peut-être aurais-tu été moins réelle.

Je jouai du piano sur ma vitre.

— Pourrait-on s'arrêter quelque part ? Je voudrais acheter de la mort au rat, pour la donner à manger à Maman.

J'étais sur le point d'avoir mes règles, et je n'avais pas de tampons. Arrivés en ville, nous fîmes une halte dans une pharmacie, en nous garant tout au bout du parking, juste au cas où. Retour aux bons vieux réflexes. Ravalant ma fierté, je me décidai à lui emprunter un peu d'argent.

— C'est juste le temps que je trouve un job, dis-je. Je te rendrai jusqu'au dernier centime.

— Ne t'inquiète pas pour ça.

— Au contraire. Je veux être ton égale.

— Tu l'es.

Nous nous regardâmes longuement, dans l'obscurité de la voiture. Pourquoi cela me pesait-il autant ? Parce que je refusais de lui donner une seule raison de me voir comme une ado ? Mais *j'étais* une ado. Peut-être étais-je la première fille à qui il offrait une bague, mais lui était mon premier en tout.

Il me tendit quelques billets.

— Et puis, dis-je, toi qui es si soucieux de protection, je veux au moins pouvoir choisir...

Et je descendis de voiture, sans lui laisser le temps de répondre.

Le magasin était désert, les néons blêmes. À la radio, une chanteuse se lamentait sur la solitude de son cœur. Personne à la caisse. Je traînai dans les allées, refusant de laisser la nuit s'achever. C'était ridiculement érotique d'errer au rayon des préservatifs. Un homme apparut à une tête de gondole et tourna les talons dès qu'il me vit. Je ris. *Et oui.* Je suis une adolescente sublime en train d'acheter des capotes pour que son petit copain la baise, tu le crois ça ?

J'étalai mon bazar sur le comptoir. Toujours personne à la caisse.

— Hello !, criai-je. J'aimerais échanger de l'argent contre de la marchandise et des services.

J'aperçus finalement une ombre, là derrière. Un type à genoux, en train de ranger des paquets de cigarettes. À ma voix, il se leva et me fit face du haut de son mètre quatre-vingt-cinq bien tassé.

Wesley Brown.

Nous nous dévisageâmes, sous le choc.

— Hello, dis-je.

— Salut.

Nous restions plantés là comme des abrutis.

— Tu travailles ici, dis-je bêtement.

— Bien vu, répondit-il moqueur, mais avec gentillesse. Il toussota. J'en aurais bien fait autant, mais j'avais une boule de feu dans la gorge.

Tu m'as manqué, c'est dingue. Pourquoi ne sommes-nous pas amis ? Tout cette histoire est stupide. Voilà ce que j'avais envie de lui dire.

Au lieu de ça, je restai là les bras ballants.

Wesley jeta un coup d'œil sur le comptoir. Je l'imitai. Nous regardâmes tous les deux la boîte de préservatifs, puis reportâmes notre regard l'un sur l'autre. Cette fois, il resta bouche bée tandis que mes joues viraient au rouge carmin.

Il scanna la boîte. Je fixai ses mains, mortifiée.

Il énonça un chiffre.

— Combien ? dis-je en atterrissant, excuse-moi.

Ma peau effleura la sienne quand je lui tendis mon billet. Ma bague brillait tant que j'aurais juré l'avoir entendue faire un petit bling-bling. Wesley la regarda, puis il glissa mon billet dans le tiroir-caisse et déposa la monnaie sur le comptoir.

— Wesley, dis-je sans savoir comment poursuivre.

— Passe une bonne nuit, lâcha-t-il, impassible.

Je sortis de la pharmacie. Il faisait au moins vingt degrés de moins, dehors.

Une fois à la voiture, j'ouvris la portière et m'appuyai dessus, sans monter.

— Un problème ? demanda Evan.

J'attrapai mon sac à dos, et glissai la poche de la pharmacie dedans.

— Wesley travaille ici. Je vais attendre la fin de son service et lui tendre une embuscade.

Evan fronça les sourcils, l'air dubitatif.

— Il m'a fait le coup plusieurs fois. Ce soir, c'est mon tour… Je m'agenouillai sur le siège. J'appellerai un taxi, d'accord ?

— Tu es sûre ?

Je l'embrassai.

— Pas vraiment. Mais je dois essayer.

— Envoie-moi un texto quand tu seras rentrée.

— Entendu.

Nous nous dévisageâmes dans la lueur aqueuse de la voiture. C'est là où, dans le script, on dit les fameux trois mots.

— Tu vas me manquer, chuchotai-je.

Ça faisait quatre, et ce n'étaient pas les bons mots.

— Je te vois demain matin, dit-il en me caressant la joue du dos de la main.

— Tu vas quand même me manquer...

Une nouvelle fois, il m'embrassa, m'attira un peu plus à l'intérieur, et je rampai sur le siège pour lui donner un baiser comme celui qu'il m'avait lui-même donné, en me raccompagnant chez moi, sous la pluie, un baiser avide, désespéré, dans lequel je mis toute mon âme. *Ce sera différent, maintenant*, pensai-je. *Lorsque je te verrai en cours, je me souviendrai de ce que tu m'as dit, comme chaque fois que tu me regarderas, tu repenseras à tout ce que nous avons fait, à tout ce que nous ferons. Comment vais-je tenir une semaine entière ? Comment vais-je pouvoir rester là sagement assise face à toi, avec cette supernova en moi ?*

On s'arracha l'un à l'autre.

Dis-le, pensai-je. *C'est à toi de le dire le premier.*

Mais il l'avait déjà fait. Les mots étaient là, à mon doigt, et le disaient en boucle.

Tricheur.

— Bonne nuit, M. Wilke, chuchotai-je.

Je m'assis sur le trottoir, dans une mare de lumière couleur de bourbon qu'un lampadaire faisait tomber, maquant le gravier et les éclats de verre sur l'asphalte. Le front orageux s'était finalement disloqué. Des lambeaux de nuages s'effilochaient, semblables à de la barbe à papa, saupoudrant le ciel de sucre glace étoilé. On avait l'impression d'une nuit hors du temps, pas de saison particulière ou d'année particulière, simplement un arrêt sur image sur la solitude du vingt et unième siècle. Quelque part au loin, la sirène d'un train pleura, un écho surgi d'un paysage post-apocalyptique. Je me sentais comme le dernier être humain sur cette Terre.

Une demi-heure plus tard, Wesley sortit par une porte de service, et se figea instantanément. Nous nous défiâmes du regard de chaque côté de ce parking, puis il vint vers moi.

— Que fais-tu ici ? me lança-t-il.

— Je sauve notre amitié.

Il ricana.

— Il n'y a rien à sauver.

— Arrête d'être con.

Arrivé à ma hauteur, il s'arrêta et secoua la tête. Dans la lumière crue et orangé du lampadaire, son visage semblait lisse, comme un masque.

— Qu'est-ce que tu veux, Maise ? M'humilier un peu plus, à propos de ton incroyable vie amoureuse ?

— Je n'ai jamais voulu t'humilier.

— Peu importe.

Je fis un pas dans sa direction.

— Écoute, j'en ai marre de cette merde. Ce n'est quand même pas la fin du monde. Tu me manques, d'accord ?

— Ce qui te manque, c'est un public.

— C'est totalement f…

— Tu sais ce que j'ai compris ? m'interrompit-il, pointant un doigt accusateur vers moi. Je ne suis pas ta groupie. Une espèce de courtisan qui te suit comme ton ombre et flatte ton ego quand tu en as besoin. Si tu veux vraiment qu'on soit amis, il faut qu'on soit sur un pied d'égalité.

J'en restai interdite.

— D'accord, dis-je. Tu as raison.

Sous sa mèche de cheveux noirs, Wesley fit la moue. Sceptique.

— Je ne t'ai pas traité d'égal à égal. Je suis une conne. Je te demande pardon.

Il haussa les épaules, détourna les yeux, mal à l'aise d'avoir gagné. Nous restâmes immobiles, gênés.

— J'allais rentrer, finit-il par dire.

— Siobhan vient te chercher ?

— Je crois que je préfère marcher.

Puis il me regarda avec une minuscule étincelle d'espoir dans les yeux et mon cœur s'envola.

— Je crois que je vais marcher, moi aussi, dis-je. Après tout, on vit dans un pays libre…

Nous ne rentrâmes pas à la maison. À la place, nous nous dirigeâmes vers le château d'eau. Nous marchâmes au bord de la route, les pieds dans la poussière, en longeant les champs dévastés après les récoltes, plantés de millions de tiges mortes. À la lueur froide des étoiles, on aurait dit la scène d'un massacre. Je frissonnais et m'arrêtai pour sortir mon sweat de mon sac. Wesley s'accroupit à côté de moi.

— C'est lui qui t'a donné cette bague ?

— Oui.

Il shoota dans un caillou, l'envoyant sur la route.

— C'est « E » ?

— Oui.

Je sentis ma gorge se serrer à mesure que le silence s'épaississait. Si à cette seconde il m'avait demandé : « C'est M. Wilke ? », je lui aurais dit la vérité. Mais il ne me posa aucune autre question.

— Depuis quand fais-tu ce boulot ? m'enquis-je quand nous nous remîmes en route.

— J'ai commencé mercredi.
— Et ça te plaît ?
— J'ai l'impression de sentir mes neurones dépérir. Je me suis ennuyé comme un rat mort, cette semaine.
J'éclatai de rire.
— Je ne te parle même pas de la mienne.
Il me regarda, méfiant.
— Que s'est-il passé ?
Je lui racontai Maman et M. Rivero. Ses yeux s'agrandissaient au fil de mon récit, au point qu'à la fin, on aurait dit un personnage de manga. Je lui parlai aussi de Saint-Louis. Pas les détails, les grandes lignes. Que je fréquentais un homme plus âgé. Que j'étais aux anges et terrifiée tout à la fois. Je lui dis que j'étais désolée de ne lui avoir rien dit, mais la vérité, c'était que moi-même, je n'étais pas prête à l'accepter. Et que c'était uniquement maintenant que ça commençait à devenir réel.
Nous arrivâmes alors au château d'eau, ce qui nous fournit une excuse pour laisser tomber cette conversation. Je posai mon sac et grimpai à l'échelle derrière Wesley, jusqu'à la plateforme. Nos jambes se balançaient dans le vide, et la fumée de sa bidî me picota rapidement la gorge.
— La fête foraine va bientôt fermer, dit-il.
— Peut-être que j'aurai le temps de crever sur le grand huit, avant de me faire descendre, dis-je. Ou peut-être qu'ils vont me descendre *sur* le grand huit...
— Ça, ça serait carrément génial.
— La fin de ma vie... carrément géniale ?
Wesley aspira une bouffée, et des étincelles grésillèrent dans la nuit.
— Tu crois vraiment qu'ils viendront te faire la peau ?
— Je ne sais pas. J'ai parfois tendance à dramatiser.
— Toi ? Mais non, voyons...
Je lui plantai un doigt dans les côtes.

— Plus sérieusement, je pense que Gary viendra me demander de faire quelque chose que je n'ai pas envie de faire.

— Et si c'est le cas ?

— Je ne sais pas. Peut-être existe-il une sorte de formation périscolaire spéciale, pour apprendre comment réagir quand un baron de la drogue vous fait une proposition.

— Qu'est-ce que tu entends par formation périscolaire ? demanda Wesley en se renfrognant.

Je me mis à rire, et ce fut comme un brasier qui m'enveloppa. Que la vie était absurde ! Je m'allongeai, prise de vertige et d'un fou rire en regardant le ciel. Wesley haussa les sourcils, mais un sourire se dessina sur ses lèvres.

— Es-tu amoureux de moi ? demandai-je, sur une pulsion.

Le sourire disparut. Wesley réussit à ne pas détourner les yeux, mais on aurait dit qu'il regardait un chien sauvage, en espérant ne pas se faire mordre.

— Je ne sais pas. Je t'aime bien, c'est tout.

— Toujours ?

— Chais pas… Ouais.

— Ça, je peux gérer, si toi, tu le peux, dis-je en m'asseyant. Et si tu peux aussi respecter le fait que j'aie une relation…

Il détourna les yeux.

Prudemment, je touchai sa main. Sans y mettre trop d'intimité, mais pas non plus le genre de tape « là-là-tout-va-bien ». Comprendrait-il le message ? En principe, l'enchaînement des pensées d'un mec de dix-sept ans est le suivant : *une fille me touche > oh putain > la trique*. Mais s'il voulait que je le considère comme mon égal, il allait également devoir apprendre à composer avec des sentiments adultes complexes et dérangeants.

— Je t'aime bien aussi, dis-je, comme ami. Et j'aime aussi flirter plus ou moins avec toi, mais j'aime flirter avec tout le monde. Je suis comme ça. Tu le sais, non ? Parce que ce truc, là, de me filmer, ça me fait flipper. Je ne peux pas être la fille bipolaire, délurée et pleine de joie de vivre de tes rêves. Je ne peux pas être la fille qui t'apprend à ouvrir ton cœur et à sourire à la vie et toutes ces conneries, parce qu'il faudrait d'abord que je sache moi-même comment m'y prendre. C'est plutôt moi qui aurais besoin du garçon bipolaire, déluré et plein de joie de vivre de mes rêves...

Je lui lâchai la main et quand il me regarda, un moment, je craignis que tout cela ne soit vain. À quoi bon tenter d'expliquer les fondements de la mécanique quantique à quelqu'un qui pense que la gravité se limite à une histoire de pomme qui tombe ? Mais il hocha doucement la tête.

— Je comprends, dit-il. Je n'avais jamais considéré ça sous cet angle.

— Que les filles étaient des êtres humains ?

— Que tu étais un être humain.

Je lui pinçai l'oreille. Il rit. Et juste comme ça, on redevint amis.

Nous restâmes nichés là-haut pendant un moment à discuter de tout et de rien. J'envoyai un texto à Evan pour qu'il ne m'imagine pas en train d'être massacrée à la tronçonneuse, et Wesley m'observa. Pas l'écran de mon téléphone, mais mon visage, mon langage corporel.

— Comment c'est, avec lui ? demanda-t-il tranquillement.

Je me rallongeai sur les planches, les pieds sur la rambarde.

— Intense, répondis-je finalement.

— Dans le bon ou le mauvais sens ?

— Le bon. Fabuleusement bon. Et étrange aussi, effrayant et merveilleux. Tout en même temps, à parts égales.

— Tu es amoureuse de lui ?

Je fis rouler ma tête de son côté pour le regarder.

— Je ne crois pas encore savoir ce que veut dire aimer. Mais c'est différent de tout ce que j'ai pu ressentir jusqu'ici.

— Qu'est-ce que tu ressens ?

— Tu te souviens, la fois où tu as cru que j'allais sauter dans le vide ?

Il hocha la tête.

— Ça ressemble à ça, dis-je. Mais personne ne te rattrape. Tu restes juste suspendu au-dessus de l'infini.

Chapitre 7

Octobre refusait de tirer sa révérence. Interminable, pas en nombre de jours, mais à la façon dont les heures s'écoulaient en nous éloignant du soleil, à la façon dont les ombres n'en finissaient pas de s'étirer en fines cohortes bleues sur la Terre. C'était un été indien, une vague de chaleur, un souffle brûlant qui balayait les feuilles dorées. Lors d'un après-midi particulièrement chaud, je sautai dans la piscine de Wesley toute habillée, l'eau délicieusement fraîche sous la pellicule de soleil en surface. Wesley enleva son T-shirt et sauta après moi, projetant des myriades de particules multicolores autour de nous, comme dans un kaléidoscope. Siobhan s'approcha et éclata de rire, avant de nous proposer des serviettes. Wesley tenta de l'attirer avec nous, et elle le menaça de le rayer de son testament. Quand nous sortîmes, il y eut cet incontournable moment suspendu dans le temps, lorsqu'on nous nous regardâmes l'un l'autre, trempés, les longs poils sur son torse dégoulinant de gouttelettes brillantes, mon T-shirt me collant aux seins. Je souris, pas lui. Comme Siobhan m'aidait à me sécher les cheveux, elle prit ma main et observa ma bague à la lumière du soleil couchant. Je ne réussis pas à déchiffrer le regard qu'elle m'adressa. Il semblait être celui de quelqu'un qui sait. Tout.

Au début, nous fîmes preuve de prudence avec Evan, gardant tout notre amour pour le week-end. Pas d'étreintes passionnées entre les cours. Pas de rendez-vous galants dans les motels. Il m'appelait chaque soir et, parfois, je lui envoyais les textos les plus osés que j'aie jamais osé envoyer. Lors du second week-end au loft, nous ne sortîmes qu'une fois. Nous passâmes quarante-huit heures à baiser, à regarder des films, à parler, à rire et à nous embrasser dans une succession de scènes floutées, oniriques, avant de nous aventurer dans le crépuscule indigo, ivres et harassés, désorientés face aux lumières, aux voitures et la vitesse de la vie, comme deux êtres se réveillant d'un sommeil de cent ans. Nous achetâmes des glaces en cornet, et nous nous promenâmes sur les berges, en regardant les lumières des bateaux dériver comme des bougies flottantes, en nous émerveillant devant les ponts qui enjambaient cette large artère d'eau. Le Mississippi était calme, mais d'un calme reptilien, comme une monstrueuse puissance momentanément au repos.

Le 19 octobre était l'anniversaire d'Evan. Le soir où il eut trente-trois ans, nous fîmes une orgie de sushis dans un resto près de la cathédrale Saint-Louis. On l'aurait crue tout droit sortie d'un livre de contes et légendes, le moindre centimètre carré, ou presque, recouvert de mosaïques étincelant dans la nuit. Vêtue de la petite robe vaporeuse sur laquelle il avait flashé, dans cette boutique, j'avais mis un voile de fard à paupières et des sandales plates de petite fille, brouillant ainsi les pistes pour ne pas être cataloguée dans une tranche d'âge ou une autre. Evan portait sa chemise à rayures et une cravate, ressemblant plus à M. Wilke qu'à Evan. C'était la première fois que je mangeais des sushis, et la seule vraie réflexion que cela m'inspira fut que c'était très sensuel. Comme de manger quelque chose d'encore vivant. Plus tard, lorsque nous nous engouffrâmes dans notre ascenseur hanté, ivres de saké, je fis une autre chose pour la première fois : une fellation. Son corps fondait entre mes mains, ses doigts caressaient mes cheveux doucement, si doucement. Tout en lui était enfantin et docile, excepté son sexe dur dans ma bouche. Une autre expérience d'une extrême sensualité. Quand il jouit, j'avalai cette salinité brûlante au fond de ma gorge, au vague goût d'océan. Il me releva et m'embrassa, et je dis : « Joyeux anniversaire, monsieur Wilke. »

J'expliquai à Wesley que je voulais travailler sur mon propre projet pour le cours d'études cinématographiques, et il accepta. Ce qui ne nous empêcha pas de tourner des vidéos ensemble, juste pour le fun : Hiyam entourée de sa cour de pestes, faisant éclater l'une d'elles en sanglots. Deux garçons, tous deux de l'équipe de foot du lycée, s'embrassant derrière les gradins, leurs silhouettes athlétiques se détachant sur fond de ciel pourpre. Je n'étais pas la seule à avoir un secret. Dans le grand ordre du monde, mon secret n'était même pas aussi dangereux que certains des leurs. Un jour, à la cafétéria, tout le monde se précipita dans le couloir pour assister à la fin d'une bagarre devant un casier où quelqu'un avait écrit au marqueur fluo : SUCE MA QUEUE PÉDALE.

Certains jours, je mentais à Wesley et sautais le repas. Je fermais la salle de cours d'Evan à clé pour pouvoir le toucher. Seulement le toucher. On ne baisait jamais dans l'enceinte de l'établissement. Ç'aurait été trop inconscient, évidemment. Or, j'avais des principes dans ma folie. Mais je l'embrassais et faisais courir mes mains sur son corps, sur la partie dure contre sa jambe, jusqu'à ce qu'il me supplie : « Ne me pousse pas à faire ça. » « Faire quoi ? » je demandais, et il répondait : « Quelque chose que je regretterais. » Alors je recommençais et caressais son visage, ses lèvres, l'embrassais, et nous nous torturions ainsi l'un l'autre jusqu'à la sonnerie.

Certains soirs, il m'appelait et je pédalais jusqu'à son appartement. J'entrais avec la clé qu'il m'avait donnée, tout en jetant des regards furtifs derrière moi. J'allais le retrouver dans la pénombre de sa chambre et là, nous nous déshabillions sans un mot et nous baisions comme si c'était la dernière fois, avec calme et désespoir, nos souffles mêlés pour exorciser nos démons intérieurs. Après, je l'embrassais puis m'en allais sans un mot, en regardant à nouveau derrière moi tout en rentrant à la maison, le cerveau en effervescence, mais le cœur zen. Une fois dans mon lit, je m'allongeais et regardais les ombres des monstres qui, au plafond, s'agitaient, s'écharpaient. Parfois, j'en surprenais qui m'observaient. Parfois, je me voyais moi.

— Tu es toujours à fond sur M. Wilke ? me demanda un jour Wesley, et je me contentai de le regarder, impassible.

Dans la glace, je faisais face à une mutante. Une fille fiévreuse, avec des yeux électriques. Elle était belle, sa bouche pulpeuse et rouge sang, sa peau aussi lumineuse que de l'albâtre au clair de lune, mais il y avait un petit quelque chose d'abîmé en elle. Sous certains angles, on devinait les os sous la peau. Des ombres s'étaient creusés dans ses joues, au creux de ses côtes. Elle avait faim de quelque chose, et plus elle s'en nourrissait, plus elle maigrissait.

— Et si tu te trompais ? dis-je une fois à Wesley. Si la production de dopamine ne faiblissait jamais ? Si ça continuait de couler et couler jusqu'à…

Jusqu'à quoi ? Qu'y avait-il après ? Je pensai à Maman, gisant sur le sol du salon.

Plus vous en prenez, plus vous en avez besoin. Et vous en prendrez encore et encore jusqu'à l'overdose.

#

J'avais failli à ma promesse de faire face à l'une de mes peurs en septembre, sauf si entretenir une relation avec quelqu'un dont j'étais vraiment amoureuse comptait dans le défi. Dans le cas contraire, octobre allait compter double.

Je m'assis donc à la cuisine et attendis Maman.

J'étais venue armée : relevé de compte, documents attestant la somme laissée à mon attention par grand-mère et les clés de la maison, le tout bien aligné devant moi. En haut, mon sac était prêt. J'avais laissé les fringues neuves dans l'armoire.

J'aurais pu m'épargner tant d'efforts. À peine rentrée, quand elle me vit avec ma tête des mauvais jours, elle laissa tomber son sac par terre et se jeta sur une chaise avant de se mettre à brailler.

Pour l'amour du Ciel, pensai-je. Je fixai le plateau de table en stratifié, comptai les brûlures de cigarettes. Un sentiment visqueux s'insinua dans ma poitrine. Je tournai la tête vers les éléments de rangements. Photographiai leur contenu : biscuits salés rances, beurre de cacahuète, marijuana. J'étais sans doute la seule fille du lycée à ne montrer aucun intérêt pour la drogue. Oh la la, son visage ressemblait à de la cire en train de fondre. *Ne cède pas. Ne cède pas.*

Je serrai les dents, me levai pour attraper le papier essuie-tout.

— Je suis tellement désolée, ma chérie, pleurnichait-elle. La feuille de sopalin lui emporta la moitié du visage, le magenta sur ses lèvres de clown, les cils comme des milles-pattes. J'ai merdé. J'ai vraiment merdé !

Sois forte et froide, me dis-je.

— Tu savais pourquoi M. Rivero souhaitait me rencontrer ?

Elle bafouilla une sorte de déni.

— Tu essayais de me prostituer, poursuivis-je. Tranchante comme du silex. Tu réalises à quel point tu es répugnante ?

Elle trouva le courage de lever vers moi un regard indigné.

— Gary a de l'argent. Beaucoup d'argent. Il pourrait prendre soin de nous. De toi.

— Je n'ai pas besoin qu'on prenne soin de moi.

— Ah oui ? Tu traînes pourtant avec des hommes bien plus âgés que toi, non ?

— Ne te... commençai-je, incapable de finir ma phrase.

— J'ai vu l'homme avec qui tu es, en ce moment. Il conduit une vieille bagnole. Tu mérites mieux.

— Oh ! non, soupirai-je. Je n'arrive pas à croire que tu sois à ce point à côté de la plaque.

— Tu n'es pas si futée non plus, trésor. Te donner comme ça pour rien, comme une vulgaire vache à lait.

J'abattis mon poing sur la table, la bague à mon doigt claquant comme du cristal. Des cendres voltigèrent hors du cendrier en terre cuite.

— Ta gueule, dis-je.

Elle se leva, s'approcha, menaçante.

— Sinon quoi ? Que feras-tu ?

Je sentais un feu grandir en moi, et l'espace d'une poignée de secondes, les flammes l'emportèrent sur la peur.

— Sinon je franchis cette porte, et tu ne me reverras jamais. J'ai dix-huit ans. Je ne suis pas forcée de supporter ta merde.

Maman éclata de rire, un rire guttural, laid.

— Ouais, tu as dix-huit ans, ce qui signifie que moi non plus, je ne suis pas obligée de supporter ta merde non plus.

— C'est clair !, hurlai-je, des picotements dans les mains. Mon accent avait resurgi, mais je m'en fichais. Jette-moi à la rue. Et tu pourras enfin disposer de la maison et recevoir tes gros dégueulasses de mecs avec leur saloperie de came. Et quand la police viendra, tu te débrouilleras toute seule. Personne ne t'attendra à la maison parce que tout le monde se fichera bien de toi, espèce de salope.

L'écho de ma voix fit trembler les fenêtres. La lumière de la cuisine vacilla, une simple baisse de courant, mais qui semblait être une réponse à mon geste. Jamais je ne m'étais dressée à ce point contre elle.

— Tu sais le pire ? dis-je en me plantant sous son nez. Ce n'est pas que tu mettes ma vie en danger. Tu fais ça depuis le jour de ma naissance. Non, le pire, c'est que tu me voles mon argent. L'argent que grand-mère m'a laissé pour mes études, pour m'aider à me bâtir un avenir au lieu de finir comme toi.

Je vis très précisément le moment où sa fierté se lézarda. Le moment où elle cessa d'être ma mère quarantenaire pour devenir une adolescente, criant : « Je ne veux pas finir comme toi » à sa propre mère. Elle écarquilla ses yeux verts injectés de sang, traversés par un éclair de lucidité. Sous le choc, les replis tannés de son visage s'aplanirent. L'espace d'un instant, nous nous sommes probablement plus ressemblé que nous ne l'avions fait depuis des années.

Je tremblais comme une feuille. Je m'essuyai les yeux, écrasai des larmes de feu sur mes joues. Pour le sang-froid, je repasserais.

— Oh ! ma chérie, dit-elle, en hochant doucement la tête, encore et encore, comme on le fait pour se réconforter. Tu n'imagines pas comme ça a été dur, pour moi aussi.

— Je m'en fous, dis-je, au bord des larmes. Tu étais censée veiller sur moi, être l'adulte. Pour une fois, merde, sois une putain d'adulte, Maman !

— Tu ne sais rien de ce que j'ai traversé…, dit-elle, la voix chevrotante.

À l'aide. Si on chialait toutes les deux, je n'y arriverais pas.

— J'ai vécu les pires horreurs, des choses dont je ne veux même pas me souvenir, tout ça pour toi, pour que tu aies de quoi te nourrir, un toit sur la tête et des vêtements sur le dos.

— Tout n'était pas pour moi. La moitié de ton fric part dans l'achat de ces drogues que tu es censée revendre.

— Tu crois que c'est facile de vivre comme ça ? Tu crois que j'ai envie d'affronter ce genre de vie sans un peu d'aide ?

Je pensai aux hommes qu'elle avait installés sur le canapé de notre salon. Le genre d'homme à tripoter une gamine de douze ans. S'ils étaient aussi pervers avec une fillette, quels trucs lui avaient-ils fait subir, à elle ? J'avais entrevu certaines de ses cicatrices. Entre autres, cette longue balafre sur la clavicule. « Une voiture m'a renversée », avait-elle prétendu. Et cette méchante marque sur une cuisse. « Ma cigarette m'a échappé. » Parfois, elle rentrait à la maison avec un œil au beurre noir. « J'ai été prise dans une rixe, dans un bar. »

Le secret pour faire de votre mère le méchant : croire les mensonges qu'elle vous dit pour vous préserver.

— Tu aurais pu être normale, dis-je. Plein de mères célibataires travaillent au McDo et ne fument pas du crystal.

— Ce n'est pas si simple. Tu ne sais pas ce que c'est, d'être accro.

Instinctivement, sans réfléchir, je répliquai :

— Si, justement, je sais.

Et je la regardai, en retenant mon souffle. *Oui, je sais.*

— Eh bien, dans ce cas, j'espère que tu ne tourneras pas comme moi, dit-elle en reniflant. J'espère que tu t'en iras loin d'ici pour tout recommencer et faire quelque chose de bien de ta vie.

Mes larmes s'étaient taries, mais mes joues étaient encore trempées.

— Tu n'arrives pas à rembourser l'argent que tu dois, c'est ça ?

— J'essaie, trésor. Mais c'est compliqué.

— Et encore une fois, c'est à moi de nous sortir de là toutes les deux...

Nous nous regardions, au milieu de notre misérable petite cuisine où personne ne préparait jamais aucun plat, où aucun ami n'était jamais venu dîner, où les cristaux de meth étaient comptés, sur la table, la nuit.

— Tu dois vraiment me haïr, n'est-ce pas ? demanda-t-elle.

— Non... J'inspirai profondément, m'essuyai les joues d'un geste de la main. Si je pensais que tu pouvais changer, je te haïrais de ne pas essayer... Je la regardai droit dans les yeux. Mais tu es comme ça. Une menteuse, une voleuse et une junkie. Je ne te hais pas, Maman. Tu m'as déçue.

#

Je défis mon sac et jusqu'à 2 heures du matin, je répondis à des annonces d'emploi sur Craiglist. Dans un coin de ma tête, je le savais, je pourrais aller vivre chez Evan, ou peut-être chez Wesley et Siobhan. Mais l'absence de volonté et le cynisme de ma mère m'avaient conduite à devenir son contraire : fière et déterminée. Trop fière pour demander de l'aide, même quand j'en avais un besoin vital. Surtout quand j'en avais un besoin vital.

J'y arriverai toute seule. Je resterai ici jusqu'à ce qu'elle me jette dehors, je récupérerai ce qu'elle m'a volé jusqu'au dernier centime, et je trouverai bien une solution avec M. Rivero. Je suis intelligente, je suis une résiliente. Je devais bien l'être, pour m'élever moi-même sans parents en état de marche. Je m'en sortirai.

Et après, je m'en irai, sans jamais me retourner.

Bien sûr, dans mon cerveau de dix-huit ans, partir sous-entendait implicitement emmener avec moi Evan, Wesley et même Siobhan, comme si c'était possible de transplanter tout ce qui, ici, m'était cher, dans un nouvel endroit où on ne garderait que les belles choses. À aucun moment, je ne me dis : « Comment faire pour les garder ? » Tout ce que je pensais, c'était : « Je dois partir loin d'elle. »

#

Quelques jours avant Halloween, je zappai le déjeuner avec Wesley pour voir Evan. À la seconde où je verrouillai la porte, il me plaqua contre le mur et couvrit ma gorge de baisers. Enfin, c'étaient moins des baisers que l'expression d'une faim vorace, ses joues rêches contre ma peau, ses dents acérées se plantant dans ma chair, sans ménagement. Je relevai la tête et regardai par les fenêtres le monde en décomposition, les feuilles en train de se détacher des arbres sous le vent, toute chose se mettant à nu pour être possédée par l'hiver.

Bonjour la métaphore.

Plus tard, je comprendrais ce qui nous mena à tout rater, ce jour-là. Plus ma vie se compliquait et devenait merdique, plus je ressentais le besoin de rejeter la réalité et de me perdre en lui. *Je ferme les yeux, et le monde entier sombre dans l'oubli...* Il me faisait le même effet, pour des raisons que je ne comprenais pas encore.

Mais sur le moment, je ne voulais qu'une chose : être possédée.

Evan prit le bout de mon menton entre ses doigts et m'obligea à le regarder. Son corps contre le mien, son odeur, mélange d'effluves mâles et vague senteur de fumée, comme une bougie qui venait d'être soufflée. Je fus submergée. Il me suffisait de sentir son odeur pour que quelque chose en moi se dénoue, s'ouvre.

— Viens, ce soir, dit-il.

Je posai ma main sur son torse, comme pour le repousser, mais la laissai glisser finalement sur son ventre plat, ferme, sur sa braguette.

— Ça me paraît si loin, soupirai-je, langoureuse.

Ses yeux se fixèrent sur ma bouche.

Je déboutonnai son jean. Il respirait aussi fort que moi. Nous n'avions jamais fait que nous caresser, au lycée. Si nous étions surpris ici, ce serait la mort.

Mais il était là, contre moi, dur, et il ne m'arrêta pas.

— Ce n'est pas maintenant que tu devrais me dire : « C'est une mauvaise idée » ? chuchotai-je en refermant ma main autour de son érection. Je pensais que tu étais un adulte responsable.

— Je pensais que c'était toi l'adulte responsable.

J'eus comme une sensation fugitive à cet instant de sortir de mon corps. Comme si les choses n'étaient pas complètement sous mon contrôle, y compris ma propre peau. Lorsque je souris, ce fut comme si quelqu'un d'autre souriait avec mon visage. Ma voix semblait venir de quelque part hors de moi, comme avec les ventriloques.

J'approchai mes lèvres de son oreille et chuchotai :

— Moi, je ne suis qu'une fille qui a envie d'être baisée par son prof.

Son sexe pressait contre sa braguette.

— La porte est fermée à clef ? demanda-t-il.

— Oui.

Il glissa sa main entre mes jambes. Je portais un jean, moi aussi, et sa chaleur irradia à travers le denim serré et s'infiltra dans mes veines. Nous avions fait ça tant de fois que ça n'aurait pas dû me sembler si nouveau. Ça n'aurait pas dû faire disjoncter mon cœur, me troubler jusqu'à l'hystérie, comme s'il n'avait jamais posé la main sur moi auparavant. Ce qu'il n'avait pas fait, en réalité. Pas en tant que M. Wilke, pas ici. Telle était l'implacable vérité. Peu importait qui nous étions, à l'extérieur ; ici, nous étions un professeur et une élève.

Il enfouit son autre main sous la taille de mon jean. Et le contact de nos peaux déclencha comme un court-circuit faisant des étincelles. Mon ventre s'emplit d'électricité statique, et je me hissai sur la pointe des pieds, cambrée contre le tableau. La salle était obscure, mais si quelqu'un avait jeté un œil par la vitre, il aurait vu M. Wilke plaquant une élève contre le tableau. Il déboutonna mon jean et frotta son pouce à l'entrejambe. J'agrippai son col de chemise, le souffle court. Surtout, ne pas m'enrouler autour de lui, éviter tout ce qui serait susceptible de nous trahir sous cet angle de vue. Il fit descendre la fermeture éclair de ma braguette, lentement, et ce fut comme s'il ouvrait ma peau.

Puis il s'arrêta, la main sur mon ventre.

— Nous faisons ça chaque jour, et personne n'a rien remarqué, dis-je. Personne ne remarquera si nous allons un peu plus loin.

Je commençai à défaire sa braguette et il attrapa ma main. La plaqua de mon côté et la maintint là, tandis que son autre main disparaissait dans ma culotte. Mon pouls s'accéléra. Je le regardai, son visage disparaissait presque dans l'ombre.

— Laisse-moi te toucher, dis-je.

— Tais-toi.

J'écarquillai les yeux. Ma respiration devint si rapide. Des doigts brûlants surfèrent sur ma peau aussi lisse que glacée, descendant toujours plus bas, jusqu'à l'endroit de moi qui brûlait. Il colla sa bouche à mon oreille.

— Écarte les jambes.

Je m'exécutai, le cœur près de lâcher. Il me disait que faire, comme tout bon professeur. Mon professeur.

Il me caressa, par touches délicates et tendres, propulsant des éclats électriques dans mon ventre. Mon jean était si serré qu'à chacun de ses gestes, sa main frottait contre mon clitoris. Quelle douce agonie ! Lorsque son doigt écarta enfin mes lèvres, j'étais si humide qu'il entra en moi sans le moindre effort, et je soupirai, mi-malheureuse, mi-euphorique. L'adrénaline grésillait dans mes veines. Je m'attendais à tout moment à entendre un bruit de pas dans le couloir, à ce que quelqu'un frappe à la porte, à sa stupéfaction. C'était tellement interdit, si délicieusement interdit de faire ça ici. J'essayai de bouger mon bras, mais il m'en empêcha, et il me plaqua un peu plus contre le tableau. Il procédait avec tant de lenteur, tant de méticulosité que ça me rendit folle, et il me caressait, m'excitait, jusqu'à ce que je réalise que je grimaçais, et quand il plongea son doigt en moi, ce fut comme si une douleur s'apaisait, une plaie à vif enfin refermée. Je faillis lui dire d'arrêter. L'angoisse et la tension et le désir, tout ça se mêlait de façon déplaisante. Mais quand son doigt commença à aller et venir en moi, l'angoisse s'atténua. Je resserrai mon poing autour de sa chemise, et surélevai mes hanches à la rencontre de sa main. Il approcha alors son visage du mien et murmura : « Tu es tellement bonne », mais il ne m'embrassa pas, il partagea juste chacun de mes soupirs. Il me pénétra de tout son doigt, puis il glissa un deuxième doigt en moi, et je plaquai mes mains contre le tableau, essayant de ne pas crier. Je pensai à la classe présente dans cette salle, vingt minutes plus tôt, à Wesley, Hiyam et aux autres, assis juste là, à trois mètres de l'endroit où nous nous tenions maintenant, sans savoir que M. Wilke et moi, nous nous étreignions, nous embrassions ici presque chaque jour, sans savoir qu'il allait me baiser ici, alors que leurs chaises étaient encore chaudes, et que j'allais jouir, là même où il se tenait devant eux et leur faisait son cours, sans savoir que j'allais jouir sous cette main douce et puissante, à l'intérieur de moi.

Puis, ça arriva.

Deux coups à la porte.

Nous nous figeâmes tous les deux. J'étais si proche de l'orgasme que je m'en fichais, je voulais juste aller au bout, mais il se retira et pendant un moment, je me sentis capable d'assassiner la personne qui se tenait derrière cette porte. Nous ne fîmes pas un geste, nos respirations faisant un bruit grotesque dans le silence. Se pourrait-il que j'aie crié ? Je n'en étais même pas sûre.

— Peut-être vont-ils partir, chuchotai-je.

De nouveau, on frappa. Avec plus d'insistance, cette fois. Comme pour nous narguer.

Je tressaillis.

Evan se reboutonna à la hâte, essuya sa main sur son jean et je l'imitai. Puis je rajustai sa chemise, et il me recoiffa.

— N'aie pas peur, dit-il.

Encore deux coups.

Il se détourna et s'avança vers la porte. Je n'avais nulle part où me cacher, tout était à découvert. Je restai derrière son bureau, relevai le menton. Je sentais la chaleur irradier mes joues, et savais que je n'avais aucun moyen de la masquer. *Reprends-toi*, me dis-je. *Ils seront moins susceptibles de suspecter quelque chose, si tu te comportes comme si tu n'avais rien fait de mal.*

La porte s'ouvrit et malgré la pénombre, je la reconnus tout de suite.

— Hiyam, dit Evan à haute et intelligible voix, à mon attention. Tu as besoin de quelque chose ?

Les yeux d'Hiyam ignorèrent Evan pour se poser directement sur moi. Et dans son regard, pas le moindre soupçon de surprise.

— J'ignorais que vous étiez là, dit-elle.

— Je suis avec une autre élève.

Cela n'aurait pas dû me blesser, mais j'étais encore troublée, tremblante et frustrée, alors soudain, je détestai ces paroles. Je n'étais pas qu'« une autre élève ».

— Toutes lumières éteintes. Et porte verrouillée, remarqua Hiyam.

Ce n'étaient pas des questions.

— Nous nous apprêtions à sortir, répondit Evan calmement.

Hiyam fit un pas dans la salle.

— C'est une chance que je vous ai attrapés, alors...

Aucun de nous ne fut dupe du sous-entendu.

— Il faut que je vous parle, M. Wilke.

— À vrai dire, le moment est plutôt mal choisi. Que diriez-vous de...

— Oh, sussura Hiyam en faisant des manières, est-ce que j'interromps quelque chose ?

Je serrai les dents. Quelle salope. Elle savait, même si elle était sans doute loin de deviner jusqu'où nous étions allés. Sans doute croyait-elle avoir interrompu un chaste baiser. Des chuchotements, de doux aveux. *Tu n'as qu'à sentir sa main*, eus-je subitement envie de lui hurler.

— Nous discutions du projet du semestre. Maise avait quelques questions à me poser.

Hiyam slaloma entre les bureaux, les effleurant d'une main nonchalante, et vint vers moi.

— Je croyais que nous n'avions droit à aucune question, à ce sujet.

À travers la classe, Evan croisa mon regard. L'inquiétude avait fini par le gagner. Je compris. *Pars. Ne lui donne pas de munitions.*

— Je m'en vais, annonçai-je tranquillement. Merci pour votre aide, M. Wilke.

Hiyam s'arrêta, nous regarda l'un après l'autre avec amusement.

— De rien, répondit-il. Sa voix et son visage étaient livides.

Je passai devant lui avant de sortir, ravalant ce cri au fond de ma gorge.

#

— Je veux savoir précisément qui est au courant, dit-il.

Il se tenait devant la fenêtre de sa chambre, les volets baissés. On aurait dit Harrison Ford dans *Le Fugitif*. Il ne manquait que la combinaison de taulard et le train en marche. Une lampe de chevet braquait un halo sur nous, qui vacillait nerveusement. J'avais dû parlementer cinq bonnes minutes avant qu'il ne me laisse l'allumer. Assise sur le lit, je soupirai. Cent fois qu'on revenait là-dessus.

— Personne, répondis-je.

— Britt nous a vus, à la fête.

— Elle t'a vu raccompagner une élève saoule chez elle.

— Wesley sait qu'il existe un « E ».

— Wesley ne s'intéresse qu'à mes nichons. Et c'est mon ami. Il ne dira rien.

Evan se balançait sur ses pied, sans me regarder.

— Hiyam nous a vus. Elle nous provoquait avec ses sous-entendus.

Je me levai et m'approchai de lui.

— Hiyam a flashé sur toi le jour même de la rentrée. Elle me l'a dit, le soir de la fête. Et puis, elle a l'esprit mal tourné... – Je lui caressai le bras, effleurai le duvet blond. – Elle penserait que nous couchons ensemble, même si ce n'était pas vrai.

Le plus terrible, c'était que maintenant que le danger immédiat était passé, cette idée que les gens soient au courant m'excitait. Sans preuve, ils ne pourraient pas grand-chose. Ça se passait juste sous leur nez, mais ils ne pouvaient rien contre nous.

« Il ne m'a jamais touchée, monsieur le proviseur Boyle. C'est un odieux mensonge. »

« Non, monsieur le proviseur, jamais je n'ai couché avec un professeur au lycée. »

« M. Wilke est un enseignant exceptionnel, monsieur le proviseur. Il m'a beaucoup appris, sur le septième art, sur l'existence, sur moi-même. Sur mon corps. Comment l'éveiller à d'extraordinaires sensations. »

Bien sûr, si je nous avais crus un seul instant menacés, j'aurais tout fait pour calmer le jeu. Je n'aurais jamais accepté qu'Evan perde son job et soit stigmatisé comme séducteur d'élève. Mais Hiyam était une sacrée langue de vipère. Elle n'avait pas renoncé à l'idée de m'exploiter comme fournisseur de drogue. Elle ne nous lâcherait pas.

Evan ne parut pas convaincu.

— Qu'allons-nous faire ? murmura-t-il, avec un air tragique et anxieux.

— Personne ne dira rien. Nous devons juste faire preuve de plus de prudence.

— Peut-être devrions-nous attendre, Maise. Jusqu'à la fin de l'année scolaire…

Pas une fois il n'avait dit ce genre de choses, avant. Sa phrase me déchira comme une lame de guillotine, tranchant mon corps en autant de morceaux froids.

— Tu ne parles pas sérieusement…, dis-je.

La douleur dans son regard s'accentua.

Je me rapprochai de lui, touchant presque son corps, sans établir de contact.

— Si tu crois avoir la force de me regarder sans me toucher pendant les huit prochains mois, tu peux toujours essayer…

— Essayer, c'est le mot juste, dit-il en soupirant. Non, j'en suis incapable. Et je n'ai pas envie d'essayer.

— Pourtant, tu as pensé tout arrêter… attendre ?

Il s'affala sur le fauteuil près de la lampe, les épaules tombantes.

— Et si je perds mon job ? Quelle sorte de vie serai-je en mesure de t'offrir ?

— Ce job de prof à mi-temps ? Tu ne l'as même pas voulu, au départ. Tu peux faire mieux, Evan. Tu pourrais être acteur.

— C'est une utopie…

— Un rêve est une utopie, jusqu'à ce que quelqu'un le réalise, dis-je, en regardant les ombres des stores au plafond. Et si on partait s'installer à L.A. ? lâchai-je en lui jetant un coup d'œil de côté. Ensemble ?

Il ne répondit pas, mais soudain, il fut plus attentif, alerte.

— Je sais, la vie y est affreusement chère. Mais la sœur de Wesley habite là-bas, et lui aussi veut y aller après le bac… – Je me mordillai la lèvre. – Nous pourrions louer une maison, tous ensemble. Wesley et moi, nous trouverions un job en plus de la fac. Toi, tu pourrais donner des cours. Ou passer des auditions pour des rôles. Ou, bon sang ! tu es tellement canon, tu pourrais peut-être être mannequin. Je suis sûre qu'il y a des tonnes de marques de prêt-à-porter qui cherchent des mecs sexys capable de défiler avec un pull à col en V...

Il rit, doucement.

— Et si ça ne marche pas, si on est à court d'argent et qu'on n'arrive à rien, alors on pourra toujours revenir ici. Ou aller ailleurs. Ou encore ne jamais se revoir...

— Approche, dit-il.

J'allai m'asseoir sur ses genoux, face à lui, ses bras autour de ma taille. À la lueur de la lampe, ses cheveux blonds avaient pris une teinte bronze rouillé. Le contraste était saisissant entre la ligne dure, volontaire de la mâchoire, et la délicatesse presque enfantine de son visage.

— Depuis combien de temps nous connaissons-nous, toi et moi ? demanda-t-il.

— Un peu plus de deux mois.

Soixante-huit jours. Mille six cents heures et des poussières. Toute ma vie.

— J'ai l'impression que ça fait beaucoup plus longtemps, dit-il.

— C'est parce que contrairement à la plupart des gens, nous vivons chaque minute à fond.

Sourire polaroïd.

— Je suis fou de vous, Maise O'Malley.

Un nouveau trait de lumière cisela d'une facette supplémentaire la pierre précieuse rouge sang, dans ma poitrine.

— Pourquoi ai-je le sentiment que tu t'apprêtes à dire un truc que je ne vais pas aimer ?

Son sourire se fit tendre, et se chargea curieusement de regrets aussi.

— J'ai envie que ça marche entre nous. Mais nous ne pouvons pas nous conduire comme ça.

— Quoi ?

— Nous devons arrêter de nous voir au lycée.

— Je ne peux pas, dis-je, la gorge nouée, j'ai cours avec toi.

— Ça, on peut y remédier.

Était-ce juste moi, ou le temps venait-il de s'arrêter pour tout le monde ?

— Tu veux me virer de ton cours ? demandai-je d'une toute petite voix.

— Tu pourrais changer pour une autre option…

— Mais ce n'est pas possible, Evan. Ce cours, j'en ai besoin pour mon dossier de fac.

— Non, tu n'en as pas besoin. Tu peux parfaitement faire sans.

— Pour entrer dans une université publique, peut-être, marmonnai-je. Une fine chose acérée s'enroula autour de mon cœur, comme une feuille de métal. C'était horrible. Je n'arrivais pas à croire qu'il me demande une chose pareille.

— Je peux te rédiger une lettre de recommandation, suggéra-t-il. Après tout, je suis ton *prof*.

Un silence, pesant. Jamais il n'y avait eu un tel malaise entre nous, jusqu'à ce jour.

Je détournai les yeux, ravalai la boule hérissée d'épines dans ma gorge.

— C'est comme si tu me punissais pour quelque chose que nous avons fait tous les deux.

— Ce n'est pas une punition. Si ça ne tenait qu'à moi, je nous enfermerais dans cette salle de classe, et je jetterais la clé. Tu as raison, Maise. Je ne pourrai pas te regarder sans te toucher… Il me caressa le visage. S'ils apprennent la vérité, tu deviendras une victime, et moi, un prédateur, et ces étiquettes nous poursuivront. Et je ne supporte pas l'idée que des gens te prendront en pitié et t'expliqueront comment tu dois te sentir. Ils ne te connaissent pas ; moi, si. Ils ne savent pas ce que tu as traversé, combien tu es forte. Je ne les laisserai pas réduire tout ça à une croix sur un rapport de police... Il inspira, et retint son souffle avant de laisser échapper un soupir. Si cela doit faciliter les choses, je démissionnerai. Tu dois continuer à fréquenter ce lycée ; moi, je n'y suis pas obligé.

J'avais des larmes plein les yeux. Et il fallait une force surhumaine pour les retenir.

— En quoi cela faciliterait-il les choses ? Tu me manquerais tout le temps, je me sentirais surtout misérable sans toi. Et il y a autre chose, Evan. J'aime ton cours. J'y apprends vraiment des tas de choses.

Nous échangeâmes un long regard, avec notre absurde masque de douloureuse tragédie sur la figure. Puis je me mis à rire et à pleurer en même temps.

À nouveau, Evan me caressa le visage, baisa mes joues dégoulinantes de larmes, riant lui aussi doucement, avec compassion. Et une fois qu'il m'eut embrassée, il ne put s'arrêter. Il couvrit de baisers mes joues, mon front, ma bouche, prit mon visage entre ses mains. Je sentis sur ma langue une saveur iodée, le sel de mes propres larmes. Toute ma tension se dissipa alors dans un merveilleux chaos, mélange de tristesse, de douleur, de désir et de tendresse, tout confondu et bouleversant. Sa langue s'enroula à la mienne, et il m'embrassa comme s'il voulait extraire de moi quelque chose de profondément enfoui, un souffle dans les profondeurs de mes poumons, le sang des cryptes les plus secrètes de mon cœur, l'essence même de mon être. Quand je le repoussai, ses bras se refermèrent fermement autour de moi.

— Pourquoi ai-je besoin de toi comme ça ? soupira-t-il, haletant.

Je regardai les reflets changeants de ses yeux couleur de mercure, l'éclat éperdu du désir sur son visage, et chuchotai :

— Parce que tu es accro...

#

Dans ce moment de sérénité hors du temps, après l'amour, j'échafaudai un plan.

— Laisse-moi terminer le semestre avec toi, dis-je, assise au bord du lit, nue, tandis qu'Evan était allongé sur les draps froissés.

— Je ne sais pas.

— C'est la moindre des choses. Je dois pouvoir terminer mon film pour mon dossier d'inscription universitaire. Tu ne vas quand même pas mettre mon avenir en péril...

Il m'observa, sur ses gardes.

— Tu essaies de me manipuler.

— « Essayer », c'est le mot juste, dis-je.

Il m'attrapa par la taille et m'attira contre lui, malgré mes cris de protestation indignée. Incapable de lui échapper, je capitulai et le laissai me clouer sur le lit. Mais en un éclair, toute sa bonne humeur s'évanouit. Son expression devint pensive.

— Maise. Je m'inquiète du type de relation que nous sommes en train de développer ...

— Que veux-tu dire ?

— Je ne veux pas être ton professeur si c'est tout ce qui nous attire.

— Ce n'est pas le cas, dis-je immédiatement, mais ses mains enserrèrent mes poignets.

— Si, d'une certaine façon. Sois honnête.

— Tu ne peux pas tout me mettre sur le dos. Tu aimais être mon prof quand tu me baisais, dans cette salle.

Il prit une longue inspiration. La lampe n'éclairait qu'un côté de son corps, la lumière faisant ressortir ses abdos, les muscles de ses bras.

— Oui, j'ai aimé. Et ça me fait un peu peur. Il me semble que nous partagions quelque chose de plus vrai, avant de devenir professeur et élève...

— Ce que nous vivons, ce n'est pas vrai ?

— Si, bien sûr que si... Il serra ma main, pressa l'anneau à mon doigt. Mais même si tout se déroule bien, ça ne durera pas. En juin, ce sera terminé, d'une façon ou d'une autre. Et je ne le veux pas. Je veux te garder. Je veux continuer, et ne jamais te laisser m'échapper.

Jamais personne dans ma vie ne m'avait dit de telles paroles. À nouveau, je me sentis comme désincarnée, mais cette fois parce que mon corps était trop plein pour me contenir, trop foisonnant de lumières, d'étoiles et de galaxies chatoyantes, telles des éoliennes serties de diamants déployant leur brillance sur le néant, sans se soucier d'être vues, juste pour le plaisir de briller. Le lit sous moi était un nuage, et ma peau un drap de lune le recouvrant. Et cet homme, cet homme fascinant, cet homme impossible, était le soleil.

— Mais tu ne peux pas, répondis-je, tentant d'adoucir l'intensité du moment. Tu le sais... On ne peut pas retenir une étoile filante.

Il sourit, regarda dans le vague. Me lâcha.

— Et puis, ajoutai-je d'une voix aussi légère que possible. Tu n'as pas le droit de me répudier comme élève. Pas encore. Tu ne m'as pas toujours pas fait voir *Casablanca*...

— Tu promets de ne pas te moquer, si je me mets à pleurer ?

— Certainement pas.

— Cruelle.

Je soufflai sur mes ongles, et les fis reluire sur mon T-shirt.

Evan éclata de rire, me sauta dessus, m'emprisonna les poignets, m'embrassa et à nouveau relança tout le cycle, et mon corps engourdi, comblé, revint à la vie, s'anima, se donna au sien.

Et pendant tout ce temps, je me demandais : « Si tu n'étais pas mon prof, qui serais-tu ? »

#

Pendant son cours du jeudi, en ce jour d'Halloween, je fus prise de bouffées de chaleur, de fièvre. Mais rien de sensuel dans ces sensations. J'avais des vagues de nausée dans l'estomac, l'impression que tout allait trop vite dans mon corps, que quelque chose allait claquer. Impossible de le regarder. Impossible de regarder le tableau contre lequel il m'avait plaquée, glissant ses doigts en moi. Impossible de regarder Hiyam, son regard hautain, plein de sous-entendus. Aussi je passai le cours les yeux rivés sur la fenêtre. Je contemplais au-dehors une symphonie de flammes couleur mandarine et grenade, la plénitude des choses au bord de la décomposition. Parfois, le vent faisait tressaillir les feuilles qui, alors, ressemblaient à une mosaïque de feu, comme les murs de la cathédrale Saint-Louis. La sonnerie retentit, et je soupirai, soulagée, en emboîtant le pas de Wesley.

— Oh ! tu viens déjeuner, vraiment ? demanda-t-il.

Cortana et Master Chief passèrent, s'arrêtant pour un selfie de groupe avec Spock et Kirk. Nous avions le droit de venir au lycée en costumes, dès lors que ceux-ci ne portaient pas atteinte à l'ordre public.

Je soutins le regard de Wesley. Pendant un instant, j'imaginai que ne plus assister au cours d'Evan pourrait être une bonne chose. Une forme de liberté.

— Que fais-tu, ce soir ? demandai-je.

— Il y a une fête, répondit-il avec un haussement d'épaules. Je pense que je vais y faire un tour.

— Où ça ?

Il me jeta un bref regard, puis baissa la tête.

— Chez Hiyam ? m'exclamai-je.

— Oui, et alors ? – Il avait l'air si ridicule quand il était mal à l'aise. Trop entier pour donner le change. – Elle m'a invité.

— Elle t'a invité, répétai-je. Elle ne m'a pas invitée.

— Je suppose que tu la gonfles…

— Bon, amuse-toi bien, dis-je en m'éloignant.

Il me suivit dans le couloir.

— Maise, attends. Je pensais… mais aussi, t'es jamais libre, le soir…

Il se tut. On évita de se regarder.

— Bon, tu fais quoi, ce soir ? demanda-t-il.

— Je ne sais pas.

— La fête foraine ferme demain. Tu veux y aller ?

À mon tour de hausser les épaules.

— Tu devrais, dit-il. Et moi, je me pointerais, et je te rencontrerais par hasard. Et on aurait un coup de foudre…

Je le dévisageai, amusée, tout en sentant un frisson désagréable me parcourir l'échine. Paranoïa. Secret. Ça transpirait par tous les pores de ma vie, déteignait sur tout.

— Tu abandonnerais la « Princess » of Persia pour moi ? demandai-je.

Il m'adressa son large sourire amical et carnassier, et je pensai : « Tu es un bien meilleur ami que je ne le suis. »

#

Il faisait froid cette nuit-là. De lourds nuages encombraient le ciel, une armée de cirrus effilochés qui se déplaçaient en effet de parallaxe et, de temps en temps, s'entrouvraient, tel l'objectif d'une caméra, pour dévoiler les étoiles. Siobhan nous avait amenés en voiture et j'insistai pour qu'elle vienne avec nous, du coup Wesley manqua de s'en étouffer. En réalité, le fait de me retrouver au parc d'attractions avait déclenché la minuterie de charges explosives dans mon cœur, et j'avais besoin de toutes les distractions possibles pour empêcher l'édifice en moi de s'effondrer.

Ce pèlerinage, ça aurait dû être le nôtre. À Evan et à moi.

À cause des rigueurs de l'automne, il n'y avait plus cette euphorie éthylique. Les rires autour de nous étaient secs et crispés. Je portais un jean skinny et un sweat, et soit j'étais trop couverte, soit on prit Siobhan pour ma mère, toujours est-il qu'aucun homme ne tenta de me faire de l'œil. Je me sentais comme une enfant. Nous montâmes tous les trois sur un manège, et je chahutai mollement avec Wesley quand Siobhan s'assit sur un tigre blanc, riant de son rire doux et mélodieux. J'entrevis à ce moment-là l'adolescente qu'elle avait été, futée et sûre d'elle, pleine d'humour et d'énigmes. Elle me surprit en train de l'observer et me sourit.

— Allons faire un tour de grand huit, proposa alors Wesley en descendant du manège.

— Pas question, dis-je, fauchée dans mon élan.

— Pourquoi ? – Puis il vit ma tête. – L'intrépide Maise O'Malley aurait-elle la trouille ?

Je n'ai pas peur, pensai-je. *C'est sacré.*

— La méchanceté est comme un boomerang, déclama Siobhan.

— Mais Maman, ce n'est pas de la méchanceté. C'est l'expression d'une inquiétude amicale.

— J'ai le vertige, mentis-je.

C'était l'alibi le plus simple pour lui clouer le bec. Mais il me regarda bizarrement et je repensai à nos moments passés au-dessus du vide, en haut du château d'eau. Merde.

Siobhan vint à mon secours.

— J'éprouve subitement le profond désir de servir de muse. Qui m'aime me suive...

On s'assit les uns à côté des autres, heureusement sans pouvoir parler tandis qu'on nous peinturlurait le visage. Wesley ressortit le visage parsemé d'écailles de serpent et avec des crochets aux coins de la bouche. J'eus droit pour ma part à des yeux de félin au khôl et à de superbes moustaches sur les joues. Siobhan, elle, y alla franchement : un masque de plumes maquillant le haut de son visage, décoré de strass adhésifs, et un rouge à lèvres noir. Wesley secoua la tête, gêné, mais moi, je la trouvai géniale.

— Vous êtes magnifique, dis-je avec sincérité.

Elle me chatouilla le lobe de l'oreille.

— Quelle enfant adorable.

Comme on déambulait entre les stands, Wesley se pencha vers moi et me chuchota discrètement.

— Tu as flashé sur ma mère ?

Je lui décochai un bon coup de coude dans les côtes, et après deux minutes, je lui chuchotai :

— Un amour platonique, je te rassure. Tu as tellement de chance, et tu ne le vois même pas.

Il haussa les épaules et s'éloigna. Mais il le savait, j'avais raison.

La distraction n'opéra pas aussi bien que je l'espérais. Dans le palais des glaces, mon reflet se déforma comme du caramel, renvoyant l'image d'une fille livide aux grands yeux charbonneux exorbités, avec de longues mains vides. Je pensai alors à cet écartèlement entre mes deux moi : la moi normale qui allait au lycée et sortait avec un copain et sa mère, et la moi secrète qui conspirait avec des dealers et couchait avec son prof. J'atterris devant un miroir brisé qui sectionna mon visage en éclats à la Picasso, et je restai là devant, incapable de détourner les yeux. Il m'avait mise en garde. Il m'avait dit que ce serait compliqué de gérer le secret. Et ce n'était pas le secret lui-même qui était difficile – mais le fait de ne pas pouvoir en parler me faisait douter de la réalité des choses. J'étais encore une ado et quand on est ado, on passe l'essentiel de son temps à comparer ses réponses à celles des autres. *Qu'est-ce que tu retires de tout ça ? Est-ce que tomber amoureuse de quelqu'un ayant deux fois son âge est dégueulasse, étrange, fascinant, ou plus encore ?* Le secret m'isolait dans une bulle hermétique. Je ne pouvais que m'interroger moi-même. *Comment le ressens-tu ? Est-ce bien ? Est-ce normal ?* Et la seule réponse que je pouvais espérer était mon écho.

Parfois, lorsque je ne pouvais pas dormir, je me branchais sur Google. « Est-ce que coucher avec son prof est mal ? » Les réponses ne m'étaient d'aucune utilité. Je n'étais pas mineure. Il n'y avait pas viol. Ça avait commencé avant que nous ne mettions un pied au lycée et en théorie, c'était légal. Ce dont j'avais réellement besoin, c'était de lire les histoires d'autres personnes. D'autres filles, d'autres garçons qui étaient tombés amoureux de leur prof, et comment ça s'était terminé. Et toujours les mêmes lieux communs à pleurer : abus de pouvoir, figure parentale de substitution, crise de la quarantaine. Le pire c'étaient les histoires qui s'achevaient quand les deux parties réalisaient que seul le tabou les liait. Et c'était ce à quoi nous finirions par être confrontés : si notre relation se fondait sur l'interdit, qu'adviendrait-il quand l'interdit disparaîtrait ?

Wesley et Siobhan achetèrent des hot-dogs pleins de ketchup, d'oignons et de condiments divers et je m'éclipsai en leur disant que j'allais aux toilettes. En fait, j'avais besoin de me retrouver seule un moment. Je me dirigeai vers le Serpent de la Mort, m'appuyai à la rambarde et regardai les voitures cliqueter sur les rails, les cheveux volant autour de mon visage, écoutant les cris portés par le vent. Je n'avais pas ressenti une telle solitude depuis le soir de notre rencontre.

— Maise, résonna une voix chaude derrière moi.

D'abord, je crus halluciner. Comment diable pouvait-il être là ? Puis il s'approcha, avec un clin d'œil, souriant de surprise, comme une belle apparition émergeant d'un brouillard épais de néons et de fumée. Il portait un sweat, manches retroussées, et ses cheveux tombaient en fouillis sur son front.

— Que fais-tu ici ? me demanda Evan.

— Toi, que fais-tu ici ?

Nous nous dévisageâmes. Sa surprise laissa la place à de la joie.

— C'est le dernier soir, répondit-il. Je devais venir.

— Moi aussi.

Nous avions décidé de ne surtout pas nous afficher ensemble, mais à qui la faute ? C'était dans le script.

Evan détailla mon visage avec un air étrange.

— Qu'est-ce que tu as sur la figure ? Des moustaches ?

— Je suis un lion.

Il éclata de rire.

— Oh ! ça oui, ma petite lionne…

Toute la solitude et tout le désarroi qui m'accablaient encore deux minutes auparavant s'évanouirent.

— Voilà, je suis Léo.

— Tu es adorable… – Il posa une main sur mon cou, l'enfouit dans mes cheveux. – Tu m'as follement manqué, aujourd'hui, ajouta-t-il à voix basse.

— Evan, Wesley est ici…, répondis-je trop tard.

Siobhan apparut près de la rambarde à quelques pas de nous, superbe et mystérieuse avec son maquillage et sa robe de crêpe noir flottant autour d'elle comme une extension de la nuit. Comment interpréter son expression ? De la surprise ? De la curiosité ?

— Hello, dit-elle sur un ton enjoué. Maise, tu me présentes ton ami ?

Evan se tourna vers elle, sans savoir à qui il avait affaire, sans vraiment prendre ses distances avec moi. Et Wesley apparut à son tour, un bretzel géant à la main, et écarquilla les yeux.

— M. Wilke. Que faites-vous ici ?

Je fis un pas en arrière et m'agenouillai pour nouer mon lacet qui n'en avait aucun besoin.

Siobhan s'approcha d'un pas léger, radieuse.

— Voici donc le célèbre M. Wilke...

— Célèbre ? répéta Evan.

— Maman, grommela Wesley.

Je me relevai, et elle promena ses yeux d'Evan à moi, puis les arrêta sur moi un moment. Je ne rêvais pas. Merde.

— Je m'appelle Siobhan Brown, dit-elle, en lui tendant la main. La mère de Wesley, à son grand désespoir.

Evan rit, charmant, et lui serra la main.

— Evan Wilke. Le professeur de Wesley.

— Celui de Maise aussi, dit Wesley.

Evan me regarda et hocha la tête.

— Exact.

Oh my God !, j'aurais dû prendre mes jambes à mon cou et fuir, vite.

— Ça fait bizarre de vous voir là, remarqua Wesley.

Je sentis que je devais dire quelque chose, avant que mon silence ne devienne suspect.

— Quoi, les profs n'ont pas le droit d'avoir une vie, après le bahut ?

Tous me regardèrent et, subitement, je me demandai si je ne venais pas à l'instant de cracher tout le morceau, comme une sordide confession. *Nous couchons ensemble. "E", c'est lui. Et arrêtez de me regarder comme ça, merde.*

— À peine, à peine, dit Evan en plaisantant, tout sourire. Incroyable, il pouvait sourire comme ça, comme si j'étais juste une élève parmi d'autres, une fille parmi d'autres. Pourtant, je surpris dans ses yeux une brève lueur solaire quand il me regarda, comme un message secret destiné rien qu'à moi.

Tu es un excellent acteur, me fis-je la réflexion.

— C'était sympa de vous voir, ajouta-t-il. Et je suis ravi de vous avoir rencontrée, Mme Brown…

— Attendez !, s'exclama Wesley en brandissant le reste de son bretzel. Vous partez déjà ?

Je lui aurais donné un coup de boule.

Siobhan continuait de sourire, un demi-sourire plutôt, rendu légèrement sinistre par le masque peint sur son visage, et pour la première fois, je frémis avec appréhension face à elle.

— Si vous n'avez pas vraiment de vie, autant rester avec nous…

— Oh ! mon Dieu, soupirai-je.

— Bien sûr, renchérit Wesley.

Siobhan fronça les sourcils dans notre direction.

— Ces deux-là croient que je vais les empêcher de s'amuser simplement parce que je suis un parent. Quel manque d'imagination… – Son regard se fit à cet instant malicieux. – Mais ce beau célibataire saura sans doute remédier à mon désarroi…

— Maman, soupira Wesley, ne drague pas notre prof, s'il te plaît.

Evan rit, un rire sincère, un peu timide.

— Je suis flatté, vraiment, mais j'ai de la paperasse à classer.

Je le fusillai du regard. Tu détestes ranger tes papiers, M. Wilke. Tu dis toujours que la paperasse, ce sont des conneries.

— Une autre fois, alors, murmura Siobhan.

Evan sourit à chacun de nous, et quand ses yeux passèrent sur moi, ils descendirent en un clin d'œil sur ma main, avant de revenir sur mon visage. On aurait pu le chronométrer. Il ne s'attarda pas une milliseconde de plus sur moi, pourtant il m'avait tout dit. Je serrai la bague à l'intérieur de mon poing.

Il s'éloigna. Wesley enfourna le reste de son bretzel dans sa bouche avant de dire :

— C'est un peu triste, je trouve, qu'il soit obligé de venir dans un parc d'attractions pour s'amuser.

— Nous y venons bien, nous, dis-je.

— Ouais, mais nous, on est des *losers*.

Siobhan émit un claquement de langue.

— 1 % de ton héritage reviendra à ta sœur.

— Maman, ça fait cinq fois que tu me dis ça, cette semaine...

J'éclatai de rire.

— Ta sœur va devenir riche, Wesley. Il serait temps que tu deviennes gentil avec elle.

Siobhan me sourit. Mais quand nosu revînmes sur nos pas dans la foire, ses yeux ne lâchèrent pas les miens. Je sus alors qu'elle savait. Tout.

Chapitre 8

Le seul remède contre une obsession, c'est de se trouver une autre obsession. C'est ce que je fis : mon projet semestriel.

Je ne jurais que par Terrence Malick à cette époque, surtout ses dernières œuvres, *Tree of Life* et *À la merveille*, deux films qui évoquaient la grande époque du cinéma muet. Ils étaient fragmentés, visuels, plus des flux de conscience que des récits structurés, avec une intrigue dramatique claire. Regarder ces films, c'était comme se plonger dans les souvenirs de quelqu'un d'autre. Des volutes de dialogues résonnaient autour de plans tourbillonnants, trop rapprochés. La musique allait et venait, comme si elle provenait de la radio d'une voiture qui passait. Échos et ombres.

J'étais désormais à la tête de toute une bibliothèque de vidéos, la plupart provenant de Saint-Louis, des souvenirs visuels qui n'avaient de sens que pour deux personnes. Le soleil sur l'auvent à rayures du chocolatier où Evan m'avait acheté ces pralines qu'il m'avait données à croquer de ses mains. Les cordelettes de velours bordeaux, au

Tivoli, où je l'avais embrassé, devant tout le monde, sans mauvaise conscience. Nos pieds nus, côte à côte, quand nous avions traversé le jardin botanique sur le chemin de galets, dans l'eau froide à vous glacer, qui séchaient sous le pâle soleil d'automne.

J'enchaînai chaque scène, sans passer trop de temps à couper ou à les monter. Je voulais que ça se chevauche, que ça s'imbrique, spontanément. Je collai des bouts de texte ici et là, fondu enchaîné avec l'extrait d'une chanson, puis d'une autre. Je tentai de m'exprimer en plusieurs langages, à la fois visuel, verbal et musical. Et cela aboutit à une espèce de vacarme de couleurs et de sons, au bout du compte incompréhensible, une sorte de compilation de sensations et d'états d'âme.

C'était épuisant. Je retirai mes écouteurs et me frottai les oreilles, tout endolories.

Tu es drôlement calme, envoyai-je par texto à Wesley, assis à l'autre bout de la salle informatique. Nous avions décidé de ne pas nous montrer nos films, de manière à éviter toute influence croisée. *Tu regardes un porno ?*

Ah ah ah, répondit-il.

Ça marche ?

Ça va. Une pause puis : *Tu veux voir ? Sais pas si ça me plaît.*

Crois en toi, dis-je, *et surprends-moi.*

#

Si octobre m'avait paru interminable, novembre fila entre mes doigts comme du sable. Ironie, les seuls moments ennuyeux étaient le cours d'Evan, quand je le regardais jouer le prof, quand j'observais les fines fissures qui craquelaient sur son masque, comme une toile d'araignée envahissant une façade. Le midi, je déjeunais avec Wesley, en me forçant à sourire et à rire, et tant pis si j'avais l'air d'un robot. Les week-ends ne suffisaient pas. Je me rendais chez Evan les soirs de semaine compris, et lui, tout en me disant que c'était trop dangereux, me laissait entrer et me prenait dans ses bras, comme si nous ne nous étions pas vus depuis des mois. Ces nuits-là étaient presque trop intenses, avec en filigrane une urgence hystérique, mes poings froissant les draps de son lit, ses mains m'attirant plus près de lui pour me prendre toujours plus profondément, tout cela ne nous accordant guère que quelques heures de répit. Les week-ends à Saint-Louis étaient plus tendres, plus détendus, la cité effrénée ayant bizarrement sur nous un effet modérateur, mais tous les dimanches, l'appréhension enflait progressivement, une pelote d'épines se formait dans ma poitrine et me faisait peu à peu suffoquer, si bien qu'en montant dans la voiture, j'avais le sentiment que ma vie touchait à sa fin. Très mélodramatique, mais d'une certaine façon, ça l'était réellement. La vie que j'avais avec lui me paraissait plus réelle que celle que j'avais vécue avant lui.

Il y eut un jour où elle devint trop réelle.

Nous attendions à un feu pour traverser, au coin d'un carrefour, dans un vent coupant et gonflé de givre. Evan venait de dire quelque chose qui m'avait amusée et lorsque je me tournai vers lui pour lui sourire, mon regard croisa celui du conducteur d'une berline Benz gris métallisé, arrêtée près de nous. Visage taillé à la serpe, yeux fixes. Quinn. Il me reconnut instantanément, malgré mon manteau et mon écharpe, et hocha brièvement la tête, une seule fois, avant de poursuivre sa route.

Je ne dis pas un mot de l'incident à Evan. Mais il resta scotché dans un coin de ma tête, comme un compte à rebours destiné à arriver à son terme.

Quand je regarde en arrière, je me rappelle à peine ce que nous avons fait durant ces semaines. J'ai un stock de photos et de vidéos qui prouve qu'elles ont eu lieu. Je me souviens des dernières feuilles tombant. La pluie avait laissé place à du grésil. Le monde arborait un millier de nuances de gris. Mais quand je pense à ce que nous faisions ensemble, tout ce que je garde en mémoire, c'est la fièvre. La fièvre de l'angoisse, du désir, de la solitude. Même quand j'étais avec Evan, je pensais au peu de temps que nous avions devant nous avant de devoir rentrer en ville, ou retourner au lycée et faire comme si tout était normal, et non triste et déchirant. Je pensais à la fin du semestre, au changement de classe, je me disais que je le verrais moins. Je pensais : *je déteste ça*. Je détestais qu'on ne puisse pas être ensemble comme des gens normaux. *Je veux juste être avec toi*. Puis j'ai commencé à penser à ce que j'étais prête à faire, pour ça.

#

Je passai le soir de Thanksgiving avec les Brown.

Natalie était rentrée pour les fêtes. Une fille intimidante avec des yeux bleus perçants, le même sourire mordant que Wesley et le même humour acerbe que sa mère. Elle se montra néanmoins sympa avec moi et toutes les deux, nous nous liguâmes contre son frère, nous le harcelâmes comme l'incarnation du mal masculin, jusqu'à ce qu'il menace d'appeler son père. Puis les alliances se déplacèrent, Wesley et Nat se retournèrent contre Siobhan. En retrait, j'écoutais leurs histoires de famille. Siobhan leur avait inculqué un soir le respect du couvre-feu en les attendant planquée dans la cuisine plongée dans l'obscurité, vêtue d'une chemise de nuit blanche, un couteau de cuisine à la main. Nat`avait été arrêtée pour le vol d'une bouteille de vodka, chose que Siobhan avait trouvée doublement stupide étant donné qu'ils en avaient à voler à la maison et de bien meilleure qualité. Wesley s'était fracturé l'épaule, un jour où, coiffé d'un casque sur lequel il avait fixé une caméra trafiquée par ses soins, il avait voulu se filmer sautant à vélo par-dessus un camion. (Résultat annexe : il avait bousillé une caméra de cinq cents dollars, et c'est aussi la raison pour laquelle il avait été écœuré à vie de la bicyclette).

La maison était remplie de bougies, et des arômes de cannelle et de patate douce flottaient dans l'air. Wesley me pinça l'oreille, Siobhan glissa son bras autour de mon épaule, et Nat rigola avec moi comme si on se connaissait depuis des années. Et je pensai : *Vous êtes ma vraie famille*. Je m'inventai un fantasme : ils m'avaient accidentellement perdue quand j'étais bébé, et j'avais été élevée par une sorcière camée accro à ses propres potions ; la vérité sur ma naissance avait éclaté le jour de mon dix-huitième anniversaire, quand la malédiction pesant sur mon identité avait été levée. Et aujourd'hui, enfin, nous étions rassemblés. J'avais un peu abusé du punch et au bord des larmes, je m'excusai et allai prendre l'air.

Siobhan me suivit sous le porche de derrière, et referma la baie vitrée derrière elle.

— Tu n'as pas froid ? demanda-t-elle en s'enroulant dans un châle angora.

Je secouai la tête. Sous l'effet de l'alcool, tout mon sang refluait à la surface. J'avais l'impression que mon être entier était à fleur de peau.

Siobhan s'assit à côté de moi sur la balancelle en bois. Le ciel était si clair, comme une toile cobalt parsemée d'étoiles argentées. La lune n'était plus qu'un mince croc blanc. Nous n'avions jamais été vraiment seules depuis

Halloween, et j'éprouvais un certain malaise, dans un recoin encore lucide de ma tête.

— Je suis contente que tu sois venue, ce soir, dit-elle.

— Je suis contente que vous m'ayez invitée.

Elle sourit, puis subitement, elle plongea ses yeux dans les miens.

— Il y a quelque chose dont j'aimerais te parler.

Oh ! merde.

— J'aime mes enfants plus que tout au monde, dit Siobhan en tournant la tête. Plus encore que la pension alimentaire. Et pour moi, tu es devenue peu à peu comme ma fille.

Palpitations cardiaques.

— Je sais que tu caches un secret à tout le monde... – Elle me lança un regard. – Et je veux que tu saches que je n'en dirai jamais rien à personne, à moins que tu ne me le demandes.

Je laissai échapper un soupir. Un poids, dont j'ignorais même la présence, tomba de mes épaules.

— Veux-tu en parler ? demanda-t-elle.

— Je ne peux pas. Ce n'est pas mal. C'est juste que... je ne peux pas.

Elle hocha la tête, comme si elle s'attendait à cette réponse. Sur ses paupières scintillaient des fragments de lune.

— Est-ce que Wesley t'a parlé de son père ?

— Non.

Siobhan sourit, tournant son visage vers le ciel.

— À vingt ans, quand j'étais très bête et très jolie, je suis tombée follement amoureuse de mon prof d'économie. Rien de franchement érotique dans cette matière, je le concède, mais cet homme avait une manière de parler de chiffres quasiment obscène. Et ce qui ne gâchait rien, il était aussi diablement beau.

Je ris.

— En cours, il y avait un garçon qui s'asseyait toujours à côté de moi et qui trouvait toujours des excuses pour me parler. Il me prêtait ses notes quand j'avais passé le cours à rêvasser... Et je rêvassais souvent à propos de ce prof. – Son sourire s'agrandit. – Le garçon était obstiné, aussi je passai un deal avec lui : s'il arrivait à poser au professeur une question à laquelle il ne saurait pas répondre, je lui accorderais un rendez-vous.

Je me pelotonnai, genoux sous le menton, impatiente de connaître la suite.

— Le garçon réfléchit un moment, puis il lança : « Est-ce que Siobhan sortira avec moi, ce soir ? » Et le prof répondit sur un ton catégorique : « Non. » Lorsque le garçon, tout fier de lui, me demanda où j'aimerais aller dîner, je l'envoyai sur les roses... Ses dents accrochèrent un reflet de lune quand elle poursuivit : Après le cours, j'ai demandé au prof pourquoi il avait répondu « non » avec tant d'assurance. Sais-tu ce qu'il m'a dit ?

— Quoi ?

— Il a dit : « Parce que vous dînez avec moi. » Voilà comment j'ai commencé à sortir avec le professeur Brown.

J'en restai bouche bée.

Siobhan rit, un rire mélodieux et suave qui se dispersa dans la nuit, comme des pétales d'orchidées. Puis elle me regarda droit dans les yeux.

— Je te comprends certainement mieux que tu ne le penses.

La potion magique pour les aveux : alcool + solitude.

— Combien de temps êtes-vous restée avec lui ? demandai-je.

— Cinq ans.

— Quel âge avait-il ?

— Quarante et un ans... Et moi vingt.

Je la dévisageai, intriguée.

— Comment c'était, quand vous étiez ensemble ?

Une nouvelle fois, Siobhan leva les yeux au ciel, l'air songeur.

— Exquis, répondit-elle enfin d'une voix profonde, et je tressaillis. Pas parfait, mais le genre de choses qui n'arrive qu'une fois dans une vie. Les gens passent leur jeunesse avec des idiots du même âge et d'une naïveté équivalente. Quel temps perdu à réinventer la roue. Sortir avec un homme plus âgé a tout changé pour moi. Il m'a façonnée de mille façons…

— De bonnes façons ?

— Certaines oui, d'autres pas, répondit-elle en me fixant. Parfois, je me demande où j'en serais aujourd'hui si j'avais choisi ce garçon à la place. Si j'avais découvert la vie à travers les épreuves et les erreurs, et non à travers Jack.

— Mais vous êtes géniale, di-je, transportée par le rhum et l'adoration. Vous êtes si intelligente, si sage, si belle… Vous êtes parfaite.

Siobhan me jeta un regard amusé, puis elle m'embrassa sur la joue, ses lèvres chaudes et sèches.

— Tu es adorable, dit-elle. Tu mérites d'être heureuse.

Je restai assise là un moment après son départ, la paume couvrant la joue où elle avait déposé un baiser, essayant de retenir le sentiment d'être aimée.

#

Nous nous trouvions à Saint-Louis, pour la première neige.

Nous nous baladions sur le bitume recouvert de blanc, au centre-ville, Evan dans son manteau en laine, moi en bottes fourrées, collants de laine et parka, comme une petite fille. Je me sentais d'ailleurs comme une petite fille, riant aux éclats à cause des flocons qui tombaient gentiment sur mon visage. J'en avais plein les cils et quand Evan me regarda, il dit : « Tu as des étoiles dans les yeux. » Alors je l'embrassai, sa bouche douce et brûlante dans le froid. Notre respiration nous enveloppait de volutes de vapeur. Sur le ruban blanc déployé devant nous, des lumières pastel se répandaient en douces ridules diaphanes, comme des aurores.

Je refusai de céder à l'inquiétude en pensant à de grosses berlines, à des types armés jusqu'aux dents. Mon cœur était trop plein de beauté pour se résoudre à la peur.

Le loft était glacial en hiver, aussi nous nous réfugiâmes sur le canapé avec des couvertures et du thé à la menthe. J'avais constamment le bout du nez glacé, et Evan n'arrêtait pas de l'embrasser. Il s'était laissé un peu pousser la barbe, et j'adorais caresser ses joues tapissées de poils drus blonds, auburn et même quelques-uns argentés.

— Bientôt les vacances de Noël, dis-je.

Nous n'avions pas encore décidé de l'endroit où nous irions. Chicago, peut-être. Je n'étais jamais allée jusque là-bas. Tout ce qui comptait, c'était la perspective de ces deux solides semaines à passer ensemble, pas de lycée, pas d'adieux déchirants le dimanche soir. Ce serait comme vivre ensemble. Et ça me rendait nerveuse. La suppression de toutes les frontières, de toutes les obligations, rien que nous… et la peur. Quel genre de personnes serions-nous, sans le secret et le désespoir ?

— Je voudrais te montrer quelque chose, dit Evan.

Je le regardai aller chercher son ordinateur portable. La neige dehors dessinait sur la fenêtre des ombres qui s'étalaient jusqu'à nous. Je me rappelai alors cette pluie dégoulinant sur la vitre de sa voiture, un million d'années en arrière. Tout avait un goût métallique, les ombres froides et incertaines envahissaient le loft comme un navire au bord du naufrage. Toute la journée, Lana Del Rey avait chanté dans ma tête « Young and beautiful », et maintenant, je l'entendais à nouveau, et une boule brûlante m'incendia la gorge.

Evan se rassit à côté de moi et caressa mon genou.

— Je n'ai pas montré ça à quelqu'un depuis longtemps. C'est vieux, et ce n'est plus moi, mais je tiens à ce que tu le voies parce que ça faisait partie de moi, autrefois.

Il lança une vidéo. C'était lui, jeune étudiant de vingt et quelques années, le visage poupin, la voix plus haut perchée, plus mince. Ça ressemblait à une audition, mais pour un casting amateur. Une bande d'étudiants qui tournaient des films et qui déclamaient, beaucoup trop sérieux et démonstratifs, chacun surjouant. Sauf lui. Il ne donnait pas l'impression de jouer. On aurait dit un ado triste et perdu, débarqué là par hasard, qui savait que tout ça n'était que du cinéma, du toc, et qui posait sur l'univers entier un regard où perçait un humour fataliste. La caméra semblait obsédée par ses yeux bleus, sa bouche, sa capacité à exprimer autant d'émotions à travers un simple sourire, le frémissement d'une lèvre, d'un sourcil. Mais ce qui me frappa le plus fut combien il paraissait seul. Même au milieu d'un groupe de personnes, il était à part. Il souriait, mais son regard était ailleurs, quelque part en lui-même.

Je détachai les yeux de l'écran pour le regarder.

— Est-ce que ça altère ton opinion à mon sujet ? demanda-t-il.

Je secouai la tête.

— Ça te fait bizarre de me voir à ton âge ?

— Un peu... *Serais-je si différente dans dix ans ?* Tu sais, Evan, tu es doué. Vraiment doué. Pourquoi as-tu abandonné ?

Son regard se perdit dans le vague. L'intensité de la lumière déclina, la neige vira à l'opaque, voile de mousseline moucheté d'étoiles.

— Ça ne me rendait pas heureux, répondit-il.

— C'est tout ?

— Justement, c'était trop.

Je posai ma main sur son bras, frémis au contact de ses muscles, des veines noueuses courant sur son bras. Stupéfaite de constater combien il était réel.

— Qu'est-ce qui te rend heureux ?

Je n'étais pas en quête de compliments. Je voulais vraiment savoir. Mais il caressa ma joue, et je sus ce qu'il s'apprêtait à dire. Et brusquement, je ne supportai pas qu'il le dise. Je détournai les yeux.

— Parfois, j'ai du mal à te saisir, dis-je.

— Qu'est-ce que tu ne saisis pas ?

— Pourquoi moi ?

Je pensai à Siobhan, à son professeur et à tous ces hommes attirés par moi, que j'avais vampirisés avant de les jeter, sans la moindre pointe de regret. Qu'est-ce qu'ils voyaient en nous ? Nous voyaient-ils comme des filles à qui ils pourraient enseigner toutes les choses qu'ils ne pouvaient partager dans leurs classes, au travail ou n'importe où ? Voyaient-ils simplement un joli visage, un corps souple et jeune ? Étaient-ils moins intimidés, parce que nous étions jeunes, naïves et dénuées d'amertume ? Mais peut-être s'agissait-il plus d'eux, de saisir une deuxième chance d'être les hommes qu'ils n'avaient pas été dans leur jeunesse. Cette pensée me fit mal. Que je ne puisse être que l'opportunité pour Evan d'apprendre sur lui-même. La prof de mon prof, en quelque sorte.

— Tu aurais pu jeter ton dévolu sur une autre, repris-je. Les femmes n'ont d'yeux que pour toi. Mme Bisette, au lycée. Merde, même Hiyam. Pourquoi moi ?

Il fixa la table basse en verre, la neige se reflétait dessus, comme une traînée de sucre.

— Ça ne pouvait pas être quelqu'un d'autre, dit-il doucement. Longtemps avant de te rencontrer, j'avais le sentiment que ma vie était une sorte de mise à l'épreuve. Je nageais en eaux troubles, en tentant d'atteindre le rivage, et mes bras s'épuisaient, ma peau était anesthésiée. Sur le rivage m'attendait tout ce que je pensais vouloir : un meilleur job, une maison, une famille… – Il se tut, reprit son souffle. – Mais c'est à peine si j'arrivais à garder la tête hors de l'eau. Finalement, j'ai cessé de voir le rivage. Rien que la nuit et le froid, dans toutes les directions. Je sais, ça fait cliché, mais lorsque je t'ai rencontrée, mes yeux se sont ouverts. J'ai regardé autour de moi, et j'ai réalisé que je pouvais me relever si je le voulais. La terre était ferme sous mes pieds. Ce rivage au loin n'était qu'une illusion. La beauté, elle était déjà là.

Je le dévisageai. Mes poumons ne semblaient pas faire grand-chose de vital pour ma survie.

— Tu es tellement vivante, Maise. Tu es tellement *ici*, tellement dans le moment présent. Tu m'as fait comprendre que le bonheur était à portée de main, là, tout de suite, et pas dans un futur improbable. Tu déplacerais une montagne sans la moindre hésitation, tu affrontes tes peurs, tu oses te mettre en danger. Tu es tout le contraire de téméraire : tu es audacieuse, fière. Tu as un cœur de lion. Tu ne crains pas la vie.

Je tressaillis sous la couverture. Wesley avait appelé ça de l'autodestruction ; Evan, lui, comprenait. Il ne s'agissait pas de flirter avec la mort, comme le faisait Maman. Il s'agissait de vouloir mordre dans la vie à pleines dents.

Mais comment pouvait-il ressentir la même chose, puisque c'était *lui* qui faisait que je me sentais comme ça ? Comment deux zombies pouvaient-ils se donner la vie l'un l'autre ? Je n'étais pas courageuse avant de le rencontrer, et je n'étais définitivement pas heureuse. Le culot et l'indifférence n'ont rien à voir avec l'audace ou la fierté, c'est une question d'adaptation. Quand vous êtes un animal blessé cerné de hyènes, vous pouvez soit battre en retraite et vous soumettre, soit feindre la force. Arborer vos plaies comme des preuves de votre courage. C'est tout ce que je faisais.

— Si on se regardait un film ? suggérai-je au bout d'un moment.

Evan me regarda avec attention.

— Montre-moi *Casablanca*.

Silencieux, il alluma la télé. Une tension nerveuse bourdonnait entre nous, comme une révélation imminente. Ça se diffusait jusque dans mes os, entre les racines de mes dents, électrique et lancinant et je savais que quelque chose allait se produire, quelque chose qui me changerait.

Il s'assit près de moi sur le canapé, et parut sur le point de parler. Puis il attrapa la télécommande et appuya sur « play ».

Ouverture avec la musique. Le générique défile sur fond d'une carte d'Afrique. Les pays sont plus étendus, plus bruts, c'est avant nos guerres modernes et nos génocides. L'histoire est complexe : deux réfugiés de l'Allemagne nazie veulent rejoindre Lisbonne *via* Casablanca, alors sous le joug de la France de Vichy. Les nazis veulent empêcher le chef de la Résistance Laszlo et sa femme Ilsa de s'échapper. Au cœur de Casablanca, le Café américain, où le patron, Rick, se fait de l'argent sur le dos de réfugiés désespérés et graisse en même temps la patte des autorités locales, bernant tout son monde. Un ami de Rick récupère des lettres de transit, des documents qui permettent de sortir de Casablanca sans être inquiété. Une aubaine pour le chef de la Résistance traqué par les nazis. L'ami tente de monnayer les lettres, qu'il confie à Rick, avant d'être assassiné par les flics qui adressent Laszlo et Ilsa à Rick, le seul maintenant à pouvoir les aider à quitter le pays. Et bien sûr, c'est là qu'on réalise que Rick et Ilsa se connaissent. Ils étaient amants, à Paris. Elle l'a planté sur le quai d'une gare, lui brisant le cœur, non sans une lettre d'adieu dont les mots s'effacent sous une pluie battante.

Simplement curieuse au début, je fus bientôt totalement captivée à mesure de l'avancée du film, m'accrochant au bras d'Evan dans les moments les plus intenses, riant parfois à certaines répliques désabusées, complètement conquise en dépit de ma tendance instinctive à l'ironie d'enfant du vingt et unième siècle. Je dédaignais la simplicité de la morale des vieux films, la distinction claire entre les héros et les méchants. Ce dont ce film parlait, c'était de la part d'ombre de l'être humain, d'ambiguïté morale. Rick aidait les gens tout en profitant de leur désespoir. Ilsa cherchait à exploiter l'amour que Rick lui portait pour les sauver, elle et son mari. Le commandant de la police française abusait de pauvres filles tout en laissant Rick les guider vers la liberté. En tous, il y avait le bien comme le mal.

Lorsque Rick se rappelait ses jours heureux avec Ilsa, à Paris, cette tension en moi se faisait plus aiguë, plus douloureuse et poignante. Je ne pus m'empêcher d'y voir un parallèle. Un amour interdit qui s'épanouit au milieu de forces obscures. La menace d'une affreuse issue. Je pressentais la fin, l'inévitable séparation. Dont les répliques faisaient encore vibrer le cinéma depuis des décennies. Mais quand le moment survint, en pleine nuit, quand Ilsa monta dans cet avion avec Laszlo, laissant Rick derrière elle, j'éclatai en sanglots. Mon Dieu, je n'avais pas pleuré devant un film depuis ma petite enfance. Et là, impossible de m'arrêter.

Evan éteignit la télé.

— Ça va ?

— Non, répondis-je, en me moquant de moi-même. Y a un truc qui cloche, chez moi.

Je le voyais à peine à travers mes larmes, mais ses yeux brillaient dans le halo bleuté de la pièce, et sa voix résonna, profonde.

— Que ressens-tu ?

— Je ne sais pas... Je toussotai pour retrouver ma voix. Pourquoi ne lui demande-t-il pas de rester ? Il l'aime encore...

— Voilà pourquoi. Il la laisse partir parce qu'il l'aime.

C'est idiot, mais cette réponse me fit pleurer de plus belle. Et mes larmes étaient tellement déroutantes que je continuai de rire en même temps, ressemblant sans doute à une aliénée mentale, les nerfs tendus au point qu'à tout instant, je craignais de les voir lâcher. Et tout ça pour quoi ? À cause d'un idiot de vieux film ? Si je l'avais vu un an plus tôt, j'aurais trouvé des choses intelligentes à dire sur l'éclairage, le montage, la mise en scène. Au lieu de cela, j'étais complètement happée par tous ces tourments humains. Evan m'observait, fasciné, comme il l'avait fait quand j'étais ivre, à la fête d'Hiyam.

— C'est ridicule, dis-je en essayant de me reprendre. Je ne pleure jamais au cinéma.

— Parce que tu n'as jamais été amoureuse, murmura-t-il.

Le sang dans mes veines atteignit sa vitesse maximale, avant de s'arrêter net. Je sentais chaque battement de mon cœur se répercuter dans le silence. Je clignai des yeux à plusieurs reprises pour y voir clair. Et là, je le vis en train de m'observer avec insistance, lèvres entrouvertes, son souffle chaud me caressant, et toujours cette fascination sur son visage. La planète recouverte de neige tournait, toute scintillante de cristal et de givre. Un frisson me parcourut, puis un autre. Et je sus en le regardant soupirer, chercher son inspiration et préparer ces mots que j'attendais, que c'était quelque chose qui ne pouvait arriver qu'une fois dans ma vie et que ça se produisait là, ici et maintenant.

— Maise, dit-il. Je t'aime.

Le frisson survint, et tout en moi explosa dans la même blancheur scintillante que dehors et tourna, tourna, en apesanteur, évanescent, capturant la lumière l'espace d'un battement de cœur et fondant à la seconde où ça touchait terre. Impossible de parler. Ma tête était emplie de neige et d'électricité statique. Il caressa mon visage, et je caressai le sien. On ne s'embrassa pas, on se regarda simplement l'un l'autre. *Je t'aime*, pensai-je. *Si j'étais cette nuit la seule personne vraiment vivante, c'était grâce à toi. Tu as rendu le monde vivant pour moi et je t'aime, je t'aime, je t'aime*. Mais j'arrivai tout juste à respirer. Puis il m'embrassa, et je cessai d'essayer.

Je ne sentais plus totalement mon corps, il était devenu une simple accumulation de strates de tulle et de gaze diaphane, une approximation de corps féminin. L'air circulait à travers moi et me saoulait d'oxygène. Je l'embrassai et la rugosité de son visage fit frémir le mien. Et tout en l'embrassant, la pellicule glacée de mon corps se chargea de feu et de sang. Je pris alors son visage entre mes mains, plongeai mes yeux dans les siens, puis serrai sa main dans la mienne et attirai Evan à ma suite sur le sol en béton froid. Ce fut moi qui le poussai sur le lit et immobilisai son visage pour pouvoir l'embrasser encore, ma langue fouillant sa bouche. Je déboutonnai sa chemise, la lui arrachai, et il s'assit, me laissa le toucher, la puissance de ses épaules, la délicatesse de sa peau dorée, l'ondulation de ses muscles, comme de la pierre vivante, chauds, fermes. Je pressai mon visage contre son torse, m'enivrai de son odeur comme d'une drogue. *Je suis amoureuse de cet homme*, pensai-je. *Je suis amoureuse de mon prof. Je suis amoureuse d'Evan Wilke.* Et c'était tellement fou, tellement bon de penser ça, de l'accepter enfin. Mais ma bouche, elle, restait silencieuse. Je ne pouvais que poser mes lèvres sur sa peau, chaleur contre chaleur, et imaginer que le message passerait à travers les pulsations de notre sang. Je fermai les yeux. Concentrai tous mes sens au bout de mes doigts, de mes pieds, et j'eus alors le sentiment de tenir le monde entre mes mains, un saphir lumineux serti d'éclats de lumière et tournant doucement autour du soleil, d'une beauté absolue, absurde.

Voilà ce que ça fait, d'être amoureux, Evan. Merci. Merci d'exister dans cet univers insensé et si beau.

#

Le cinéma a tendance à reproduire la structure de la dramaturgie grecque classique. Vous commencez par poser l'action : qui, quand, où. Puis vous extrapolez, et c'est le développement du scénario (séquences, rebondissements, trouver le *MacGuffin*), jusqu'à l'apogée, le *Climax* (explosions, mort des méchants, découverte du *MacGuffin*), ensuite, place au dénouement (la fille séduit le gars, le *MacGuffin* est révélé), et pour finir, le générique (avec une chanson pop le plus souvent nase). Le drame classique est pyramidal.

Les tragédies grecques sont allées un peu plus loin. L'apogée peut aussi contenir un moment appelé *peripeteia,* « péripétie ». Un renversement de situation tragique. Un brusque changement de circonstances ou de fortune. Ce renversement de situation est souvent précipité par l'*anagnorisis*, une révélation dramatique. Tout semble s'orienter dans une direction donnée jusqu'au « boum », un événement explosif, et tout est remis en question. On doit à Aristote l'exemple célèbre d'Œdipe, quand il découvre qu'il a assassiné son père et épousé sa mère. Mon exemple référence à moi, c'est lorsque Donnie Darko se rend compte qu'il doit laisser le réacteur de l'avion s'écraser sur lui pour sauver le monde et ceux qu'il aime.

Révélation. Renversement de situation. L'essence de la tragédie.

Des concepts essentiels, camarades !

#

La dernière semaine de classe, il neigea sans arrêt. Je massacrai Wesley à grands jets de boules de neige, sur le parking du lycée. Je me baladai, mitaines aux mains, sourire béat aux lèvres, avant de retrouver Evan en cours, calme, apaisée, tout simplement heureuse. Amoureuse. La ville ressemblait de plus en plus à ces minuscules bourgs en plastique à l'intérieur des boules à neige, avec un ciel plein de paillettes et des rues couvertes de sucre glace. Il neigeait trop pour que je puisse utiliser mon vélo, alors Evan passait me prendre et m'emmenait à son appartement. On avait fait un petit sapin de Noël, et accroché une guirlande multicolore à la terrasse. Un pot-pourri de fleurs séchées parfumait l'air. La neige et nos manteaux d'hiver nous servaient de camouflage, et on s'enhardissait. J'arrêtai de jeter des coups d'œil dans mon dos en permanence. Je réservais mes regards pour lui. Maman ayant quitté la ville pour quelques jours, j'en profitai pour l'emmener à la maison et lui faire visiter ma chambre. Evan me fit un câlin sur mon lit, mais il fut intraitable : pas de sexe dans cette maison où j'avais grandi, où j'avais été une petite fille. Je répliquai que ça rendait les choses encore plus érotiques, en passai le bout de ma langue sur le lobe de son oreille, mais il se contenta de rire et me reprocha d'être incorrigible. « Comment puis-je devenir *corrigible* ? » demandai-je. « Apprends-moi. » Il rit de nouveau en disant qu'il ne le pouvait pas, parce que j'étais aussi réfractaire à tout enseignement.

Wesley et moi avions programmé la présentation de notre film le dernier vendredi avant les vacances, de façon à visionner d'abord ceux des autres. Certains se révélèrent d'ailleurs étonnamment bons. Le film d'Hiyam, un documentaire, portait sur ses parents iraniens et la discrimination dont ils étaient victimes ici. Une autre fille réalisa un incroyable film d'animation image par image avec des Lego pour raconter l'histoire d'un garçon rêvant de devenir un super-héros. Un groupe fit un thriller de science-fiction dont l'action se situait sur Mars, en 2030, au sein d'une équipe de colons. Je fus impressionnée par un tel déploiement d'imagination.

— Nerveux ? demandai-je à Wesley, au déjeuner, le jeudi.

Il haussa les épaules. Il était anormalement calme, cette semaine-là, et j'attribuai son humeur à son film.

— Ne fais donc pas cette tête, dis-je en lui pinçant l'oreille. Je viendrai pour ton anniversaire. Et surtout, dis à ta mère que je ne veux *rien* pour Noël. Pour de vrai.

Wesley contempla son assiette de purée, dessinant dessus tout un réseau de voies ferrées avec sa fourchette.

— Maise.

— Quoi ?

Il leva les yeux.

— Tu es ma meilleure amie. Tu le sais ?

Mon cœur dérailla un peu, mais je répondis en faisant l'idiote :

— N'importe quoi ! Je suis ta seule amie.

Il me fixa, silencieux. Wesley n'était pas un garçon particulièrement émotif, aussi ne savais-je pas trop à quoi m'attendre. C'était un garçon, il ne savait sans doute même pas ce qu'il ressentait. Le silence entre nous s'éternisa.

— Tu es aussi mon meilleur ami, dis-je calmement.

Il baissa la tête sur son assiette. Je jettai un regard par la fenêtre, avec un inexplicable sentiment de malaise. La neige tombait au ralenti, douce, effaçant de plus en plus le monde autour de nous, dans un effort vaillant pour le laver de nos erreurs.

#

« Ne me traite pas différemment des autres », avais-je dit à Evan. Et le vendredi, c'est ce qu'il fit.

— Maise O'Malley !, appela-t-il.

D'une main tremblante, je branchai ma clé USB sur l'ordinateur portable à côté du projecteur. Quand un élève projetait son film, il devait s'asseoir à la place du prof. Evan, lui, prenait place parmi nous, dans le public. Et heureusement, parce que lui faire face à ce moment-là, je ne l'aurais pas pu.

En novembre, j'avais zappé sur ma promesse d'affronter chaque mois l'une de mes peurs. Décembre allait compter double. En fait, ça compterait même pour l'ensemble de cette putain d'année.

On n'avait pas le droit de donner des explications sur son film, ni même de le classer dans une catégorie ou une autre avant de le montrer. Tout juste pouvait-on le présenter par une brève introduction.

— Mon nom est Maise O'Malley, dis-je, d'une voix étonnamment assurée. Et le titre de mon film est *Cher toi.*

Evan tourna imperceptiblement la tête. J'appuyai sur « play ».

Ça commence face à la piste d'un grand huit, colonne vertébrale d'acier qui s'élève et s'incurve dans la nuit, ses vertèbres peintes de rouge néon et de blanc lunaire. La caméra bascule en avant dans un crissement métallique. On gravit la piste. Ma voix dit en voix off : « Je ne vais pas filer la métaphore grand huit-slash-coup de foudre. Je ne suis pas tombée amoureuse de toi là-haut. » C'est Halloween, et je suis assise à côté de Wesley. Je fais semblant d'être terrifiée, tandis qu'il filme pour moi, me servant d'assistant anonyme. La caméra saute à la scène suivante, les lumières dorées d'un parking, un petit garçon donne des coups de pied dans des cailloux. Puis c'est le parc d'attractions vu depuis le sommet du château d'eau, semblable à un essaim de lucioles. Puis la station-service désaffectée, où mon ombre balance sa jambe en attendant. Au fur et à mesure que les scènes s'enchaînent, je déroule l'histoire que je suis en train de vous raconter. Avec ici et là, des extraits des chansons que j'ai évoquées. Dont les paroles s'écrivent à l'écran, puis les lettres se dissipent, s'évanouissent. Tu ne voyais pas toujours la caméra dans ma main, pourtant elle était là. Les gens sont tellement habitués aux téléphones portables qu'ils ne remarquent même plus quand ils sont filmés – ou ne savent même plus s'ils sont en train de filmer. L'ombre pitoyable de Paul sous le porche. La main de Gary sur mon poignet pendant que je feins d'envoyer un texto. La silhouette de Wesley au bord de la piscinc illuminée, sur le point de m'embrasser. Et Evan, encore et encore, ses mains parcourant avidement ma peau, cette façon pucrilc qu'il a de se bamancer sur le bout de ses pieds, son émerveillement face à la vie qui m'émerveille aussi. Rien ni personne d'identifiable. Aucun visage, aucune voix ; juste des allusions, des détours. J'ai capturé tous ces petits moments alors que j'étais censée les vivre. Je les ai vécus, mais je ne sais pas trop où j'étais quand ils sont arrivés, si j'étais l'objectif qui regardait ou la peau qui était caressée. Toute la question est là. Nous ne savons plus. Et il y a aussi des séquences de mon éducation privée, entrecoupées de scènes de ma vraie vie. L'œil froid rouge cyclonique de Hal 9 000 (la paranoïa). Des vélociraptors faisant les cent pas dans la cuisine, leurs griffes cliquetant sur le carrelage, pendant que des enfants se cachent sous un comptoir (le secret). Rick ivre mort ordonnant à Sam de jouer *As Time Goes By* (l'obsession).

À mesure que le flux de conscience se poursuit, ça devient plus dense, plus chaotique. Images et mots défilent trop vite pour être saisis, comme la scène cliché de l'agonie dans un film, quand la vie passe à toute vitesse devant les yeux du héros en train de rendre son dernier soupir. Excepté que ce n'est pas ainsi que ça se passe, quand on meurt. C'est ce qui se passe quand on vit. Tout le passé resurgit par flashes. Vous avez à peine le temps de saisir l'image que déjà, elle s'enfuit. Vers la fin, les images ralentissent, et on se retrouve tout en haut du grand huit, le monde en dessous est pareil à un flipper géant, plein de bruit et de lumière, et ma voix dit : « Je suppose que j'essaie de dire ce que je n'ai pas pu te dire, cette nuit-là. Tu peux l'appeler de l'amour ou de la chute libre, c'est à peu près la même chose. Et je t'aime. »

La voiture sur le rail chute. Les lumières se précipitent. Écran noir. Générique.

M. Wilke ne fait pas un geste. Quelqu'un se lève, va allumer la lumière. Les têtes se tournent vers moi. Pas celle de Wesley, je remarque.

Evan s'éclaircit la gorge.

— Alors ? Qu'en pensez-vous, les autres ?

— C'était vraiment intense, dit Rebecca, la fille du film d'animation en Lego.

— J'ai rien compris, soupira un garçon.
— C'est une lettre d'amour, dit quelqu'un d'autre.
— Ah.
— Je crois que c'est comme si elle était en train de mourir, et sa vie défile devant ses yeux.
Éclats de rires.
— Elle meurt sur le grand huit ?
— Il s'est peut-être crashé.
— C'est une métaphore, idiot.
— Il y a des extraits d'autres films dedans. On a le droit ?
— Utilisation équitable, ça s'appelle. Comme un remix.
— D'après moi, ces extraits racontent ce qu'elle ressent. Par exemple, les dinosaures expriment la peur.
— La peur de quoi ?
— D'être découverte...
La remarque venait d'Hiyam.
— Découverte à propos de quoi ?
Hiyam me regarda, mais ne dit rien.
— Que pensez-vous de la technique du collage ? demanda Evan.
— C'est un peu comme dans un clip vidéo, suggéra Rebecca.
— Oui, renchérit quelqu'un. Ça me fait penser à la façon, quand je me balade les écouteurs sur la tête, dont toute ma vie devient le clip de cette musique.
À nouveau des rires, bienveillants cette fois.
— Je joue dans un groupe, dit un garçon. Si jamais tu as envie d'en tourner un pour de vrai, on te payera.
Je haussai les épaules et souris, hautaine. Traduisez : « Oh la vache ! oui ! »
La discussion se poursuivit un moment, mais je perdis le fil. Je ne pouvais m'emêcher de fixer Evan et Wesley, Wesley et Evan. Aucun des deux ne m'avait encore adressé

le moindre regard, et Wesley n'avait pas prononcé un seul mot sur mon projet. Trouvait-il mon film nul ? Était-il jaloux, à cause de ce que j'y confessais ? Oui, quoi ?

Evan se leva et alla au tableau. Il notait sévèrement, mais à partir du moment où vous montriez que vous aviez compris un minimum ses cours, c'était bon. Jusqu'à présent, seuls deux projets avaient décroché un A. *Poussière jaune* d'Hiyam et *Le jour où j'ai appris à voler* de Rebecca. Je regardai Evan écrire *Cher toi*, puis son marqueur resta un moment comme suspendu, et enfin, il écrivit quelque chose à toute vitesse, d'un geste décidé. Il se retourna et, enfin, me regarda.

Note : A.

— Excellent travail, Mlle O'Malley, dit-il. On sent une vraie passion dans ce que vous faites. Accrochez-vous, travaillez, et vous irez loin.

Sa voix trembla un tout petit peu, pas suffisamment pour que quelqu'un d'autre le remarque. À l'intérieur, j'explosai en ultraviolets.

Je retournai m'asseoir dans le brouillard, il en fit autant de son côté. Pour la première fois depuis que cette histoire dingue avait commencé entre nous, je me sentais en paix avec ça. Oui, nous étions assis à trois mètres de distance, nous n'osions même pas nous jeter un coup d'œil, et j'avais l'impression d'entendre Hiyam cracher du feu avec ses intentions néfastes, mais tout allait bien. J'étais amoureuse de lui. Et il le savait. Et il était amoureux de moi.

Que demander de plus ?

— Bien, place à notre dernière victime, dit Evan. Wesley Brown.

Quelqu'un éteignit la lumière. Evan se trouvait à deux bureaux de moi et, juste avant l'obscurité, il me décocha un petit sourire. Je souris en retour. À mon doigt, la bague se mit à pulser au rythme de mon cœur.

Wesley ne fit pas d'introduction avant son film. Il appuya juste sur « play ».

Une image en noir et blanc, flou arrière-plan extrême, différents niveaux de lumière confondus. La caméra se concentre progressivement sur une fille assise à une table de pique-nique avec un…

Oh ! non. C'était moi. Le soir de la fête, la toute première nuit, avant même que je ne fasse la connaissance de Wesley Brown. On ne voyait pas mon visage, mais il n'y avait aucun doute : ces vêtements, ce corps, l'envol de ces cheveux noirs quand la fille rejeta la tête en arrière pour finir sa bière, la lune se reflétant sur la cannette.

Evan me reconnut, lui aussi. Dans ma vision périphérique, je le vis se crisper sur sa chaise.

Le titre apparut, blanc sur noir, austère, sur fond d'un morceau au piano : OBSESSION.

Pitié, pensai-je. Bon, oui, je venais, à travers mon propre film, de déclarer mon amour à quelqu'un, mais un amour réciproque. Wesley ne devait pas faire ça. On en avait discuté. Au fait, comment avait-il eu ces images ?

À l'intérieur du parc d'attractions. La caméra filme l'arrière du grand huit, en contre-plongée. Toutes les voitures sont occupées, sauf celle de devant. La fille s'approche, hésite un moment, puis monte. Un homme la rejoint. On ne voit pas leurs visages.

Scène suivante, le stand de tir des pistolets à eau, le pied de la fille chatouille le mollet d'un vieux gros dégueulasse.

Scène suivante, des silhouettes qui s'embrassent dans une Chevrolet Monte Carlo.

(Scène suivante, moi en classe, un étau de glace autour du cœur, comprenant qu'il ne s'agit pas de l'obsession de Wesley sur moi.)

Scène de la fille disparaissant dans la nuit sur son vélo, bribes de peau nue et de cheveux au vent dans un flou lunaire.

Scène de…

Au bout d'un moment, j'arrêtai d'assimiler. Je fixai juste l'écran, les entrailles laminées par des tessons de verre. À aucun moment, il ne montra nos visages. Chaque plan était cadré avec soin, se concentrant sur les mains, les jambes, l'arrière de nos têtes. Et mes mains, surtout sur mes mains. C'était un putain de film sur le langage des signes, en fait. La tension, l'inquiétude et le désir, tout ça s'exprimait à travers mes mains. Et ça continuait avec le lycée. Moi en train d'attendre Evan, sur le capot de sa voiture. Nos mains s'effleurant brièvement dans le couloir. Nous deux sortant de la salle de cours ensemble après une séance de baisers volés, à la fin du cours. Impossible de relever un seul détail compromettant. Wesley avait fait preuve, oh ! oui, d'une extrême prudence en les coupant au montage. Mais pour qui fréquentait ce lycée, on reconnaissait tout de suite le décor. Et on voyait très bien qu'il s'agissait d'un prof et d'une élève. Et on voyait très bien que l'élève en question était obsédée par le prof, toujours à l'attendre, l'attendre, nouée d'angoisse. Je ne me rappelais même pas certaines scènes : moi apparemment mélancolique et en colère, moi tapant à coups de pieds dans mon vélo, moi balançant des pommes sauvages contre un mur de briques, moi assise sur un petit muret, la tête entre les mains. Quand était-ce ? J'avais l'impression de voir une inconnue.

Scène finale, le soir d'Halloween, dans la voiture de Siobhan. Je regarde par la vitre, fais tourner de façon compulsive la bague à mon doigt, encore et encore et encore.

Notes de piano. Écran noir. Générique.

Quelqu'un ralluma la lumière, et je m'imaginai, bondissant, un flingue à la main.

Evan ne chercha même pas à stimuler l'esprit critique des autres.

— Whoa, dit un garçon.

— Ouais, répondit un autre.

— Si je peux me permettre, dans quel genre tu te situes ? s'enquit une fille. Parce que ça a l'air vraiment, vraiment… vrai.

— Docufiction, répondit Wesley d'une voix monocorde.

Sale menteur, pensai-je.

— Alors c'est inventé ?

— C'est une reconstitution.

— Et c'est en train de se passer ? À Riverland ?

— Ce sont des acteurs.

D'autres voix s'élevèrent.

— Mais c'est basé sur quelque chose de réel.

— Oh… C'est vraiment arrivé ici ?

— Eh ! mec, ça arrive tout le temps, des trucs comme ça, sois pas naïf.

Je n'avais pas regardé Evan. Ça m'était impossible. Mais sa voix résonna avec un calme troublant quand il dit :

— Concentrons-nous sur le sujet. Mis à part le titre, quels genres de thématiques avez-vous relevés ?

Je faillis éclater de rire. *Mais comment fais-tu pour discuter de ça ? Sors-le de cette classe. Mets fin au cours tout de suite. Que j'aille lui mettre une raclée.*

— La solitude, répondit tout de suite quelqu'un.

— La dépression.

— Le désir ?

Gloussements.

— Le sexe.

Chaque mot me transperça comme une aiguille vaudou. *C'est de ma putain de vie que vous discutez, là, espèces d'idiots. Il n'y a pas de thématiques.*

— Je pense que ça parle d'abord d'amour, dit Rebecca timidement. Mais d'un amour torturé.

— T'as compris que c'était un prof, non ? demanda un garçon.

— Et alors ?

— Eh alors, c'est comme de la pédophilie.

Rebecca émit un borborygme de dégoût.

— Non, je crois pas, protesta une autre. Dans mon ancienne école, une fille sortait avec un prof, et à dix-huit ans, elle l'a épousé.

— Beurk.

— Moi, ça me dérangerait pas de faire ça avec une prof sexy, dit un garçon, et une fille suggéra : « Mme Bisette ? »

Éclat de rire général.

J'avais la sensation que j'allais vomir. Je commençai à me lever, mais Evan me lança un regard d'avertissement. Attirer l'attention sur moi était sans doute une mauvaise idée.

— S'il vous plaît, dit-il de sa voix suave d'acteur, concentrons-nous sur ce travail. – Puis il se tourna vers Wesley, et mon cœur s'accéléra. – Wesley nous a raconté une histoire très efficace sans le moindre dialogue, ou même sans dévoiler le visage des acteurs. Pourquoi, selon vous, a-t-il choisi ce procédé ?

Parce que c'est un connard de lâche, pensai-je.

— Pour montrer que ça peut être n'importe qui.

— Pour protéger leur identité.

— Je pense qu'ainsi, on se concentre mieux sur les émotions, suggéra Rebecca.

— Quelles émotions ? C'est rien qu'une histoire de cul...

— On peut ressentir des choses, même dans une histoire de cul.

— Je ne crois pas que ce ne soit qu'une histoire de cul pour elle, remarqua Rebecca. Je pense qu'elle est vraiment amoureuse de lui.

— Comment tu le sais ? demanda un garçon. T'es déjà sortie avec un prof ?

Rires.

— Concentrez-vous, dit Evan.

— Elle a raison…

La voix d'Hiyam. Pluie de stalactites droit sur mon cœur.

— Selon moi, il s'agit d'amour, poursuivit Hiyam. Mais j'aimerais connaître l'avis de Maise, puisque son film raconte lui aussi une histoire d'amour avec un prof…

Je me tournai vers elle. Toute la classe me regardait. Et impossible d'articuler un mot. Soudain, je pris conscience de la présence de la bague, de cette satanée bague, juste là, à mon doigt. Et comment aurais-je pu la cacher maintenant ? Tous étaient là, en train de me fixer. *Pitié, qu'ils ne voient rien*, priai-je en silence. *Ne voyez surtout pas cette chose que j'agite juste sous votre nez depuis des semaines.*

— Alors ? insista Hiyam.

— Hiyam, intervint Evan. Laissez-la tranquille.

— Mais je ne fais que poser une question.

— Elle n'est pas obligée de répondre.

— Je vais répondre à sa putain de question, dis-je.

Personne ne moufta, mais il y eut soudain un silence retentissant.

— Je pense que c'est facile de juger quelqu'un dont tu ne sais rien, dis-je. Comme moi, avant de voir ton film, je te prenais pour une pourrie d'enfant gâtée et camée. Maintenant, je sais que ce n'est pas la faute de tes parents.

— Maise, murmura Evan dans mon dos, visiblement paniqué.

Je me tournai vers Wesley, assis sur l'estrade au bout de la salle, dans l'ombre.

— Et je croyais que tu étais un mec bien. Mais maintenant je sais que tu n'es en fait qu'un putain de psychopathe.

— Maise, répéta Evan plus sèchement cette fois, comme un claquement de fouet.

Personne n'esquissa le moindre geste. Il régnait un silence de mort.

— Sors de cette classe.

Ce fut comme si la foudre me tombait dessus. Je me tournai vers lui, abasourdie, furieuse, blessée. Il soutint un moment mon regard, puis détourna les yeux.

Je me levai et sortis. Je ne claquai pas la porte, mais je remontai directement le couloir et entrai brutalement dans les toilettes des mecs, et quand un garçon devant l'urinoir me regarda, stupéfait, je lâchai méchamment : « Dégage ! »

J'arpentai l'espace. Je m'approchai d'un lavabo, m'y accrochai, les mains de part et d'autre de la cuvette. Pour un peu, je l'aurais arraché du mur. Je tournai le robinet d'eau froide et m'aspergeai le visage. J'essayai de boire un peu, mais je recrachai tout sur le miroir. Et je me mis à faire les cent pas de plus belle.

Je n'eus pas à attendre longtemps. Quand la sonnerie résonna, je sortis des toilettes et regardai les élèves s'en aller, par petits groupes, chuchotant entre eux avec frénésie.

Quand j'aperçus Wesley, je me dirigeai vers lui, l'attrapai par le col de son T-shirt et serrai aussi fort que je le pus...

— Mais qu'est-ce que... ? dit-il.

— Tu veux qu'on règle ça ici, ou en privé ? dis-je, reconnaissant à peine ma voix, froide, menaçante, sulfureuse. Le grattement d'une allumette, juste avant la flamme. Des élèves s'arrêtèrent pour regarder.

Wesley me dévisagea avec appréhension, l'espace d'une seconde. Puis il me suivit dans les toilettes des garçons. Dès qu'il fut à l'intérieur, je coinçai la poubelle contre la porte, et me retournai en un mouvement rapide. Il saisit mon bras. Il était plus grand et plus fort que moi, et je le détestais pour ça.

— Laisse-moi te frapper, dis-je les dents serrées.

— T'es cinglée.

— Tu es un connard de traître. Un abruti de trou du cul. Comment as-tu pu me faire ça ?

Il me regarda, les yeux écarquillés, comme frappé de surprise.

— Ta réaction est disproportionnée...

— Tu m'as suivie, Wesley, comme un malade pervers que tu es. Et depuis le début, tu sais que c'est lui. Dire que je t'ai fait confiance...

— Dire que je t'ai fait confiance à *toi*, rétorqua-t-il. Tu m'as menti sans arrêt, sur toute la ligne.

Je lui plantai mon index sur le torse.

— C'est mon droit le plus légitime de mentir à propos de ça. Si quelqu'un l'avait appris, il aurait perdu son job. Mais maintenant, il va le perdre de toutes façons. Beau travail, Wesley. Tu mérites un A+. Une putain de médaille d'or.

— Merde, arrête de gueuler. Personne sait que c'est toi.

— Hiyam nous a vus, espèce d'idiot. Et maintenant, tu lui as donné la preuve qu'elle attendait.

— Quoi ?

— Elle... nous... a... vus !

— Où ça ?

— Où, selon toi ? m'écriai-je en fouettant l'air de la main, faute de la lui envoyer dans la figure. Ici. Dans cette de salle de cours.

— Mais… Qu'est-ce qu'elle a vu ?

Je m'avançai vers lui, à le toucher.

— Qu'est-ce que tu crois qu'elle a vu ? Nous. Ensemble.

Wesley recula.

— Tu as fait ça avec lui, dans la salle de cours ?

— Et merde, murmurai-je.

— Dans *notre* classe ?

— Ne t'avise pas de me juger. Tu n'as pas le droit de…

— J'y crois pas ! s'exclama-t-il, haussant le ton. Tu as fait ça avec lui dans notre classe. Mais t'es malade, Maise. Qu'est-ce qui ne va pas, chez toi ?

— Qu'est-ce qui va pas, *chez toi* ? hurlai-je. À me suivre comme ça ? Espèce de traître. « Tu es ma meilleure amie. Tu le sais ? » Va te faire foutre…

— C'est toi qui m'as trahi, dit-il d'une voix blanche.

— Pourquoi, parce que tu es choqué, espèce de petit puceau naïf ? ricanai-je. Grandis un peu. C'est ça la réalité. Le monde est laid et méchant et tordu, et nous aussi.

Il ne broncha pas. Les mâchoires crispées, il soutint mon regard.

— Non mais, écoute-toi. C'est comme ça que tu voies ton histoire avec lui. Un truc « laid, méchant et tordu »… C'est justement pour cette raison que j'ai fait ça.

Si à cet instant j'avais eu un objet entre les mains, je le lui aurais envoyé à travers la figure. Mais au lieu de cela, je passai une main dans mes cheveux.

— Merde, dis-je, en m'efforçant de ne pas crier. Tu penses vraiment que tu me donnes une leçon, espèce de petite merde pleine d'arrogance !

— Oui, dit-il, la voix rauque. Mais tu es trop stupide pour comprendre. C'est toi, la naïve. Tu ne vois même pas ce qu'il te fait.

J'éclatai de rire, levai les bras au ciel.

— S'il vous plaît, professeur Brown, éclairez-moi de vos lumières...

— Il n'est pas celui que tu crois.

— Oh !, et qui est-il alors, bordel ?

— Je ne sais pas. Mais je trouve bizarre qu'il n'y ait rien sur lui, sur le Net, avant 2011. C'est un fantôme, ce type. Surgi de nulle part.

Je fus prise de nausées. Ma colère refroidit pour virer à la haine.

— Tu ne sais rien de lui. Moi, je connais son passé.

— Vraiment ? Et d'où vient-il alors ?

— Ça ne te regarde pas.

— Où a-t-il enseigné, avant de venir ici ?

— La ferme.

— Où est-ce qu'il va, les jours où il ne travaille pas ? Et pourquoi reste-t-il des heures entières dans sa voiture, à parler tout seul ?

Je le dévisageai.

— Quoi ?

La porte des toilettes cogna contre la poubelle, et un garçon passa la tête à l'intérieur. Nous hurlâmes aussitôt en chœur :

— Casse-toi !

Et la tête disparut.

Je me tournai vers Wesley, le souffle court, incertain et chargé de bile, comme si je venais de courir un marathon, lessivée, vidée.

— Je l'ai vu, reprit Wesley. Oui, je l'ai suivi. Et alors ? Je te croyais en danger, Maise. Il se sert de toi. Je voulais te protéger.

— Ruiner ma vie, c'est comme ça que tu me protèges ? demandai-je en secouant la tête. Tu es malade, et tu es complètement obsédé. C'est d'ailleurs ce que raconte ton film, Wesley. Et c'est bien là toute l'ironie de l'histoire, et tu ne t'en rends même pas compte.

— Arrête de te la jouer… – Il s'approcha, et je dus lever la tête pour le regarder. – Oui, si tu veux, je suis un obsédé. Et je suis vraiment désolé. Mais il ne s'agit pas de moi, là. Tu ne vois même pas ce qu'il t'a fait. Tu te crois amoureuse, aveuglée par des verres déformants qui te font voir tout en rose, mais tu ne l'es pas. Ouvre les yeux, Maise. Je vois bien jour après jour combien tu es perdue et maintenant tu l'as vu, toi aussi. Et c'était le seul moyen pour moi de te montrer ce qu'il est vraiment.

Je me hissai sur la pointe des pieds et chuchotai, telle une vipère :

— Tu m'as trahie de la pire façon qui soit. Tu me rends malade. Ne m'adresse plus jamais la parole.

Sur ce, j'envoyai promener la poubelle d'un coup de pied et sortis en trombe, sans rien voir autour de moi à travers le prisme de mes larmes.

Chapitre 9

R*etrouve-moi à l'appart après les cours.*

Je lus et relus le message d'Evan, résistant à l'envie d'exploser mon téléphone en mille morceaux. Plus besoin de garder ce foutu secret, pas vrai ? Les vélociraptors nous avaient débusqués. J'avais passé la journée entière dans une bulle de désespoir, ne voyant que du sang, des os et une traînée de mes pauvres entrailles menant à sa salle de cours.

Je t'en prie, ajouta-t-il, et quelque chose résonna au fond de mon cœur, un écho plaintif, discordant.

Je ne répondis pas. Je refermai mon casier dans un claquement.

Hiyam attendait derrière la porte.

Infarctus du myocarde.

— O'Malley, ronronna-t-elle. Je te cherchais.

J'avais touché le fond, je ne pouvais que rebondir.

— Allons marcher un peu, ajouta-t-elle.

J'avais encore Littérature comparée, mais personne n'irait au dernier cours avant les vacances. Le bâtiment était silencieux, la plupart des salles obscures. L'écho de la porte de mon casier se répercutait à l'infini. Cet endroit était déjà comme une tombe.

— J'ai un cours, dis-je. Qu'est-ce que tu veux ?

— Je veux t'aider à empêcher Evan Wilke d'aller en prison.

Je retins mon souffle, et tout mon métabolisme se mit à l'arrêt. Son visage ne trahissait rien, lisse et parfait avec ses pommettes hautes et ses yeux de chat, comme un masque de cire. Impossible de lire en elle. Elle haussa un sourcil d'une finesse extrême, avant de tourner les talons.

Je lui emboîtai le pas, comme une petite sœur soumise et stupide.

— Alors, dit-elle quand je fus à sa hauteur. Comment l'appelles-tu lorsque tu es seule avec lui ? Evan ? Ou M. Wilke ?

Je déglutis. Surtout ne se laisser aller à aucune confidence.

Elle ouvrit la porte de la cage d'escalier, me poussa dedans. J'avais l'impression d'aller à ma propre exécution. Je m'appuyai au mur de béton, fixai l'objectif bardé de métal juste en face, comme s'il allait cracher du feu à tout moment.

— Monte, dit Hiyam.

Nous grimpâmes jusqu'à la porte du toit, qui était déverrouillée.

— La caméra, elle filme, dis-je.

— Ça ne t'a pas arrêtée, avec M. Wilke.

Si je serrais plus fort les dents, mon visage exploserait.

Quand elle ouvrit la porte, l'air froid nous flanqua une gifle. Les tuiles sur le toit ressemblaient aux écailles d'un crotale en diamant, scintillantes de glace sous le soleil. Le ciel bleu pervenche dénué de nuages se déployait tout autour, à perte de vue. Hiyam s'approcha du bord et je la suivis, en me demandant quelle chance on avait d'échapper à la mort après une chute du quatrième étage.

Elle alluma une cigarette. La fumée resta suspendue un moment dans l'air, légère et transparente...

— C'est donc bien ce que je pensais, dit-elle enfin. Pourquoi toi ?

Je me tenais à côté d'elle, les bras croisés. Je portais une chemise d'homme en flanelle et un legging, et le froid piquait, mais je restai imperturbable, le menton fièrement relevé, refusant de fléchir.

— Je veux dire, reprit Hiyam, il pouvait avoir n'importe qui. S'il m'avait ramenée chez moi, je lui aurais sauté dessus dans la voiture. Non, j'aurais demandé à mon chauffeur de venir nous récupérer, et je l'aurais baisé dans la limousine de mon père.

— Oui, pourquoi moi ? dis-je sèchement. Pourquoi pas l'une de ces pathétiques petites filles à papa ? Bonne question.

Elle rit. Sa fumée dessina des arabesques qui ressemblaient à l'alphabet persan.

— Tu es une fille spéciale, dit-elle. Tu te fous de tout. C'est plutôt sexy.

— Arrête de flirter. Tu n'es pas mon genre.

Cette fois, Hiyam éclata de rire.

— Quelle garce. Mais ça me plaît, O'Malley. Et maintenant, laisse-moi t'expliquer comment ça va se passer... – Elle s'assit sur le muret au bord du vide. – Tu vas me fournir la came, tout ce que je veux, les quantités que je veux, au tarif plancher. Pas de marchandage. Mon papa serait tellement déçu s'il savait que je n'ai pas marchandé... – Une lueur cruelle brilla dans ses yeux. – En échange, je n'irai pas dire au principal ni à la police que tu baises avec M. Wilke. Et par la même occasion, je ne prétendrai pas non plus qu'il a baisé avec moi.

Je la dévisageai.

— Quoi ?

— Parce que ça serait considéré comme un crime, vu que j'ai dix-sept ans.

Je décroisai les bras et fit un pas vers elle.

— Mais qu'est-ce que tu racontes ?

— Je raconte que je suis capable de mentir.

— Tu es complètement folle, dis-je. Mais ça ne tiendrait pas. Il n'y a aucune preuve.

— Vraiment ? dit-elle. On a vu M. Wilke dans de nombreuses situations plutôt compromettantes. Son apparition à ma soirée, par exemple. Ou enfermé à clef dans une salle de classe avec nous deux. Ce que Wesley a su fort à propos suggérer dans son film. Oh !, mon papa embauchera les meilleurs avocats du pays. Sa pauvre petite fille, abusée… – Elle me recracha sa fumée en plein visage en ricanant. – Je sais à quoi tu penses : me pousser par-dessus bord. Mais tu n'en feras rien. Tu feras exactement ce que je te dis. Parce que maintenant, tu m'appartiens. Tu es mon jouet.

Si Dieu existe, ou Allah, ou je ne sais qui, priai-je, *envoyez cette salope quatre étages plus bas. S'il vous plaît.*

— Ceci est non négociable, ajouta Hiyam. Si tu travailles pour moi, chacune de nous retirera un bénéfice de ce partenariat. Mais si tu cherches à me baiser, je te traiterai comme mon esclave. Ça dépend de toi…

Elle envoya valser son mégot dans le vide.

— J'ai de grands projets pour le soir du Nouvel An. Je t'en toucherai deux mots le moment venu.

Et elle me planta là. Je regardai le bout incandescent de sa cigarette se consumer sur l'asphalte en songeant : *Voilà où j'en suis. Là, tout en bas, c'est moi.*

Une minute s'écoula, et le feu s'éteignit.

#

Les mains gelées, je ne tournai pas correctement la clé dans la serrure, mais aucune importance. Dès qu'il m'entendit à la porte, Evan ouvrit puis, après un long regard, il me fit entrer et me prit dans ses bras.

— J'ai cru que tu ne viendrais pas, dit-il.

C'était le crépuscule, le ciel était rayé de rose et de bleu layette, au moment où le monde s'efface en douceur. Je regardai la lune gibbeuse, sorte d'œil laiteux épiant à travers un rideau pastel. Son appartement était plongé dans le noir, les décorations de Noël éteintes. Les guirlandes flashaient, telles de minuscules entailles dans l'air.

J'étais venue à pied, et j'étais glacée jusqu'aux os. Il prit mon manteau, m'installa sur le canapé avec une couverture et alla préparer du thé. Je le laissai s'agiter en tentant de garder mon sang-froid. Mais quand il s'agenouilla devant moi et prit mes mains entre les siennes, en me regardant les yeux humides, je craquai.

— Je suis désolée, dis-je, et je commençai à pleurer. J'aurais dû faire plus attention. C'est de ma faute.

— Nous aurions dû faire plus attention tous les deux. Ce n'est la faute de personne.

La bouilloire émit un sifflement. Il attendit que mes larmes se tarissent avant de se lever.

Reprends-toi, m'ordonnai-je. *Ne le manipule pas. Fais les choses correctement, pour une fois.*

J'avalai quelques gorgées de thé brûlant, puis dis :

— J'ai besoin de quelque chose de plus fort.

Il revint avec deux verres et une bouteille de bourbon.

— Je n'arrive toujours pas à croire que Wesley ait pu faire ça, dis-je tout en buvant. Des arômes de chêne et de vanille enflammèrent ma gorge.

Evan s'assit par terre, de l'autre côté de la table basse. Il fixa un moment le breuvage épais dans son verre.

— Je suis allé lui parler, après les cours...

Je me figeai.

— Je lui ai dit qu'il pouvait penser ce qu'il voulait de moi, mais qu'il n'avait pas le droit de te faire ça, à toi. Tu es innocente. Moi, je trouverai à travailler ailleurs, j'aurai d'autres opportunités, mais pour toi, cette année du bac est capitale...

— Qu'a-t-il dit ?

— Rien. Mais à mon avis, il a compris... Evan soupira. Je sais, tu n'es sûrement pas disposée à entendre ça maintenant, mais je crois qu'il tient vraiment à toi.

— C'est un traître, un pervers. Il peut aller se faire foutre.

Evan me dévisagea. Il semblait exténué. Pour la première fois, il avait l'air... *vieux*.

— En tout cas, ça vaut ce que ça vaut, mais il a promis de ne rien dire.

Malheureusement, ça ne changeait pas grand-chose au problème, merci, Hiyam.

— Tu sais ce qui me contrarie le plus ? demanda Evan. L'impact de tout ça sur nous...

— C'est-à-dire ?

— Quand je pense... Je t'ai demandé de sortir de la classe.

La gorge nouée, j'évitai son regard. Le bourbon me brûlait la gorge comme du caramel en fusion.

— Je comprends. J'étais folle de rage. Tu devais rétablir l'ordre dans ta classe...

— Non, c'était injuste...

Cela me réconforta, en fin de compte, cette culpabilité.

J'avalai une autre gorgée de bourbon, emplissant ma poitrine de feu. Quand je retrouvai mon souffle, j'eus l'impression de ressentir toute la décomposition de l'hiver, le pourrissement des feuilles et des branches, là dehors, sous la glace. Comme si j'étais habitée par le pouvoir d'éprouver dans ma chair la phase terminale de toute chose. Louis le poney était assis sur le canapé à côté de moi, je le pris dans mes bras.

— J'ai tout foutu en l'air, j'y crois pas, soupirai-je.

Tellement prétentieuse. Si sûre de moi. Ne réalisant pas au fond, de façon viscérale, le danger qui planait sur Evan. Comment avais-je pu laisser une telle chose se produire ? J'aurais dû le protéger. C'était à moi de le protéger.

Il me donna un gentil coup de pied sous la table.

— Tu n'as rien foutu en l'air. On est là, tous les deux, non ? Ça peut sembler étrange, mais c'est presque un soulagement. Nous n'aurions pas tenu longtemps à continuer de nous cacher. Et je n'aime pas ce que ça nous fait.

— Qu'est-ce que ça nous fait ?

— Ça nous donne le sentiment que notre relation est quelque chose de mal, alors qu'elle est belle.

Je tentai de respirer au mieux. La brûlure dans ma gorge n'était pas due qu'à l'alcool.

— Écoute... – Dans la pénombre, tout ce que je pouvais voir étaient le verre et son reflet. La lumière de la lune jouait avec le bourbon et faisait tache d'huile sur le tapis. – J'ai pris une décision aujourd'hui. Je vais démissionner.

— Quoi ? Non...

— Si... Il frotta ses pieds en chaussettes contre les miens. Ils ont besoin d'un remplaçant à demeure, à Carbondale Community. L'un de leurs profs est atteint d'un cancer. Tragique, c'est certain, mais c'est la vie.

Je posai mon verre.

— Quelle matière ?

— On s'en fout...

— Quelle matière ?
— Expression orale.
Je fronçai le nez.
— L'essentiel, dit-il, est que je ne serai plus ton prof. Terminé ce fichu déséquilibre des pouvoirs. Fini de devoir se cacher.
— Et puis quoi, on se verra le week-end ? Carbondale est à une heure d'ici. Tu vas faire la navette ? Ça craint. Tu ferais mieux de rester et je...
— Viens vivre avec moi, dit-il en prenant ma main sur la table.
Électrocardiogramme plat.
Aucun de nous deux ne dit mot. Avant de reprendre la parole, en même temps.
— Je sais, c'est peut-être un peu tôt... dit-il.
— Tu es sérieux ? demandai-je au même moment.
Il rit. Moi pas.
— Je suis sérieux, dit-il alors.
— Non, tu ne l'es pas. Tu es fou.
— Follement sérieux.
Je me levai, Louis et la couverture allèrent s'échouer sur le tapis. Je commençai à marcher, pas nécessairement vers la porte. J'avais juste besoin de me dégourdir les jambes. Evan fut auprès de moi en un éclair. Il m'attrapa par les épaules. Je me dégageai. Et cette fois, je me dirigeai *vers la porte*.
— Maise, dit-il. Attends. Je t'en prie.
J'attendis.
— Est-ce que je t'ai fait peur ? Est-ce que tout ça est trop énorme et va trop vite ?
— Non, dis-je. Oh ! je ne sais pas.
Derrière moi, il pressa son corps contre le mien. Glissa ses mains autour de ma taille. Une étreinte légère, tout en douceur. Dont j'aurais facilement pu m'échapper.

Il n'insista pas. Ne recourut à aucune de ses formules de prof : « Qu'en penses-tu ? (cela aurait été une erreur). Quel sentiment cela suscite-t-il en toi ? (terrifiée). Quel est le thème de cette conversation ? (les mauvaises décisions). Il se contenta de me tenir contre lui. De me soutenir. De m'aimer.

Et je commençai à parler.

— J'ai peur, chuchotai-je aux ombres. Je suis terrorisée. D'autres personnes sont au courant. Même si tu quittes Riverland, elles pourront te poursuivre.

— Qui d'autre sait ? murmura-t-il tout contre mes cheveux.

Je secouai la tête, refusant d'expliquer.

— Peu importe. Même s'ils ne savaient rien, j'aurais peur…

Bien, nous y voici. Jamais je n'ai dit une chose aussi difficile. Sois une lionne. Un, deux, trois, rugis.

— Je t'aime, Evan. Je sais, je te l'ai déjà dit de mille façons, mais c'est vraiment dur pour moi de l'accepter et de le dire à haute voix comme ça. Je t'aime, merde, je t'aime, je t'aime, et c'est terrifiant, et étourdissant, et quand tu dis que tu vas démissionner et que tu veux que je vienne avec toi, je panique. Parce que je n'ai jamais grandi. Je suis restée une enfant, comme Peter Pan. Je ne sais pas ce que c'est qu'une relation adulte, je ne sais pas comment on vit avec quelqu'un, je ne sais pas non plus comment me comporter avec toi en dehors de ce truc prof-élève, et aujourd'hui plus que jamais, je me rends compte combien je suis dépassée par les événements. Je me fais passer pour cette personne que je ne suis pas, alors qu'à l'intérieur, je ne suis qu'une petite fille effrayée, qui attends que quelqu'un vienne me dire que tout ira bien…

Il me fit me retourner, mais je ne le regardai pas. Il m'effleura la joue.

— Tout ira bien…, dit-il.

— J'ai tellement peur. Je ne suis qu'une enfant, à l'intérieur, Evan.

— Moi aussi… – Il me caressa les cheveux. – Moi aussi, Maise. Personne ne sait comment être adulte. On fait tous juste semblant de savoir. Il faut toute une vie à certaines personnes pour apprendre ce que toi, tu sais déjà.

Parmi tout ce qu'Evan Wilke m'avait enseigné, je pense que cette leçon était la plus importante : qu'aucun de nous ne devient adulte en fait. On grandit, on vieillit, mais au fond, on reste avec ce petit cœur apeuré, tout tremblant en secret, plein d'émerveillement et de peur. Ne cherchez pas de second degré dans tout ça. Ce n'est pas une question de sémantique ni de sous-entendu. C'est une question de sang rouge, d'herbe verte et d'étoiles d'argent brut.

— N'aie pas peur, dit Evan. Nous sommes ensemble face à tout ça, main dans la main, contre le monde…

Il tenait en tout cas le mien entre ses mains. Je repensai à ce moment, en août, quand nous avions basculé de tout là-haut dans le vide, ma peur tapie dans la nuit, attendant de me dévorer. La façon dont j'avais ri au nez du néant, en serrant fort la main d'Evan.

— À ta santé, belle enfant, dit-il, plagiant une réplique de *Casablanca*.

Puis il m'embrassa.

Et nous vécûmes heureux jusqu'à la fin de nos jours.

#

En tout cas, jusqu'au lendemain matin.

Je me réveillai tôt, lui expliquai avoir mille choses à faire, et quittai le cocon douillet de son lit pour la froideur brutale du monde extérieur. Pas une fois je n'avais mentionné Hiyam. Parce que je ne faisais pas confiance à cette fille pour se taire, même si j'acceptais son marché. Parce que le seul fait d'imaginer, Evan face à un tribunal me rendait malade. Je l'avais suffisamment mis en danger comme ça.

La chose la plus raisonnable à faire maintenant, c'était de couper les ponts. De rompre, net.

Je m'interdis de penser à ce matin comme le dernier, car autrement, j'aurais été incapable de franchir la porte de son appartement. Quand Ilsa embarque dans l'avion, je ne crois pas qu'elle pense elle non plus en termes de dernière fois. Jamais on ne fait ça. Sinon, les compagnies aériennes fermeraient boutique. C'est toujours « adieu » que l'on dit, mais « au revoir » que notre cœur chuchote.

Je rentrai à la maison, le cœur bizarre, lourd et léger en même temps. Je m'arrêtai à la porte du salon, là où Maman se tenait, le soir de la fête, et regardai le canapé. Cette nuit-là, je savais que j'étais amoureuse de lui, mais il ne m'aurait pas laissé le dire. Les gens pressentent leurs sentiments bien avant de les accepter consciemment.

Quand avez-vous réalisé que vous étiez amoureux de moi, M. Wilke ?

J'ouvris la porte de la chambre de Maman sans faire de bruit. Au fil des ans, j'avais affûté mes talents de ninja. Elle dormait le visage enfoui dans l'oreiller, son ronflement grinçait comme une scie sur une vieille souche de chêne, en dépit de trois centimètres de coton. Je tâtonnai dans l'obscurité sur la table de chevet, m'emparai de son téléphone.

Cinq minutes plus tard, j'avais un rendez-vous pour le petit-déjeuner.

#

— C'est un plaisir de te revoir, Maise, dit Gary Rivero.

Je le laissai prendre ma main et la serrer. Une lumière bleutée dégoulinait sur nous, vive mais sans chaleur. La nappe blanche brillait comme une étendue de coke. Assis à la table voisine, Quinn me salua par un bref hochement de tête, le crâne luisant sous ses cheveux en brosse.

— Merci d'avoir envoyé un taxi, dis-je.

Gary répondit par un gracieux haussement d'épaules. Il portait un costume gris et une chemise rose aujourd'hui, et arborait un brushing métallisé. Ses yeux couleur océan souriaient en permanence, même quand sa bouche était immobile.

— J'ai été à la fois surpris et enchanté par ton coup de fil, dit-il.

L'argenterie cliquetait harmonieusement dans le restaurant. De riches arômes de beurre frit et de bacon émanaient de la cuisine. Nous avions pris place dans un coin en retrait. Gary avait apparemment ses habitudes, ici.

— J'ai réfléchi à notre conversation, dis-je.

Je savais que je devais éviter de dire les choses trop franchement. Discuter business avec ce genre de personnage exigeait une parfaite maîtrise de la subtilité et du double langage.

— Et je pense avoir la solution au problème qui vous préoccupe.

— Très bien, répondit Gary en sirotant son café. Mais peut-être pourrions-nous parler de tout cela un peu plus tard… – Il sourit, posa sa tasse et me dévisagea avec curiosité. – J'aimerais en savoir plus sur toi, Maise.

Je remuai le sucre dans ma tasse.

— Et qu'aimeriez-vous savoir, M. Rivero ? À quoi je ressemble à poil ? Combien ça vous coûtera pour coucher avec moi ? – Je tapotai ma cuillère sur le bord de ma tasse, la posai. – Ne comptez pas là-dessus. Ce genre de choses n'arrivera jamais. Voilà mes conditions. Est-ce que c'est clair ?

— Je crois que tu ne comprends pas. Si je le voulais, ce genre de choses *arriverait*, mon ange. Mais ce n'est pas cela que je veux. Tout ce qui m'intéresse, c'est d'apprendre à te connaître toi.

Je priai pour qu'il ne me voie pas trembler. J'avalai une autre gorgée de mon café crème.

— Bien, dit-il, parlons donc comme le feraient des gens normaux. Quel genre de personne es-tu ?

— Une personne de confiance.

Gary fit une moue ironique.

— Tout le monde prétend être digne de confiance. C'est comme me dire que tu respires.

Je pensai à la trahison de Wesley, le trou béant que ça m'avait laissé dans l'estomac.

— Mais dans mon cas, c'est vrai. Et je peux le prouver.

— De quelle façon ? demanda Gary en faisant signe au serveur.

— En vous montrant que je sais garder un secret... – J'inspirai profondément. – J'en ai gardé un très important, ces derniers mois. Un secret dangereux. Qui aurait pu envoyer une personne en prison.

Cette fois, Gary leva la main pour dire au serveur de dégager. Puis il braqua ses yeux laser sur moi.

— De quel secret s'agit-il, mon ange ?

Incroyable. La première personne à qui j'allais avouer toute l'histoire était un putain de baron de la drogue. Mais somme toute, à quel moment ma vie avait-elle eu quelque chose à voir avec la normalité jusqu'ici ?

— J'ai une liaison avec mon prof, dis-je.

Et je lui racontai tout. Ça sortit de moi tel un flot ininterrompu, comme si je n'avais attendu que ça, de pouvoir tout avouer à quelqu'un. Et en dépit d'un vague sentiment d'horreur en moi, ce fut un tel soulagement de laisser tout sortir, enfin ! Cet homme n'avait pas d'intérêt particulier pour ma vie. C'était comme parler à un psy, ou à un prêtre. La grâce de la délivrance. J'omis de citer

Wesley et Hiyam bien sûr, et quand j'eus fini, Gary termina son café, devenu froid dans l'intervalle, puis il porta sur moi un regard neuf.

— J'ai une fille de ton âge, dit-il. Si un homme lui faisait ça, je le tuerais de mes mains.

Certains pères aiment à proférer des menaces pour prouver qu'ils font bien leur boulot de père aimant. Dans le cas de M. Rivero, je suis presque sûre qu'il le disait au sens littéral du terme.

— Alors, vous me croyez maintenant ? demandai-je.

— Si je te crois digne de confiance ? Non... – Il tapota la nappe du bout de l'index. – La confiance est quelque chose qu'on gagne à travers des actes, pas des paroles. Mais je crois que tu sais te taire, et cela me plaît... À nouveau, il fit signe au serveur, avant d'ajouter : Je ne parle jamais business le ventre vide, Maise. Alors mangeons.

#

Je passai la journée sans lire un seul texto d'Evan. Mais le soir, dans mon lit, ce fut comme si on m'avait greffé un million de fils électriques sous la peau. Impossible de me calmer. J'enfilai un sweat, et par la fenêtre de ma chambre, je montai sur le toit en pente douce. Je m'allongeai sur les tuiles, « Beloved Freak » de Garbage en boucle, dans mes écouteurs. Glace pure sur ma nuque, hydrogène explosif, et nouvelles galaxies en devenir à des centaines de milliards de kilomètres au-dessus de moi.

Hiyam avait gagné. C'était terminé avec Evan. Juste comme ça, en un après-midi d'apocalypse.

Je serrai les poings à m'en faire exploser les veines. Je levai la main, le sang à fleur de peau semblait noir à la lueur de la lune. Puis je hurlai face au ciel. Rien de cohérent ; simplement une douleur brute, bestiale, et les étoiles pâlirent.

Je vous emmerde tous, pensai-je. *J'ai perdu tout ce qu'il y avait de bien dans ma vie. Ils m'ont tous utilisée, abandonnée, jetée. Et moi, je les ai utilisés et abandonnés, parce que je ne sais rien faire d'autre.*

Ce soir, nous devions être à Chicago, dans l'immense cité d'argent au bord du lac.

Va te faire foutre, Wesley. Et va te faire foutre, Maman, va te faire foutre, Papa, et va te faire foutre aussi, Hiyam.

Va te faire foutre, Siobhan, pour ne pas avoir mieux élevé ton fils.

Et va te faire foutre, Evan. Pour avoir été mon prof. Va te faire foutre pour m'avoir laissée tomber amoureuse de toi. Pour exister.

Impossible de rester allongée plus longtemps. Je me relevai, patinai dangereusement en chaussettes sur les bardeaux givrés, et m'approchai du bord pour regarder le jardin en contrebas, carré bicolore de ténèbres bleutées et de neige immaculée, tandis que mon souffle désincarné s'effilochait dans le néant. L'herbe semblait douce, comme du velours noir. Les chances de succomber à une chute de six mètres étaient minces. *Pourquoi pas ?* Pourquoi ne pas se laisser aller, faire confiance à la Terre pour m'absorber ? Pourquoi ne pas prendre le risque d'un hématome sousdural ? Faire de beaux rêves pour l'éternité, petite fille.

« Tu as un cœur de lionne. Tu n'as pas peur de vivre. »

Qu'il aille au diable ! Il avait raison.

Je m'assis au bord du toit, les jambes dans le vide, le cœur suspendu au-dessus de l'infini, puis je me mis à fredonner dans le silence de la nuit.

#

Cette semaine-là, je me consacrai à mes demandes d'admissions à l'université, en ignorant mon téléphone. La seule personne à laquelle j'avais décidé de répondre était Gary. Evan envoya des textos, appela, m'inonda de mails et finalement, le mercredi, il se pointa à la maison. J'allai lui ouvrir en chaussettes et en pyjama et là, sous le porche, je lui dis, sans pleurer, que je ne pouvais plus le voir. Il me demanda d'une voix douce, déchirante, si je ne voulais pas aller quelque part pour discuter, mais je déclinai l'invitation en énonçant des phrases à peu près construites, et refermai la porte. Puis je retournai dans ma chambre et m'assis à mon bureau, le tout en tremblant comme une feuille, avant de craquer.

Mercredi et jeudi, le brouillard. Je n'étais qu'un amalgame confus de larmes. Je pleurai tellement qu'à plusieurs reprises, mon cœur se noya.

Le vendredi, n'en pouvant plus, j'allai chez lui. Mais sa voiture n'était pas là. J'attendis des heures dans le froid, refusant d'appeler, au début hyper digne et stoïque, puis à la fin tellement désespérée que je me vautrai par terre pour faire des boules de neige boueuses et les envoyer sur sa terrasse. Pour une raison quelconque, je m'étais mis dans l'idée de tout lui expliquer de vive voix. Appeler aurait été trop humiliant.

Voilà l'espèce de logique à laquelle je fonctionnai : parfaitement illogique.

Je revins le samedi matin, et toujours pas de voiture. Il devait être à Saint-Louis.

Gary m'avait donné un peu d'argent pour « frais professionnels ». Je pris un taxi pour Carbondale et passai la journée au centre commercial, écouteurs sur la tête, à regarder les clients aux regards vides faire leurs courses de Noël, puis attendit le bus de minuit.

Dans le car, je m'assoupis et rêvai plus ou moins de retrouvailles, de pardon : je lui racontais le chantage d'Hiyam et tous les deux, on mettait au point une stratégie brillante pour ne plus être obligés de se séparer. Mais surtout, je pensai à ce que je ressentirais si je pouvais le toucher à nouveau, à ses bras chauds autour de moi, à son odeur. J'essayai de revoir son visage, mais il était dans l'ombre et le brouillard. Une fois à Saint-Louis, ce fut comme si je marchais sur la lune, tout était glacé et trop brillant, mon corps flottait comme en apesanteur sur le trottoir. Dans le taxi, je n'arrêtais pas de frissonner. Puis de la rue, j'aperçus de la lumière dans le loft, et un poids énorme disparut soudain des épaules.

Merci, merci...

Je courus jusqu'à l'ascenseur, à bout de souffle. Lorsque j'ouvris la porte, mon cœur battait la chamade.

Scène cliché d'un film de série B. J'entrais et le surprenais avec une autre femme.

La réalité : j'entrai et tombai sur un inconnu avec une fille.

Depuis le canapé, un mec que je n'avais jamais vu me regardait, stupéfait. Derrière lui, une femme tourna la tête, rajusta sa robe.

— Oh !, dis-je en restant plantée là comme une idiote. Je suis désolée.

Le type se leva et se précipita vers moi. Petit, à peu près de ma taille. Un Asiatique, basané, les cheveux noirs raides, un petit bouc. Et une plastique d'athlète, les muscles saillants sous sa chemise en soie ajustée et son jean.

— Puis-je vous aider ? s'enquit-il avec une politesse forcée.

— Je suis désolée, répétai-je. Je cherche Evan...

L'homme se renfrogna.

— Qui ?

— C'est le week-end, dis-je, désemparée, tout en reculant. D'habitude, on vient ici, le week-end. Je pensais...

Une lueur s'alluma dans les yeux du type.

— Oh !, merde. Vous êtes la copine d'Eric, c'est ça ?

Je me figeai. Dans ma tête, chacun de mes neurones braqua son projecteur sur ce seul mot.

Eric.

— Oui, dis-je lentement. Eric Wilke.

Et j'entendis la voix d'Evan dans ma tête : « Parce que maintenant, j'étais son seul enfant… »

Le type se détendit aussitôt.

— Il m'a dit qu'il ne viendrait pas, ce week-end. Je ne m'attendais pas à vous voir…

— On a dû mal se comprendre, répondis-je avec un détachement hautain surprenant vu les décharges électriques qui mitraillaient mon cerveau. Pardon de vous avoir dérangés…

La jeune femme approcha, effleura le bras du type.

— Park ?

— Tout va bien, chérie, répondit l'Asiatique. Juste un malentendu. C'est la petite amie de mon pote…

Il me dévisagea.

— Maise, dis-je. Désolée, je…

— Entrez, dit-il en s'écartant. Je vous en prie. Je m'appelle Park. Jun-yeong, mais tout le monde m'appelle Park. Et voici Kara.

Kara, blonde platine et bronzée, les seins compressés dans sa robe fourreau comme de la pâte dentifrice, me regarda de haut en bas. Je devais avoir l'air pitoyable, tremblante et à moitié débraillée, complètement défaite après tous ces jours passés à pleurer, l'air effarouché comme une héroïne tuberculeuse victorienne, et malgré tout, elle me toisa comme si je risquais à tout moment de me casser avec son mec.

Concentre-toi sur Kara et ses seins ridicules. Concentre-toi sur n'importe quoi, excepté cette horreur en train d'enfler en toi.

Park m'entraîna vers la cuisine.

— Un chocolat chaud ? proposa-t-il. Un thé, un café ? Oh ! j'ai aussi du bourbon… – Il se tut et me regarda avec curiosité. – Hmm, vous avez l'âge de consommer de l'alcool ?

— Vingt et un ans, dis-je mollement.

Kara haussa les sourcils. Elle-même ne devait pas avoir beaucoup plus de vingt et un ans.

— Alors, qu'est-ce que je vous sers ? demanda Park.

— Un thé, merci…

J'avais désespérément envie d'alcool, mais être pétée devant des inconnus n'est pas la chose la plus intelligente à faire.

Le téléphone de Kara sonna. Elle sortit de la cuisine pour prendre l'appel.

— Je suis vraiment confuse, dis-je à Park. On aurait dit la voix d'une autre, toute fluette. Je ne voulais pas vous gâcher la soirée.

— Pour tout vous dire, murmura-t-il, hmm, bref, espérons que c'est une « amie » qui a une « urgence »… Il écarquilla les yeux.

À ce moment-là, Kara l'appela. Il posa une tasse sur le comptoir.

— Excusez-moi.

Je me réchauffai les mains autour de la tasse. Ma tête était un peu comme une tasse en porcelaine éclatée en mille morceaux recollés n'importe comment et maintenant, ça fuyait dans un goutte à goutte brûlant.

— Je dois y aller, lança Kara, suffisamment fort pour que j'entende. Jen a une urgence. Et je ne suis pas là pour jouer les baby-sitters d'une ado…

— OK, baby. Et désolé pour l'incident. Je t'appellerai.

Échange de baisers. Puis Kara marmonna quelque chose, certainement à mon sujet. Ensuite, la porte se referma et

Park réapparut dans la cuisine, en faisant les gros yeux pour exprimer son soulagement.

— Vous n'avez pas l'air de beaucoup aimer votre petite amie, dis-je.

— Trois semaines que j'essaie de rompre...

— Depuis combien de temps êtes-vous ensemble ?

— Trois semaines.

J'éclatai de rire, un peu trop fort peut-être.

Park se servit un rhum-coca et s'assit sur un tabouret en face de moi.

— Les choses vont mal, entre vous et Eric ?

Oh ! mon Dieu, à chaque fois, c'était comme si je recevais une balle en plein cœur.

— Qu'est-ce qui vous fait dire ça ?

— Eh bien, vous vous pointez ici sans lui. Et puis, vous n'étiez pas au courant qu'il était à Chicago, ce week-end.

Chicago. Chicago.

— En fait, je ne sais pas ce qui se passe, dis-je, en plein désarroi.

Park avala une gorgée de rhum-coca, puis me dévisagea, et but encore une fois, avant de me demander :

— Quel âge avez-vous vraiment ?

— Dix-huit.

— Merde... Vous êtes encore au lycée ?

J'en tressaillis de terreur, aux abois.

— Pourquoi ? Quelle importance ?

Il se massa la nuque d'une main.

— Comment l'avez-vous appelé, quand vous êtes arrivée ?

— Qui ? répondis-je. Eric ?

Avec de la chance, il aurait peut-être oublié.

— Non, vous l'avez appelé autrement.

Je me tournai pour faire face à cet étranger. Je pouvais sentir son eau de toilette, des effluves masculins, boisés, légèrement alcoolisés. Il avait beau être bâti comme une armoire à glace, son visage avait quelque chose de doux et d'innocent. Et cela me donna envie de ne pas lui mentir.

— Je l'ai appelé Evan, dis-je.

Park m'observa avec attention.

— Vous avez un souci ?

— Quel genre de souci ?

— Vous ne seriez pas enceinte…

La profondeur de ma surprise dut se lire sur mon visage plus qu'ébahi.

— Non ! mais qu'est-ce que c'est que cette question ?

— Pardon. Mais il fallait que je sache… Park avala une nouvelle gorgée de rhum. Vous êtes venue en voiture ?

— Par le bus.

— Je vois… Et il hocha la tête. Il est tard. Je vais rentrer chez moi. J'ai un autre appart, en ville. Vous n'avez qu'à rester ici, cette nuit. – Il sortit son téléphone de sa poche. – Je vais vous donner mon numéro. Juste au cas où…

Il s'assura ensuite que j'avais assez de fric pour rentrer, le lendemain. Pas vraiment « un peu con, dans son genre », comme l'avait qualifié Evan. Encore un mensonge. Lorsque Park me regarda, une lueur de tristesse scintilla dans ses yeux. Que je refusai de voir comme de la pitié.

Peu après, je me retrouvai seule dans cet appartement où j'étais tombée amoureuse d'un homme qui n'existait pas.

D'abord, j'allai me rouler en boule sur le lit, mais très vite, je fus submergée par des nausées à répétition. Je me réfugiai alors avec une couverture sur le canapé. Mais là aussi, on avait fait l'amour. Et dans la salle de bains, et dans la cuisine, et à peu près partout dans ce putain d'endroit.

Et je me mis à pleurer, là, debout au milieu du loft, cernée par les souvenirs.

Non. Merde.

J'allumai l'ordi dans le coin bureau. Connexion invité. Fenêtre de navigation. Recherche Google : *eric wilke westchester illinois.*

Son visage.

Une centaine de photos de lui, à la trentaine, la vingtaine, ado aussi. Lui au lycée : groupe de discussion, club de théâtre (ah, enfin un truc qui n'avait pas le goût du mensonge), l'université du Nord-Ouest (pas un mensonge non plus). Puis retour au lycée, cette fois comme prof. Les récompenses. Les honneurs. Concours régionaux. Et pour quoi ? Quel cours donnait-il ?

Cours d'art dramatique.

Il n'y avait pas de frère. Même pas la moindre trace d'un jumeau. On n'était pas sur SciFi. C'était bien Eric. Et aujourd'hui il était Evan.

Pourquoi ? Et pourquoi avoir menti à ce sujet ? À propos de quoi encore m'avait-il raconté des histoires ?

Où est-ce qu'il va, les jours où il ne travaille pas ? Et pourquoi reste-t-il des heures entières dans sa voiture, à parler tout seul ?

Oh ! non. Tout cela allait-il finir par ressembler à une sorte de *Silence des agneaux* ? Tenais-je réellement à savoir ce que mangeait Eric/Evan Wilke ?

Oui. Bien sûr que oui.

#

Il faut que je te parle, lui envoyai-je par texto, le lundi. *Je peux venir chez toi ?*

Oui. Je viens te chercher ?

Je préfère marcher.

Je pris mon temps. Si j'avais eu l'impression d'aller à mon exécution en suivant Hiyam, cette fois, ce fut comme si je me rendais à mon propre enterrement. Au moment d'entrer dans le cercueil, lorsque je regarderais dedans, je suis pratiquement sûre que j'y trouverais cette chose rouge sanguinolente chargée en temps normal de palpiter dans ma poitrine.

J'arrivai devant sa porte, les chaussures pleines de neige dégoulinant sur la moquette, laissant des taches dessus comme de l'encre. Je pensai à Ilsa et à la lettre délavée par la pluie.

L'homme qui ouvrit la porte ressemblait à un naufragé, barbe miteuse, cernes noirs comme l'objectif d'un appareil photo autour des yeux, et regard effaré de petit garçon.

Tourne les talons et enfuis-toi, pensai-je. *Ça va faire mal, ça n'en vaut pas la peine.*

J'entrai.

Les symptômes de la dépression : vaisselle sale empilée dans l'évier façon tour Jenga, verres poisseux sur la table basse à côté d'une bouteille de bourbon vide, le fait qu'il soit en pyjama à 2 heures de l'après-midi, et cette sorte de hérisson poussant sur son visage.

— C'est une vraie porcherie, Eric, dis-je.

Il ne broncha même pas. Dans ses yeux scintilla cet éclat que j'aimais tant.

— J'ai discuté avec Park, dis-je.

— Je sais.

— Alors, je t'écoute, dis-je en faisant le tour du salon, comme si de rien n'était, jouant avec la guirlande de Noël qui émit un doux froufrou. J'écoute ton histoire à faire pleurer. Dois-je préparer du pop-corn ?

— Je voudrais d'abord que tu saches une chose. Je n'ai jamais…

— Stop, l'interrompis-je, le fixant avec les machoires serrées. N'essaie pas de m'amadouer. Raconte, c'est tout.

Il vint vers moi, les mains ouvertes, comme pour m'implorer, tellement ridicule, pitoyable et poignant, dans la lumière crue de l'après-midi.

— Ce n'est pas aussi simple, Maise. Il y a tant...

— Je vais donc te simplifier la tâche, dis-je en croisant les bras. Dis-moi pourquoi tu m'as menti sur ton prénom.

Il ouvrit la bouche, secoua la tête. Déglutit. Puis il recommença à parler, avant de s'arrêter. *Et tu pensais donner des cours d'expression orale ?*

— Je n'ai pas menti, dit-il enfin. J'ai demandé légalement à changer de prénom.

— C'est pour cette raison que tu étais au tribunal, l'autre jour ?

— Oui.

— Pourquoi avoir voulu changer ?

À nouveau, la pomme d'Adam trembla.

— J'avais besoin de me dissocier d'une situation...

— Pitié ! Arrête de tourner autour du pot, et dis-moi...

— J'ai eu une liaison avec une élève.

Les bras m'en tombèrent. Le rubis dans ma poitrine finit par se scinder en mille. Je restai là, dans une implosion de sang et de lumière, transpercée d'un millier de fragments.

— Ça s'est passé il y a deux ans, reprit-il. Et c'était complètement fini quand je t'ai rencontrée. Mais ça s'est mal terminé. Et l'élève a eu quelques... soucis à cause de moi.

L'élève. L'élève.

— Une lycéenne ?

— Oui.

— Quel âge ?

Il soupira, un long, un profond soupir. Ses épaules dessinaient une courbe concave, sur la défensive.

— Dix-sept ans quand tout a commencé. Dix-huit à la fin.

Je ne m'intéressais pas vraiment à son âge. Ce que je voulais savoir, c'était ce qu'il entendait par « soucis ».

— Que s'est-il passé ?

Il fixa le bout de ses pieds.

— Elle était très amoureuse de moi. Et j'ai commis l'erreur de répondre à son amour. Longtemps j'ai voulu me convaincre que ce n'était qu'une passade, une histoire de tendres sentiments et que ça n'irait pas plus loin. Mais je me mentais. J'ai laissé faire, jusqu'à perdre toute possibilité de revenir en arrière… On a couché ensemble. Une seule fois.

— Et quelqu'un l'a su ? dis-je, avec une froideur sidérante.

— Non.

— Alors pourquoi…

Je n'allai pas plus loin, et compris au moment même où il le dit.

— Elle est tombée enceinte.

— Oh ! putain de merde, dis-je, la voix soudain trop forte et trop criarde pour cette pauvre petite scène. Tu as eu un enfant avec elle ?

— Non. Non, Maise…

Il réussit à peine à me lancer de brefs coups d'œil, comme des coups de couteau.

— Et qu'est-il arrivé ?

— Elle a fait une fausse couche…

Je dus faire un effort pour ne pas vomir.

— Mais bordel, Evan. Eric. Qui que tu sois…

— Je ne l'ai pas abandonnée, s'empressa-t-il d'ajouter. Elle avait dix-huit ans quand ça s'est passé, et on en a beaucoup parlé. Je lui ai dit que je ferais tout ce qu'elle voudrait.

J'étais prêt à assumer toutes les conséquences. Ses parents, l'école, la police, tout. Mais elle m'a plaqué, et j'ai pensé que c'était terminé. J'ai démissionné. Déménagé. Et alors elle m'a suivi. Ses amis étaient au courant, ils ont essayé de faire de ma vie un enfer. Comme si ça ne l'était pas déjà.

J'éclatai de rire, un rire sec, froid et cruel.

— Tu as donc changé de nom, et tu es venu t'installer ici, de façon à pouvoir recommencer.

— Non, répondit-il avec gravité. Tu ne comprends donc pas ? Pourquoi crois-tu que j'étais si prudent avec toi, à te demander sans arrêt ton âge...

— T'en avais rien à foutre de mon âge, dis-je, en crachant mes mots. Ce qui te préoccupait surtout, c'est de ne pas jouir en moi sans protection.

Il baissa la tête, les yeux clos comme dans une douloureuse prière muette.

— Et merde, soupirai-je. – L'espace d'une fraction de seconde, démente, j'eus envie de saccager le sapin de Noël, de le réduire en miettes. De détruire quelque chose de beau, comme une enfant impuissante face à la laideur de l'existence. – Je suis tellement conne. Moi qui croyais qu'il y avait quelque chose de fort, entre nous. Que toi seul me voyais telle que j'étais. Et j'ai fini par penser que j'étais quelqu'un de spécial... je suis vraiment d'une naïveté à faire peur.

— Tu es spéciale, dit-il avec douceur.

— Non, je suis juste jeune... – Je posai la main sur une boule de Noël, rouge métallique, cassante et froide comme de la glace, et serrai, serrai, jusqu'à ce qu'elle explose et m'enfonce des échardes dans la chair. – Tu sais quoi ? Tu *es* un acteur exceptionnel. Pas une seconde je n'ai douté de la crédibilité de ton personnage.

— Je comprends que ça fasse beaucoup à accepter pour toi...

À nouveau, j'éclatai de rire.

— Ah, ça, tu peux le dire… Est-ce que tu la vois ? C'est pour ça que tu es allé à Chicago ?

— Non.

— Qu'es-tu allé foutre à Chicago ? Où passais-tu ton temps, quand tu n'étais pas avec moi ?

Il se renfrogna.

— Wesley t'a vu, dis-je. Dans ta voiture. En train de parler tout seul.

— Il m'a *suivi* ?

— Oh ! ça va. Ne fais pas l'indigné, maintenant…

— Je me répétais ce que j'allais dire à ma mère, murmura-t-il, sans me regarder. Parce que tu m'as fait prendre conscience que je ne voulais plus porter ce fardeau le restant de mes jours… – Il secoua la tête, toujours en évitant mon regard. – Et Wesley, pendant ce temps, me surveillait et venait te faire son rapport. Super. Oui, ça, c'est normal, très sain, Maise.

J'enfonçai un peu plus les morceaux de la boule de Noël dans ma paume.

— Je n'étais pas au courant. Et ça te va bien de parler de trucs normaux et sains, *Eric*.

— Je crois qu'on devrait faire un break quelque temps. Pour réfléchir à tout ça.

— Ça t'arrangerait bien que *je* fasse un break, pendant que tu es là à t'apitoyer sur ton sort, après avoir séduit une autre élève.

— J'ignorais que tu étais au lycée.

Je m'avançai vers lui, semant au passage plein d'éclats de boule de Noël ensanglantés sur la moquette.

— N'est-ce pas la première chose dont tu aurais dû t'inquiéter ? « Salut, je suis prof, et j'ai mis une élève en cloque. Tu es au lycée ? »

Cette fois, il me regarda, mais avec un air pitoyable.

— Tu n'avais pas l'air si jeune. Et quand je t'ai abordée, c'était comme parler à quelqu'un que je connaissais depuis toujours.

— Oh my God ! C'est la même tactique que tu as employée avec elle ?

— Je n'ai employé aucune putain de tactique avec elle, rétorqua-t-il. *Bien*, me dis-je. *Mets-toi en colère. Montre-moi que tu éprouves des émotions autres que des remords.* Elle est venue à moi, Maise. Je ne cherche pas à me disculper, mais nous n'étions pas sur la même longueur d'ondes. Pas comme toi et moi. Elle cherchait quelqu'un à adorer, et j'ai perdu le contrôle de mon ego. C'était une erreur. Toi, tu n'as jamais été une erreur.

Je refusais d'en entendre plus. J'avais envie de rentrer chez moi.

Je me dirigeai vers la porte, et il ne leva pas le petit doigt pour me retenir. Ne dit rien. Sur le point de sortir, la main sur la poignée de la porte, je m'arrêtai, au bord de l'asphyxie.

— Il y a une chose que je voudrais que tu saches, dis-je, sans me retourner. Tu vois, c'est le truc le plus beau qui me soit jamais arrivé. Toi, et tout ça. Tu as changé ma vie. Tu m'as changée, moi. Ma façon de penser, de sentir, et mon regard sur le monde… – J'avais la respiration sifflante. – Mais pour toi, je ne suis rien qu'une élève de plus que tu as baisée. Celle que tu n'as pas mise enceinte. J'imagine que ça n'aurait jamais marché. Non, nous ne sommes *pas* pareils.

Et je claquai la porte derrière moi, comme j'avais eu envie de le faire en classe. Sans trop savoir comment, j'arrivai en bas entière, sans m'effondrer dans l'escalier, et franchis la porte vitrée sans la faire éclater en morceaux. Ensuite, je me retrouvai dans ma chambre puis dans mon lit, tout ça sans m'automutiler ni mutiler quelqu'un d'autre. Je sentis quelque chose d'acéré dans le creux de ma main et regardai les échardes de la boule de Noël rouge sang plantées dans la paume de ma main. Et en fin de compte, j'éclatai en sanglots.

#

Les ténèbres. Pendant des jours, je ne me couchai pas avant 4 ou 5 heures du matin, et je dormais jusque tard dans l'après-midi, ne me levant que pour m'épuiser suffisamment et dormir encore et encore, somnolant jusqu'à l'aube. Je ne voulais pas me réveiller. Être réveillée signifiait pleurer comme un bébé, pathétique petit paquet de sang et de larmes. Un jour, Wesleypédia m'a dit que le cœur et le cerveau étaient composés d'eau à 73 %. Même notre squelette en regorge. Voilà pourquoi il m'était impossible d'arrêter de chialer. Tout ça, c'était dans mon corps, un trop-plein d'eau. De l'hydrogène qui fait brûler les étoiles et précipite les atomes dans des collisions jusqu'à ce qu'ils s'embrasent en une combustion éclatante. C'était la même chose que mon cœur faisait, avec cette eau à l'intérieur de moi.

#

Au réveillon du Jour de l'An, Hiyam envoya son chauffeur me chercher. Dans sa chambre, décorée de satin pêche et d'osier blanc, et baignée de senteurs florales d'un parfum virginal, je lui vendis trois grammes et demi de coke pour deux cents dollars. Elle râla bien un peu en disant que je l'arnaquais, avant de se taire pour se tracer une ligne sur son petit miroir. Juste après, ses yeux s'éclairèrent comme des spots. Vifs. Vides. Verre creux.

— Putain ! Wow, putain… – Elle s'affala sur son lit en riant. – Génial, O'Malley ! Trouve-m'en plus…

Je rentrai à la maison et dormis jusqu'à l'année nouvelle.

Le premier jour du deuxième trimestre, je me retrouvai devant la salle 209, en compagnie d'Hiyam et d'autres jeunes, quand la sonnerie retentit. La salle était plongée dans l'obscurité, la porte verrouillée. Et scotché dessus, un papier :

Le cours d'Études cinématographiques est annulé. Prière de contacter votre conseiller d'éducation pour une nouvelle orientation.

Hiyam me regarda du coin de l'œil en souriant. Dans une autre dimension, je l'aurais éjectée du toit.

Après les cours, je me rendis à l'appart. Sa voiture ne se trouvait pas sur le parking. Son nom n'était plus sur la boîte à lettres. Plus de guirlandes de Noël à sa terrasse.

Il était parti.

Je rentrai à la maison comme un zombie, tellement dans le brouillard que je ne remarquai même pas le truc sur le paillasson, jusqu'à ce que je marche accidentellement dessus.

Louis, le petit poney en peluche, me regardait avec ses grands yeux tristes, tellement humains.

Je tombai à genoux et le pris dans mes mains, avant de le serrer contre mon cœur.

Chapitre 10

Janvier.

Morne. Gris. Mort.

Je passai les repas de midi à la bibliothèque, à rédiger des brouillons de candidatures auprès de différentes universités. Parfois, Britt se joignait à moi. Et parfois, l'air timoré, elle m'interrogeait sur M. Wilke. Elle avait entendu dire qu'il avait trouvé un poste dans un autre lycée. Elle l'avait toujours trouvé si gentil. Je la regardai comme si elle me parlait d'un parfait inconnu.

Elle me parlait d'un parfait inconnu.

Je me retrouvai en Histoire de l'art avec Hiyam. Quand celle-ci me demanda un jour si je voulais aller traîner avec elle, après les cours, je lui éclatai de rire au nez, un rire cassant et froid, et l'espace d'une fraction de seconde, elle accusa le coup. Avant de vite se reprendre en décrétant : « Espèce de salope » sur un ton à la fois sarcastique et admiratif.

Régulièrement, je croisais Wesley dans les couloirs. Il baissait alors la tête, mais il était bien trop grand pour passer inaperçu. Je le regardais sans rien éprouver de particulier. Ni haine ni regret. Juste une sensation morne, grise, morte.

Hiyam me harcelait en permanence pour que je lui fournisse toujours plus de coke. Requête à laquelle j'opposai une fin de non-recevoir. Gary m'avait briefée à ce sujet : si jamais on me chopait, il fallait que je sois accusée de possession de produits stupéfiants, pas de trafic. C'était quasiment du pareil au même, question moralité, sauf qu'être coupable de possession me vaudrait une liberté conditionnelle parce que j'étais non fichée. En dessous de trois grammes et demi, je ne serais pas considérée comme dealeuse. Et puis, il ne me faisait pas assez confiance pour me savoir en possession de sommes d'argent trop importantes.

– Tu es une fille intelligente, mon ange, me dit-il, un jour que j'avais rendez-vous avec lui dans un restaurant. C'est bien pour ça que je ne te fais pas confiance. Tu m'arnaquerais et disparaîtrais dans la nature. En t'arrangeant pour échapper à tout châtiment.

Quand il m'interrogea sur la qualité de ses produits, je lui répondis que je n'en avais aucune idée. Je n'étais pas consommatrice. Il hocha la tête.

– Une fille *très* intelligente, décidément, dit-il.

Maintenant que mon professeur aux deux visages s'était évaporé, j'aurais pu arrêter de dealer. Hiyam ne représentait plus une menace. Mais quelque chose m'en empêchait. Je n'avais encore reçu aucune réponse positive pour les jobs auxquels j'avais postulé. Wesley, dont la famille était aisée, et qui s'était payé le luxe de me suivre partout avec sa caméra hors de prix, trouva en revanche très vite où se caser. Mais moi je n'avais rien, sans parler de ma mère qui m'avait volé les économies destinées à mes études. Bref, l'univers semblait résolu à ne m'offrir que des options minables et sans saveur. Il était peut-être temps pour moi de l'accepter.

Insidieusement, je commençai à comprendre certains des choix de ma mère. Parfois, plus vous avancez dans l'existence et plus vous vous retrouvez les pieds dans la merde, alors vient un moment où vous vous dites : « Tant pis, je vais m'y prendre autrement… »

Pendant les cours, je regardais le paysage désolé atomisé par la neige, en train de pourrir de l'intérieur. Avec lui, l'hiver n'était que scintillements, aurores et neige de coton soufflée par le ciel. Maintenant, ce n'était que boue et déchets, banal. Rouille et pourriture d'un gris sans espoir.

Choses que je ne m'attendais pas à faire l'année du bac :

Devenir trafiquante de drogue.

Devenir ma mère.

Trouver et perdre l'amour de ma vie.

#

Un samedi, alors que je descendais de ma chambre, je tombai nez à nez avec Wesley, assis dans le salon.

— C'est quoi ce bordel ?

— Chérie, dit Maman. Il dit qu'il est venu te présenter ses excuses.

— Maise !, m'appela Wesley quand je fis demi-tour dans l'escalier.

— Quoi ? répliquai-je, la rampe grinçant sous ma main.

— Tu as le droit de m'en vouloir. Ce que j'ai fait, c'était nul, d'accord ? Vraiment, vraiment nul. Je suis désolé. Je voudrais te parler, s'il te plaît…

Maman nous observait l'un et l'autre avec intérêt.

— On n'est pas au théâtre ou devant une de tes séries de merde, tu entends ? lui aboyai-je dessus. Va jouer ailleurs.

Les yeux de ma mère se plissèrent dangereusement, mais le regard implorant de Wesley parut la calmer. Elle s'éclipsa dans la cuisine.

– Je t'écoute, dis-je.

– Ici ?

– Tu croyais quoi ? Que j'allais te laisser monter dans ma chambre ? Me caresser les cheveux et glisser ton bras autour de mes épaules pour me susurrer que tout va bien ? Contente-toi de dire ce que tu as à dire, point.

Wesley fit la grimace et, mal à l'aise, haussa les épaules, étriqué dans son *duffle-coat*.

– Écoute, je sais, je n'ai pas d'excuse, d'accord ? Mais je tiens à ce que tu saches combien je suis désolé. Je me sens comme une merde... – Il baissa la voix. – Je pensais qu'il t'exploitait. Te faisait du mal. J'imagine que c'est ainsi que je voulais voir les choses, et j'ai essayé de te les faire voir comme ça, à toi aussi. C'était nul, je te demande pardon, Maise.

Je regardai le papier peint dans la cage d'escalier. Dans une famille normale, c'est l'endroit où on accroche des photos. Papa et Maman, grand-père et grand-mère. Leur fille bien-aimée. Sur notre papier peint à nous, il n'y avait qu'une pellicule jaunie de fumée de cigarette.

– Que faisais-tu au parc d'attractions, ce soir-là ?

– Je travaillais. Un job d'été, au stand de fléchettes.

J'éclatai de rire. Je l'avais sans doute vu, sans pourtant lui accorder plus d'intérêt que ça.

– Pourquoi ne m'as-tu rien dit ? demandai-je en le fusillant du regard. Tu as toujours su que c'était Evan.

Je pensais encore à lui comme à Evan. C'était son deuxième prénom d'après Google.

– Je ne sais pas, soupira Wesley en gonflant les joues, les cheveux dans les yeux. Parce que c'était ton secret. Et je voulais que tu me le dises toi-même. Que tu me fasses confiance…

— La confiance, ça se mérite, dis-je, implacable.

Il regarda les marches.

— Ça n'a plus d'importance. Bon, il faut que j'aille réviser…

Wesley s'essuya les joues d'un revers de main.

Sérieux ! Mais… Il *pleurait*, vraiment ?

— Tu avais raison, dit-il, le regard fixe, d'une voix profonde et chevrotante. Tu avais raison lorsque tu disais que tu étais ma seule amie. Tu es la seule personne qui compte pour moi, en dehors de la famille. Je n'attends pas que tu m'accordes ta confiance à nouveau, mais je suis désolé. Tu me manques. Tu manques à Maman. Putain, elle était furieuse… T'inquiète pas, je ne lui ai pas parlé de M. Wilke, toujours est-il qu'elle a dû me traiter d'imbécile une bonne centaine de fois… – Il renifla. – J'aimerais pouvoir tout effacer. J'ai exposé ta vie privée aux yeux de tout le monde. Je pensais te sauver, en fait, j'ai agi comme un crétin. J'ai tout foutu en l'air, j'en suis conscient. Je suis désolé.

Il releva enfin un peu la tête, les yeux sur la rampe cette fois, mais toujours pas moi. Ses yeux brillaient, ses joues aussi.

— Ce n'est pas une excuse, mais tu as raison. Je suis plus jeune que toi, Maise. Sur beaucoup de plans. Tu es beaucoup plus mûre que moi. Mais je ne voulais pas te faire de mal, ni faire foirer les choses avec lui. Je ne suis qu'un gamin débile.

Il ravala sa salive, sa pomme d'Adam rebondit.

Je déglutis moi aussi. J'avais la gorge serrée, les yeux qui brûlaient.

— Siobhan n'a pas dû te traiter d'imbécile, je la connais. Elle t'a probablement reproché la stupidité de tes actes, nuance…

— Bof, c'est à peu près ce que je viens de dire, non ? marmonna-t-il, lugubre.

— Ah non, rétorquai-je en le dévisageant, puis je me mis à rire. Ce n'est pas du tout ce que tu as dit, espèce de trou du cul désolé... Et mon rire disparut aussi vite qu'il était venu. Tu n'as rien foutu en l'air, entre Evan et moi. Tu avais raison à son sujet.

Cette fois, Wesley me regarda droit dans les yeux.

— Il n'est pas celui que je croyais. Et je suppose que je ne suis pas non plus celle que je croyais... – Je secouai la tête. – Tu sais ce que je suis en fait ?

— Quoi ?

— Je suis comme toi. Une gamine débile.

#

Progressivement, au fil des semaines, Wesley et moi, nous remîmes à discuter. À déjeuner ensemble, parfois à marcher ensemble des heures entières sur les routes déneigées au milieu des champs tout blancs, notre souffle projetant de petits nuages dans notre sillage, tandis que nous discutions de nos projets, après le bac. Siobhan m'invita à dîner, le soir de la Saint-Valentin, et je me jetai dans ses bras en essayant dc ne pas pleurer. Elle ne dit pas un mot à propos d'Evan, mais je sus qu'elle comprenait tout, et le seul fait de la voir, cette femme merveilleuse qui avait survécu à sa propre histoire d'amour avec un prof, me fit un bien fou.

— Au seul amour qui dure, dit-elle quand on leva notre verre de champagne pour un toast. L'amour de la famille et des amis.

Je trinquai avec eux, mais mon verre sonna creux.

#

L'audace d'Hiyam ne connaissait pas de limites.

— J'ai de grands projets pour les vacances de printemps, O'Malley, me dit-elle, alors que nous étions assises au fond de la salle, en cours d'Histoire de l'art, à attendre la sonnerie. J'attends de toi que tu fasses le nécessaire.

Elle passa un bras sur le dossier de ma chaise, et me colla presque la bouche contre l'oreille.

— Il m'en faut un kilo.

J'éclatai de rire.

— Tu déconnes.

— Je suis très sérieuse, au contraire, siffla-t-elle en faisant courir l'ongle de son index sur ma joue. Tu imagines le bénéf que tu en tirerais ? Toi et ton espion de petit copain, vous pourriez emménager à Hollywood.

Elle avait pris l'habitude d'appeler Wesley mon espion de petit copain.

— Pas question que je fasse ça, ni dans ce monde ni dans un univers parallèle. Tu délires.

— Tu me déçois, O'Malley. Je pensais que tu serais séduite à l'idée de pouvoir quitter ce trou à rats.

— Exact. Mais je n'imagine même pas que tu aies le fric pour ce genre de commande.

Son expression se fit sournoise, fourbe.

— C'est là où tu te trompes.

— Je comprends. Ton père te laissera piocher vingt mille dollars dans le fonds d'investissement qui te reviendra à sa mort.

— Ça fait des années que je pique dedans. J'ai déjà ponctionné trente mille dollars, et il n'y a vu que du feu.

Je levai les yeux au ciel.

— M'en fous. Je ne vais pas risquer ma peau à cause de tes fantasmes à la *Scarface*.

— Prends le temps d'y réfléchir, dit-elle, puis elle se pencha un peu plus vers moi. Je ne voudrais pas être obligée de reconsidérer notre arrangement...

Je la regardai droit dans les yeux.

— Il est parti. Je ne l'ai pas vu depuis des mois. Tes menaces ne me font plus rien...

— Ce n'est pas lui que j'enverrais en tôle, me dit alors Hiyam tout sourire. Mais toi.

#

— Hiyam recommence à me faire chanter, dis-je à Wesley alors qu'on était assis les fesses dans la neige tout en haut du château d'eau. Elle menace de me dénoncer aux stups.

Je lui avais raconté tout ce qui était arrivé avec Evan, y compris le chantage et le trafic de coke. Il m'avait écoutée, sans porter de jugement, remarquant simplement que tout ça ferait un super film. J'acquiesçai. Et on passa des heures à réfléchir à un titre. *Neige sur la ville. Lumières dans la nuit. Indomptable.* Quelque part, c'était sa pénitence pour m'avoir piégée : connaître le secret que je gardais au fond de moi depuis si longtemps. M'écouter pleurer, rire, enrager, soupirer. Enfin, je pouvais parler ouvertement avec quelqu'un qui me connaissait, qui savait combien ces événements avaient bouleversé ma vie. Aujourd'hui, après des mois sans voir Evan, alors que je commençais à oublier la chaleur de son corps, la transe chimique qu'il provoquait en moi, ce qui me manquait le plus c'étaient ces moments tout simples passés avec lui. Regarder des films ensemble. Marcher au hasard dans Saint-Louis, faire semblant d'être les héros de certains films. Passer des nuits à discuter, au lit. Et aussi ces trajets en voiture dans le silence, ou au cinéma quand on allait voir un navet, et qu'on se regardait toutes les trois minutes, en souriant. Ces regards qu'on échangeait, en cours, par delà l'absurdité de cette vie que nous devions vivre, et nos soupirs en pensant à nos étreintes une fois la nuit tombée.

Ce qui me manquait le plus était la banalité des choses. Ces menus détails si précieux pour lesquels je n'avais alors que mépris.

Wesley m'avait demandé pourquoi je portais encore l'anneau de Claddagh, si c'était terminé. Je l'avais alors regardé, surprise de le voir là à mon doigt, puis je l'avais retiré. Mais je le gardais dans ma poche, le touchant parfois, comme un talisman.

— Comment pourrait-elle te mettre les stups aux fesses sans risquer de se voir jeter en tôle elle-même ? demanda Wesley en m'envoyant un nuage de bidî dans le visage.

Du bout de ma chaussure, je décollai une pellicule de glace sur la plate-forme en bois. Il faisait si froid que j'en avais presque du givre sur les cils.

— Je ne sais pas, mais il faut que je me sorte de là. C'est comme au milieu du film *Les Affranchis*… Ce truc devient un peu trop sérieux pour moi, Wesley.

De notre nid d'aigle, le monde était ton sur ton : terre blanche, ciel blanc, nuages blanc mat teintés de nacre. On sentait une tension cristalline dans le sol, quelque chose d'imminent sur le point de s'ébrouer, toute une vie enfouie impatiente de se libérer, de respirer à nouveau. Des sensations à peu près identiques m'agitaient en sourdine. J'étais lasse de cette chrysalide de glace et de larmes gelées. Je voulais sortir. Je voulais sentir à nouveau le soleil.

Au lycée, Wesley avait choisi animation numérique en option. Il ne se baladait plus avec sa caméra en permanence vissée à l'œil. Désormais, il ne lâchait plus son ordinateur portable, faisait de la typographie cinétique, une mise en scène dynamique du texte, mot à mot, un poème visuel. J'aurais juré qu'il avait changé de matière à cause de moi, de ce qu'il m'avait fait. Je le savais, regarder le monde à travers un objectif lui manquait.

— Hé, dis-je. Je viens d'avoir une idée.

— Aïe… Tu as cette lueur de folie irlandaise dans les yeux…

Je me penchai vers lui, en me la jouant Gary Rivero.

— J'ai un travail pour toi, mon ange.

— Maise, je suis ton ami, mais je refuse de mettre un orteil dans le trafic de substances illicites.

— Non, dis-je. Ce sont de tes compétences que j'ai besoin. Mieux, de ton savoir-faire d'espion.

Il haussa les épaules, mal à l'aise.

— À quoi tu penses ?

#

Mars. Lettres d'admission. Mes petites économies grandissant sur mon compte perso. Rêve de liberté et de soleil californien.

Et toujours, dans ma poche, dans ma peau, dans un coin de ma tête, le vide qu'il a laissé. Et ce cercle vide autour de mon doigt, là où brillait la bague. Les éclats pourpres et la poussière de rubis incrustés dans ma poitrine.

Il existe des mots pour ce genre de sensation, mais aucun ne parvenait à véhiculer ce sentiment de profonde douleur en moi, cette érosion constante de mes atomes. Un sentiment qui aspirait mon corps, comme un trou noir qui me consumait de l'intérieur, rendant mes os terriblement massifs, aussi lourds que sur le Gravitron, cette nuit-là. Et au moment où finalement je croyais m'effondrer de l'intérieur, disparaître en moi-même, je réalisais que c'était lui qui m'attirait. Ma peau me tirait. Mon cœur pressait contre les barreaux de ma cage thoracique. Allongée dans la neige, je regardais les étoiles, et même la Terre n'était pas assez forte pour me retenir. Une gravité plus puissante m'attirait. M'attirait et m'attirait encore.

#

C'était un établissement à l'architecture étrange, ressemblant plus à une usine aérospatiale qu'à un lycée, des structures d'acier projetées vers le ciel, telles des ailes déployées. Le campus était immense, et je passai près d'une heure à l'arpenter avant de repérer la voiture que je cherchais. J'avais froid avec mon legging et ma petite jupe sous mon manteau léger. Je saisis mon reflet dans la vitre d'une voiture : visage anguleux, traits trop saillants, cernes bleu-violet. Manque d'appétit. Manque de sommeil. Si le froid avait autant d'emprise sur moi, c'est que je n'avais que la peau sur les os, et au-dessous une pelote de nerfs tendus à l'extrême, menaçant de céder.

Je m'assis sur le capot comme je l'avais fait une éternité auparavant.

Des jeunes allaient et venaient sur le parking, criant et riant. Deux pom-pom girls passèrent, une brune maigre et l'autre bronzée, aux sourires ultra-blancs fluorisés.

Il ne faisait pas attention et ne me remarqua pasavant d'arriver à une dizaine de mètres de moi.

Il s'arrêta, la tension en lui se relâcha peu à peu, tandis qu'il me regardait, ébahi, sous le choc. Jean, chemise à manches longues, veste de costume. Rasé de près, les cheveux plus courts qu'avant. Ce visage avait hanté mes rêves.

Je retins mon souffle quand il se remit en marche et se dirigea vers moi. Sans me quitter des yeux. Plus il approchait, plus il avait l'air abasourdi et, bêtement, je pensai :

« Il ne me reconnaît pas. » Puis il laissa tomber son sac en bandoulière à ses pieds et ouvrit les bras, alors je descendis de mon perchoir et me précipitai pour le serrer violemment contre moi. Nous restâmes ainsi un long moment. Moi, les yeux fermés, arrivant à peine à respirer, m'enivrant de son odeur familière, ne voulant qu'une chose : l'emprisonner en moi pour la garder à jamais. Son torse qui se soulevait contre le mien me réchauffait comme une terre d'été, irradiant du soleil jusque dans mes os. J'aurais voulu rester là jusqu'à la fin des temps.

Après une minute, ou peut-être mille, il s'écarta pour me regarder, toujours avec cette expression abasourdie.

— Salut, me dit-il avec douceur, dans un soupir.

Les trois derniers mois de mon existence s'élevèrent dans les airs avant de se dissiper comme une brume.

— Salut.

Il effleura timidement mes cheveux, laissa retomber sa main. Puis à nouveau, il m'étreignit, avant de me regarder encore une fois. Il caressa mon visage. Apparemment incapable de décider des limites à ne pas franchir.

Réponse : il n'y en avait aucune.

Il déverrouilla la portière passager, et me regarda monter. Je fermai à nouveau les yeux tandis qu'il allait ramasser son sac. Cette voiture sentait tellement son odeur, mélange de cuir chaud et de fumée de bougie. Enveloppée dans cette odeur, j'eus l'impression de rentrer à la maison.

Je m'étais promis de ne pas pleurer avant d'avoir articulé quelques mots appropriés à l'intensité dramatique du moment. Mais je compris que j'aurais du mal à tenir ma promesse.

Evan monta, encore émerveillé/abassourdi/choqué, et vit mon visage défait. Il m'ouvrit les bras.

Les dix minutes suivantes, je me délitai, pleurant toutes les larmes de mon corps, ou ce qu'il en restait, accrochée à son cou, bafouillant : « Je suis désolée, je vais abîmer ta veste », et quand il rit, de ce rire si beau, et répondit : « Abîme-la, elle est à toi », je sanglotai encore plus fort, acceptant cette invitation à pleurer.

Quelque part, c'est beaucoup plus facile d'être courageux quand vous êtes en état de loque. Lorsque le flot se tarit, je le lâchai et m'écartai pour enfouir mon visage dans un mouchoir en papier, tout me paraissant un million de fois plus difficile. J'avais complètement oublié les raisons de ma présence ici. Je voulais juste le voir, le toucher un peu, m'assurer de son existence. J'en avais besoin. Bien, mission accomplie. Et maintenant ?

Evan parut sentir mon désarroi. Il mit le contact.

Il roula au hasard quelque temps en me regardant, incrédule, groggy.

— Tu veux boire un café ? me demanda-t-il.

Je secouai mollement la tête. Contact visuel chargé de sens.

Son regard s'attarda sur moi, puis il fixa le pare-brise et n'en bougea plus.

Il se gara au pied d'une petite résidence. Je le suivis à l'étage. Nous n'échangeâmes pas un mot. Murs d'un blanc terne, cartons empilés sur le sol. Une sensation d'absence de vie dans cet endroit. Il se dirigea droit vers le réfrigérateur, en sortit deux bouteilles de Blue Moon et s'accouda au comptoir, en face de moi. Nous ne bûmes en tout et pour tout qu'une seule gorgée de bière avant de nous précipiter l'un vers l'autre, pour nous rencontrer au beau milieu de la cuisine. Il prit mon visage entre ses mains, enfonça ses pouces dans mes pommettes et me maintint avec fermeté avant de m'embrasser, un baiser aérien, comme s'il posait les lèvres sur un coquelicot qu'il risquait d'abîmer.

Puis il s'arrêta.

Pendant trois mois, j'avais oublié cette sensation de feu dans mes veines. La vie qui animait mon corps, pas uniquement aux endroits les plus évidents de mon anatomie, mais jusqu'au fond de mes os, les frissons de la racine de mes cheveux jusqu'au bout de mes orteils. Je chavirai, aussi désorientée que si j'avais sniffé toute cette coke au lieu de la vendre. Quand Evan posa les mains sur moi, je sentis tous mes poils se hérisser et la chair de poule sur mes avant-bras. Il déboutonna mon manteau avec mille précautions, comme s'il m'enlevait un bandage.

— Attends, dis-je. Non.

Il retira aussitôt ses mains.

Mais qu'est-ce que j'étais en train de faire ? Que se passait-il, là ? Je reculai d'un pas, sortis de la cuisine et m'avançai dans l'appartement. On aurait dit une galerie d'art, mais sans art. Traits de lumière et d'ombre se disputaient les murs blancs et le parquet. Je visitai chaque pièce, en quête du moindre signe de vie. Matelas sur la moquette de la chambre. Cadavres de bouteilles de bière alignés sur un rebord de fenêtre. Shampoing, brosse à dents, rasoir. Mon reflet dans le miroir de la salle de bains, lèvres rougies et alanguies, cils maquillés de larmes, plus vivante que n'importe quoi d'autre, ici.

— C'est ça que tu es venue voir ? demanda Evan derrière moi. Mon cadre de vie ?

Je tournai les talons et m'éloignai. L'écho de mes pas résonnait brutalement dans les pièces vides. Surtout, ne pas parler trop fort, les vitres pourraient voler en éclats.

— Je ne suis pas venue ici pour la bagatelle...

— Dans ce cas, pourquoi es-tu venue ?

— Je ne sais pas, dis-je en me retournant, les mains en l'air. Pour voir comment tu vas. Si ton nouveau job te plaît...

— Si je t'ai oubliée...

Oui.

— Non.

Il s'approcha, livide, et dans un grognement sourd il répondit :

— Je ne t'ai pas oubliée. Je rêve de toi toutes les nuits. Je regarde cette putain de vidéo encore et encore, juste pour entendre ta voix. Alors, tu es contente ? Est-ce la preuve que je tiens à toi ?

C'était la première fois qu'il semblait réellement en colère contre moi. Je réagis en relevant fièrement le menton, pas question de me dérober.

— Non, je ne suis pas contente. Je me sens misérable. Ma vie est une vaste mascarade.

Il fit quelques pas, se planta devant une fenêtre, avant de revenir vers moi.

— Ne fais pas ça, dit-il. Ne viens pas ici pour foutre le bordel dans ma tête et jouer avec moi. On ne quitte pas quelqu'un pour tester son amour... – Il se balança sur le bout de ses pieds, serrant et desserrant les poings. – Me plaquer a été tellement facile pour toi, oui, tellement facile. Un moment, j'ai même failli penser que tu t'étais bien foutue de moi. Tu as pris ton pied en faisant mumuse avec un adulte, mais dès que c'est devenu un peu difficile et compliqué, tu as pris la fuite !

Pour ne pas trembler, je serrai le poing dans la poche de mon manteau.

— Je n'ai pas pris la fuite. Je ne suis allée nulle part. C'est toi qui es parti... – Je crachai un éclat de rire dénué de joie. – Et ça a été difficile et compliqué dès le début, Evan. Wesley avait raison. Il avait compris combien c'était malsain.

Evan rit à son tour, un rire glaçant.

— Tu disais ne pas savoir en quoi consistait une relation adulte. Eh bien, voici la première leçon, Maise. Quand ça devient dur, on ne fuit pas.

— Garde tes leçons pour tes élèves. Tu n'es plus mon putain de prof.

Nous nous dressions l'un contre l'autre, pleins de rage et de fureur, une lame de lumière blanche en provenance de la cuisine traçant un gouffre entre nous. Le crépuscule marbrait d'ombres profondes l'appartement. Si j'avais eu une voiture, je serais partie sur-le-champ. Appeler un taxi cassait tout mon effet dramatique.

— Mais que sommes-nous en train de faire, là ? dit-il soudain, dans un soupir rageur.

— Les idiots.

— Oui.

Dans ma poche, je desserrai le poing, laissant la bague rouler. Je massai doucement ma paume endolorie.

— Je suis affamé, dit Evan. Tu veux quelque chose pour le dîner ?

— Oui.

Nous fîmes un pique-nique avec du chinois sur une couverture étalée sur le sol du salon, utilisant des cartons en guise de tables. Il dut en ouvrir un pour déballer une lampe. Nous dévorâmes deux barquettes de chow mein au bœuf, une bouteille de bière, puis une autre, assis l'un en face de l'autre, évitant de se toucher, sauf quand il me tendit une troisième bière. J'en eus alors des picotements sur tout le bras, comme si je m'étais cogné l'os du coude. Sujets de discussion sans risque : son nouveau cours (intéressant, surtout axé sur la gestion du stress avant d'entrer en scène), mon nouveau cours (histoire de l'art, barbant, surtout axé sur la gestion de l'ennui en classe). Je lui racontai mon « amitié » ridicule avec Hiyam ; il me parla de ses nouveaux élèves, dont l'un était le clone parfait de Wesley (« Il est peut-être en planque sur le parking, en bas, en train de tourner un docufiction sur nous », dis-je, et nous regardâmes à travers les stores en riant, sa main effleurant ma cuisse). On riait facilement, de tout, de rien. Tout ça était trop absurde. Ce n'était pas possible autrement. Nous rapportâmes les restes à la cuisine, et je me lavai les mains dans l'évier quand Evan s'approcha derrière moi et respira doucement mes cheveux. Je ne bougeai pas. L'eau froide sur ma peau, sa chaleur sur ma nuque. Une décharge électrique me parcourut l'échine tout droit jusqu'à l'hypothalamus. Je me retournai, et il prit mon visage entre ses mains et m'embrassa. Et je le laissai faire, les mains trempées ballantes le long du corps. Un poids oppressant pesait sur ma poitrine. Puis il me lâcha, je me séchai les mains, et cette fois, l'embrassai avec ferveur. Bière et cookies aux amandes. Grésillement de la lampe halogène, le lino crissant sous nos pieds. Mes épaules cognèrent le réfrigérateur. Notre baiser gagna en intensité, et nous nous arrêtâmes en même temps.

— Mais que sommes-nous en train de faire ? dis-je.

— Les idiots.

Il ne semblait pas convaincu. Je toussotai.

— Je vais rentrer maintenant, dis-je, en pensant : « Demande-moi de rester. »

Mais il ne dit rien.

Dans le taxi, je serrai l'anneau si fort dans ma main que ce fut comme si le métal creusait mes os. J'étais presque arrivée à la maison quand mon téléphone vibra.

Viens ce week-end, disait son texto.

Immédiatement, je répondis : *Oui.*

#

De retour là-bas, le samedi après-midi, je trouvai Evan et Park sur le trottoir en train de décharger un canapé.

Je me précipitai pour leur ouvrir la porte. Evan me dit à peine bonjour, mais Park me sourit, clin d'œil en prime.

Je les précédai dans l'escalier. Park, à un moment, décida qu'il était fatigué et s'arrêta sur le palier pour s'asseoir sur le canapé, en faisant semblant de dormir, avant de se relever d'un bond, en mimant monsieur muscle pour reprendre l'ascension.

— Frimeur !, marmonna Evan, à bout de souffle, tandis que je riais.

L'appartement ressemblait presque à un logement normal maintenant : tables, chaises, affiches au mur. Evan m'expliqua qu'il avait mis son mobilier au garde-meubles, car il ignorait encore s'il resterait longtemps en poste ici. Nos yeux se trouvèrent et ne se lâchèrent pas pendant un moment, puis j'allai à la cuisine chercher des bières. Evan et Park se tenaient sous un rayon de soleil parsemé de poussière, leurs T-shirts trempés de sueur leur collant à la peau. Tandis qu'ils buvaient goulûment leur bière, je m'assis sur un carton en arborant mon air effronté. Park éclata de rire et me refit un numéro de bodybuilder, veines saillantes, puis il fila sous la douche.

— Tu vas donc vivre ici pour de bon ? dis-je à Evan.

— Je n'en suis pas encore sûr. Mais oui, je pense que je vais vivre ici quelque temps. Vivre, c'est le mot, au lieu de survivre…

Je détournai les yeux, sirotai ma bière. Mon autre main enfouie dans la poche, serrant la bague.

Park se douchait comme un marine, en trois minutes chrono, immaculé et prêt au combat.

— Je t'ai emprunté un T-shirt, E, dit-il. De toutes façons il me va mieux que le mien…

J'échangeai un regard et un sourire avec Evan. « E » semblait lui aller. À la fois l'ancien lui et un air de nouveauté.

Devant rentrer à Saint-Louis, Park s'éclipsa, et je passai l'essentiel de la journée à aider Evan à s'installer. Et durant tout ce temps, je pensai : *Dis-lui. Dis-lui de ne pas se détendre, comme ça. Dis-lui que tu t'en vas.* Mais cela m'était impossible. Il redevenait peu à peu ce qu'il était, détendu, avec ce sourire comme un flash qui me faisait tressaillir par surprise, et qui toujours m'aveuglait, m'éblouissait. Le jour commença à tomber, sans que nous allumions aucune lampe. Nous prîmes place sur le canapé aux ultimes sursauts du crépuscule, les rayons d'un soleil rouge sang refroidissant peu à peu pour se parer de cobalt. Je me blottis contre le torse d'Evan, ma tête bougeant imperceptiblement au rythme de sa respiration, comme portée par de douces vagues.

— Je suis incapable de dire si tout ça marque le début ou la fin de quelque chose, murmura-t-il.

— Que ressens-tu ?

— Comme si c'étaient les deux en même temps...

Nous commandâmes une pizza margherita et une bouteille de chianti. Nous dégustâmes les deux assis à même le sol, en regardant des films d'indé sur son ordinateur portable, jusqu'à ce que notre intérêt faiblisse, et que nous préférions nous embrasser. Nos étreintes étaient détendues elles aussi, pas destinées à aboutir à quoi que ce soit, tout en lenteur, douceur et légèreté, nos lèvres s'effleurant et se séparant comme des baisers par accident, entrecoupés de chuchotements.

— Pourquoi m'as-tu quitté ? demanda-t-il, alors que je me tenais au-dessus de lui, un genou de chaque côté de sa poitrine. La seule lumière provenait du faible éclat de son ordinateur portable, qui nous peignait de bleu sur un côté. Mes cheveux s'écoulaient en boucles noires autour de son cou.

— Parce que j'ai commis l'erreur de porter sur nous le même regard que les autres. Je pensais être juste un fantasme-type, pour toi. Une élève. Une jeune fille parmi d'autres.

— Un prof, dit-il de lui-même. Un homme plus âgé parmi d'autres.

Je secouai la tête, faisant voler mes cheveux.

— Pourquoi m'as-tu laissée partir ?

— Je ne voulais pas, dit-il dans un souffle. Mais toutes les raisons que j'avais de te retenir étaient égoïstes. Et chaque fois que je sentais mes résolutions faiblir, je regardais le film de Wesley, et je voyais ce que je t'avais fait.

— Tu n'as rien fait. Ce sont les circonstances qui ont tout fait. À toi comme à moi… – Je repris ma respiration. – C'était plus beau que laid, Evan. Tellement plus beau.

Il caressa ma joue, l'ombre de son bras planant sur nous.

— Pourquoi es-tu revenue ?

Parce que je t'aime, pensai-je. *Mais dans quelques mois, je repartirai. Pour de bon, cette fois.*

J'allais le lui dire. J'allais vraiment le faire. Mais il m'attira contre lui et m'embrassa. Un baiser subtil, et dans la douceur du moment, il m'enleva ma chemise comme s'il soufflait sur un nuage transparent, puis il fit glisser mon legging sur mes jambes, déboutonna sa chemise et ouvrit sa braguette. Dans ma main, son sexe bandait, dur et chaud, et toutes les anciennes sensations resurgirent, sa puissance déclenchant un séisme en moi, une vibration soudaine, intense. Il me laissa le caresser, les yeux clos, un faible râle s'échappa de sa bouche comme s'il renonçait à retenir quelque chose de délicat. J'étais en transe. J'avais envie de lui, mais je me sentais comme en dehors de moi-même, en train de nous regarder. C'était bien moi. Mon corps sur le sien, mes jambes écartées, mes ongles griffant ses épaules alors que je le prenais en moi.

Le son qui sortit de ma bouche était plein de douleur et d'une sorte de soulagement intolérable parce que j'étais terriblement en manque de tout ça. C'était moins baiser qu'apaiser une souffrance de l'accueillir là, en moi, en cet endroit tendre et meurtri. Je bougeais sur lui doucement, mes genoux dénudés se brûlant au contact du parquet froid. Il avait gardé son jean, et le denim frottait l'intérieur de mes cuisses. L'ordinateur dessinait nos ombres sur le mur, et je tournai la tête pour regarder le profil fuselé et sinueux de mon corps joint au sien, la courbe arrondie de ma colonne vertébrale, le torrent de mes cheveux déployés comme une étrange créature arachnéenne. Il était si large en moi, si excessif. Distendant ma peau jusqu'à l'extrême. M'entraînant inéluctablement jusqu'à ce no man's land où mon corps se fondait au monde, où la réalité se confondait avec ma fiction intérieure. Et je ne savais plus qui j'étais, excepté ce vide et cette plénitude, ce désir douloureux et ce bien-être qui se répétaient encore et encore. Cela faisait si longtemps que je perdis le contrôle. Je sentis monter le plaisir et hoquetai en le suppliant avec un regard de surprise ridicule. Son expression à lui était sereine, rêveuse, sauf quand il agrippa mes hanches au moment de jouir.

Nous nous regardâmes l'un l'autre, sans bouger. Quelque chose crépita entre nous et se déchira sur son torse nu, y laissant une cicatrice ouverte et lumineuse. Un minuscule diamant. Puis un autre. Et un autre.

— Maise, murmura-t-il en caressant mon visage mouillé de larmes.

Impossible de m'arrêter. Je me redressai pour le laisser se retirer, ramenai mes jambes sous moi, sa jouissance coulant, chaude, entre mes cuisses. J'enfouis mon visage dans mes mains. Il s'assit et m'attira contre lui, me berça. Un moment plus tard, je sentis comme une pointe de feu sur le haut de mon crâne, qui serpenta dans mes cheveux, et je compris qu'il pleurait lui aussi.

#

Après cela, ce fut différent. Je lui souhaitai bonne nuit sans un baiser, et me réfugiai pour dormir sur le canapé, en regardant les ombres sillonner lentement la pièce à mesure que la Terre tournait sous les étoiles, mais à 2 heures du matin, incapable de trouver le sommeil, je me faufilai dans sa chambre. Lui aussi était éveillé, assis dans le noir. Une lumière diffuse filtrait à travers les volets comme un souffle de vie, un soupir de la nuit. Je grimpai sur le lit, m'assis à côté de lui sans le toucher. Nos pieds reposaient côte à côte.

— J'arrive pas à dormir, dis-je.

— Moi non plus. Je n'arrêtais pas de penser à toi là-bas, en rêvant que tu sois ici, auprès de moi.

Un essaim d'ailes microscopiques s'ébroua dans ma poitrine. J'imaginai mon cœur battant comme une pierre rougeoyante miniature.

— Souhait exaucé, dis-je, et je donnai gentiment un petit coup dans son pied. Tu te souviens, le chemin de galets, à Saint-Louis ?

— Oui, on jouait aux pionniers sur la piste de l'Oregon.

— Tu n'avais plus ni balles ni nourriture. Tu devais chasser pour te nourrir.

— Oui, mais toi, tu mourais de dysenterie.

J'éclatai de rire.

— Vivre intensément et mourir jeune, pour faire un beau cadavre...

À son tour, il me donna un coup de pied.

— Tu as eu des réponses des universités ?

Je pris une profonde inspiration, puis lui fis face.

— J'entre à l'université de Californie du Sud.

Evan s'assit d'un bond. Il se tourna vers moi en riant, incrédule. Sa main trouva la mienne et la serra si fort qu'il me fit mal.

— Mon dossier a été retenu par d'autres aussi, dis-je. Pareil pour Wesley. On a décidé de choisir l'USC... – Une autre respiration. – Je vais partir à L.A., Evan.

— Je suis si fier de toi, dit-il dans un murmure. Il souriait.

— Tu as entendu ce que j'ai dit ?

— Oui, j'ai entendu.

— Mais alors, pourquoi es-tu aussi heureux ? Je pars.

— Je sais.

Je retirai ma main de la sienne.

— Donc ça te va ? Je m'en vais, mais tu t'en fous...

Il caressa ma jambe nue. Il était torse nu, le corps sculpté comme dans du marbre dans la lueur laiteuse de la nuit.

— Je ne me fous pas que tu partes. Au contraire, tu n'imagines pas. Mais je me réjouis pour toi. C'était ton rêve, Maise.

Oui, en effet. Mais j'en avais un autre, celui d'être aimée, totalement, corps et âme, pour ce que j'étais. Avec mes faiblesses et mes forces. Mes peurs et mes rêves.

— Tu pourrais au moins faire semblant d'être en plein conflit moral, dis-je.

Il rit.

— Je ne te demanderais jamais de renoncer à ton avenir. D'ailleurs, tu refuserais de toutes façons.

— Oui, n'empêche, parfois ça fait du bien qu'on vous le demande. De sentir que quelqu'un a besoin de vous.

Ses doigts remontèrent le long de ma cuisse, me donnant la chair de poule.

— Loin de moi l'idée de jouer la carte de mon grand âge, je te le jure. Mais il y a une chose en laquelle je crois. Il faut aimer les choses et les gens quand on a la chance qu'ils soient là, les aimer passionnément, sans réserve, même si tu sais qu'un jour viendra où tu les perdras. On perd tout un jour ou l'autre. Si tu essaies d'éviter cette douleur, alors ce n'est plus la peine de respirer, ou de laisser ton cœur battre une seconde de plus. Tout a une fin. – Il prit ma main dans la sienne. – Toute la vie se résume à ça. Inspirer, expirer. Cet espace entre deux souffles.

Wesleypédia m'avait expliqué un jour que l'on prenait environ sept cent millions de d'inspirations dans une vie. Jusqu'à ce moment, ce nombre ne représentait rien pour moi. Mais soudain, je me pris à compter chacun de mes souffles.

— Viens avec moi à L.A., dis-je.

Evan sourit en baissant les yeux.

— Je suis sérieuse, insistai-je.

— Je sais.

Je retournai ma main pour emprisonner la sienne et entrelaçai mes doigts aux siens.

— Tout ça est réel. Nous sommes toujours amoureux l'un de l'autre et tu me manques tellement, Evan. Regarder le monde avec toi me manque. Ton corps me manque, ta voix, ton rire, ton sourire et cette façon que tu as de me donner l'impression de retrouver mon enfance, au meilleur sens du terme. Effrayée, pleine d'émerveillement et tellement vivante. Et je te le dis, sans la moindre réserve : je t'aime. Viens avec moi à L.A. Nous serons heureux.

Tout en parlant, je savais que ces mots ne traduisaient pas tout à fait la vérité. Nous n'avions besoin d'aller nulle part pour être heureux. C'était ici et maintenant, et cela prendrait fin en juin, quand j'embarquerais dans cet avion. La seule alternative était d'être heureux ou malheureux maintenant, pas demain.

— Ne précipitons pas les choses, dit-il. Nous venons à peine de nous retrouver.

Je haussai les épaules, détournai les yeux, mais il prit mon visage entre ses mains et me força à le regarder.

— Mais tu as raison. Je suis toujours amoureux de toi.

Pas de baiser. Pas non plus de chanson d'amour grandiloquente sortant d'enceintes camouflées. Juste une simple déclaration d'amour dans l'obscurité d'une chambre que l'aube envahirait bientôt.

Je m'appuyai contre le mur et lui parlai jusqu'au bout de la nuit. J'aurais voulu que l'aube n'arrive jamais.

#

— Où tu étais, ce week-end ? me demanda Wesley.

J'engloutis le dernier morceau de mon cheeseburger et le regardai longuement. Il régnait un tel vacarme dans la cafèt'. Tout le monde était excité et euphorique, impatient de se défouler pendant le *spring break* des vacances de printemps, la semaine suivante.

— À Carbondale, répondis-je. Avec Evan.

— Tu as couché avec lui ?

— Oui.

Wesley ne cilla pas.

— On s'en va toujours à L.A. ?

— Oui, dis-je avant d'avaler une gorgée de 7-Up. Je ne vais pas mettre en péril mon avenir pour un homme.

— Même pour l'homme dont tu es amoureuse ?

— Même pour l'homme dont je suis amoureuse.

Il haussa les épaules.

— Je suppose que je suis plus romantique que toi, alors. Je renoncerais sans hésiter à mon avenir pour le grand amour.

— Ça n'a rien de romantique, ça, c'est stupide. On dirait ce genre de filles dont la seule aspiration professionnelle est de devenir femme au foyer.

— J'adore détourner les schémas de genre, remarqua Wesley, et j'éclatai de rire.

Au labo, un peu plus tard, je l'interrogeai discrètement.

— Où on en est de nos petites séquences vidéo ?

— Plutôt bien. Mais j'attends encore ta pièce de résistance.

— Vendredi, promis-je. Sinon que la mort me frappe !

— Vendredi. Et reviens-moi vivante, s'il te plaît.

#

— Alors, voici le deal, dis-je à Gary, assise face à lui au fond d'un restaurant. Si mon ami fait le nécessaire, Yvette sera quitte avec vous, et moi, vous m'oubliez.

Les yeux de Gary s'étrécirent quand il me sourit malicieusement.

— Tout le monde dit ça, mon ange. « Je bosse jusqu'à ce qu'aie gagné X dollars. Dès que j'ai atteint cette somme, je me retire. » Il but une gorgée de scotch. Mais d'une façon ou d'une autre, ce genre de boulot s'agrippe à toi. Soit tu deviens accro à la marchandise, soit tu deviens accro au fric.

— Oui, eh bien, moi, je suis différente. Je ne veux ni l'un ni l'autre.

— Tu as dû amasser un joli petit magot, non ?

— Oui, mais je ne veux pas le garder…

Il me dévisagea derrière son verre tout en buvant. J'en étais consciente, je l'intriguais. Une fille de mon âge si sûre d'elle, si pragmatique.

— Si c'est ton choix…, dit-il. Mais si tu travaillais avec moi, disons jusqu'à l'été, tu pourrais aller à Hollywood les poches bien remplies.

Je le savais. Et la tentation était forte, douloureuse. Chaque nuit, je retournais le problème dans ma tête. Exploiter un maximum Hiyam et Gary et tous ceux de leur acabit, puis aller en Californie pleine aux as, sans la pression de devoir rivaliser avec des filles idéalistes et fleur bleue pour décrocher un boulot merdique ou un appart encore plus merdique. Et puis, comment Evan pourrait-il refuser de m'accompagner, si je lui disais qu'il avait un an pour trouver un travail, une année entière que nous pourrions vivre librement sous le soleil ? Mais je ne le pouvais pas. C'était un piège, pas une aubaine. Plus vous encaissez de fric, plus vous pataugez avec ces ordures. Et leurs saletés rejaillissent sur vous. Et ça devient un jeu sans fin, où tout le monde bluffe, où tout le monde cherche en permanence à anéantir l'autre, façon *Game of Thrones*. Et votre seule option consiste à continuer le boulot en attendant d'être détrôné. C'était ce que Maman n'avait jamais compris. À ce jeu-là, on est toujours perdant. Vous gagnez de l'argent sur le dos de quelqu'un, et quelqu'un gagne de l'argent sur votre dos. Et le mieux que vous pouvez espérer est de vivre assez longtemps pour pouvoir continuer à jouer.

Mais vous pouvez aussi vous retirer, avant qu'ils ne vous piègent définitivement.

— Je sais ce que je fais, dis-je.

Gary m'adressa son sourire de requin.

— Tu sais, mon ange, il m'arrive de le croire.

#

Hiyam portait une robe sage, selon ses standards bien sûr, une robe moulante dont le décolleté plongeant dévoilait sa poitrine de bronze satiné, et elle portait des créoles brillantes aux oreilles. Dans le taxi qui nous menait au restaurant, je pensai à la brancher avec Park, et l'idée me fit rire. Totalement son type : la fille hautaine ultra-sexy, dotée d'un ego de la taille d'une planète. Il ne faudrait pas plus de deux minutes à Park pour se lancer à l'assaut.

— Qu'est-ce qui est si drôle, O'Malley ?

— Rien.

— Alors, tu ferais peut-être mieux de la fermer, ou je risque de changer d'avis.

Je cessai aussitôt de sourire.

— Hiyam.

— Quoi ?

Je la regardai droit dans les yeux.

— Je vais voir Evan, demain. Et je compte bien baiser avec lui comme une bête, exactement comme je l'ai fait le week-end dernier, dis-je en papillonnant des yeux innocemment. Tu veux que je lui passe le bonjour ?

Elle fronça les sourcils. Ce devait être perturbant pour elle, l'esclave qui se rebiffe, divulguant de son plein gré une telle information. Elle ne comprenait pas que je n'avais plus rien à craindre d'elle.

— Tu le vois toujours ?

— Oui.

— Tu éprouves donc vraiment quelque chose pour lui. Ce n'était pas juste : « Baisez-moi, M. Wilke » ?

— Oh ! répondis-je, nonchalante. Je continue à lui dire ça...

Et j'éclatai de rire en voyant sa tête.

— Espèce de salope, dit Hiyam, entre doute et émerveillement.

Au restaurant, avant de nous laisser nous asseoir, Quinn procéda à une fouille au corps, ou presque, ce qu'Hiyam trouva aussi agressif qu'érotique. J'échangeai quelques regards avec le grand brun dans l'uniforme de serveur qu'il avait emprunté. Hiyam, qui resterait toujours Hiyam, ne lui accorda pas un regard. Ce n'était que du petit personnel.

— M. Rivero, dis-je, j'aimerais vous présenter mon amie, Hiyam Farhoudi.

Chapitre 11

Saint-Louis était encore tout engourdie d'une gangue hivernale, pelouses givrées, ciel d'un bleu anémié et Mississippi vert vaseux, apathique mais constant. Sur les parois de verre et d'acier des gratte-ciel se reflétait violemment un froid soleil blanc.

Park nous emmena dans un club autorisé aux moins de vingt et un ans, et son pote barman regarda ailleurs quand je bus dans le verre d'Evan. Nous observâmes Park flirter avec une superbe métis à la peau cannelle et aux yeux rieurs, mais il l'abandonna, l'air contrarié. Revenant vers nous, il expliqua qu'elle avait demandé le numéro d'Evan. Je faillis m'en étouffer. J'embrassai Evan et retrouvai sur ses lèvres le goût du whisky-coca que nous partagions. Il m'entraîna sur la piste, et Park se joignit à nous. Tous deux dansèrent avec moi, Evan le regard hypnotique, me souriant, le corps collé-serré au mien, jusqu'à ce que Park glisse un bras outrageusement musclé autour de ma taille et m'enlève, en me faisant tournoyer. Evan rit et me laissa m'éloigner et je dansai un moment avec de parfaits inconnus. Puis il se glissa derrière moi, me chuchotant des choses à l'oreille et pressant son érection contre mes fesses.

— Tout le monde est fou de toi...

Deux mecs m'observaient, ainsi qu'une jolie fille aux cheveux ultra-courts, et je souris. Des spots de couleurs vives m'éblouissaient, violet, pourpre, indigo. J'étais saoule de whisky autant que de sueur et de parfum. Nous prîmes un taxi de notre côté pour rentrer au loft. Evan m'enlaça sur la banquette en cuir et glissa une main entre mes jambes jusqu'à ce que je suffoque, et que le chauffeur menace de nous jeter hors de la voiture. Arrivés à bon port, je lui laissai un double pourboire, et nous nous précipitâmes à l'intérieur. Quand l'ascenseur prit son élan, je poussai un cri de surprise, oubliant les fantômes et les esprits. Evan rit et m'embrassa, et une fois chez lui, il m'emporta dans ses bras et me fit tourner et tourner encore.

— Mais que fais-tu ? demandai-je.

— Je suis amoureux.

Et je recommençai à l'embrasser, et il me posa pour répondre à mes baisers. Puis il me lâcha, et nous fîmes le tour de l'appartement en chahutant entre les meubles, abaissant et relevant les interrupteurs, pris dans un tourbillon de bonheur. *Tout est encore là, intact*, pensai-je. Toutes les choses que nous touchions, toutes les choses que nous ressentions. C'était trop intense, cette proximité entre nous tandis que nous nous déplacions en orbite tout autour de la pièce, laissant les gros meubles entre nous.

— Et maintenant ? dit-il, planté devant une fenêtre. Devant lui, le ciel nocturne était comme une aquarelle de bleus profonds et nuancés, privé d'étoiles, les rues dessinant comme une carte de lumière à travers la ville.

Je m'assis sur l'accoudoir du canapé, les jambes croisées.

— Et si tout s'arrêtait là ? reprit-il en s'approchant. Et si tu pars en Californie et que je ne te revois plus jamais ?

— Dans ce cas, je ferai des films sur nous le restant de ma vie. L'histoire d'une fille tombée amoureuse de son prof, qui le perd de façon tragique et n'aimera plus jamais.

Il regarda ma main, sur le canapé : l'anneau de Claddagh à mon doigt, le cœur tourné vers moi.

— Pourquoi ne viens-tu pas à L.A. ? dis-je à voix basse.

Il inspira profondément. Ne quitta pas la bague des yeux.

— Ta vie ne fait que commencer, Maise. Tu as tant de choses à vivre. Et tu es déjà beaucoup trop cynique. Ne proteste pas, c'est la vérité.

Je fermai la bouche et fronçai les sourcils.

Il sourit.

— Je ne veux pas t'enlever ça. Le frisson de découvrir de nouvelles choses par toi-même. De sentir que le monde est neuf et tout à toi.

— C'est exactement le contraire, dis-je, et soudain, je fus parcourue d'un frisson et me mis à trembler. – Je sentis les choses s'éclairer, après un long chemin de réflexion. Une révélation. – Tu as raison, j'*étais* cynique. Je pensais tout connaître, tout savoir. Je pensais que le monde était vulgaire et cru, plein de sensations vulgaires. Plus blasé, désabusé que moi quand nous nous sommes rencontrés, impossible... – Je laissai mes bras tomber. Seule ma colonne vertébrale continuait de me retenir, fragile empilement d'os. Comment avait-elle trouvé la force de porter le poids de tant de cynisme, durant toutes ces années ? – Et tu m'as changée. C'est toi qui as tout changé. Si je ne t'avais pas rencontré, je serais partie à l'université sans espoir. Et je me serais endurcie, refermée sur moi-même. – Exactement comme ma mère. – Vide. Une coquille parfaite mais creuse, ne protégeant plus rien.

— Maise, murmura Evan.

— Ne vois-tu donc pas combien je suis différente, aujourd'hui ? Ne l'as-tu pas vu, senti, dans mon film, et chaque jour que nous avons passé ensemble ou séparés ? Le monde *est* neuf quand je suis avec toi. – Je pris ses mains entre les miennes. – Et moi, j'ai vu comme tu rayonnais quand tu étais avec moi. C'est la même chose, pour toi. Nous sommes tous deux des enfants quand nous sommes ensemble, et ce monde nous appartient. Donc, si tu dis non, ce n'est pas pour cette raison.

— Ai-je dit non ?

— Tu n'as pas dit oui. – Je l'attirai contre moi. – As-tu vraiment envie d'enseigner dans un fichu lycée d'Illinois du Sud jusqu'à la fin de tes jours ?

Il me regarda avec cette ride entre les sourcils.

— Et puis, ajoutai-je en l'attirant plus près et en baissant la voix, tu n'as vraiment pas envie de me baiser tous les jours, dans notre maison inondée de soleil, balayée par le vent de Santa Ana, dans cette fichue Californie du Sud ?

Il posa les mains sur mes hanches, les glissa sous mon T-shirt.

— J'ai envie de te baiser ici et maintenant.

Alors, fais-le, lui dis-je avec les yeux. S'il te plaît, fais-le.

Nous nous déshabillâmes l'un l'autre, fraîcheur de l'air et chaleur des mains sur la peau. Puis il m'allongea sur le lit, sur la soie glaciale des draps, et la gravité qui n'avait cessé de nous menacer de nous précipiter l'un contre l'autre prit finalement le dessus. Je le serrai fort dans mes bras quand il bougea en moi, fort et dur, avec un désir qui, d'une certaine façon, sentait la fin proche, et on s'aima sans retenue, pleinement, sans aucune réserve. Pas de futur et pas de passé ; seul le présent sans fin. Peu après, comme nous gisions jambes entremêlées, en regardant les tuyauteries au plafond, ses mots me revinrent. Et si tout s'arrêtait là ? Cette complicité, ces soupirs entre les mots, ces étreintes pour retenir l'autre à jamais, comme l'air dans nos poumons, ce métabolisme de l'oxygène dans notre sang dans une course effrénée, éphémère ?

Comment tout cela pourrait-il jamais s'arrêter ?

#

— Tu as passé de bonnes vacances ? demanda Hiyam avec son sourire vicieux.

— Les meilleures de toute mon existence, répondis-je, souriant à mon tour. Et toi ?

Elle leva les yeux au ciel, passa une main dans ses cheveux, me dévoilant au passage son long cou cuivré. Puis elle rit à gorge déployée. Des gamins, assis à côté de nous, nous regardèrent.

— Inoubliables, répondit-elle enfin.

Traduction : sous une pluie de coke. Je continuai de sourire, mais elle ne vit pas l'éclat noir qui assombrit mon regard.

— Hé, dis-je. Tu as quoi comme cours, après ?

— Histoire.

— Laisse tomber, et viens me retrouver salle 209.

Elle me dévisagea avec curiosité.

— Pourquoi ?

— J'ai quelque chose pour toi, répondis-je en tapotant ma poche.

Hiyam laissa échapper un rire profond et suave.

— Tu es dingue.

Feu vert, envoyai-je par texto à Wesley après le cours.

Hiyam monta avec moi au deuxième étage, dans cette salle où je m'étais rendue un jour sans savoir qu'il allait changer toute ma vie. Une partie de moi s'attendait encore à le voir derrière cette porte, nous sourire derrière son bureau. Entre ces murs, je l'avais embrassé comme si je voulais le dévorer, je l'avais laissé me plaquer contre le tableau et me baiser. Je soupirai en silence. Était-ce vraiment ma vie ? Aujourd'hui, tout ça semblait un rêve. Un film.

Evan n'était pas dans la salle obscure, bien sûr. En revanche, il y avait Wesley, assis devant son ordi, sur l'estrade. Le projecteur était allumé, l'ampoule rayonnait comme un quasar.

Les yeux d'Hiyam allèrent de l'un à l'autre. Perplexité, suspicion, mais pas de peur. Pas encore.

— J'ignorais que vous en preniez, dit-elle.

— Prendre quoi ? dis-je en attendant qu'elle entre pour verrouiller la porte derrière elle.

— De la came…

— Ah, mais pas du tout, dit Wesley devant son ordi en cliquant sur une icône vidéo.

— On fait plutôt dans la vengeance, dis-je. Assieds-toi.

Hiyam était tellement sûre d'elle, tellement habituée à dominer, qu'elle éclata de rire et s'assit à son ancien bureau, croisant les jambes comme elle faisait en cours d'études cinématographiques, minaudant pour attirer l'attention de M. Wilke. Maintenant, ils savaient tous deux que son attention m'avait toujours été destinée. Je m'installai à la place du prof, les pieds posés sur le bureau.

— Et maintenant, place à notre dernière victime, dis-je, en écho aux paroles d'Evan. Hiyam Farhoudi.

Wesley cliqua sur « play ».

J'avais déjà vu cette vidéo une bonne douzaine de fois, aussi je regardai surtout le visage d'Hiyam. Elle secoua la tête, hautaine, un sourire étirant le coin de ses lèvres, quand s'afficha la première image.

La propriété des Farhoudi. Le réveillon du Jour de l'An. Hiyam sniffe de la coke sur son petit miroir, dans sa chambre de princesse.

— Espèce de petite merde, dit-elle, sans détacher les yeux de l'écran.

Écran noir, puis le titre apparaît en capitales, comme dans le premier film de Wesley. Mais celui-ci est intitulé ADDICTION.

Le sourire dédaigneux d'Hiyam perdit de son éclat.

Pas de bande-son, rien que des bruits en live. Le rire d'Hiyam. Le cliquetis de sa carte de crédit sur le verre du miroir. Son grande inspiration et les petits reniflements qui suivent. Elle sourit à la caméra, complètement défoncée, sans comprendre pourquoi nous la filmons. Je lui demande de me montrer son compte secret avec les trente mille dollars dessus. Les pilules et l'herbe qu'elle a cachées un peu partout, dans sa chambre. Elle adore être l'objet de tant d'intérêt. Reconnaît devant Wesley qu'elle me fait chanter. Je la regarde lécher son doigt et l'enfoncer dans sa narine pour ne rien perdre de la poudre. Elle fixe la caméra et dit, dans les vapes : « T'as jamais léché de la coke sur la queue d'un type ? Ça s'appelle une pipe. » Et elle éclate d'un rire gras.

Et pour finir, ma pièce de résistance.

Hiyam sourit à Gary Rivero au restaurant, sans réaliser que Wesley est là, avec sa caméra cachée, le micro planqué dans ma manche pour immortaliser le deal conclu entre eux deux pour un demi-kilo de cocaïne.

Fin du film. Pas de générique.

— Bien, dis-je en étirant les jambes. Les autres dans la classe ? Des commentaires ?

Hiyam se leva d'un bond, manquant de renverser sa chaise.

— Assieds-toi !, ordonna Wesley. On n'en a pas terminé.

— Va te faire foutre, répliqua Hiyam.

Je tournai ma chaise vers elle.

— Je voudrais savoir ce que notre star pense de ses débuts sur le grand écran ?

— Sale pute, dit-elle en venant vers moi. Tu ne peux rien contre moi. Mon père va t'anéantir.

Je me levai, attendit avec calme qu'elle arrive jusqu'à moi. Je me sentais vraiment comme un prof, tout le savoir, tous les pouvoirs entre mes mains.

— J'en doute, dis-je d'une voix légère. Car vois-tu, nous lui avons envoyé une copie de la vidéo il y a une heure. C'est toi qui m'as donné l'idée, avec ton projet semestriel. Ton père semblait vraiment se soucier de toi. Le pauvre ne supporterait pas que tu gâches ta vie à cause de la drogue. Je pense que tu ne devrais pas tarder à recevoir un coup de fil de sa part…

— Tu…, dit-elle.

Juste ça : un pronom, pas d'attribut.

— Laisse-moi deviner : « Tu ne t'en sortiras pas comme ça. Tu le regretteras. »

Elle s'approcha de moi, son haleine empestait le tabac froid.

— Oui, tu le regretteras, tu peux me faire confiance.

Je me collai moi aussi quasiment à elle et répliquai :

— Tu sais, Hiyam, j'ai de la peine pour toi. Tu as tout, les opportunités et l'argent, tout, et pourtant, tu es une pauvre fille. Tu veux vivre sans rien ressentir, mais après tout, qu'est-ce que tu en as à foutre, puisque tu es toujours défoncée ? Tu sais, j'ai connu une vie bien plus dure que tu n'en connaîtras jamais, et pourtant, je ne voudrais l'échanger avec la tienne pour rien au monde.

Elle eut la dignité de se taire. Elle me fixa avec des yeux assassins, puis tourna les talons et se dirigea vers la porte. Il lui fallut un moment pour réaliser qu'elle était fermée à clé. Wesley laissa échapper un ricanement.

Hiyam se retourna pour me fusiller du regard.

— Est-ce que tu as baisé avec lui, dans cette classe, ce jour-là ?

Je lui souris, avec pitié. Elle claqua la porte.

— Wow, dit alors Wesley en soupirant. Tu crois que ça va marcher ?

Je tremblais. Je ne savais pas quand j'avais commencé à trembler comme ça.

— Sais pas, répondis-je. Nous verrons bien.

Tout ce que je voulais vraiment d'elle, c'était qu'elle nous foute la paix, à Evan et moi. Elle pouvait acheter sa coke directement à Gary et se bousiller les neurones avec, je m'en moquais. J'avais juste expliqué à son père que je voulais que ça cesse. J'avais envie de passer à autre chose, d'aller à l'université, pas de vivre avec cette épée de Damoclès au-dessus de ma tête.

Ne restait plus qu'à prier pour qu'il comprenne.

— En tout cas, le plus dur est fait, dit Wesley.

Non, ce n'était pas le plus dur. Dire ses quatre vérités à cette junkie était facile. Mais un autre affrontement m'attendait avec une autre junkie. Et celle-là ne capitulerait pas sans sortir les griffes.

#

J'étais assise dans la cuisine à attendre, comme je l'avais fait tant de soirs toute petite, avec la faim au ventre, fatiguée et seule à la maison. Lorsque je repensais à ma prétendue enfance, une image par-dessus tout la résumait assez bien : une fille des bois avec des cheveux de ronces et des yeux verts à donner la frousse, les pieds nus et sales, plantée sur une chaise de cuisine, qui attend. Attend. Attend. Cette fille aurait dû courir les bois avec un garçon, graver des secrets sur les parois de l'antre moussu et glauque d'un loup, poussant des hurlements, chassant sa pitance, sauvage et libre. Pas rester assise dans une pièce qui empestait la marijuana et le déboucheur minute, avec le ventre criant famine. Les bons soirs, Maman rentrait avec de la bouffe, un sac multicolore tout graisseux de frites d'où s'échappaient des arômes de rêve. Alors j'allais me coucher les lèvres pleines de sel, et je dormais comme une souche. Les mauvais soirs, elle rentrait défoncée, ou avec un homme, ou pas du tout. Ces nuits-là, je ne dormais quasiment pas. Je l'entendais chercher la serrure avec sa clef. Ou j'entendais les grognements et le lit cogner contre le mur, en bas. Une fois, des pas lourds approchèrent dans le couloir pour s'arrêter juste derrière ma porte. Entre mes draps, je retenais mon souffle, terrifiée, paralysée. Je pensai que ces gens-là finiraient par partir quand la porte avait grincé en s'ouvrant, et j'avais hurlé. Maman était arrivée en courant, encore saoule, et avait cogné le type à coups de poings dans le dos, jusqu'à ce qu'il batte en retraite.

Depuis cette nuit-là, j'avais toujours fermé à clef la porte de ma chambre.

Toi, soupirai-je, en rythme avec les aiguilles de la pendule, *Toi, toi, toi...*

Elle arriva à minuit. J'avais les fesses engourdies, et le cœur aussi. Je la regardai, crispée. *Tu as mon visage*, pensai-je. *Qu'est-ce que tu lui as fait ? Il est si vieux, si triste.*

— Quoi de neuf, ma chérie ? me lança-t-elle en attrapant une bière dans le réfrigérateur.

— S'il te plaît, assieds-toi, Maman.

Psst, cric, fuzz. Je pouvais l'entendre avaler, tenter d'apaiser cette gorge sèche et brûlante. Elle s'assit face à moi.

— Gary m'a dit que tu avais réglé le problème, dit-elle.

Je hochai la tête.

— Mais comment diable as-tu fait ?

— Ne t'inquiète pas de ça. C'est mon affaire.

— Ce qui te regarde me regarde, ma chérie.

— Non. – Je me penchai vers elle, plongeai mes yeux dans les siens. – C'est mon affaire.

L'espace de quelques secondes, je crus qu'elle allait exploser, mais j'imagine que le fait d'avoir effacé son ardoise la rendit momentanément assez lâche. Elle se mit à tripoter la languette de sa cannette.

— Maman... – J'attendis qu'elle me regarde. – J'ai été acceptée dans une université de Los Angeles. Je partirai la deuxième semaine de juin.

Elle ne dit rien. Le regard vide, fixe. Puis elle avala une gorgée de bière.

Pour la première fois, je me rendis compte que ma mère était peut-être jalouse de moi. De ma vie intacte, avec des milliers de possibilités devant moi pour en faire quelque chose.

Respiration profonde.

— J'ai mis un peu d'argent de côté. Suffisamment pour remplacer ce que grand-mère m'avait laissé...

Je dépliai le bout de papier sur la table et le fis glisser vers elle. Elle baissa les yeux sur le bout de papier, puis les braqua sur moi.

— Qu'est-ce que c'est ?

— Lis.

Elle lut à voix haute, avant de s'arrêter sur la formule « centre de désintoxication. »

— Ça m'a coûté tout ce que j'avais économisé, mais j'ai pu t'inscrire pour une cure de soixante jours. C'est une bonne clinique, Maman. Ils t'attendent à partir du 1er juin.

Elle me dévisagea comme si j'étais une plante en pot subitement douée de parole.

— Mais qu'est-ce que ça veut dire... ?

— Je cherche à t'aider, dis-je, tendue.

Elle repoussa le papier vers moi, fit crisser sa chaise sur le lino.

— De quoi je me mêle...

— Je fais ça pour t'aider, répétai-je.

— Tu n'as pas à me dire ce que je dois faire, ma petite fille. C'est moi qui décide. Je suis ta mère.

Je tapai de la main sur la table, la bague émettant un claquement sec.

— Tu as perdu le droit de t'appeler comme ça il y a des années. Il ne s'agit pas d'une négociation. C'est ta dernière chance de reprendre ta putain de vie en main avant d'être trop vieille ou d'avoir le cerveau trop abîmé pour te rappeler comment c'était avant... – Je me levai et la dévisageai. Décidément, cette femme avait le chic pour faire ressortir mon accent, mais je m'en fichai. – C'est une offre, Maman. À prendre ou à laisser. Tu suis cette cure jusqu'au bout, tu restes clean, et je viendrai te voir à Noël. Si tu ne le fais pas, je sortirai de ta vie pour toujours. – J'abattis à nouveau mon poing sur la table. – Est-ce que tu comprends ? Tu ne me reverras jamais.

Elle respirait vite, par à-coups. Fixait une espèce de zone centrale sur mon visage, pas tout à fait mes yeux.

— Des menaces, dit-elle en secouant la tête. C'est comme ça que je t'ai élevée ?

— Non, répondis-je avec froideur. C'est comme ça que *je* me suis élevée.

#

Le vert retrouvait progressivement ses quartiers sur le monde, le faisant renaître en même temps que mon corps. Je passais les week-ends de printemps à Saint-Louis, avec Evan. On foulait des heures entières le pavé des quais, à écouter le monde décongeler. Si c'était là tout ce que nous aurions jamais, alors je refusais d'en perdre une seule miette. Quand nous nous arrêtâmes pour regarder les bateaux, je me pressai contre lui, ma tête sur son épaule, le visage offert au soleil. Je pouvais le sentir réchauffer mes os. Une brise fraîche s'éleva soudain du fleuve, avec des odeurs de boue et de poisson. Des mouettes se mirent à hurler, et leur cri se répercuta jusqu'aux arches de pierre du pont Eads. Nous nous remîmes en marche, traversant le soleil, puis l'ombre et à nouveau le soleil. Nospropre ombres se projetaient, longues et filiformes, s'étirant loin sur le quai.

Je ne reparlai plus de L.A. J'avais abattu mes cartes. C'était à lui de jouer.

#

Le jour de la remise du diplôme, le ciel était d'un azur piquant. La cérémonie se tenait sur le terrain de foot, dans l'herbe grasse imprégnée d'un parfum de pluie, nos tuniques bleu roi éclatantes sous le soleil.

Hiyam n'était pas là. Virée du lycée, elle avait terminé son année avec un professeur particulier. Maman n'était pas là non plus, évidemment. En revanche, les Brown, oui, tous autant qu'ils étaient : Siobhan, Natalie et Jack le professeur, la soixantaine, encore séduisant, genre Clint Eastwood, le visage émacié, regard intense sous ses mèches argentées. Il était assis à côté de Siobhan, et tous deux n'en finissaient pas de rigoler. À un moment, je vis Jack poser la main sur sa taille et la regarder avec une infinie tendresse.

— L'actuelle copine de Papa a vingt-deux ans, murmura Wesley pendant le couronnement de Britt. Pitié, dis-moi que tu ne sortiras jamais avec un dinosaure de son espèce...

Je lui pinçai l'oreille, bien fort.

Evan était là, au dernier rang de la foule. Lorsqu'ils nous appelèrent sur l'estrade pour nos diplômes, j'applaudis à tout rompre au nom de Wesley, et quand ce fut mon tour, les Brown à leur tour m'ovationnèrent. Mais la seule personne que je vis, c'était Evan, debout loin derrière les autres, le soleil dans ses cheveux l'auréolant d'or, ses applaudissements forcenés couvrant ceux des autres.

Après ça, on s'éclipsa vite pour échapper aux traditionnelles effusions de la famille. Nous retrouvâmes Evan assailli par la moitié de la classe, chacun tentant de lui faire part de ses projets pour la suite. Rebecca devait entrer aux Beaux-Arts, en Géorgie. Quelques autres allaient suivre des cours de théâtre à New York. Tout le monde fut impressionné quand, à notre tour, nous annonçâmes notre départ pour L.A., et Wesley en rajouta en faisant le malin. Et lorsque je croisai le regard d'Evan, quelque chose se resserra autour de mon cœur, comme une ronce hérissée d'épines. Les garçons lui serrèrent la main, les filles le prirent dans leurs bras, et quand ce fut mon tour, je lui chuchotai à l'oreille : « Tu as changé ma vie, M. Wilke. »

Ses bras se refermèrent autour de moi, et il murmura :

— Tu as changé la mienne.

Wesley nous regarda, puis détourna les yeux.

Le plus dingue, c'est qu'après tout ça, personne ne savait pour nous. Personne ne me regarda avec un air suspicieux. Tout le monde parlait en même temps d'Hollywood et de New York. Ils interrogèrent Evan sur son nouveau lycée. La rumeur avait fini par s'éteindre en l'absence d'Hiyam pour attiser le feu. Aujourd'hui, il était juste un prof, et j'étais juste une élève parmi d'autres, sans aucun lien particulier avec lui. Je m'éloignai à travers la pelouse, le laissant là au soleil, entouré de la chaleur amicale de ses anciens élèves, puis je fermai les yeux et laissai la lumière me pénétrer, m'aveuglant peu à peu de rouge éclatant.

#

Wesley partit avec Natalie le lendemain de la remise des diplômes, direction la Californie. De mon côté, je devais prendre un vol la semaine suivante. Carbondale distribuait ses diplômes plus tard que chez nous.

Je restai avec Siobhan, une fois ses enfants partis. Nous préparâmes deux Manhattan avec cerise à l'eau-de-vie que nous dégustâmes sous le porche de derrière, prolongeant la discussion bien après le coucher du soleil. Maintenant que Wesley avait quitté la maison, elle avait envie de voyager. De visiter l'Europe, d'écrire un roman, de sortir avec un jeune Italien (« Au moins trois fois plus jeune que moi, pour être à égalité avec Jack »), de vivre un moment dans une villa au bord de la mer. Elle savait que j'attendais une réponse de la part d'Evan.

— Je ne suis pas aussi raisonnable que tu le crois, dit-elle en trinquant avec moi. – Les étoiles jouaient avec ses yeux, étincelants. – Mais je voudrais te dire une chose : ne mets pas ta vie entre parenthèses pour quelqu'un, ou tu risques de te réveiller un jour à quarante-deux ans dans une maison vide, avec une effrayante sensation de liberté et plus assez d'énergie ni d'innocence pour en profiter.

J'aurais aimé la serrer si fort dans mes bras.

— Si Wesley ne vous téléphone pas chaque semaine, je lui botterai les fesses.

— D'ailleurs tu devrais peut-être le faire de toutes façons, préventivement...

J'éclatai de rire et elle gloussa, puis nous continuâmes à nous enivrer sous les feuilles du tilleul et les étoiles.

#

De retour à la maison, je reçus deux chocs coup sur coup.

Un : Maman était partie.

Elle avait gribouillé un mot au dos d'une enveloppe et l'avait laissé sur la table de la cuisine. Son écriture maladroite et enfantine disait : *Je suis entrée à la clinique. Pardon d'être une Maman de merde et si nulle avec les mots. Cette lettre est arrivée pour toi.*

Je clignai des yeux pour refouler mes larmes (j'étais saoule, c'était la seule explication). Puis je retournai l'enveloppe. Mon nom écrit en lettres torturées et complexes. Nom de l'expéditeur : Javad Farhoudi.

Choc numéro deux : un courrier du père d'Hiyam.

Je déchirai l'enveloppe, le cœur à cent à l'heure. Un petit bout de papier s'en échappa en voletant. Je me concentrai sur la lettre elle-même.

Ma reconnaissance la plus sincère pour votre discrétion et votre inquiétude concernant ma fille. Vous nous avez donné à tous deux une deuxième chance. J'espère que ce petit cadeau vous aidera à mieux vivre cette nouvelle et belle période de votre vie.

Le petit bout de papier ? Un chèque. De dix mille dollars.

D'abord, j'éclatai de rire. Un rire saccadé, de folle. Puis je me mis à sauter partout en exécutant une sorte de danse genre derviche tourneur dans la cuisine.

— Merci mon Dieu, je t'aime là-haut dans le ciel !, hurlai-je en continuant de rire comme une hystérique de joie, de rire de soulagement.

#

Ne restait plus que lui.

Nous passâmes la dernière semaine à Saint-Louis. L'été rayonnait maintenant, la ville regorgeait de vie et de couleurs, le bitume des trottoirs chauds collait à la semelle sous mes sandales. Je faisais de mon mieux pour vivre le moment présent. Pour ne pas penser que nous n'avions plus que cinq jours devant nous, peut-être les derniers avant une séparation définitive. Puis quatre. Puis trois. Mais la tension était toujours là, un étau autour du cœur, un écrou qui n'en finissait pas de se resserrer autour de mes jambes, de mes bras, de ma tête. Et quand je contemplais l'Arche, je pensais : « Voilà comment je me sens. Une terrifiante attraction vers le ciel, loin de la terre ferme. »

Un soir, au loft, Evan était en train de nous servir un verre lorsqu'il lâcha soudain la bouteille et se jeta à genoux devant moi. Il étreignit mes jambes, son visage collé à mes tibias, sa barbe naissante crissant contre ma peau. Je restai interdite, et quand il gémit : « Mon Dieu, que suis-je en train de faire ? », ma confusion se changea en peur. Hésitante, je lui caressai les cheveux, lui demandai avec douceur ce qui n'allait pas. Il releva alors la tête, les yeux fous de panique et répondit : « Je ne peux pas te faire ça. Tu ne sais pas ce que tu fais, Maise. Tu dois vivre ta vie, pas la perdre à consoler un homme blessé. » Je le dévisageai, horrifiée, et commençai à pleurer en réalisant ce qu'il était en train de me dire. Mais en une fraction de seconde, il changea radicalement d'attitude pour me réconforter et s'excuser, m'expliquant qu'il était juste fatigué, stressé, et qu'il venait seulement de perdre les pédales un bref instant. Mais cette nuit-là, allongés côte à côte, parfaitement réveillés, nous restâmes silencieux à contempler le plafond. *Qui console les gens blessés ?* pensai-je. *Les autres éclopés de l'existence, ceux dont la vie a déjà été saccagée ? Et avons-nous besoin d'être consolés ?* C'étaient le chaos et la douleur de notre passé qui nous faisaient avancer, et cette même douleur nous avait réunis à un niveau sous-cutané, le genre de cicatrices inscrites si profondément dans nos cellules qu'on ne pouvait même plus les voir, seulement les reconnaître en quelqu'un d'autre.

Deux jours.

Ce fut au déjeuner que tout, finalement, céda en moi, disjoncta.

J'étais dans le patio, devant une assiette de quelque chose qui ne ressemblait ni de près ni de loin à de la nourriture. La réverbération du soleil sur le bitume était aveuglante. Les couverts réverbéraient la lumière, sous tous les angles. Tout était d'une luminosité extrême, incompréhensible.

Ma fourchette cogna contre l'assiette, attirant l'attention d'Evan. Sa peau avait pris un hâle léger et au soleil, ses yeux étaient d'un bleu fulgurant, presque même trop pour ce mot. Ils étaient *azul*, de la couleur du Pacifique, sur les côtes du Mexique, si purs que les regarder faisait presque mal. Il posa sa fourchette. Il était si beau, assis là, les joues ombrées d'un début de barbe, le soleil parant ses cheveux de lumière, de l'or sur de l'or.

— Arrête de jouer la comédie, dis-je calmement. Arrête de faire semblant de ne pas avoir peur.

— J'ai peur, dit-il d'une voix légère.

— Le pire est derrière nous, Evan. L'année scolaire est terminée. Tout devrait être plus facile, maintenant. – Le soleil d'été bouillonnait dans mes veines, rayonnait à travers ma peau. – Pourquoi t'obstines-tu à refuser de faire ce qui te rendrait heureux ?

— Ce n'est pas si simple.

— Bien sûr que si, ça l'est. Laisse tomber toute cette merde, et réponds-moi. C'est oui, ou c'est non.

Il détacha ses yeux des miens, pour regarder je ne sais où.

— Ce n'est pas parce que c'est compliqué que c'est de la merde.

— Mais si, c'est tout ce que c'est.

— Tu sais, dit-il en reportant son attention sur moi. Tu parles comme si tu étais blasée et lucide, mais en réalité, parfois, tu es plutôt naïve.

J'en restai bouche bée. Comme s'il m'avait flanqué un coup de poing dans l'estomac. Puis je me ressaisis.

— J'ai dix-huit ans, merde. Alors excuse-moi si je suis naïve.

Evan se pencha sur la table et répondit à voix basse :

— C'est exact, tu as dix-huit ans. Et moi, trente-trois. Je suis un adulte, Maise. De quinze ans plus âgé que toi, quinze longues années de problèmes, de désillusions, de doutes et d'erreurs. Tu n'as pas besoin de ça. Pas quand tu peux repartir de zéro, en Californie.

L'adrénaline pulsait dans tous les sens à travers mon corps. Soudain, mon sang se glaça, des picotements me parcoururent les mains, les pieds. Enfin. Enfin, la vérité éclatait au grand jour.

— Et je n'en ai pas, moi, des problèmes ? rétorquai-je. Que fais-tu de ma mère junkie et de mon raté de père ? Et de ces types avec lesquels je traînais, avant toi, moi qui ne cherchais qu'un peu d'affection ? Ma voix se brisa, je toussotai et poursuivis : Et Wesley qui m'espionnait, et Hiyam qui me faisait chanter, et toutes ces choses dingues qui me sont arrivées, cette année ?

— Que s'est-il passé avec Hiyam ? demanda-t-il, en fronçant les sourcils.

Aïe, la gaffe idiote. Je ne lui avais rien dit du chantage, sachant qu'il en profiterait pour l'exploiter comme un exemple de plus prouvant qu'il ne faisait que ruiner ma vie. Je réservai ça pour plus tard.

— En fait, je ne risque pas de repartir de zéro. J'emporte toute cette merde avec moi. Elle fait partie de moi. Tes problèmes ont toujours fait partie de toi, et je les ai acceptés. Pourquoi ça changerait aujourd'hui ?

— Tu es jeune, Maise, dit-il avec tendresse, avec ce regard triste qui me déchirait de l'intérieur. Tu ne sais rien de rien…

Je ne pouvais pas le croire. Je ne pouvais pas croire, après tout ce que nous avions vécu, qu'il utilisait maintenant l'argument de l'âge. Me réduisant à un nombre.

— Je t'emmerde, dis-je.

Je me levai. La lionne en moi aurait voulu renverser cette putain de table, entendre le verre et la porcelaine de Chine exploser, voir les visages révulsés par le choc. Mais cela n'aurait fait que lui donner raison sur mon âge. Alors je tournai les talons et partis. Je n'avais aucune idée de l'endroit j'allais, aucune idée de l'endroit où j'étais, ni de qui j'étais ; juste un amas inconsistant de globules rouges dégoulinant sur le bitume chauffé à blanc. Je savais ce qu'il essayait de faire. Me dégoûter de lui, pour que je le quitte. *Espèce de lâche !*, pensai-je. *Si tu penses que tu es si néfaste pour moi, OK, mais laisse-moi décider. Ne cherche pas à faire ce qui est le mieux pour moi. N'essaie pas de me donner des leçons.*

J'échouai dans l'un de ces nombreux parcs urbains que l'on trouvait un peu partout en ville. Celui-là était plein de petits chemins serpentant au milieu de pelouses manucurées, avec des arbres en bosquet autour d'une placette qui abritait un immense bassin. Au milieu trônait un athlète en bronze, figé en pleine foulée par l'artiste, et des gerbes d'eau jaillissaient de chaque côté du héros de l'Olympe. Derrière la statue, on pouvait voir l'ancien palais de justice et l'Arche, une *timeline* visuelle de l'histoire. Je m'assis sur le rebord en pierre du bassin, plongeai une main dans l'eau froide et la posai sur ma nuque. *Respire*, m'ordonnai-je. L'eau avait une odeur métallique. Je regardai le soleil mitrailler la surface de l'eau d'éclats de lumière.

Evan me retrouva finalement. Il s'arrêta à quelques mètres de moi, les bras ballants, sa chemise Oxford à manches courtes très blanche sous le soleil. Il resta là un moment pendant que je fixais les profondeurs du bassin.

— Tu es si belle, dit-il. Si belle et si loin…

Fais quelque chose, pensai-je. *Saute dans l'eau, demande-moi en mariage, dis-moi que tu vas aller vivre en Afrique du Sud. Mais ne me laisse pas partir.*

Mais il se contenta de rester planté là. Et de me briser le cœur.

Je me levai et me dirigeai vers sa voiture, garée dans une rue longeant le parc. Ma robe légère me fouettait les jambes tandis que j'accélérai le pas. Evan me rattrapa au moment où je traversai. Quand il me saisit par l'épaule, je m'arrêtai net au milieu de la rue.

— Ne t'en va pas comme ça, dit-il.

J'avais l'impression d'avoir un étau autour de la gorge.

— C'est comme ça, Evan. Oui, ça va se terminer comme ça. Pas avec les violons, de façon romantique, dans un aéroport en pleine nuit. Ça va se terminer ici, en plein jour, au milieu des passants. Ta gueule !, hurlai-je quand une voiture klaxonna derrière moi. Au milieu de tous ces gens pressés d'aller récupérer leurs affaires au pressing. Est-ce ainsi que tu imaginais la scène ? Est-ce vraiment ainsi que tu veux que ça s'achève ?

Il me regarda, abattu, et dit avec une voix déchirante :

— Je n'ai pas envie que ça s'achève.

— Oh !, mais ça ne suffit pas, Evan. – La voiture nous contourna et fila. La moindre surface me renvoyait des reflets aveuglants. Ou peut-être était-ce dans mes yeux que ça brillait. – Si tu n'embarques pas dans cet avion avec moi, c'est terminé. Et je refuse d'attendre ta réponse une minute de plus. Tu viens avec moi ou pas ?

Voici ce qu'il dit :

Rien.

Pas un mot pour m'arrêter, pour s'expliquer, même si ça n'aurait servi à rien.

Il me regarda juste avec cette lueur de souffrance dans les yeux, cette tendresse aussi qui, cette fois, déchira mon cœur en lambeaux.

— Donne-moi tes clefs, dis-je. Donne moi tes *putain* de clefs !

Il s'exécuta.

Pilote automatique engagé. J'ouvris le coffre de sa voiture, en sortis mes sacs. Certains de mes vêtements étaient restés au loft, et des trucs sans importance, brosse à dents, lotion démaquillante. Je ne tenais plus à rien.

— Maise, dit Evan. Je t'en prie.

Je laissai tomber mes sacs dans la rue. De nouveau, des voitures klaxonnèrent, nous évitant de justesse. Je les ignorai. Je m'agenouillai pour ouvrir l'un de mes sacs, et j'attrapai ce satané poney en peluche que j'avais gagné, presque un an plus tôt, et le lui balançai dessus. Adieu, Louis. Puis je bondis sur mes pieds, hélai un taxi.

— Maise, répéta Evan.

Je ne lui accordai pas un regard. Le taxi se rangea, ouvrit son coffre, et je jetai mes sacs dedans. Avant de me jeter moi-même sur la banquette arrière, en claquant la portière derrière moi. Je ne sentais plus rien. Mon cerveau enregistra bien le contact brûlant du cuir, mais mon corps, lui, était comme anesthésié.

— Où allez-vous ? demanda le chauffeur.

— Roulez, roulez un moment au hasard, répondis-je. S'il vous plaît.

Il démarra et s'éloigna. Je tins à peu près huit secondes, puis je me mis à pleurer, de toute mon âme, sans retenue, tête baissée, en me cachant derrière le rideau noir de mes cheveux. Le tissu de ma robe devint bientôt transparent, à cause de mes larmes.

Le chauffeur ne prononça pas un mot.

Le cerveau est incroyablement doué pour faire plusieurs tâches à la fois. En même temps qu'il est laminé de lames de feu et d'angoisse, il continue tranquillement d'élaborer des plans, d'envisager des événements, de nous dessiner une perspective d'avenir, en se fichant complètement que tout ça arrive ou pas. Le jour de ma mort, il se demandera encore ce qu'il y aura à dîner tout en véhiculant des signaux de douleur à cause de ma jambe amputée ou de mon cœur victime d'un infarctus. Et ainsi, quand j'arrêtai de pleurer, j'essuyai la morve au bout de mon nez, et m'emparai de mon téléphone.

Soixante secondes plus tard, je donnai une adresse au chauffeur.

Park attendait à l'ombre verte d'un orme, devant sa résidence. Il prit mes sacs pendant que je réglais la course.

— Tout s'arrangera, vous verrez, me dit le chauffeur.

Je ris et reniflai en même temps.

— Oui, merci.

Park me conduisit chez lui sans un mot. Il possédait un appartement en étage, tout en merisier et bois précieux, avec mobilier épuré ultramoderne, éclairage sur rail, toiles abstraites aux murs, le tout dans des tons feutrés de gris et des touches de chrome. L'une des immenses baies vitrées donnait sur l'Arche.

— Par ici, me dit-il, en portant toujours mes sacs.

Il me montra la salle de bains. Si blanche que je clignai des yeux. Des spots éclairaient les miroirs. On aurait dit un endroit réservé au repos d'androïdes. Je me débarbouillai le visage, me brossai les cheveux, essayai de sauver quelques vestiges de mon humanité, au lieu de ressembler à une traîne-misère en fin de carrière.

Quand j'émergeai de la salle de bains, Park m'attendait accoudé au comptoir en granit, en sirotant une bière.

— Soif ?

— Un verre d'eau, oui, merci. Je suis vraiment désolée de débarquer comme ça.

Il haussa les épaules avec nonchalance, me tendit un verre et m'observa avec une curiosité muette. *Ah, les hommes.* Jamais ils ne posent de questions, même quand ils crèvent d'envie de savoir.

Quinze années. Et alors ? Cette année, je l'avais vécue pour l'essentiel avec Evan, et aujourd'hui, notre différence d'âge posait problème ? Non, le problème venait du fait qu'il était au pied du mur et devait prendre une décision. Déraciner sa vie, quitter ses amis, les petits boulots dans un bahut ou un autre, un coût de la vie raisonnable, tout ça pour la cité du rêve aux millions de rêves brisés, pour une fille de dix-huit ans qui, par deux fois déjà, l'avait quitté...

J'inspirai profondément et bus. Évidemment, vu comme ça, je ne pouvais pas lui en vouloir.

— La première fois que je t'ai vu, dis-je, tu as pensé que la même histoire se répétait, pas vrai ? La même qu'avec l'autre fille...

Park se renfrogna. Il prit le temps de répondre, avala d'abord une gorgée de bière.

— Elle s'était réfugiée chez moi, en pleurs et désespérée. J'ai pensé qu'elle avait besoin d'aide. Mais en fait, c'était de la comédie. Eric… – Il se tut, se reprit. – E culpabilisait tellement, il refusait de le voir. C'est sûr, ce qu'il avait fait était mal. Il le savait, et était prêt à faire n'importe quoi pour réparer les choses. Mais ça, elle ne voulait pas en entendre parler. Elle ne voulait qu'une chose, le faire souffrir, et ça, c'était mal aussi…

Mal à l'aise, je regardai le fond de mon verre.

— Bref, j'ai déménagé à Saint-Louis pour un job, et je lui ai offert une chance de tout recommencer.

— Depuis combien de temps le connais-tu ?

— Depuis la fac. On partageait la même chambre.

— Pourquoi cette fille voulait-elle lui faire du mal ?

Park fit tourner sa bouteille sur le comptoir.

— Elle se sentait désarmée. Elle cherchait seulement à reprendre un peu le pouvoir, mais tout le monde est perdant, dans une situation pareille. C'était fini, il ne pouvait pas en être autrement.

Peut-être était-ce ce que je faisais, moi aussi. Peut-être n'étais-je qu'une petite fille blessée et narcissique cherchant à reprendre le pouvoir.

— Tu sais, dit-il en observant les reflets de sa bière à travers le verre. Ça fait la moitié de mon existence que je connais E. C'est comme s'il était de la famille. Même ma mère l'adore, et elle ne se laisse pas impressionner facilement. Tu vois, c'est pas dans ses gènes. – Park esquissa un sourire qui s'évanouit lentement. – Il a tellement changé depuis qu'il te connaît. Il n'arrête pas de parler de retenter sa chance dans le cinéma. De t'aider à te lancer dans une carrière de réalisatrice. Jamais je ne l'avais entendu parler d'avenir comme ça, depuis la fac. Comme s'il s'était enfin décidé à regarder devant, et non derrière.

J'avais envie de hurler. J'avais envie de pleurer. Au lieu de rester là, poings serrés, débordante d'une insupportable futilité. Dans la version ciné de ma vie, tels auraient été les mots d'Evan. Il se serait tenu devant une fenêtre, me les aurait criés, et toute la ville se serait arrêtée de vivre pour écouter.

Mais on n'était pas dans un film. C'était ma vie. Pas de script. Des séquences hachées et parfois vaines, un dialogue rarement spirituel, des intrigues secondaires ne menant nulle part. Evan n'était pas mon chevalier en armure dorée surgissant à point nommé, avec un passé en acier inoxydable, et je n'étais pas sa damoiselle en détresse attendant son sauveur. Nous étions juste deux êtres déglingués qui ne connaîtraient pas de *happy end*. Les *happy ends*, c'était bon pour les films et les contes de fées.

— Il peut parler d'avenir tant qu'il veut, dis-je avec amertume. Mais son avenir ne l'attendra pas des siècles.

Park laissa échapper un rire bref et tranchant.

— Tu parles comme ma mère. Je crois qu'elle t'aimerait bien, toi aussi.

Il partit se doucher, et je regardai par la baie vitrée l'Arche planer au-dessus du ruban bleu du Mississippi, comme un lacet d'argent. Déjà ma colère s'effilochait. Elle finit par s'étioler. Je ne pouvais même pas m'imaginer survivre aux prochaines quarante-huit heures. Pas dans cette ville hantée, pas avec ce fantôme de fille moqueur qui pensait s'enfuir avec un grand secret. Étrangement, notre bonheur avait été si facile quand c'était nous contre le monde entier. Toute l'ironie était là, je suppose.

Je pris mon téléphone.

— J'ai changé de vol, dis-je lorsque Park réapparut. Je pars ce soir. Peux-tu me déposer ?

— Bien sûr, répondit-il, mais une certaine appréhension traversa son regard.

Je vérifiai et revérifiai mes bagages, envoyai un texto à Wesley pour lui annoncer mon arrivée plus tôt que prévu, et regardai ensuite la télé sur l'écran absurdement démesuré de Park. Mon nouvel horaire de départ était programmé à 21 heures. Et l'aéroport n'était pas à côté.

– On devrait y aller, dis-je quand le ciel vira lavande.

Park s'arrêta avec mes sacs à la porte.

– Tu es sûre de toi ? Tu devrais peut-être attendre, laisser passer la nuit...

– Ça fait des mois que j'attends, dis-je, en pensant, en réalité, que j'avais attendu toute ma vie. Je croyais tant que ce serait différent, le genre d'histoire d'amour qui n'existe que dans les films et les livres. Mais en fin de compte, ça n'a duré que d'un été à l'autre, le temps d'un soupir, dans un tourbillon de chèvrefeuille, de whisky et de fumée de bougie, et pfft...

Sur la route de l'aéroport, Park me raconta des histoires drôles, histoire de me changer les idées. Et je ris, mais je me sentais désincarnée, comme observatrice de mon propre corps. La caméra filmait la fille. Il m'accompagna dans le terminal, jusqu'au portique de sécurité, parce que selon lui, personne ne devrait se rendre seul dans un aéroport. Je faillis en pleurer. Il me dit qu'il expliquerait à Evan qu'il m'avait servi de chaperon jusqu'à l'enregistrement. Au moment de se séparer, je le serrai dans mes bras, et il sourit, gêné.

L'aéroport international de Lambert – Saint-Louis était aussi froid et lumineux qu'un hôpital, tout d'un blanc stérile. J'étais gelée, mais je rejoignis sans hâte ma porte d'embarquement, voulant prolonger ce moment, écoutant les voix dans les micros énumérer changements de portes et les retards sur un ton plein de déférence. Des vies changeaient ici, des histoires commençaient, d'autres s'achevaient. Quelque part, des amants se rencontraient pour la première fois après s'être parlé en ligne, s'effleuraient, le visage frappé d'étonnement. Une fille en uniforme de retour d'Afghanistan, du sable dans les bottes, étreignait son mari et son fils. Une fille s'envolait en direction de l'ouest, à la poursuite du soleil couchant, sans l'homme qu'elle aimait. C'était trop surréaliste. J'allai donc moi aussi, comme Ilsa, mettre fin à une histoire dans un aéroport. Je regardai les panneaux d'affichage, le nom des villes, mais j'étais perdue en moi-même. Attention, regrets au-delà de cette limite.

Une fois passée à l'enregistrement, je m'assis pour regarder les avions scintiller au crépuscule, longs fuselages d'acier bariolé sur fond de ciel en feu. J'écoutai en boucle la reprise de Sophie Barker de « Leaving on a Jet Plane » puis, quand j'estimai ne pas pouvoir être plus triste que je ne l'étais, je passai à « Maps », découvrant que je pouvais être beaucoup plus triste encore. Alors, je commençai à rire de moi-même, tellement j'étais ridicule, puis ils annoncèrent l'embarquement.

Voilà, me dis-je en foulant la passerelle. *C'est le moment.*

« *Goodbye*, Rick. *Goodbye*, capitaine Renault. »

Goodbye, *Eric Evan Wilke.*

Allez, essaie d'arriver jusqu'à ton siège sans pleurer, Maise O'Malley.

J'étais dans les premiers rangs, côté hublot. À la seconde où je bouclai ma ceinture, je pensai au Serpent de la Mort, et mes yeux se brouillèrent. Je me tournai vers la fenêtre, me forçai à regarder par delà mon reflet. Dans le crépuscule rampant, les lumières des pistes ressemblaient aux lucioles du parc d'attractions, ce soir d'août, magnifiées par la distance. *J'aimerais tant que tu sois là, auprès de moi*... Quelqu'un s'installa sur le siège voisin, et je tentai de reprendre figure humaine. Je n'avais pas envie que les gens s'imaginent que je pleurais parce que je portais une ceinture d'explosifs autour de la taille. D'ici quelques minutes, j'aurais la meilleure vue du monde sur le seul endroit sur Terre où je m'étais sentie vivante, où j'avais aimé, mais ce spectacle, je le verrais seule.

Je pouvais encore sentir l'odeur d'Evan sur mes vêtements, ma peau, comme s'il était là, en chair et en os. Il faudrait que ça change...

Le commandant prit la parole et nous fit le descriptif de notre vol, comme le scénario d'un film. « Ce soir commence la fin de votre triste existence... » Impossible de décrocher les yeux de mon hublot, je voulais m'imprégner le plus possible de Saint-Louis, en sachant que quelque part là-bas, l'une de ces lumières infinitésimales, c'était lui. Je l'imaginai lever la tête et suivre des yeux les avions dans le ciel, comme des étoiles filantes, sachant que l'une de ces lumières était moi.

— Vous êtes terriblement courageuse pour vous asseoir au premier rang comme ça, dit le type à côté de moi.

Le plancher se déroba soudain sous mes pieds, l'univers bascula, je tombai en chute libre.

Je me retournai.

Tout ce que je vis fut un sourire lumineux et plein d'espoir, et le flou des lumières de la ville à travers le hublot de l'autre côté. Impossible d'articuler un mot. Je ne pouvais que contenir mon cœur et mes poumons qui battaient en moi et qui me submergeaient jusqu'à ce que je ne sois plus qu'un mélange d'air et de sang.

La caméra zooma sur l'étincelle d'un regard, le frémissement d'une lèvre. Il sourit, mais ses yeux étaient pleins de larmes. Elle pleura, mais son cœur était infiniment léger. Les bruits de fond s'estompèrent. La musique s'éleva.

Et dans un élan d'une parfaite simultanéité, ils se donnèrent la main.

Générique de fin.